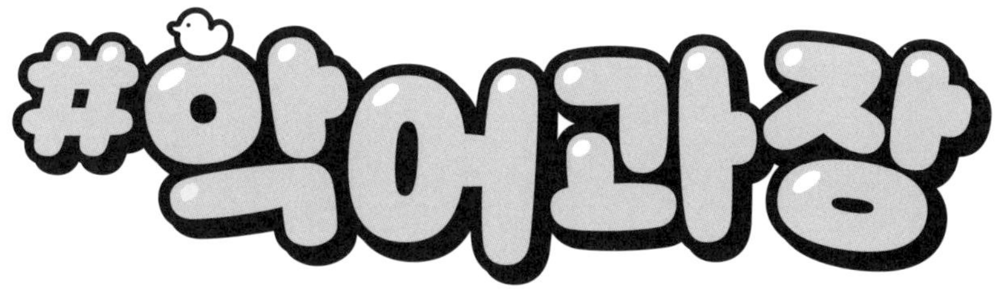

일상 공감 에세이

 **일러두기**

· 본 도서는 국립국어원의 표기 규정과 외래어 표기 규정을 따랐습니다.
 다만 일부 용어는 만화적 표현을 고려하여 쓰였습니다.
· 단행본은 『』으로 표기하였습니다.

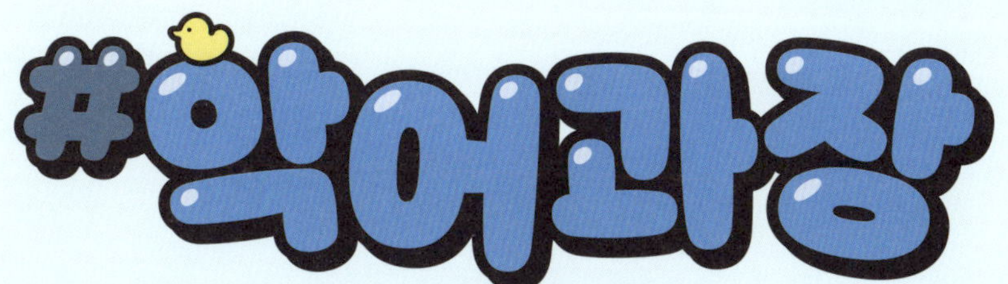

#악어과장

일상 공감 에세이

꿀김 지음

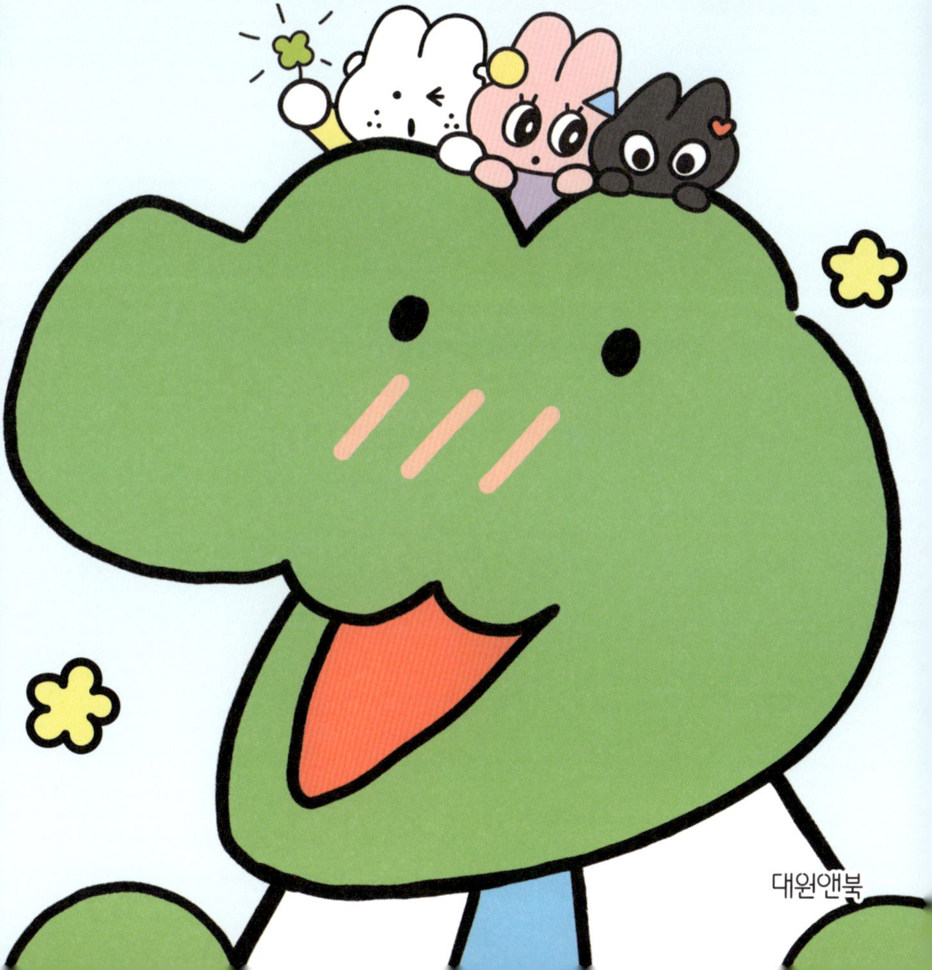

대원앤북

완벽한 하루는 손에 꼽을 만큼 드물었습니다.
대부분의 날은 어딘가 어설프고, 모자라고,
때로는 마음처럼 풀리지 않는 순간들로 가득했죠.

하지만 그런 어설픈 하루하루를 지나며,
비로소 알게 되는 마음들이 있었습니다.

그 마음들은 말로는 다 담을 수 없지만
조금씩 그림으로 옮겨보았습니다.

이 만화는 거창하거나 특별한 이야기는 아닐지도 모릅니다.
그저 평범한 일상에서 느낀 작고 소중한 마음들을
한 장면씩 꺼내어 펼쳐 놓은 기록일 뿐입니다.

그럼에도 불구하고, 이 만화가
누군가의 지친 하루 끝에 작은 위로가 되기를 바랍니다.

어설픈 하루들을 함께 지나온 여러분께
이 마음을 조심스럽게 건넵니다.

꿀김

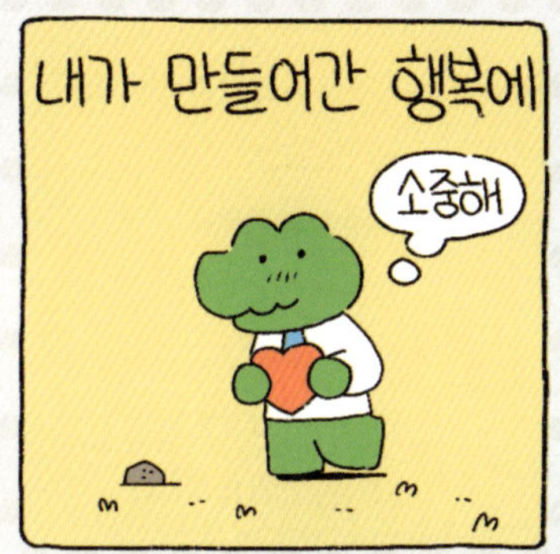

내가 만들어간 행복에
소중해

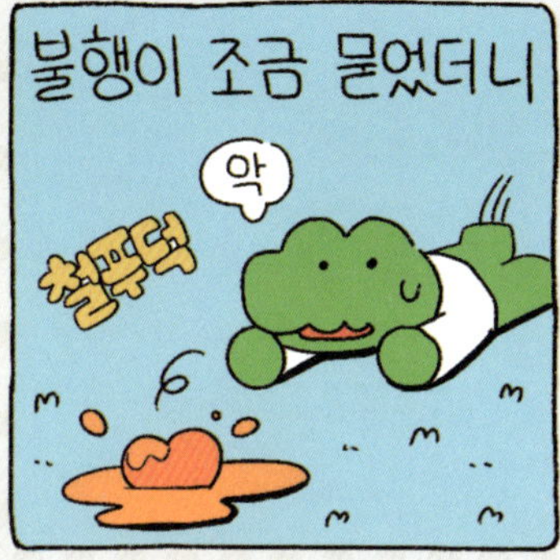

불행이 조금 묻었더니
악
철푸덕

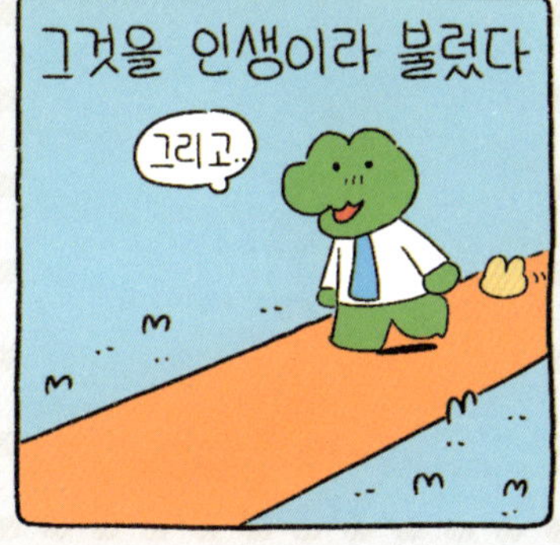

그것을 인생이라 불렀다
그리고...

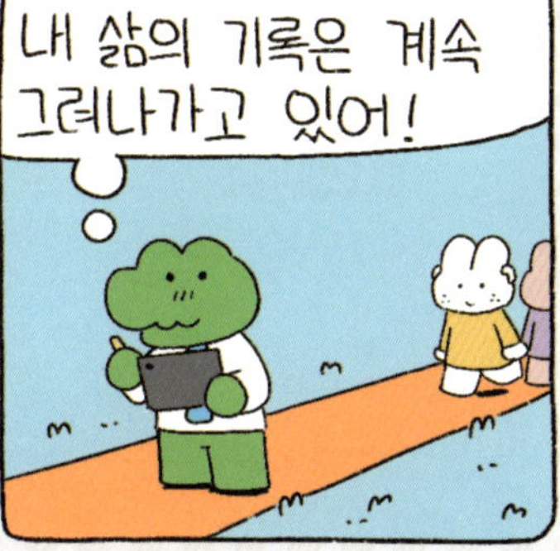

내 삶의 기록은 계속
그려나가고 있어!

작가의 말   4
프롤로그   슬퍼할 시간   14

1장 새로운 회사

2장 새로운 만남

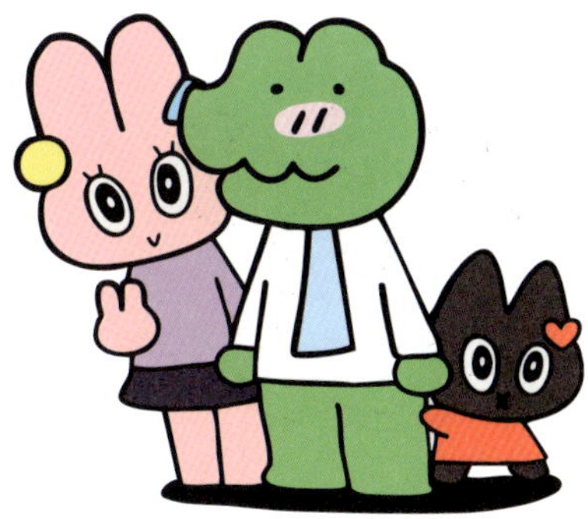

3장 비를 함께 맞아줄 동료

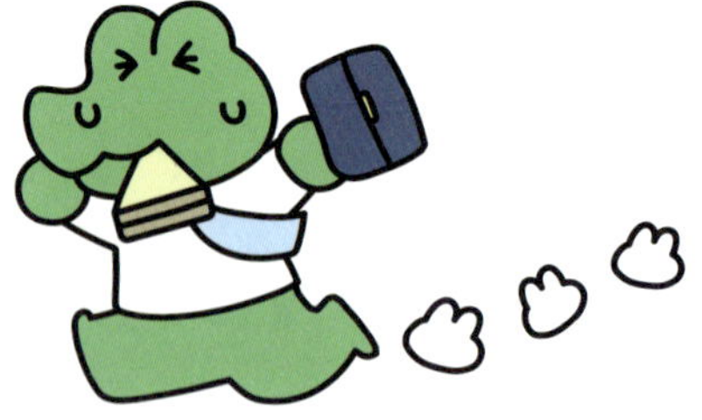

4장 조금씩 채워가는 미래

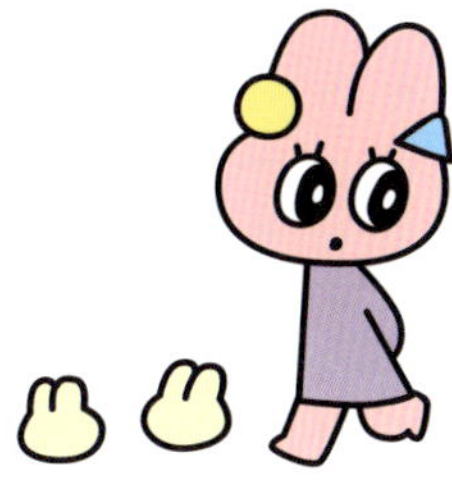

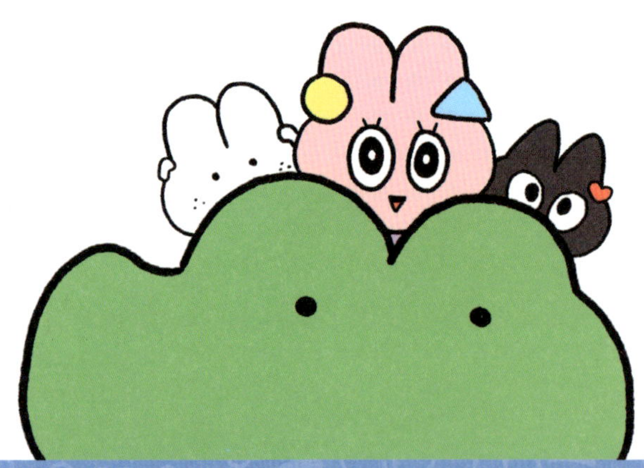

6장 솔직하지 못한 마음

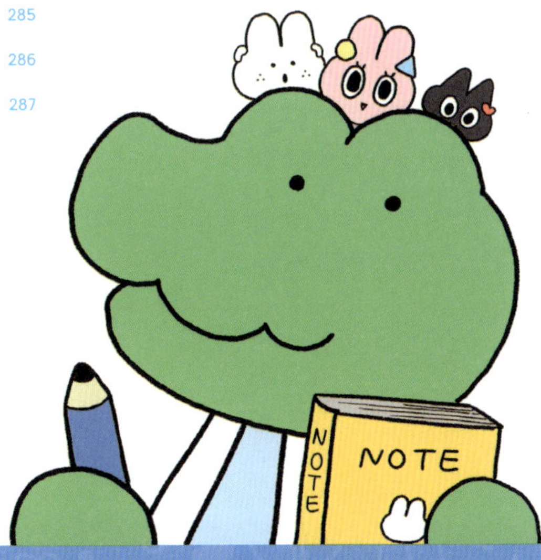

NOTE

슬퍼할 시간

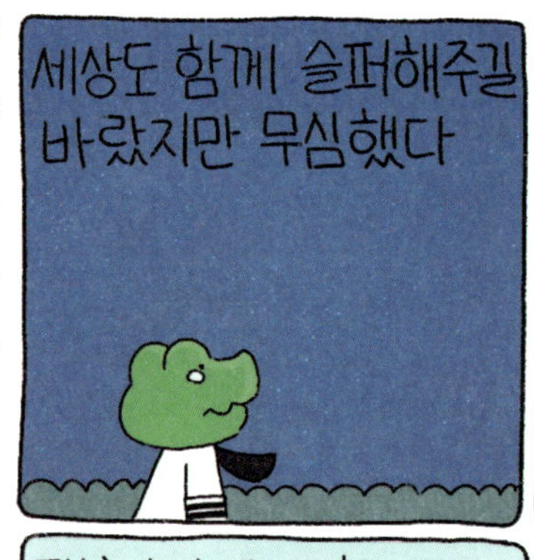

세상도 함께 슬퍼해주길 바랐지만 무심했다

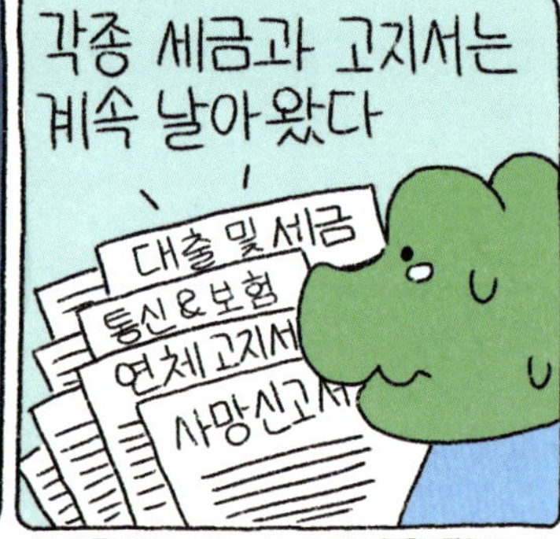

각종 세금과 고지서는 계속 날아왔다
대출 및 세금
통신&보험
연체 고지서
사망신고서

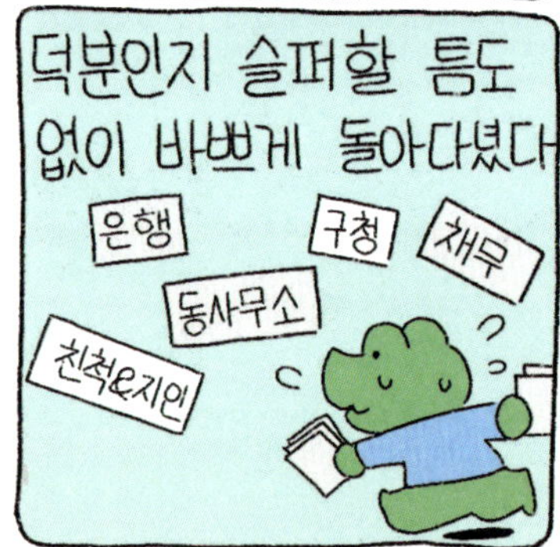

덕분인지 슬퍼할 틈도 없이 바쁘게 돌아다녔다
은행
구청
채무
동사무소
친척&지인

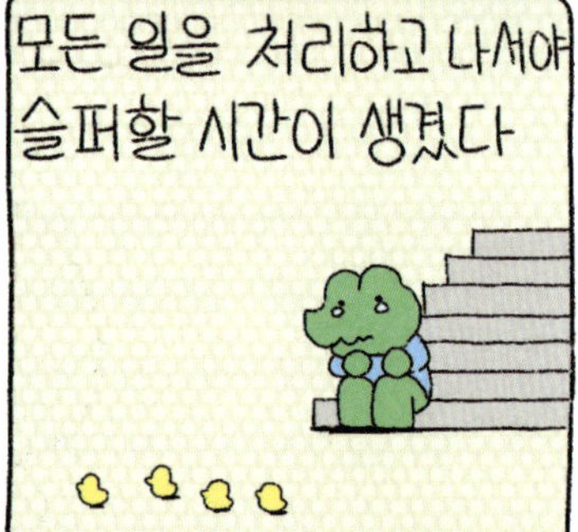

모든 일을 처리하고 나서야 슬퍼할 시간이 생겼다

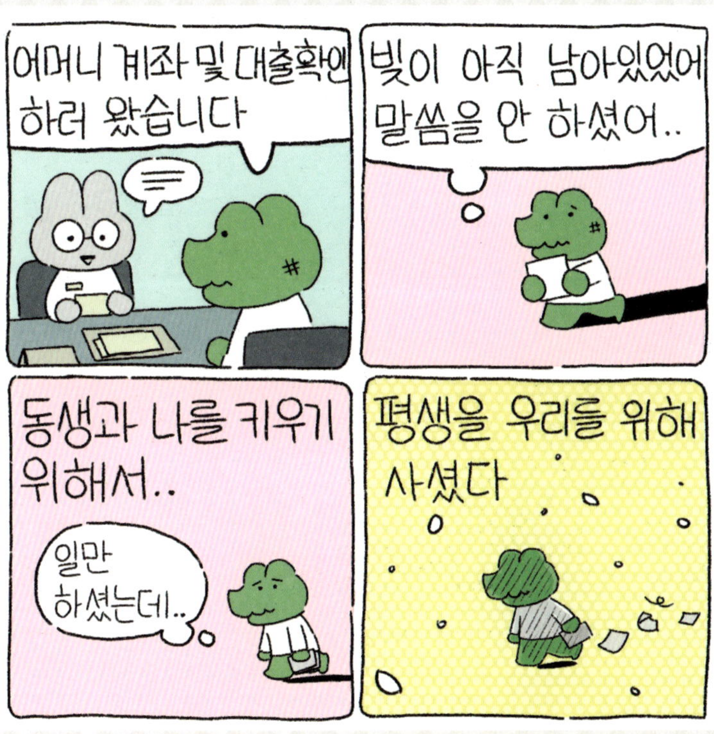

어머니 계좌 및 대출확인
하러 왔습니다

빛이 아직 남아있었어
말씀을 안 하셨어..

동생과 나를 키우기
위해서..

일만
하셨는데..

평생을 우리를 위해
사셨다

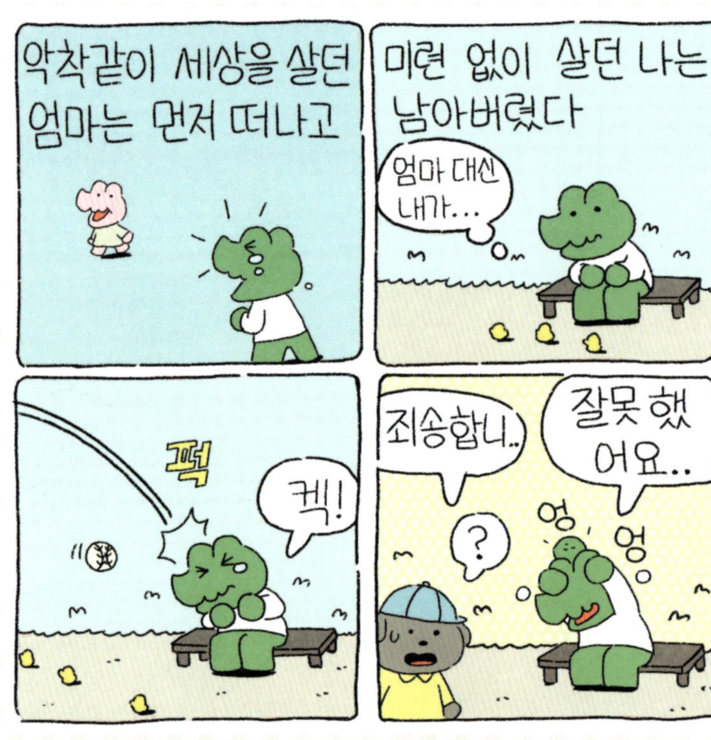

악착같이 세상을 살던 엄마는 먼저 떠나고
미련 없이 살던 나는 남아버렸다
엄마 대신 내가...
퍽
켁!
죄송합니..
잘못 했어요..
?
엉, 엉,

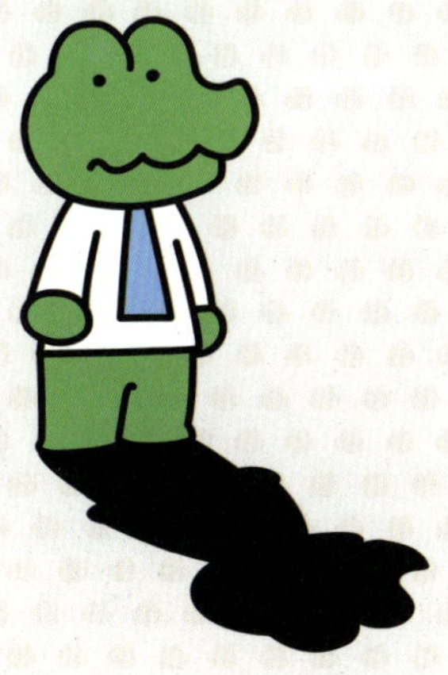

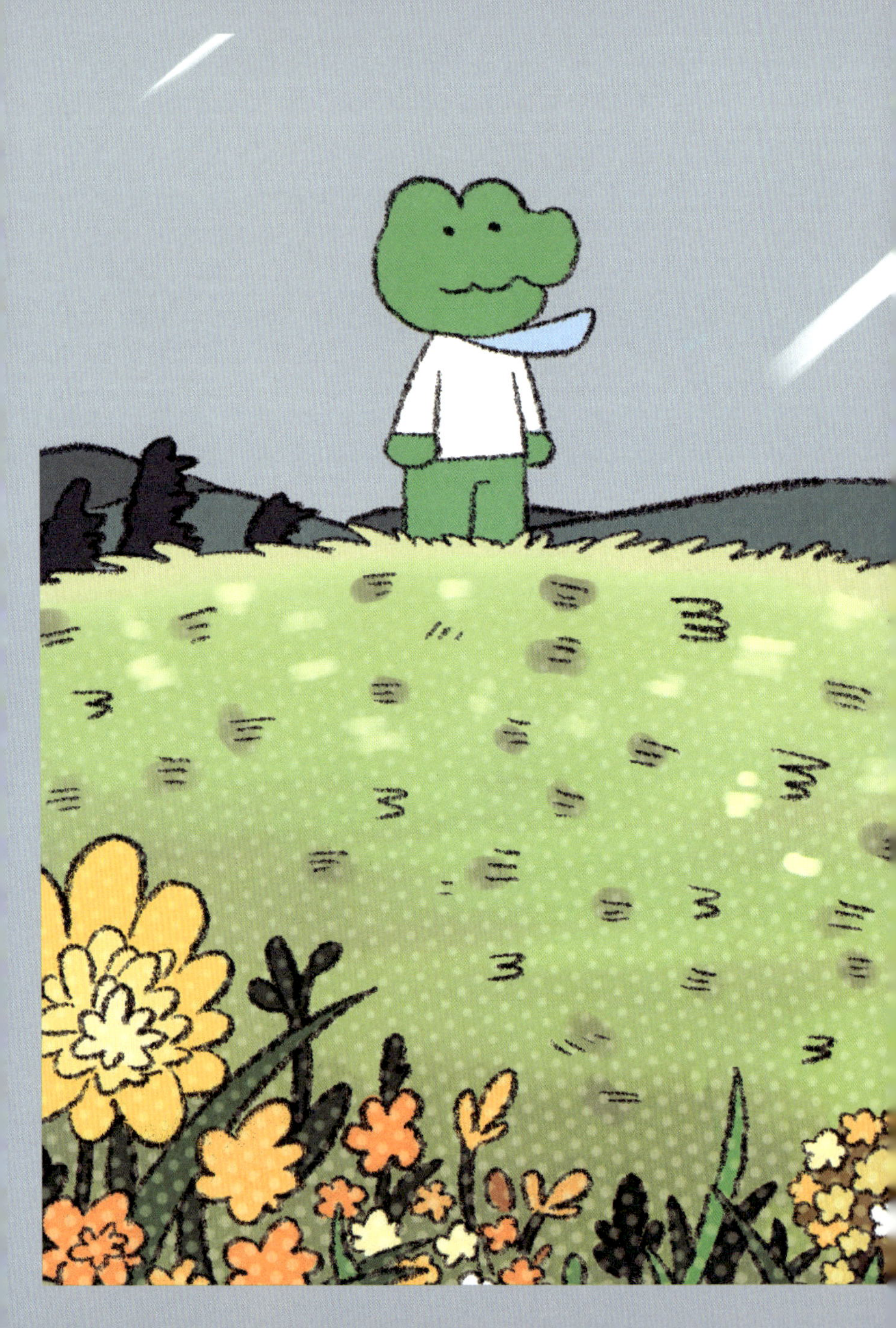

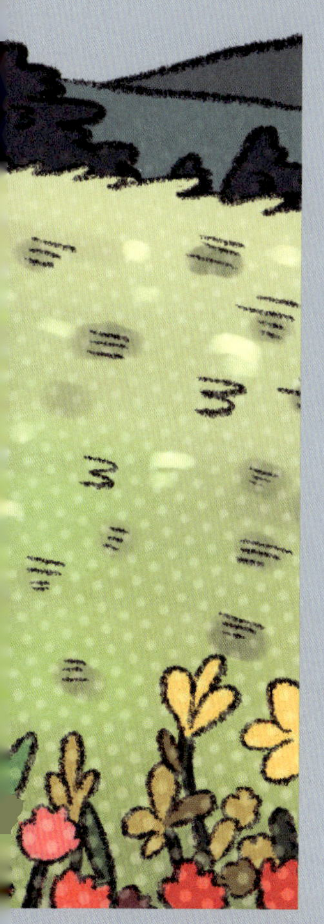

1장

새로운 회사

사랑하는 사람이 있다는 것만으로도
세상을 살아가는 큰 힘이 되는 것 같아

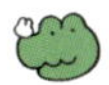

남은 사람이 사는 목적

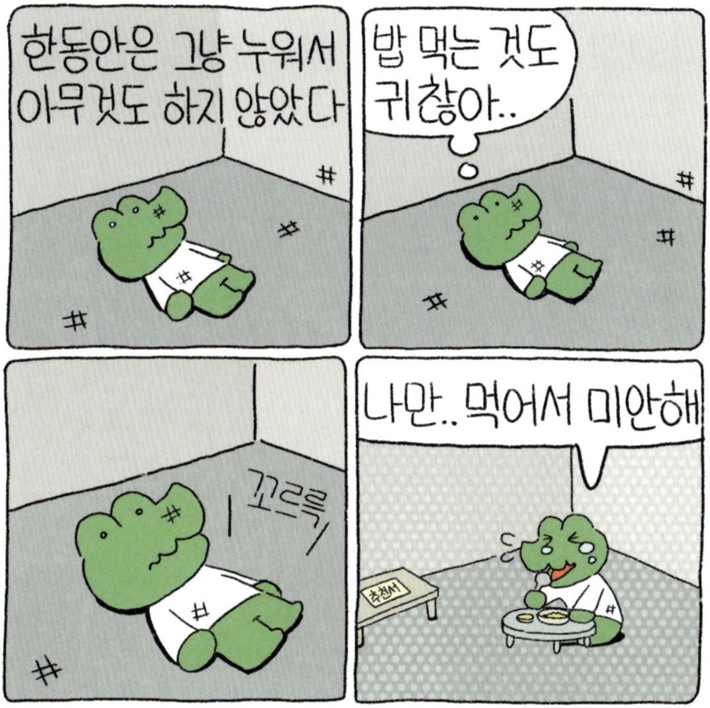

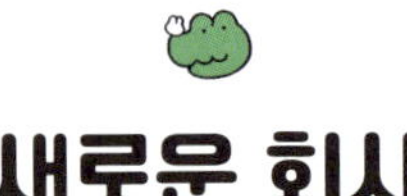

새로운 회사

자네가 악어과장인가?
넵/
곰대표에게 얘기 많이 들었네.. 그래서
네../
질문할 게 별로 없네..
곰대표님..
흠..
네..네!
날짜 정해서 출근하게..

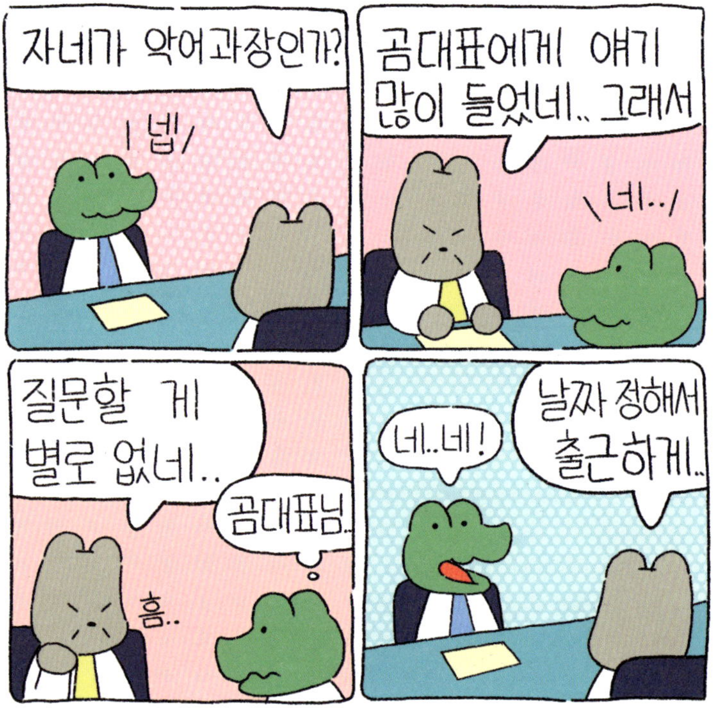

항상 내 마음 속에

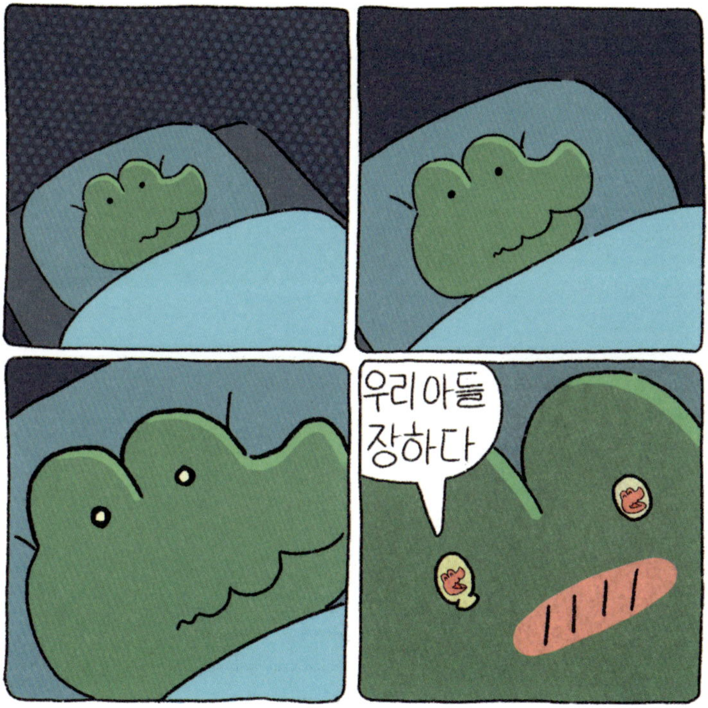

첫 출근

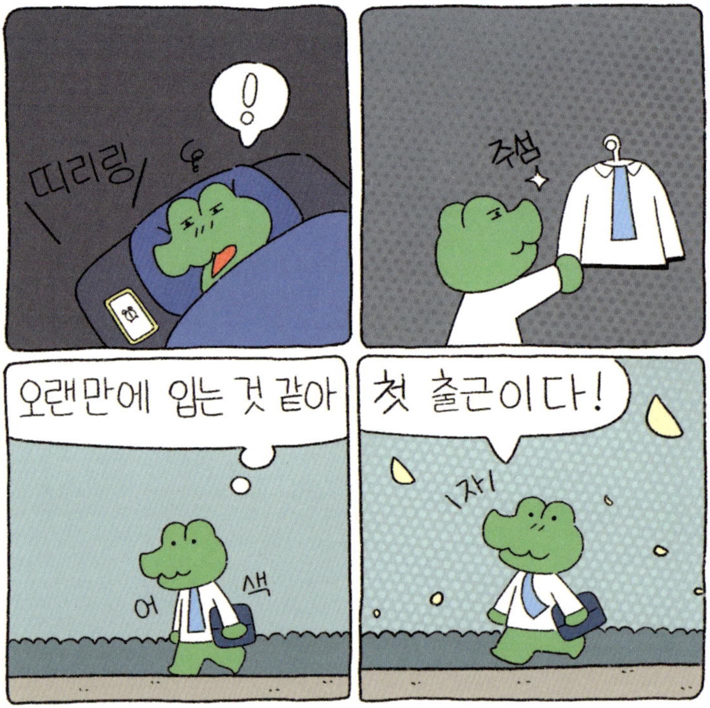

야근하는 습관

회사를 일 년이나 쉬었어 업무감각을 빨리 찾자
곰대표님의 추천을 헛되이 할 수 없어..
오부장님
자네 첫 날 부터 야근인가!?
네! 알겠습니다..
야근하는 습관은 좋지 않아

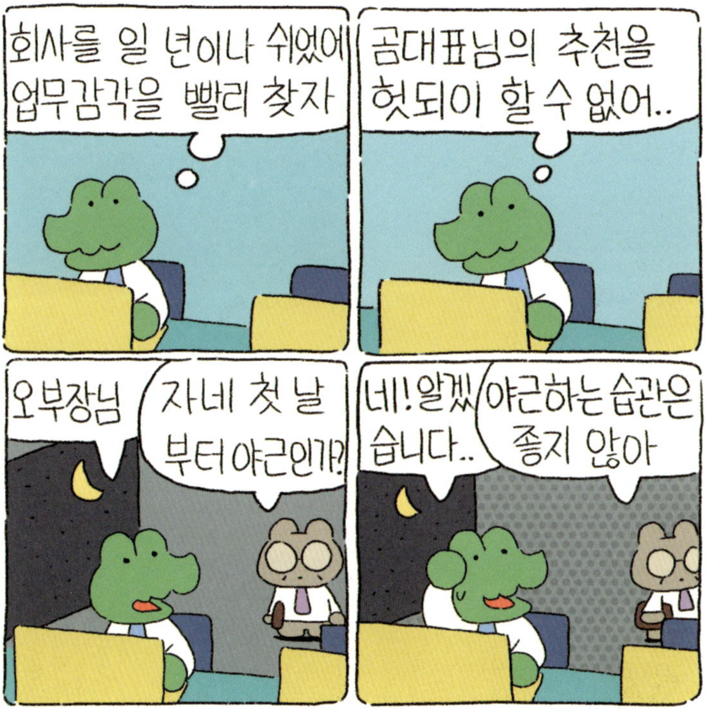

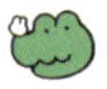

악어과장의 점심시간

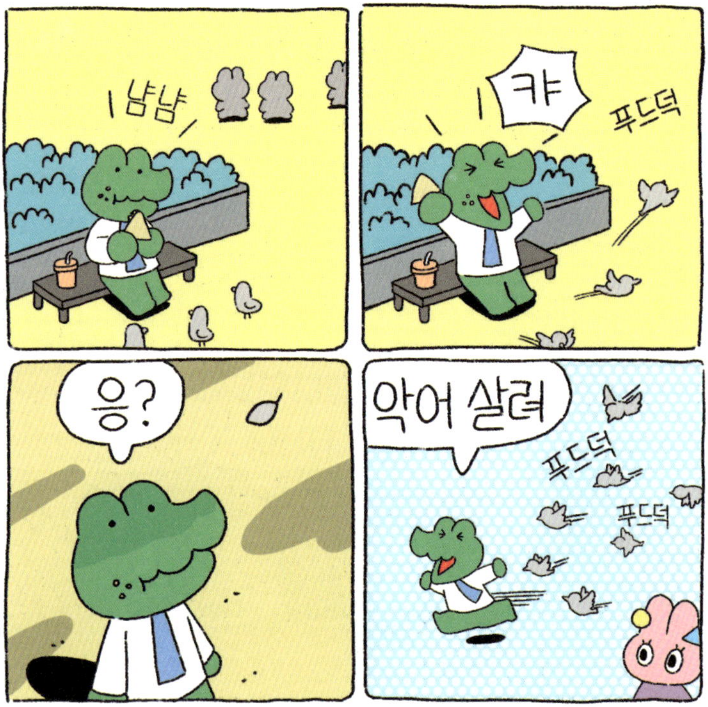

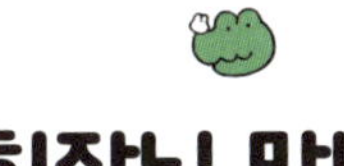

회장님 막내딸

큰 거래처 회장님 막내딸이 독일에서 살다가 이번에 한국에 와..
직장 경력을 쌓게 하려는데.. 우리 회사에 입사시키고 싶어 하셔..
그래서..
누가 맡아줬으면 좋겠는데?
안 됩니다
외면..
악어과장 자네가 맡아
네?!
짝 짝!

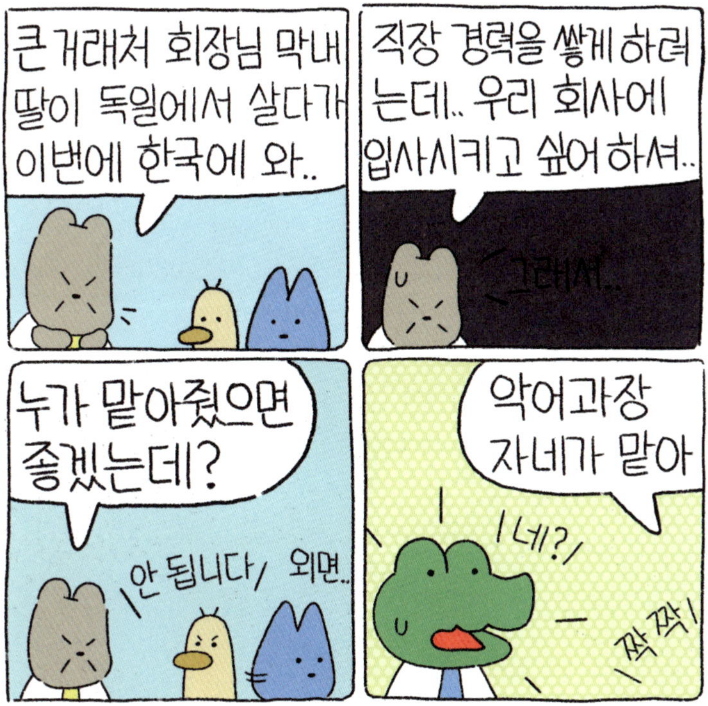

의지할 사람

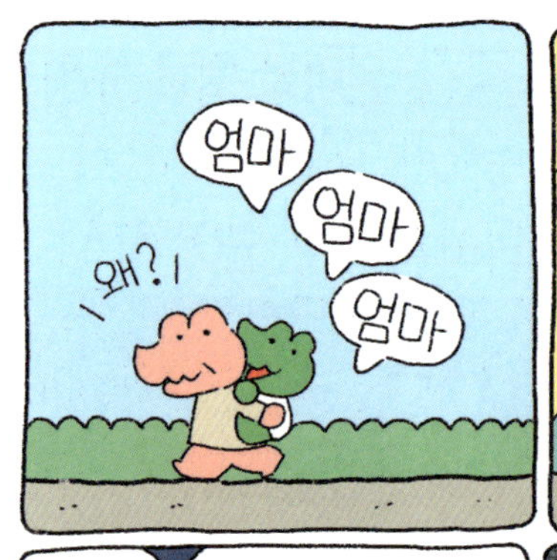

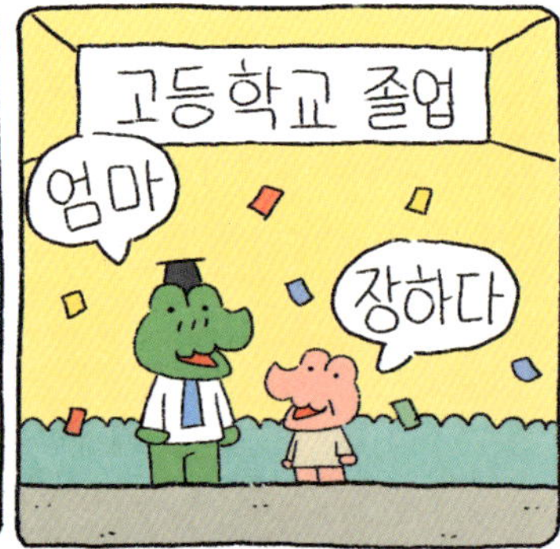

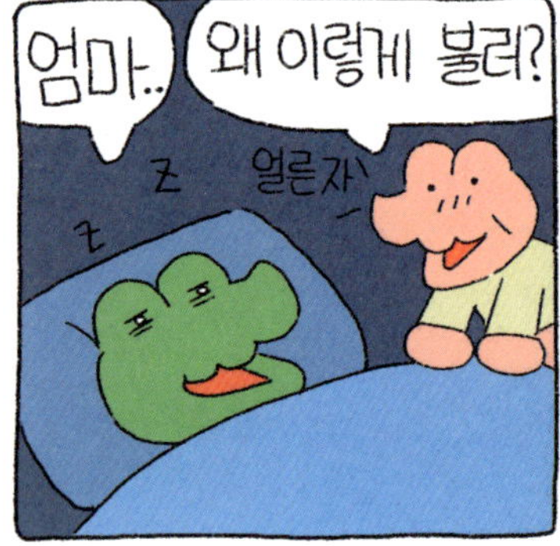

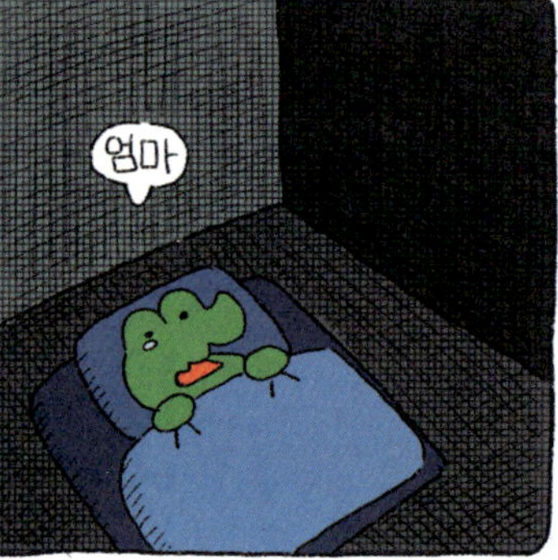

독일에서 온 신입 사원

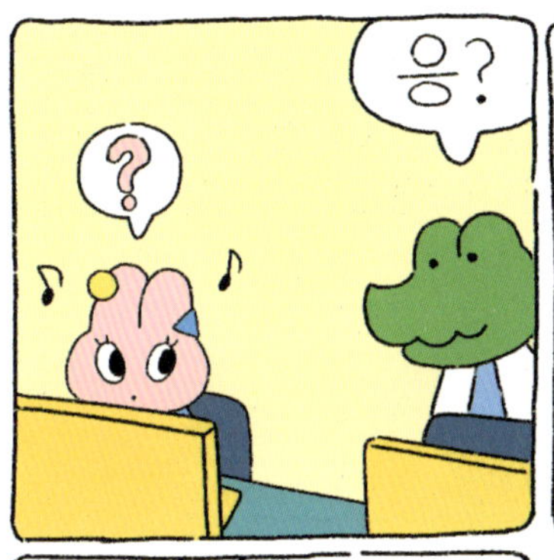

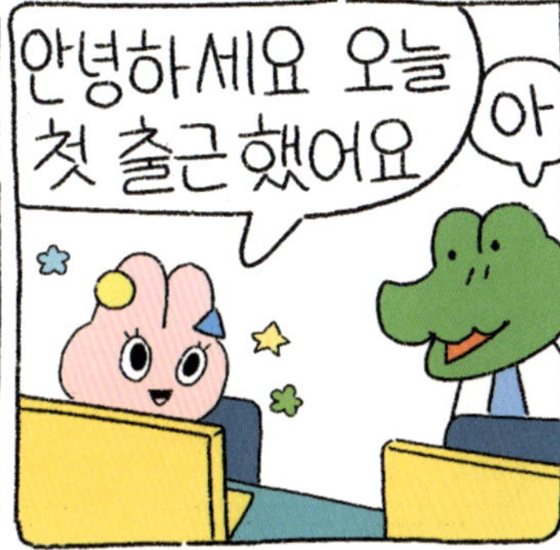

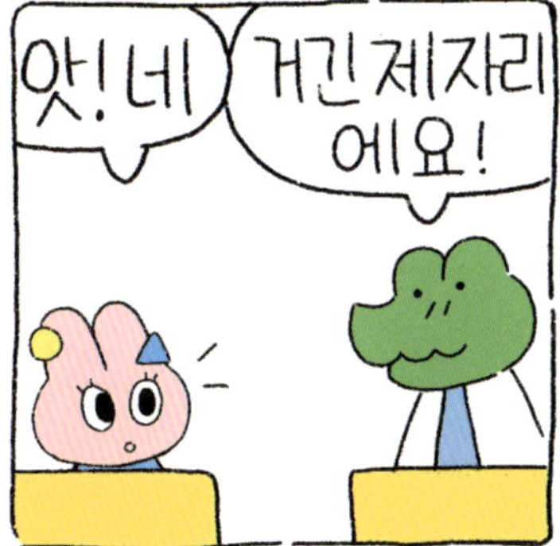

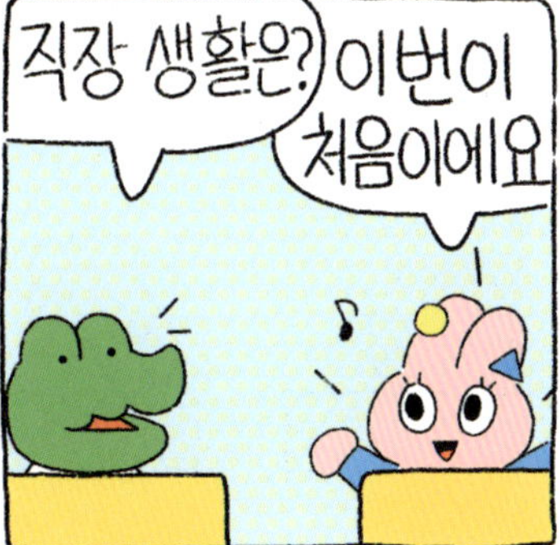

오전 근무

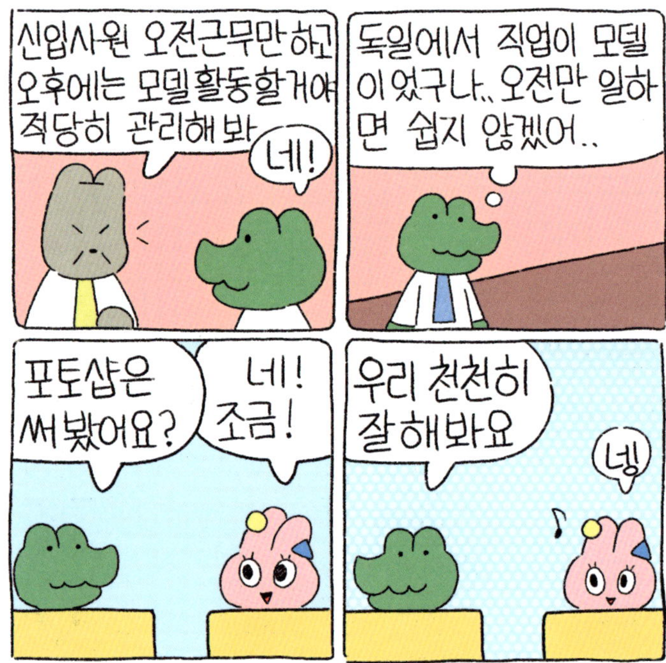

신입사원 오전근무만 하고 오후에는 모델 활동할거여 적당히 관리해봐
네!
독일에서 직업이 모델이었구나.. 오전만 일하면 쉽지 않겠어..
포토샵은 써봤어요?
네! 조금!
우리 천천히 잘해봐요
넹

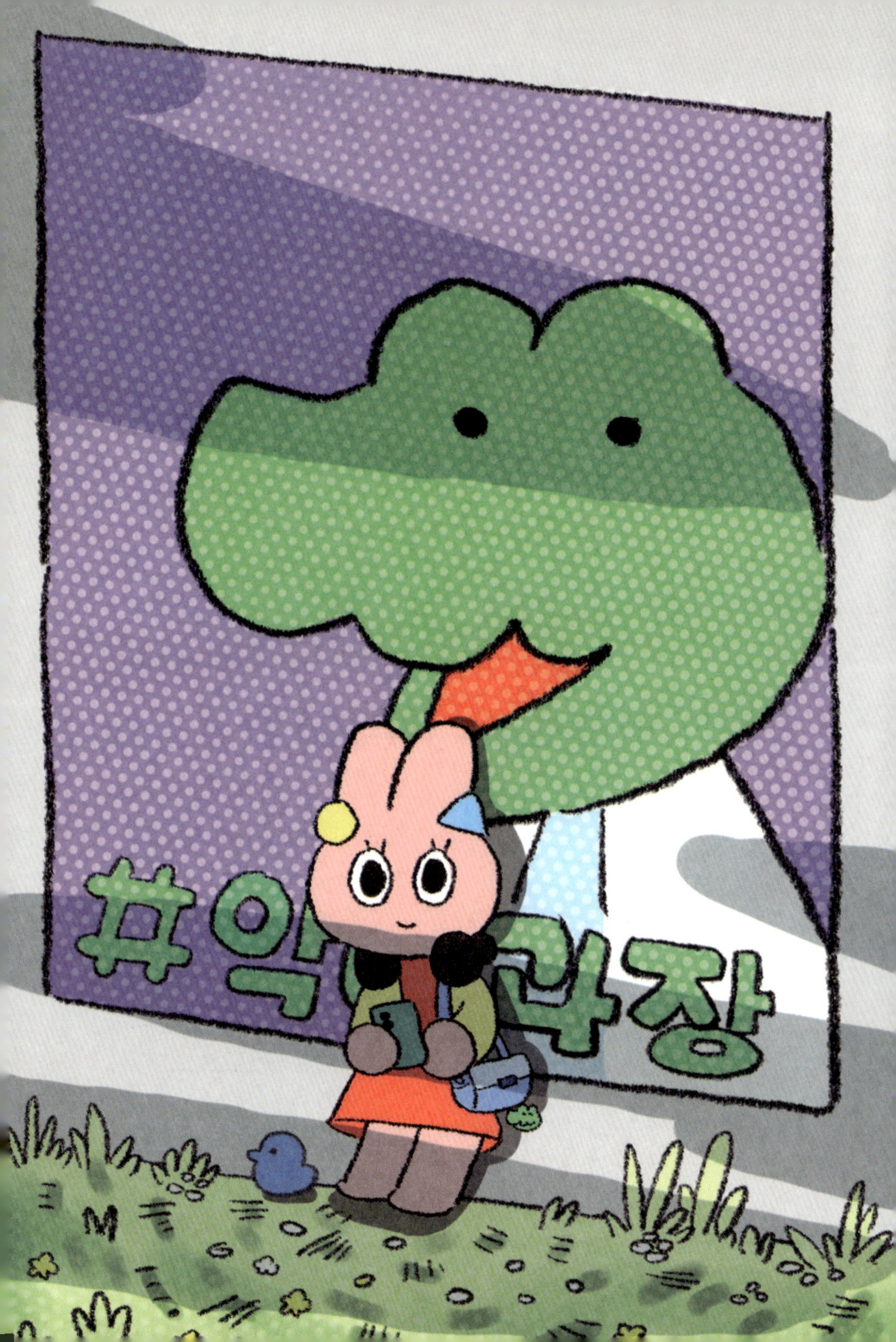
#익락장

수다쟁이 앤사원 1

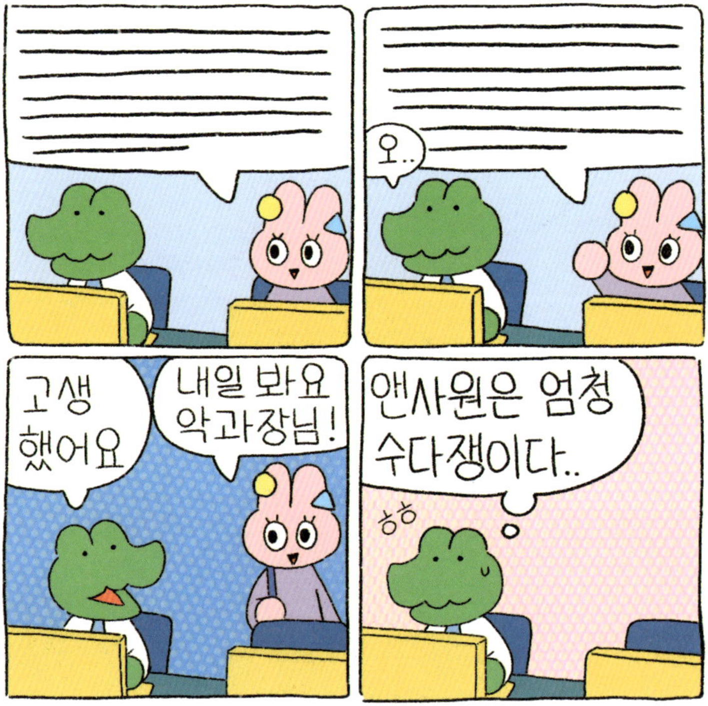

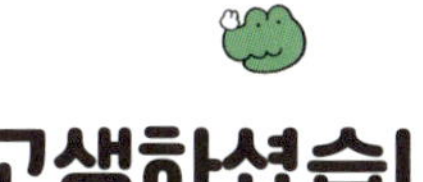

고생하셨습니다

옆 팀 과장님 지금 퇴사 하신대요
웅성 웅성
악어과장님?
오늘까지 라면서요?
그동안 고생 많으셨어요
그 말 여기서 처음 들었어요..

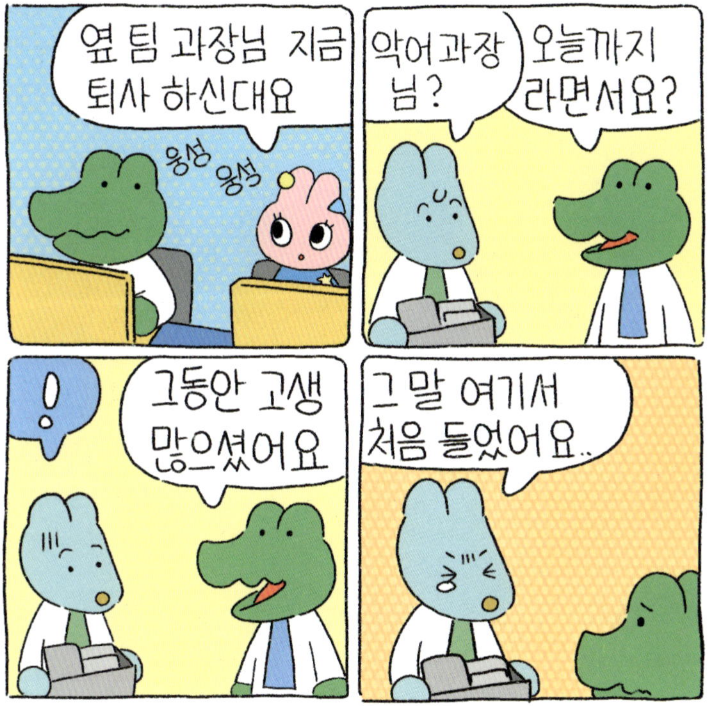

앤사원 기로에 서다

모델 일하고 회사일 중에 뭐가 더 좋아요?
둘 다 너무 재미있어요
그래도 둘 중 하나를 골라야겠죠?
천천히 생각해 봐요 급할 건 없으니까
네

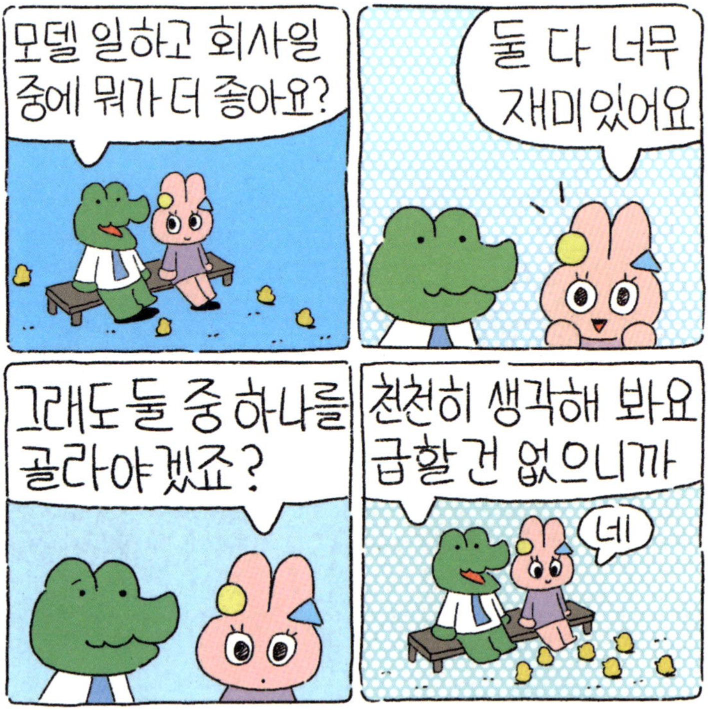

수다쟁이 앤사원 2

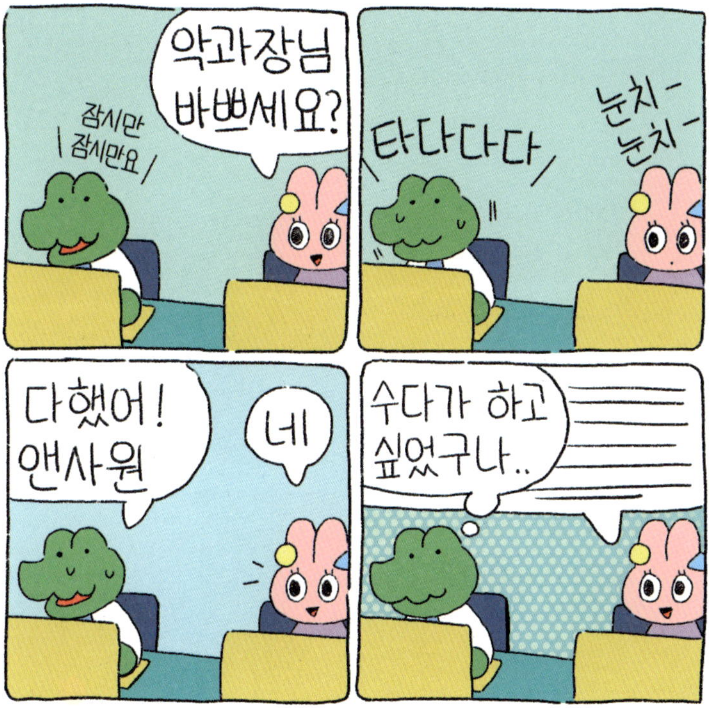

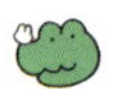

앤사원 의문을 품다

악과장님 같이가요
네
저 일 잘하고 있나요?
그럼요
오전근무만 하는데요?
협의 된 거 잖아요
근무시간이 길다고 성과가 잘 나오는건 아니니까요
…
그래도…

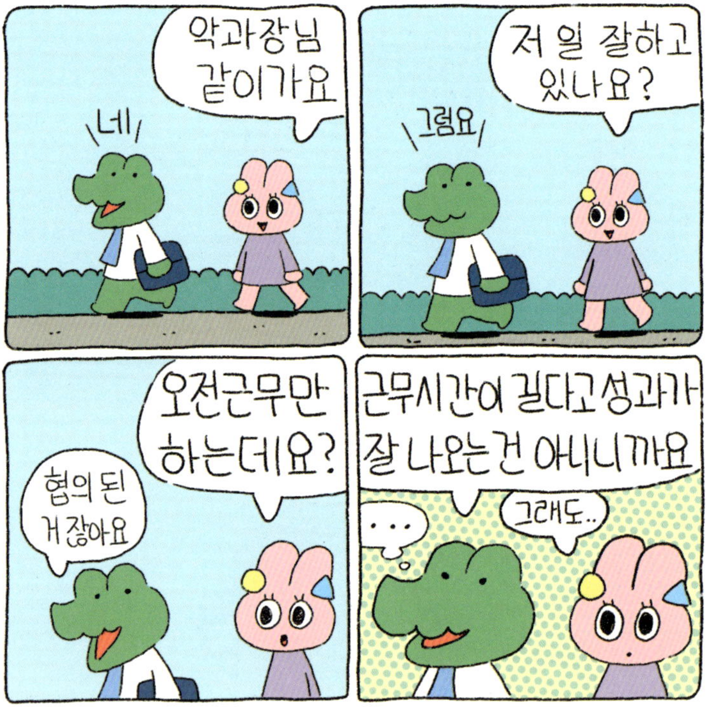

성장의 가능성을 보다

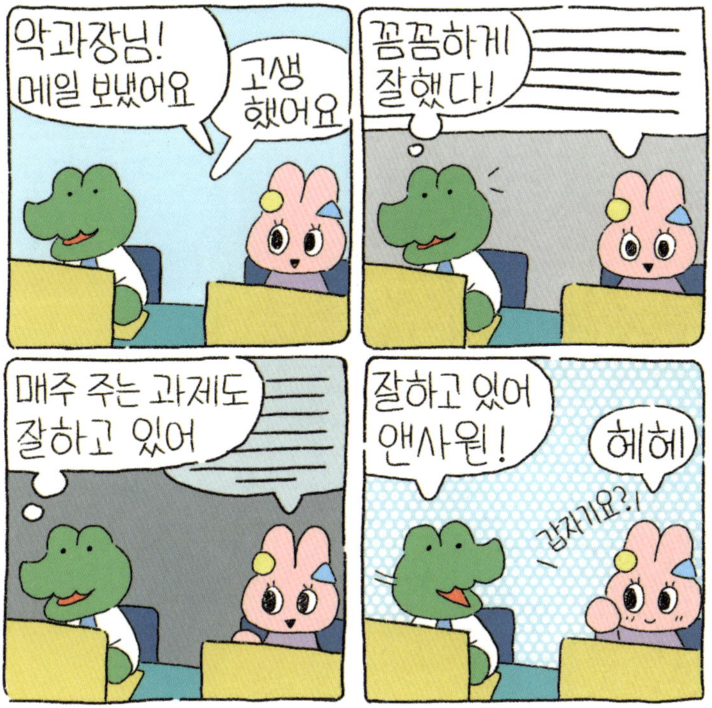

그리운 사람들

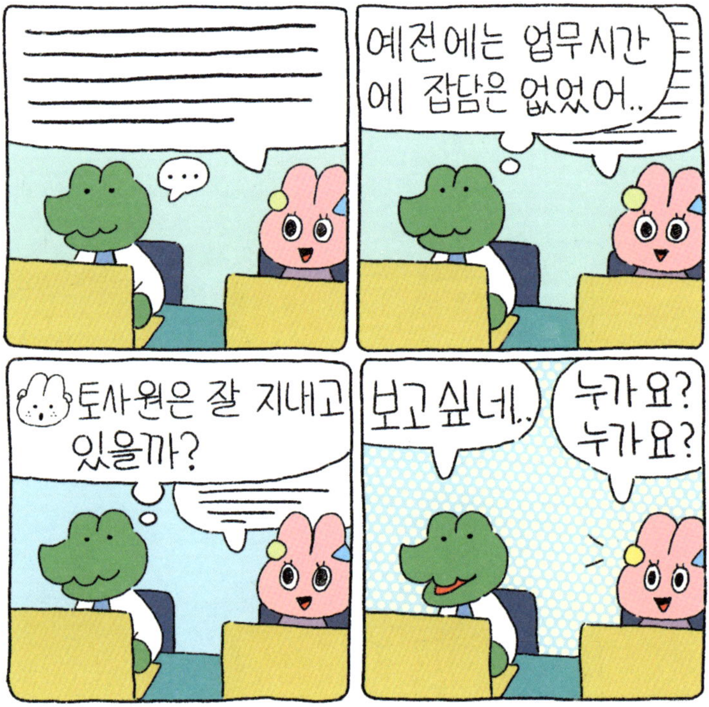

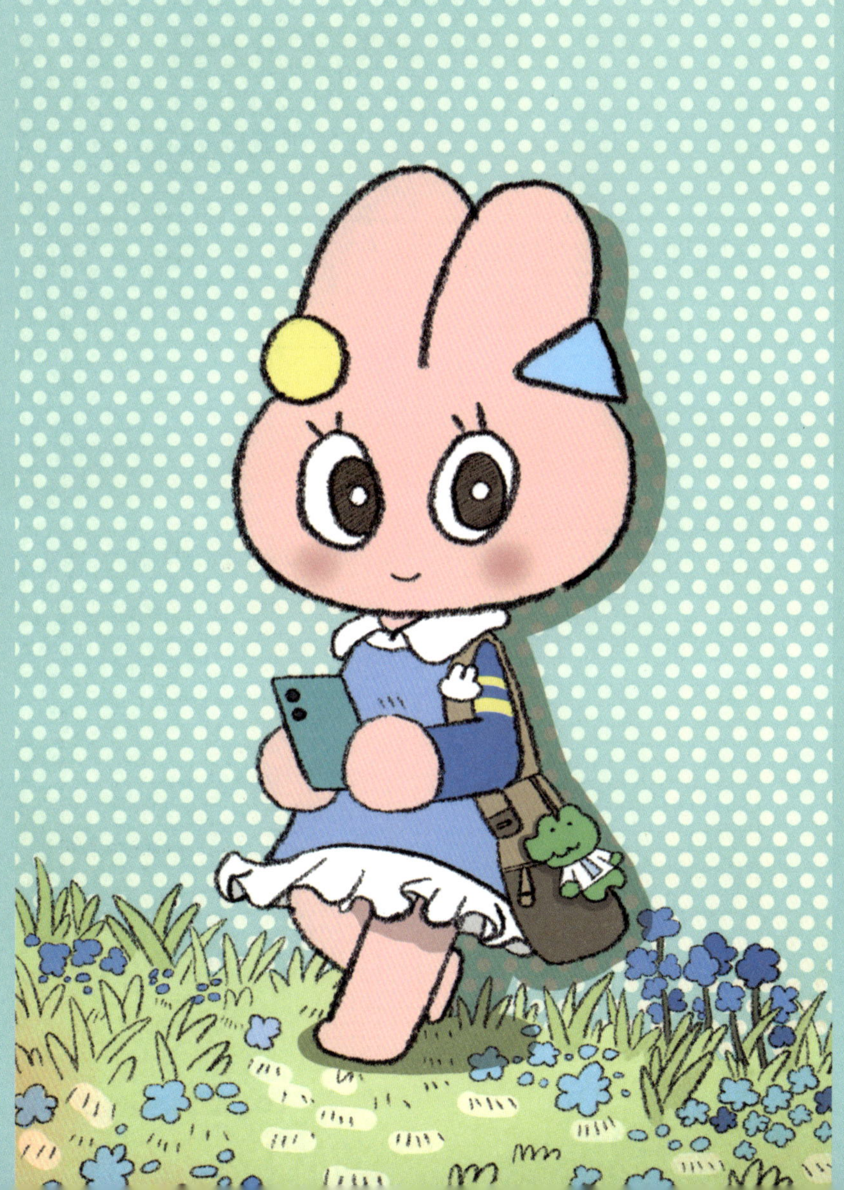

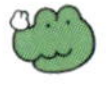

편견을 안고 살아가는 사람

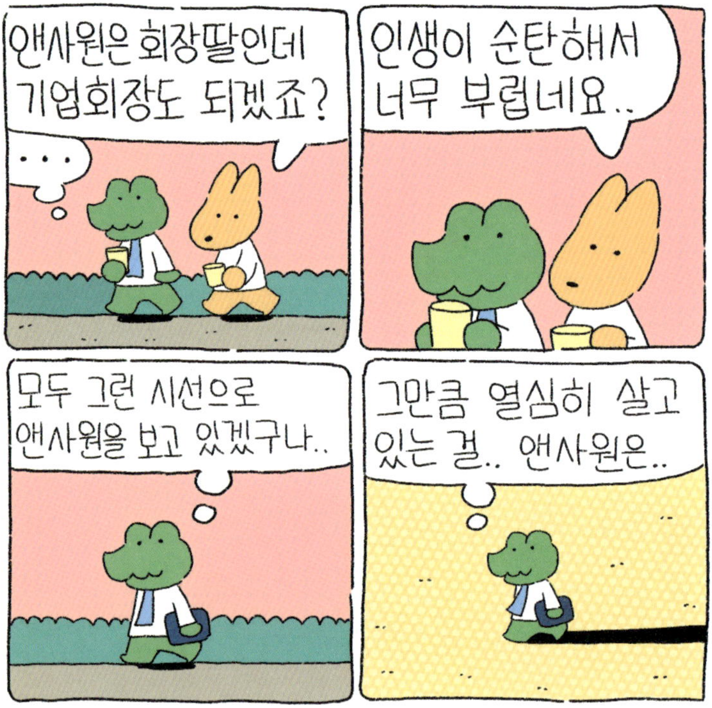

엄마의 공간

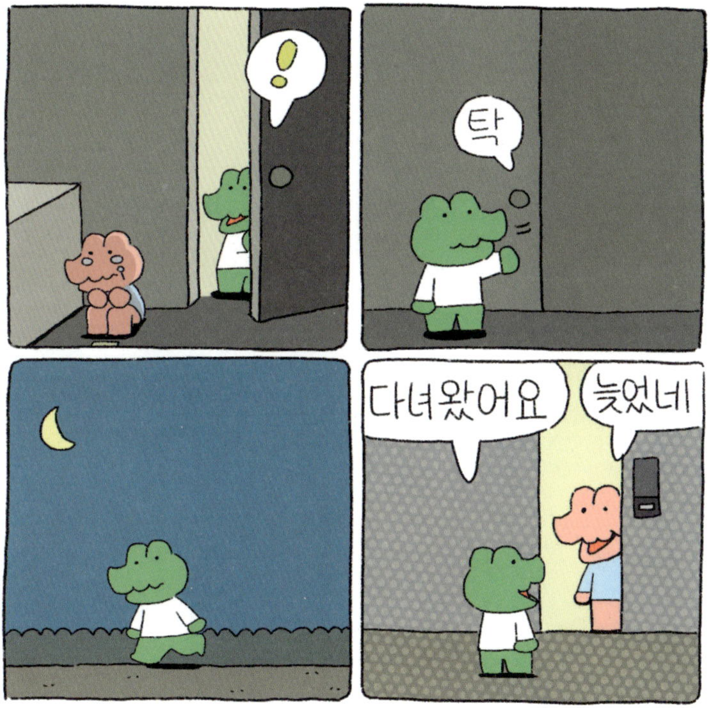

신입 사원 키우기

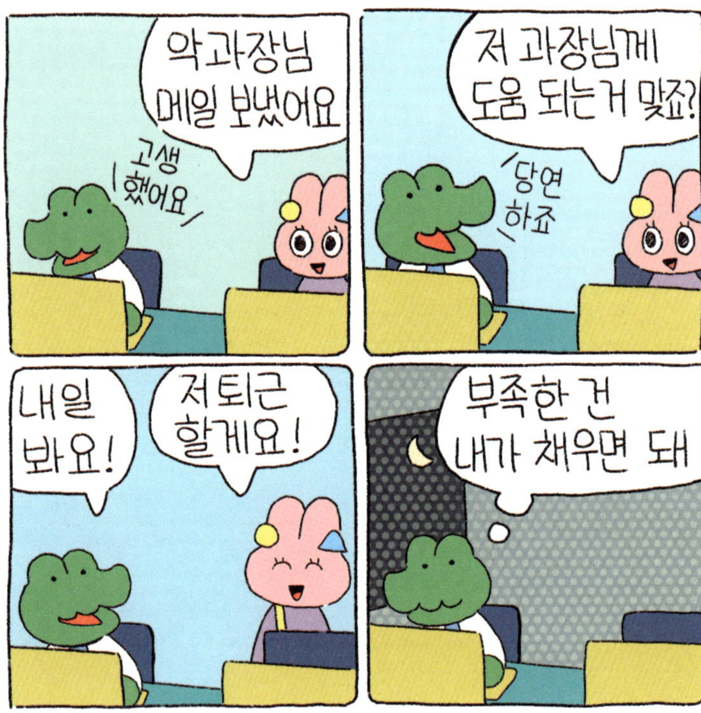

악어 과장님 메일 보냈어요
고생 했어요
저 과장님께 도움 되는 거 맞죠?
당연 하죠
내일 봐요!
저 퇴근 할게요!
부족한 건 내가 채우면 돼

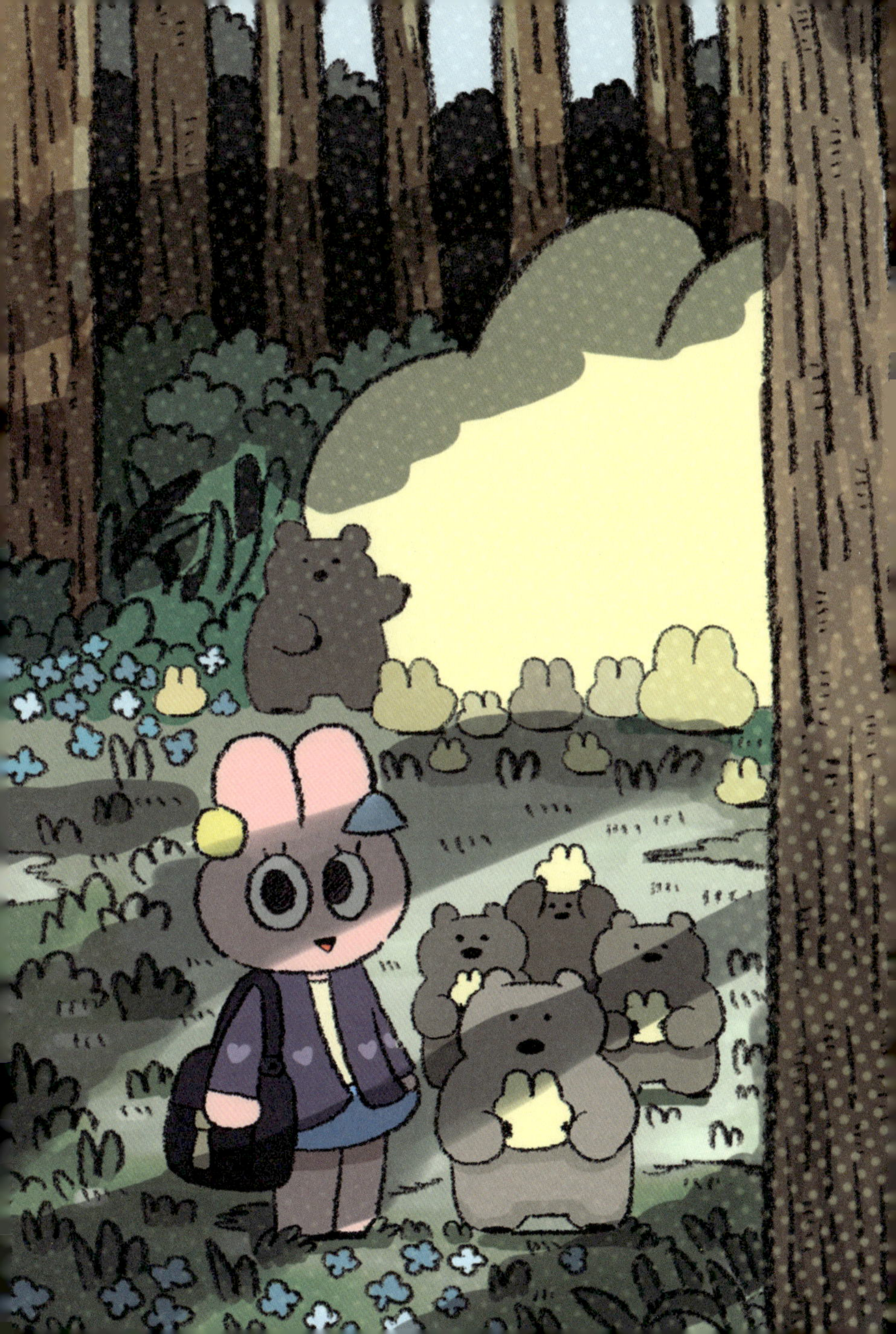

습관을 다시 지적받다

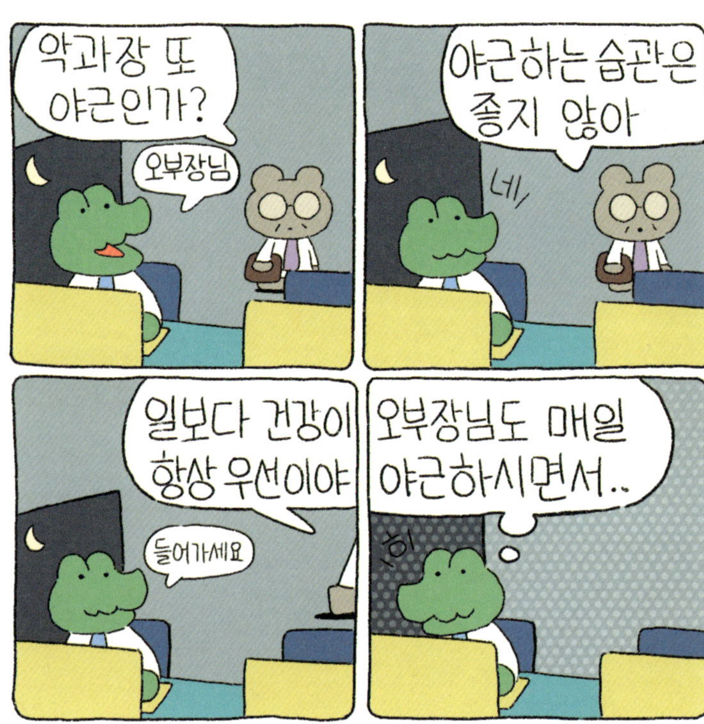

악과장 또 야근인가?
오부장님
야근하는 습관은 좋지 않아
네!
일보다 건강이 항상 우선이야
들어가세요
오부장님도 매일 야근하시면서..
히

편견과 오해

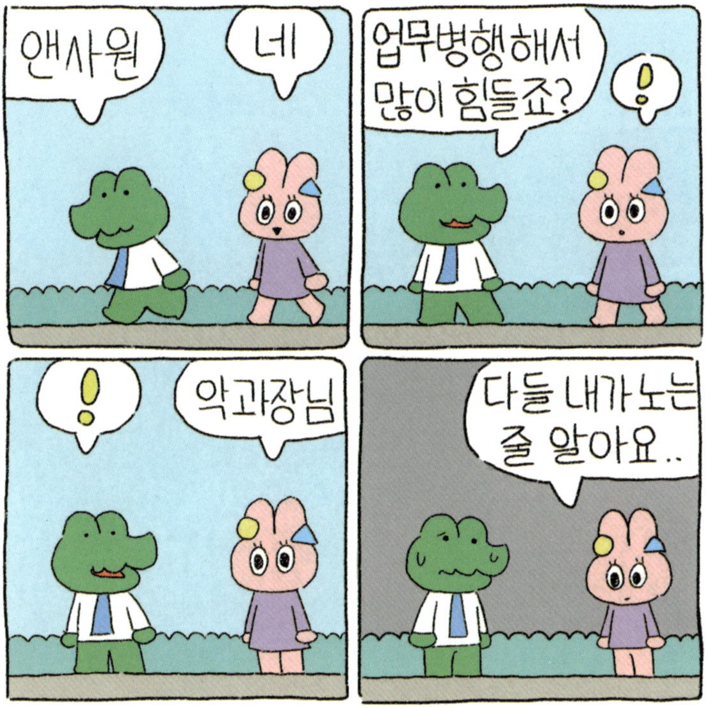

앤사원 책임감을 느끼다

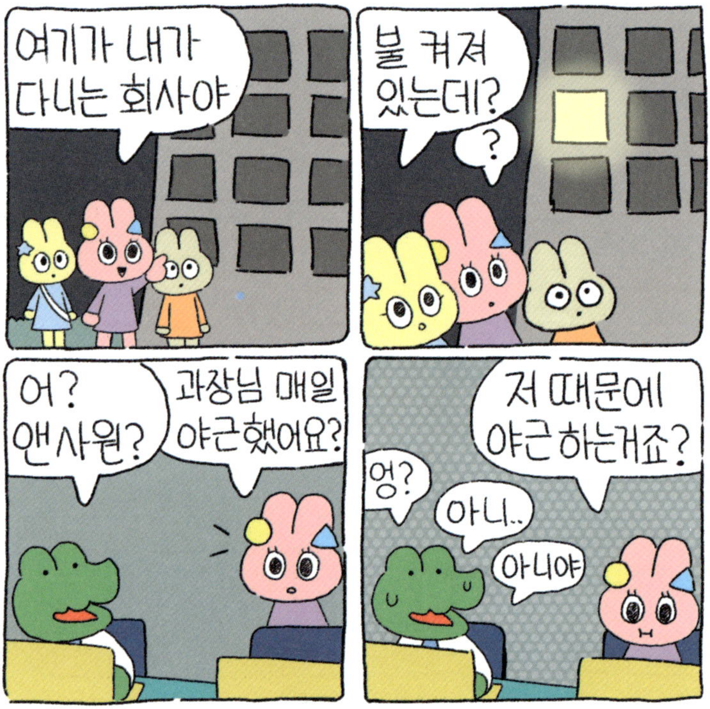

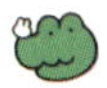

앤사원 고민에 빠지다

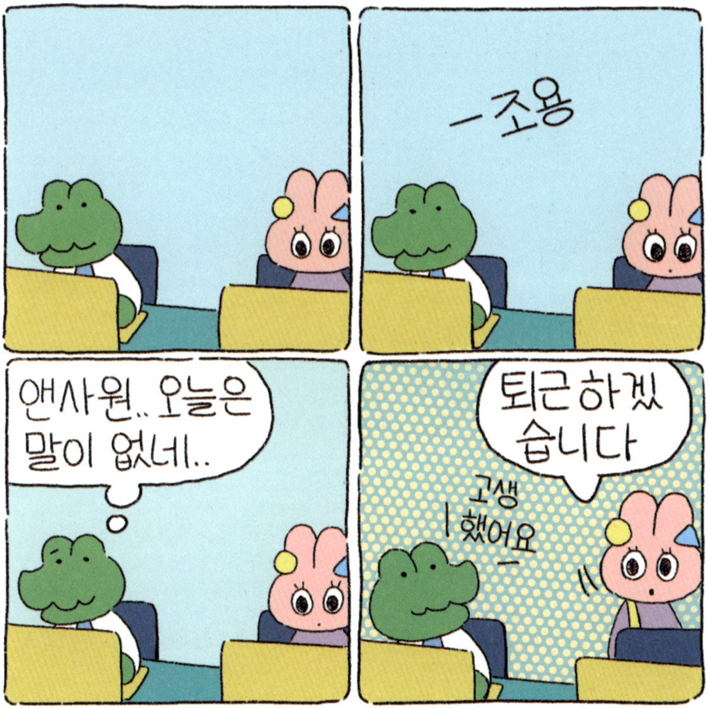

앤사원 선택하다

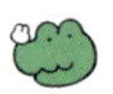

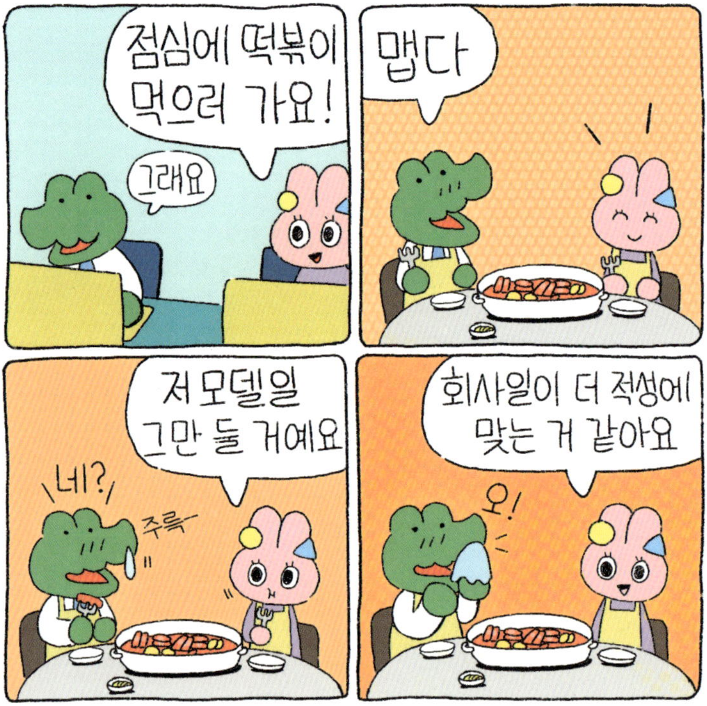

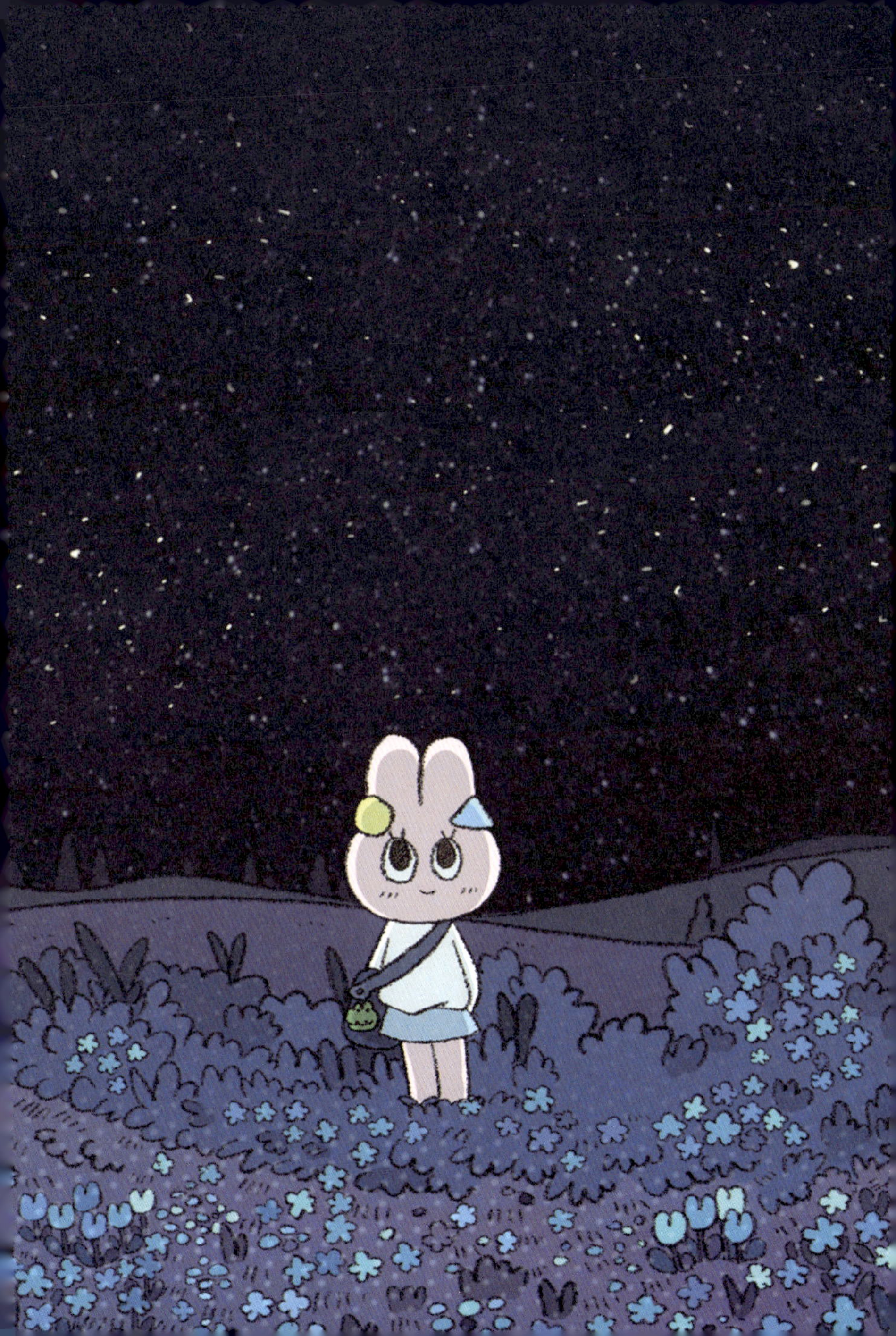

작은 행복 하나

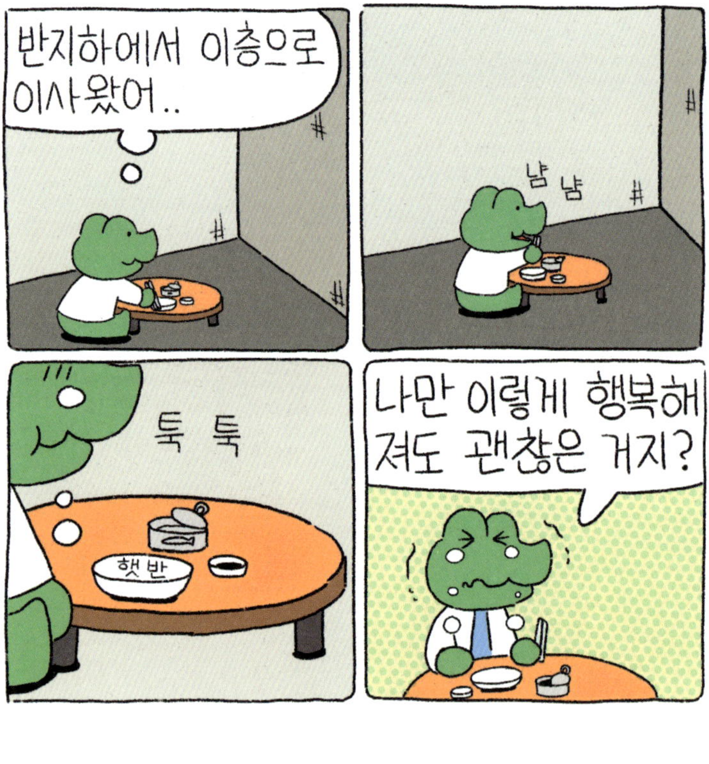

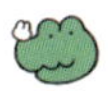

악어과장의 팀을

악어과장
부르셨나요?
이번에 자네가 믿을 수 있는 팀을 꾸려보면 어때?
믿을 만한 사람을..
너무 많아.. 내가 객관적으로 잘 뽑을 수 있을까..

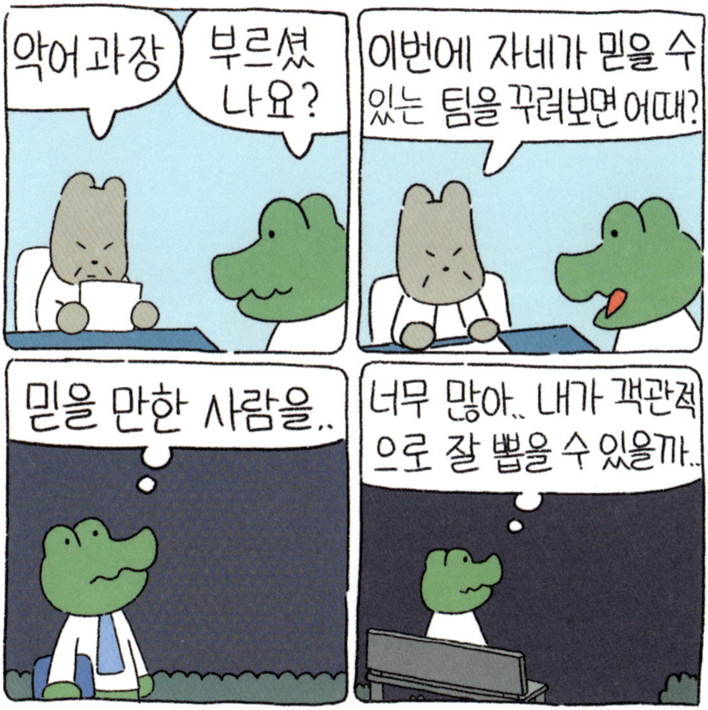

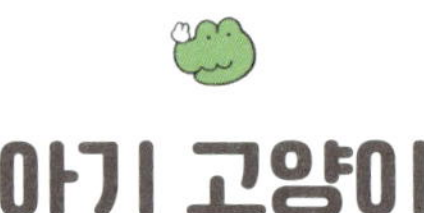

아기 고양이

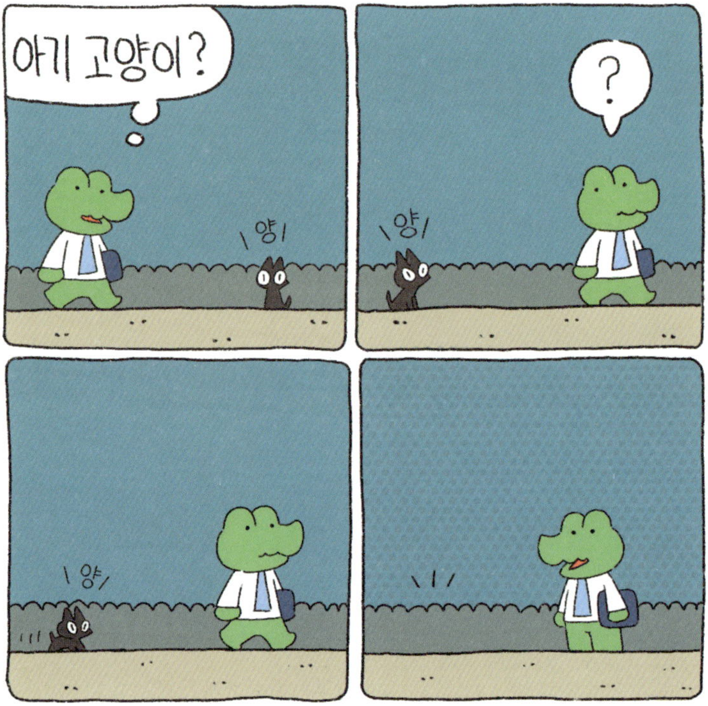

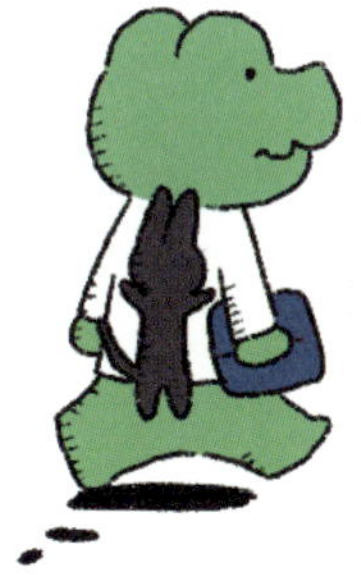

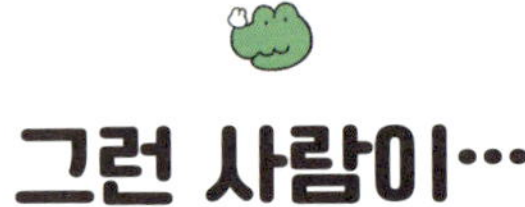

그런 사람이…

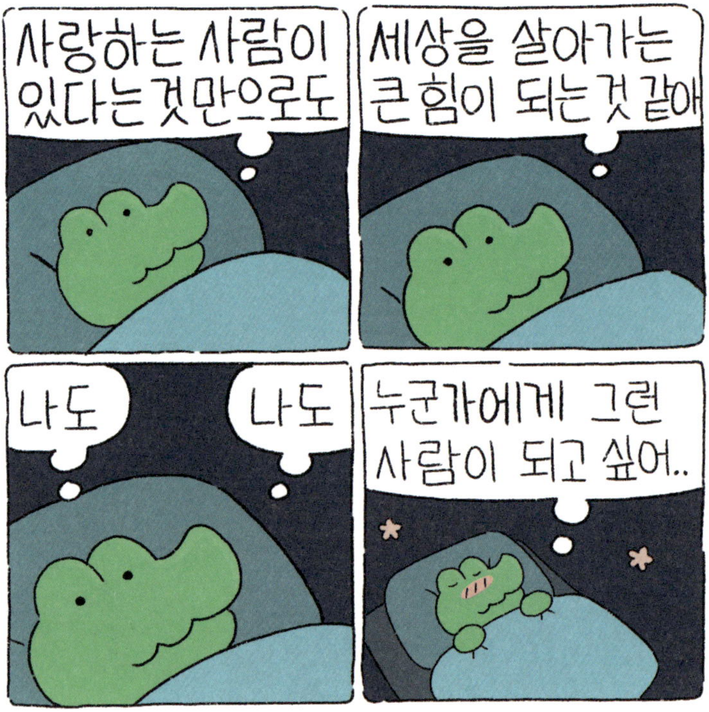

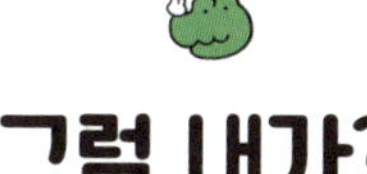

그럼 내가?!

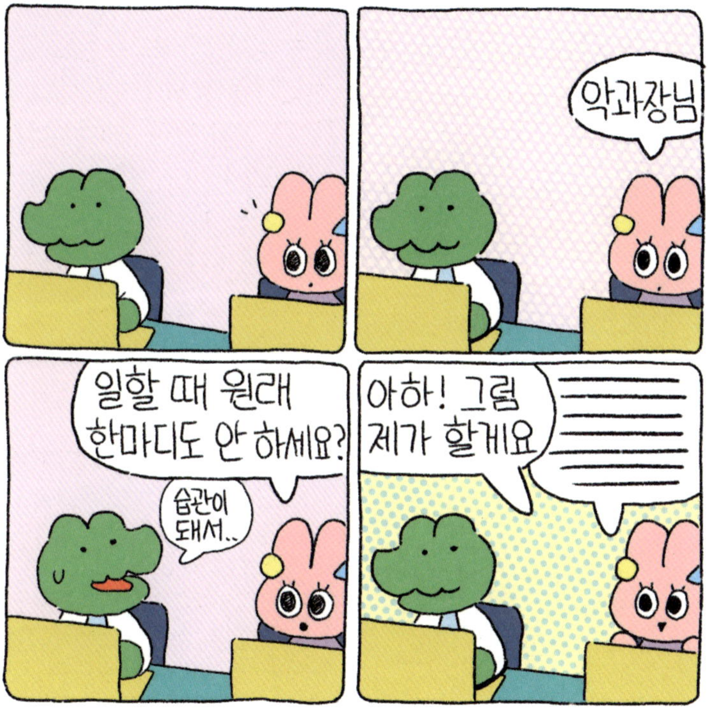

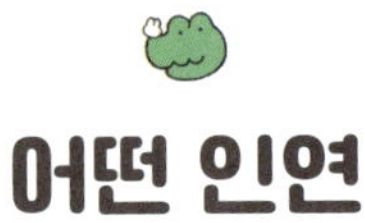

어떤 인연

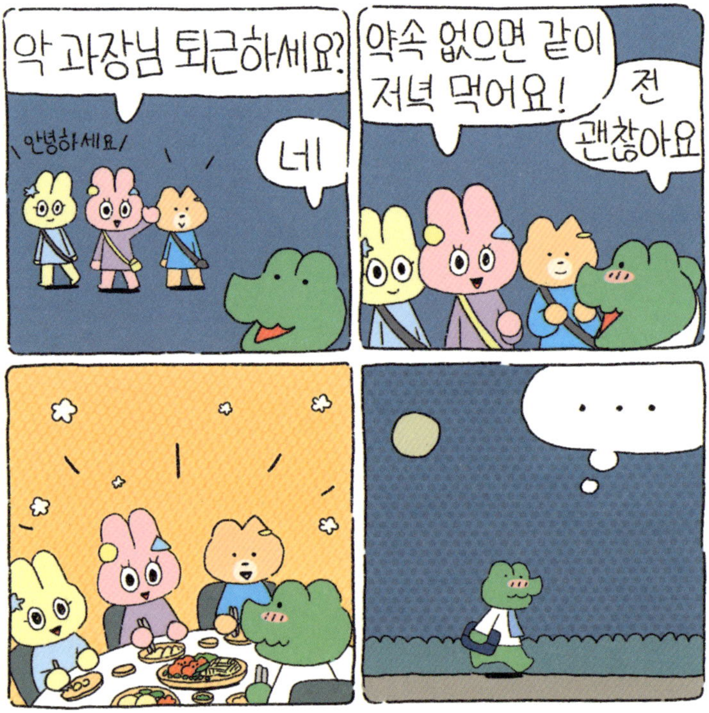

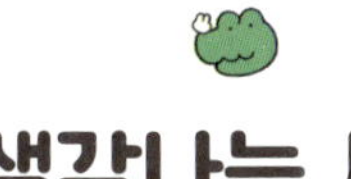

생각나는 사람

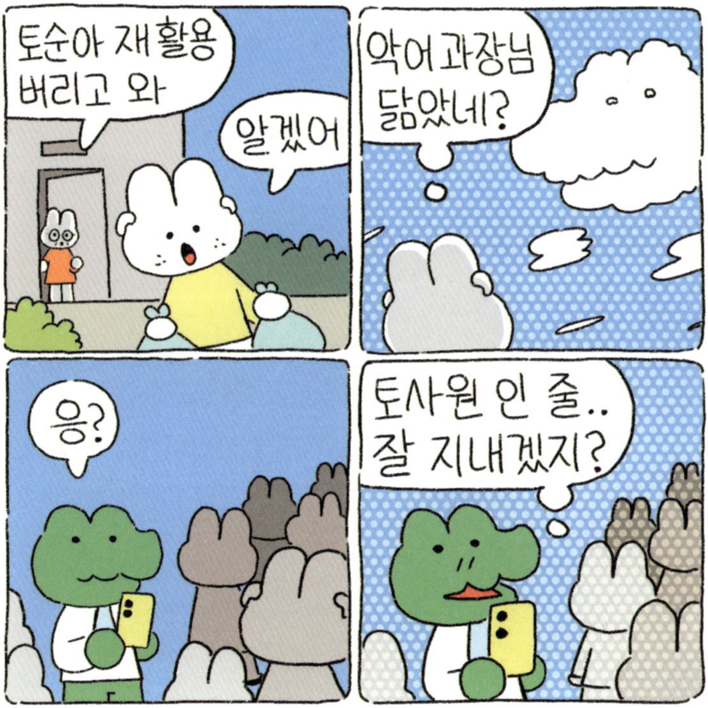

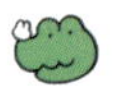

오부장님의 이야기

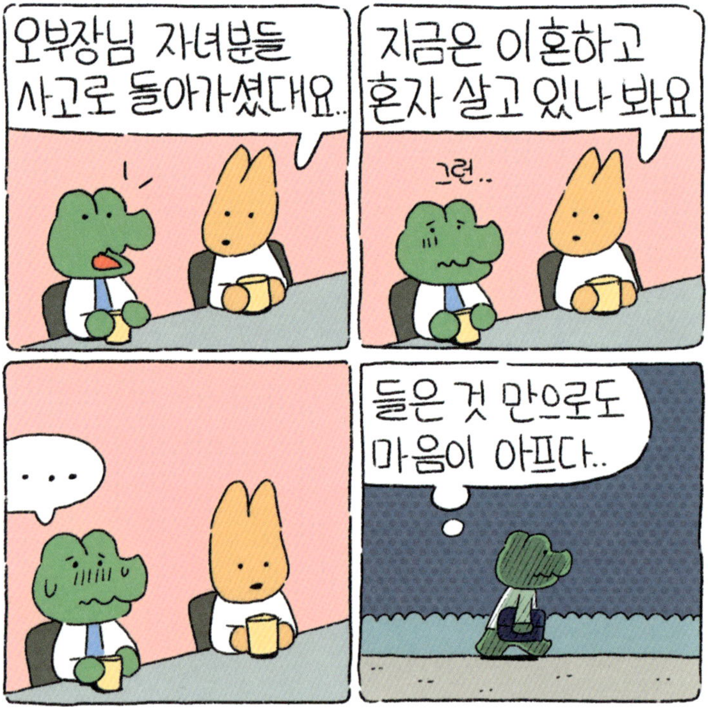

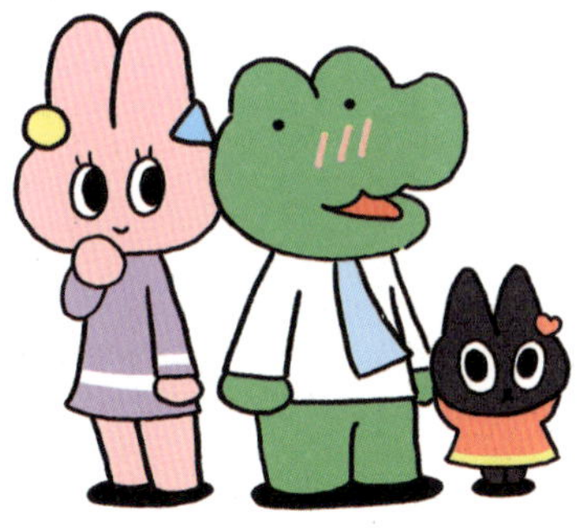

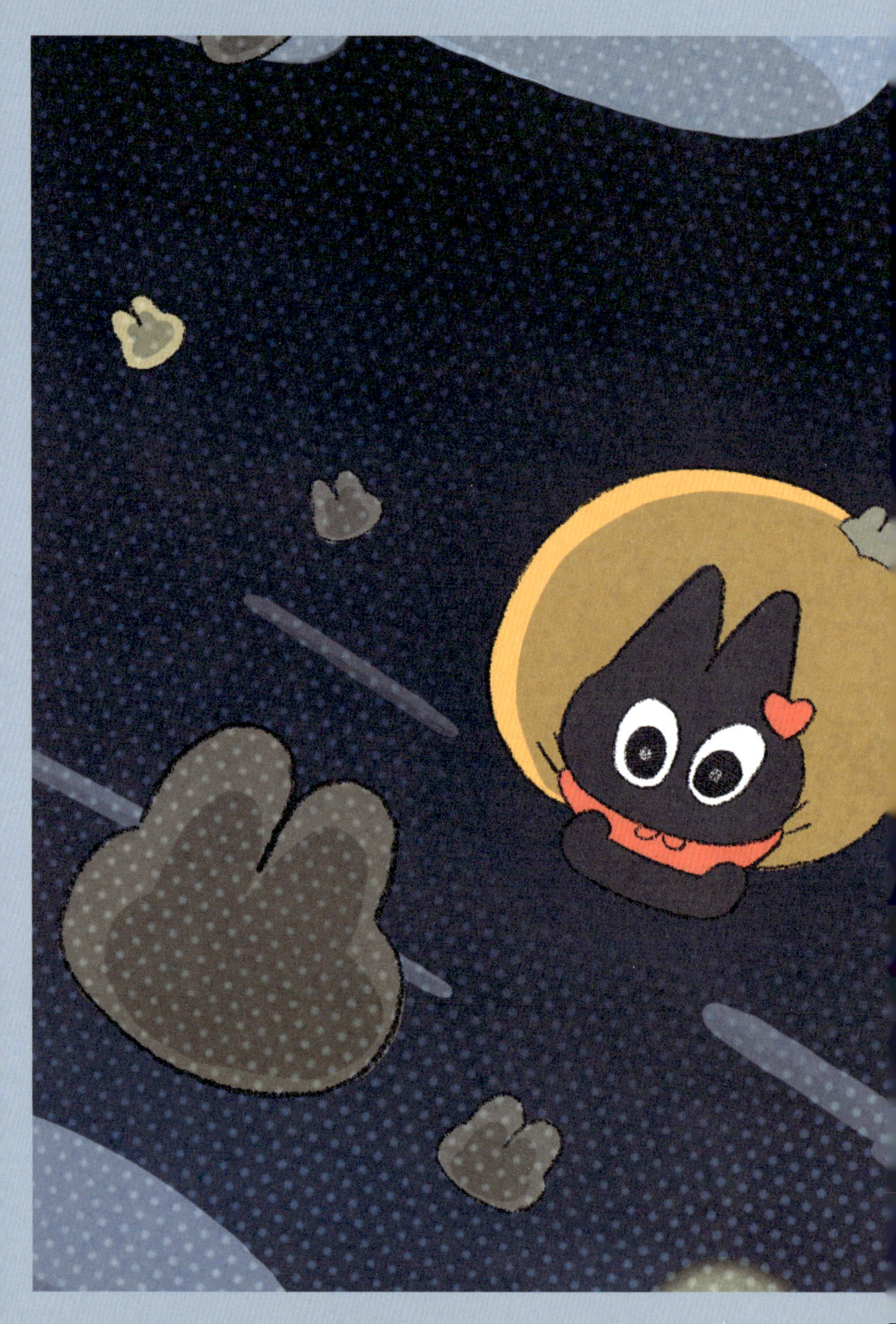

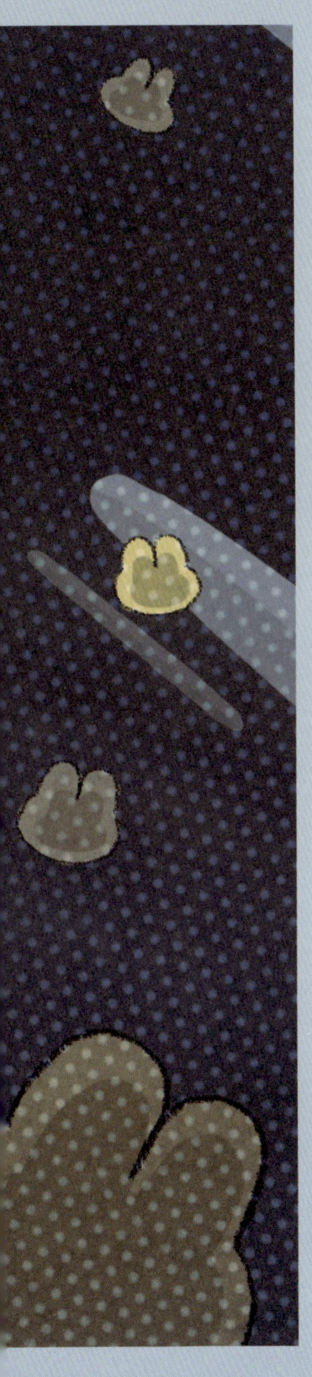

2장

새로운 만남

악어과장님은 정말 이상한 사람이야
너무 평범한데 현실에서 보기 힘든 사람

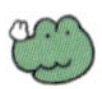

새로운 만남

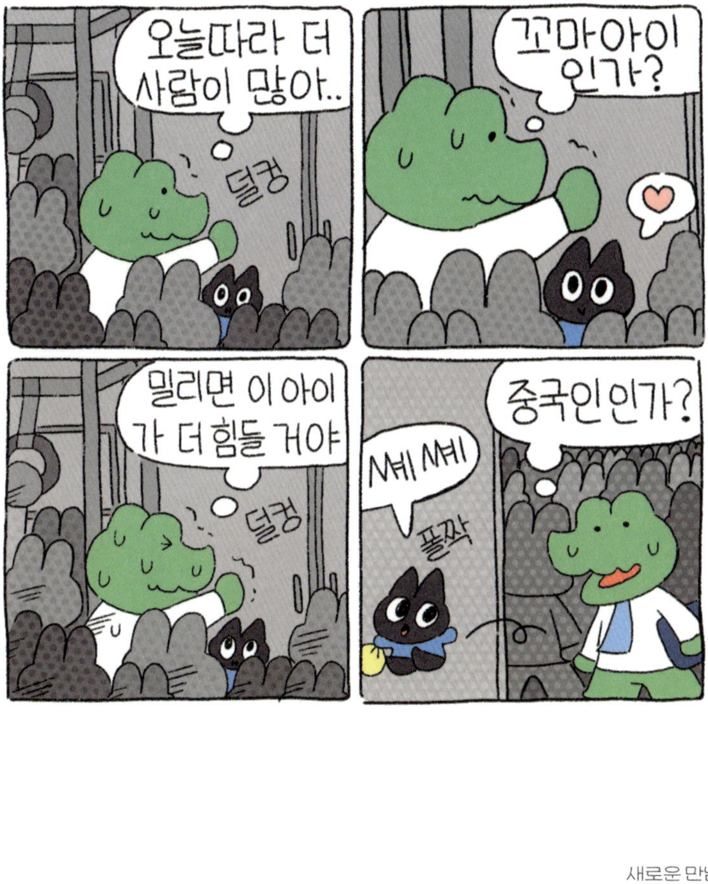

쭈대리 면접보다

면접자는 아직 안 온 거죠?
아뇨 앞에..
여기 있소요
앗
지하철에서 만났죠?
네~ 네~
중국에서 15년 살다가 왔어요~ 취미는 태극권
얍

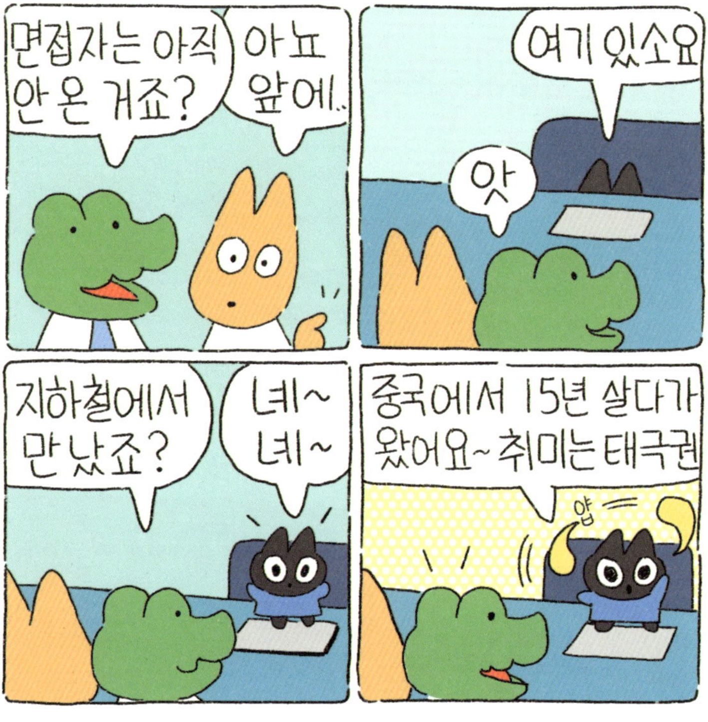

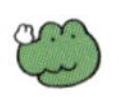

퇴근 후에

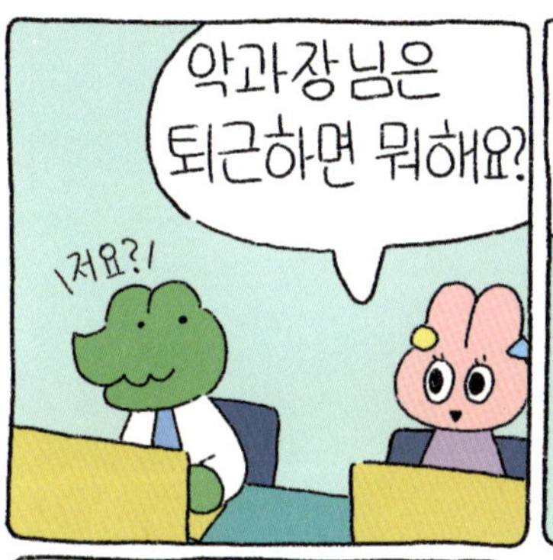

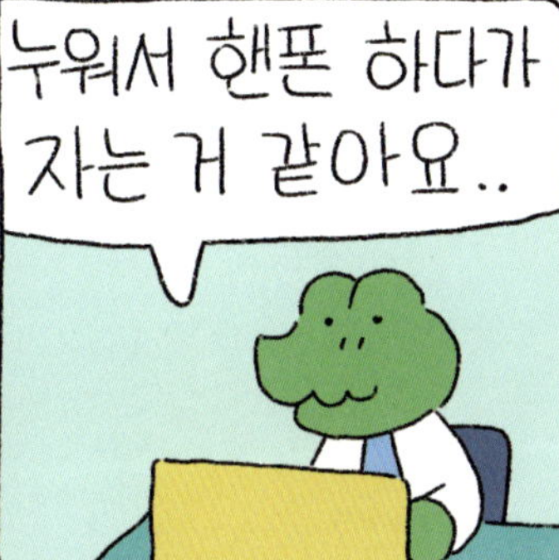

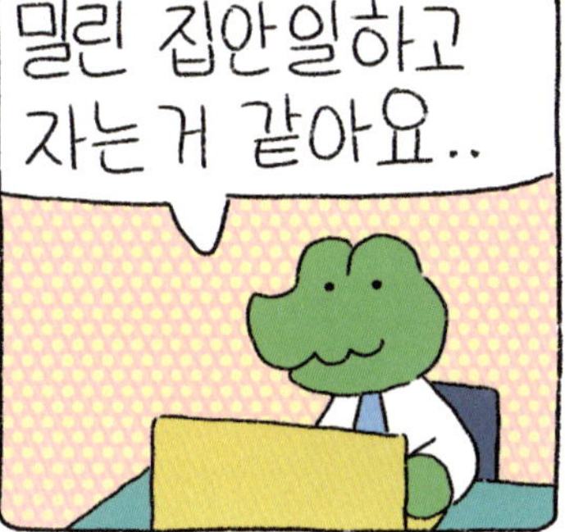

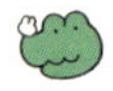

공감 받지 못하는 인생

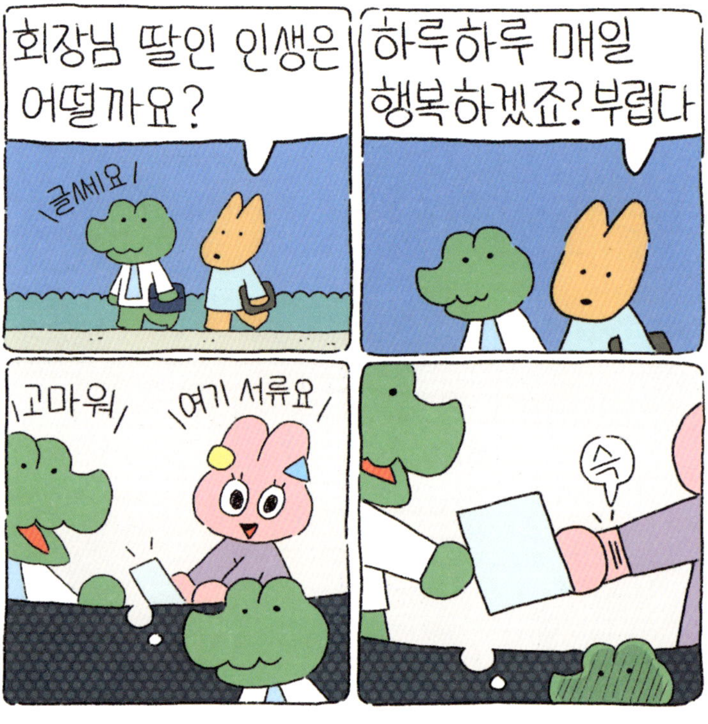

불쑥 나타난 가족

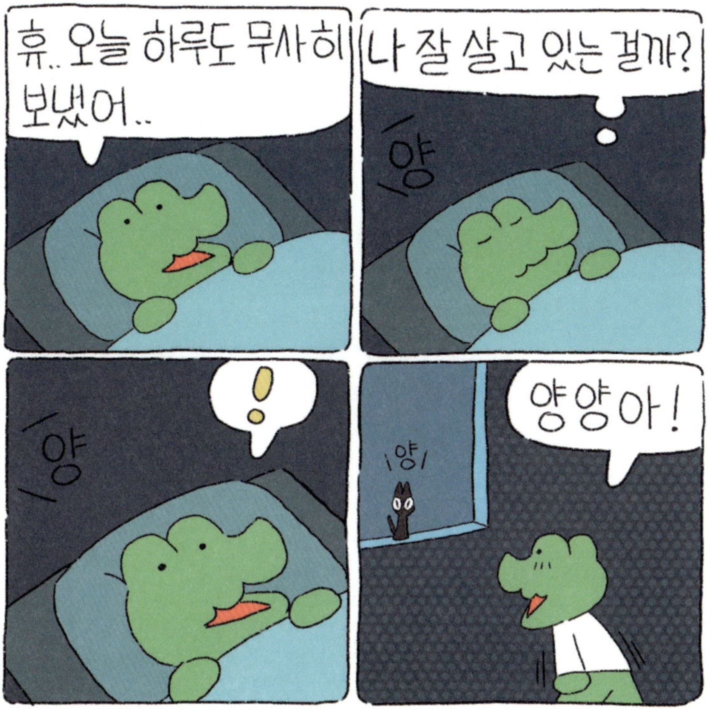

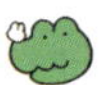

챙겨주는 사람

악과장님 요즘 피곤해 보여요
홀 쭉!
나 평소와 같은걸?
죽기 직전 같아요
하참
몇 달 동안 편의점 김밥만 먹어서 그런가?
안돼요
당분간 저녁 먹고 들어요
난 괜찮아 앤사원..

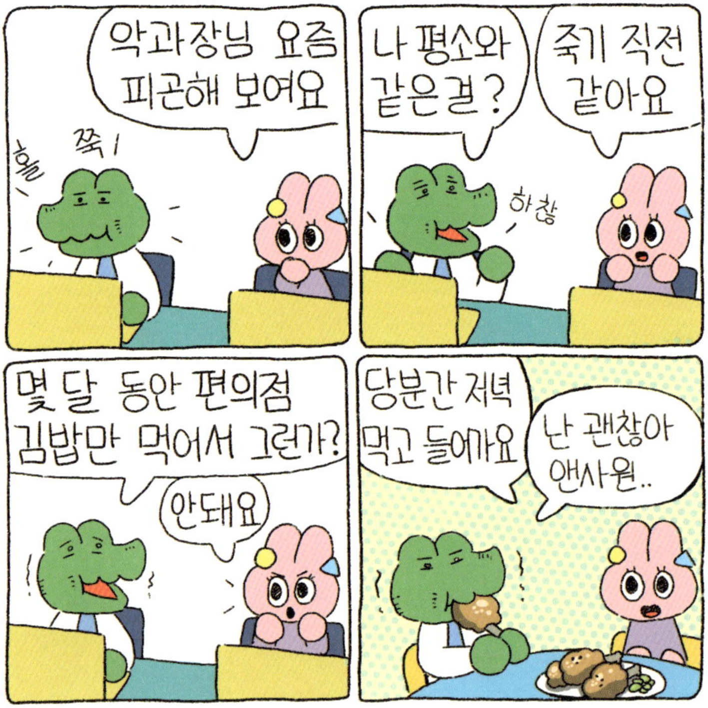

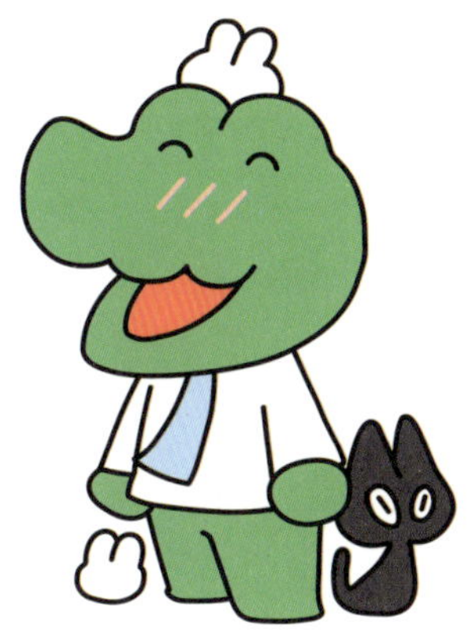

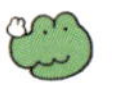

두 번째 멤버 쭈대리

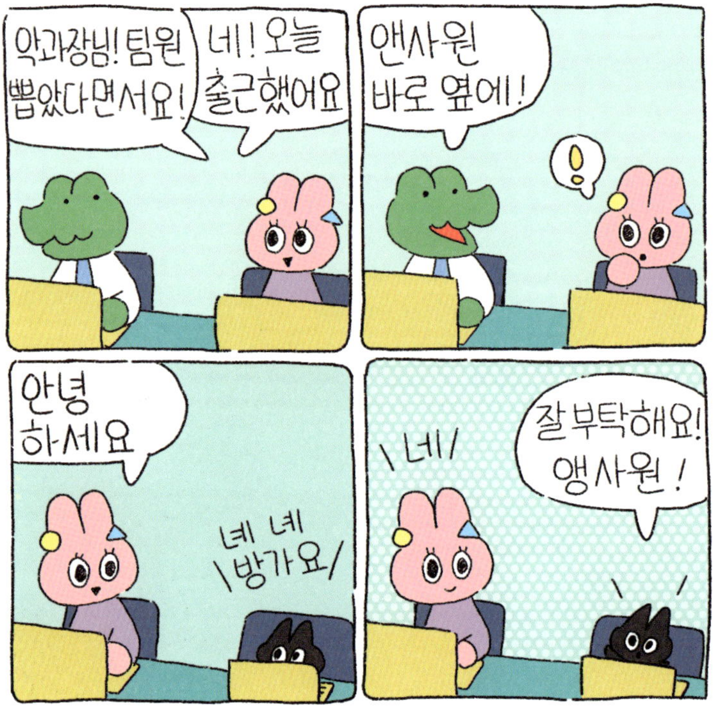

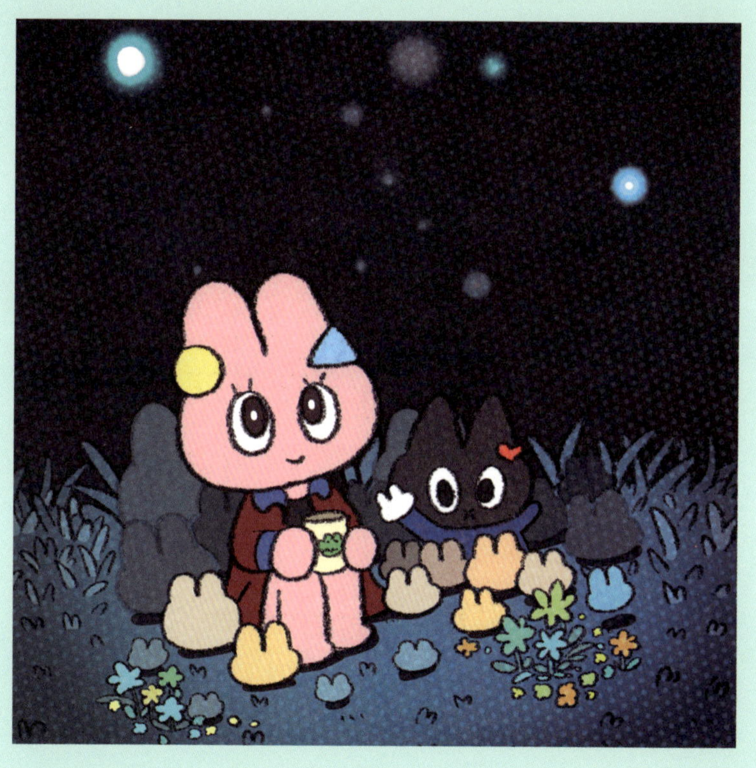

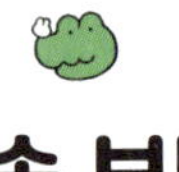

계속 보다

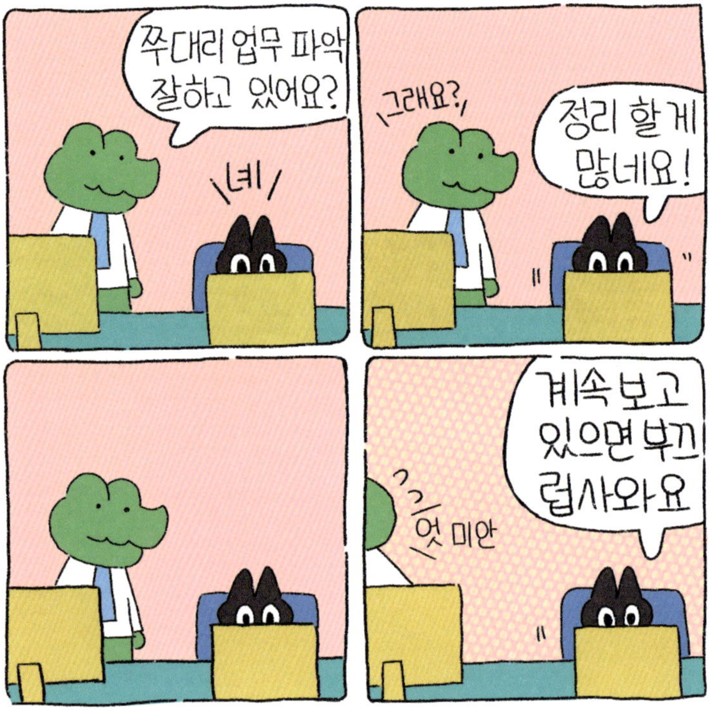

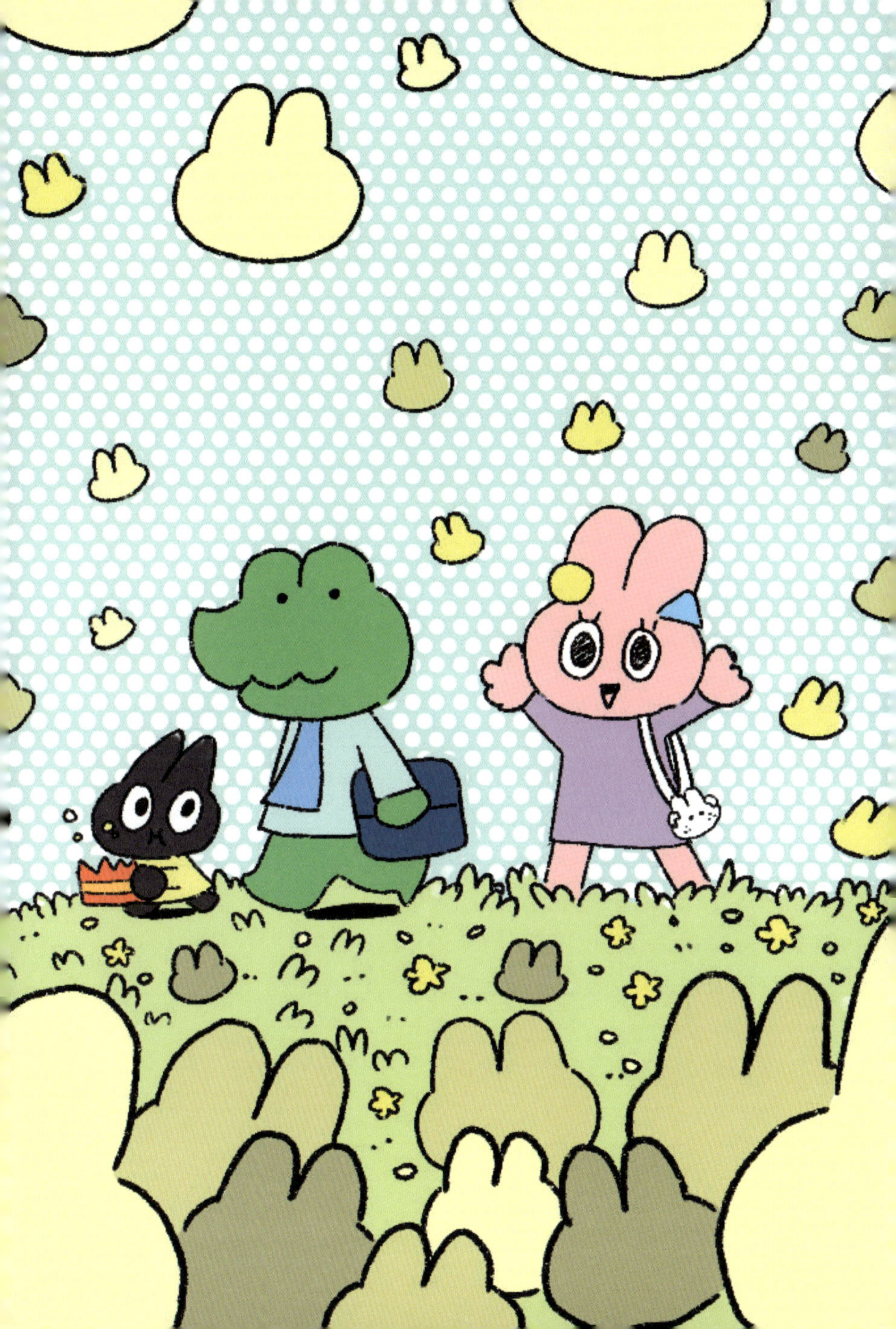

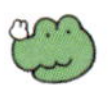

오부장님의 비밀 1

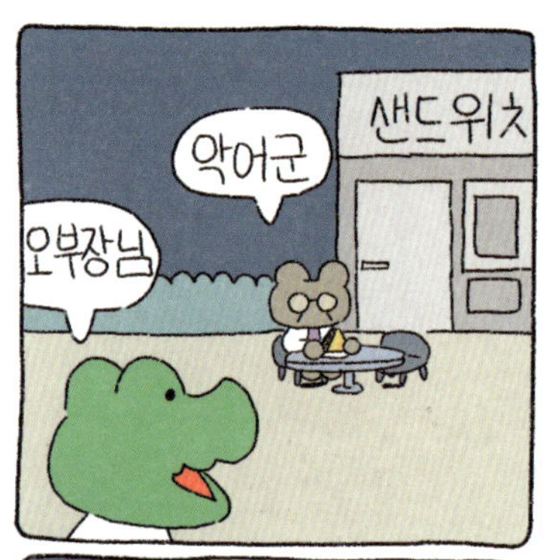
샌드위치
오부장님
악어군

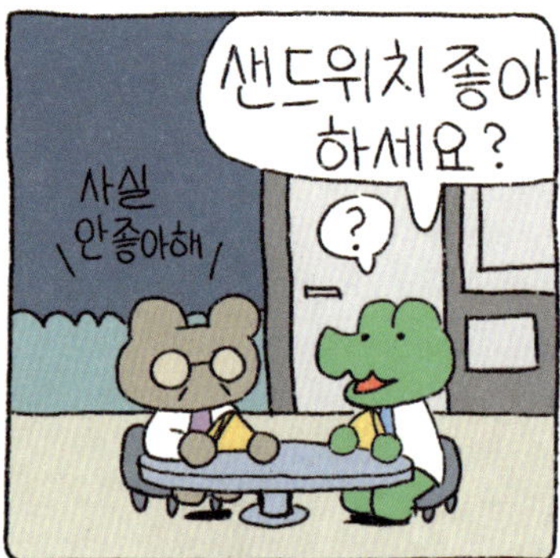
샌드위치 좋아
하세요?
사실
안좋아해
?

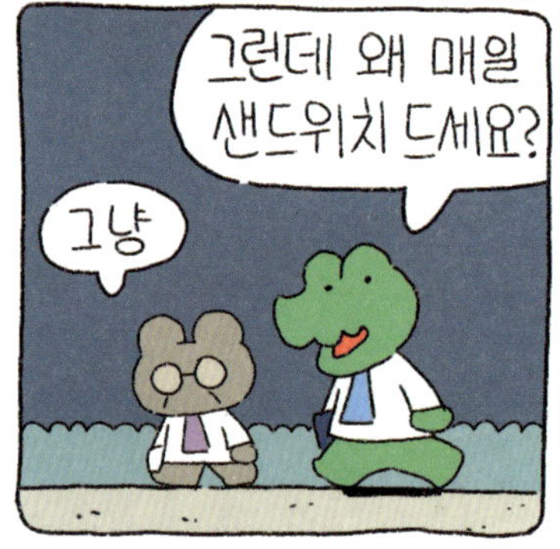
그런데 왜 매일
샌드위치 드세요?
그냥

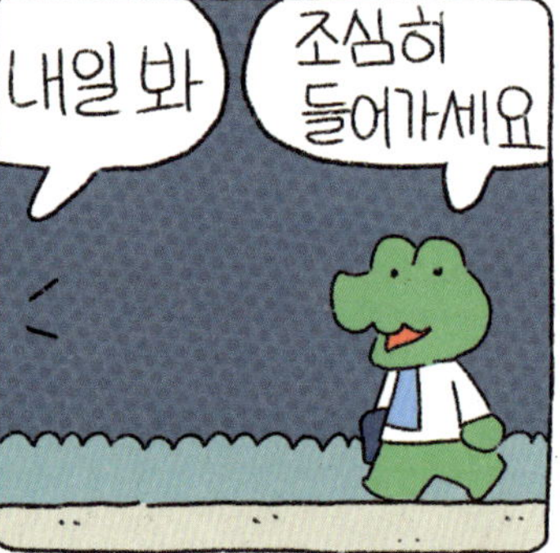
내일 봐
조심히
들어가세요

엄마 핸드폰

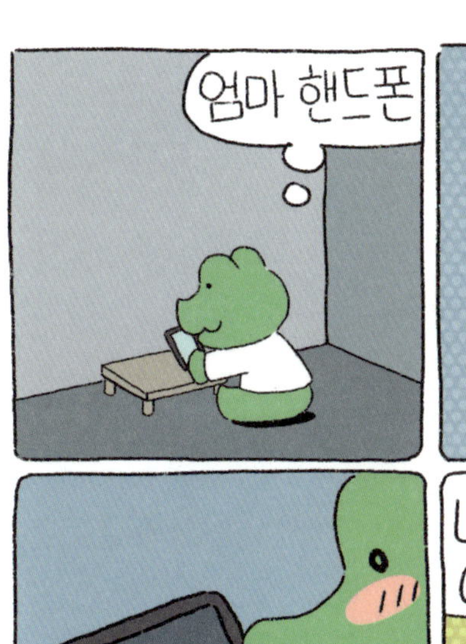

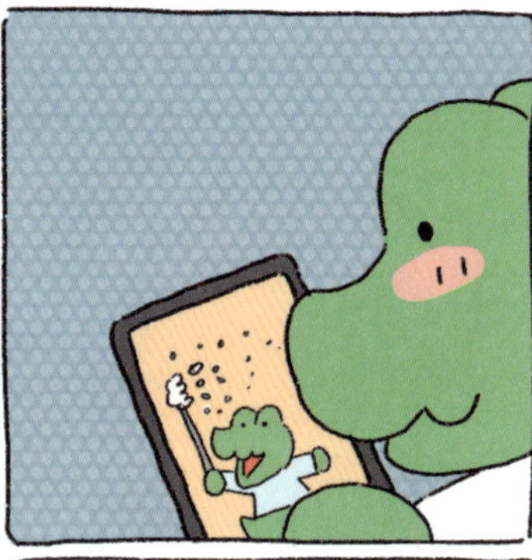

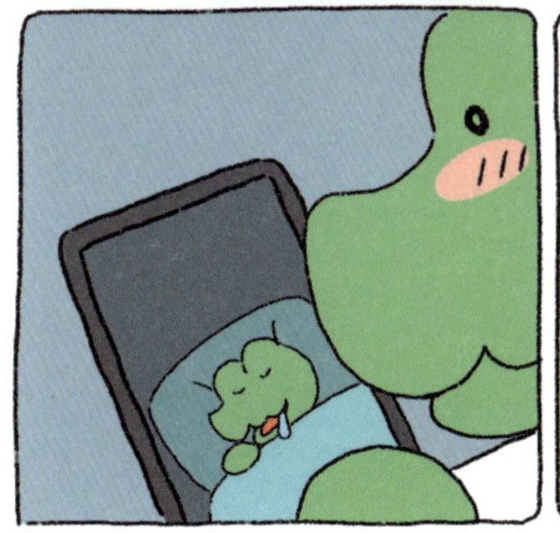

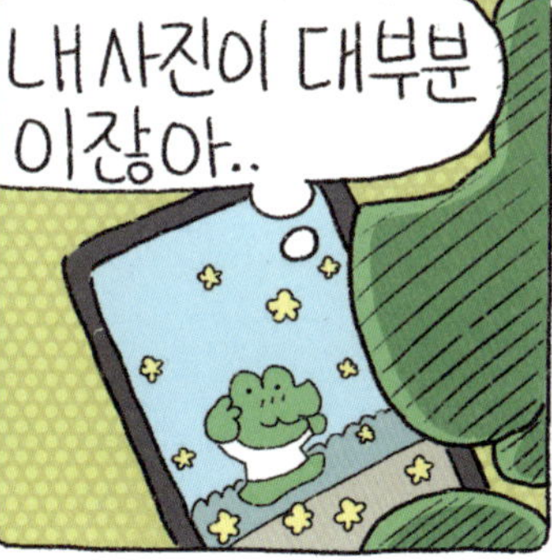

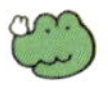

습관을 바꾸다

근무를 오래 한다고
그만큼 성과가 나오는 건
아니야..

야근하는 습관은
좋지 않아! 건강이
우선이야

나쁜 습관은
이제 고치자
벌떡

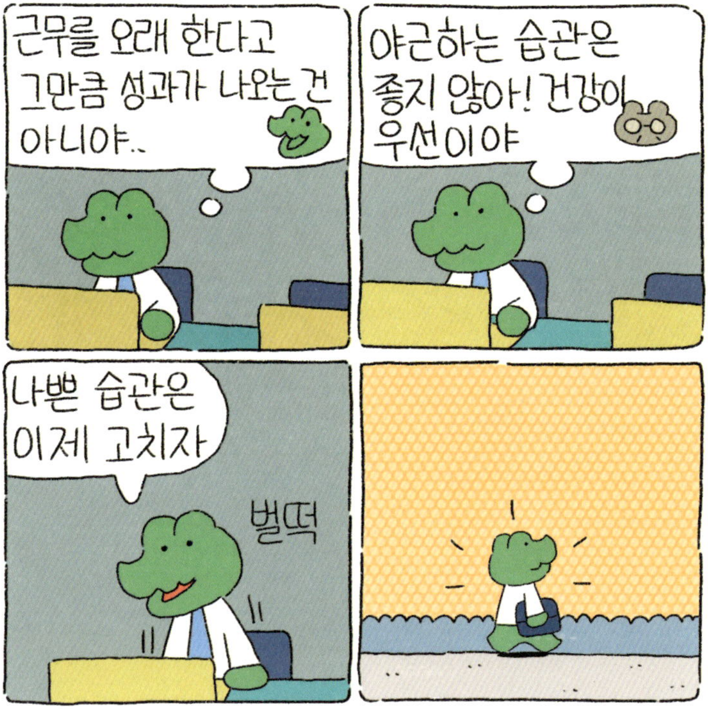

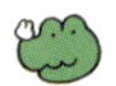

공감 받지 못하는 삶

진로가 걱정이야
회장님 딸이 무슨 걱정이야
한국으로 돌아가야 할까?
아빠 회사에서 일해
앤은 부자라 근심 걱정 없겠다.. 부러워!
편견 없이 내 고민을 들어주는 사람이 생겼어

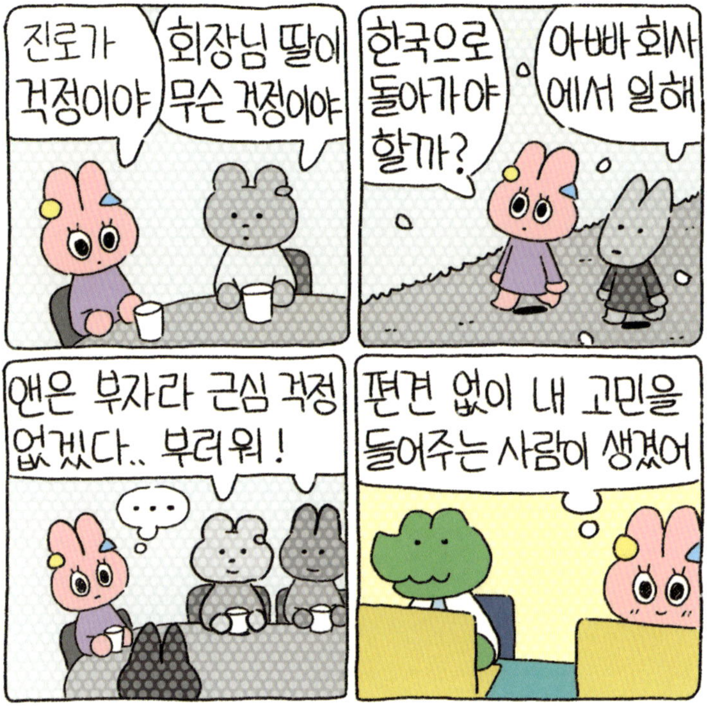

고양이 양이

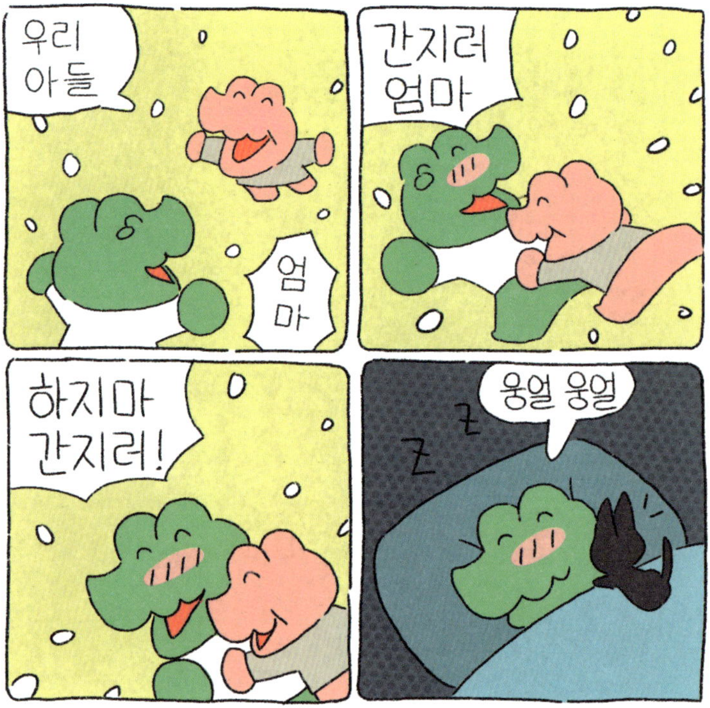

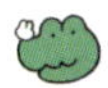

오부장님의 비밀 2

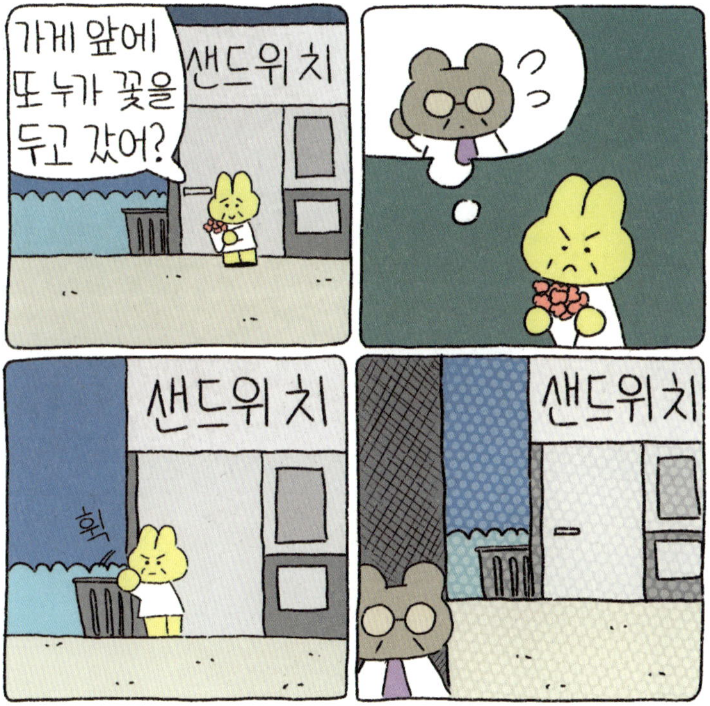

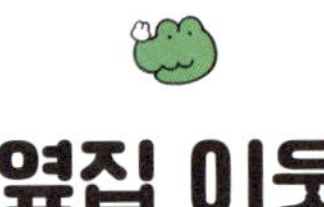

옆집 이웃

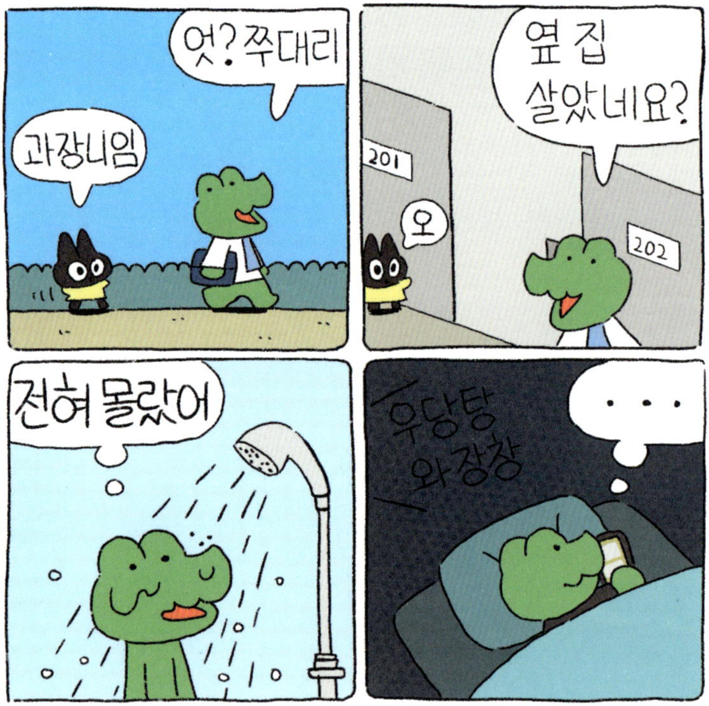

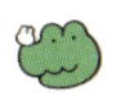

평범한 사람

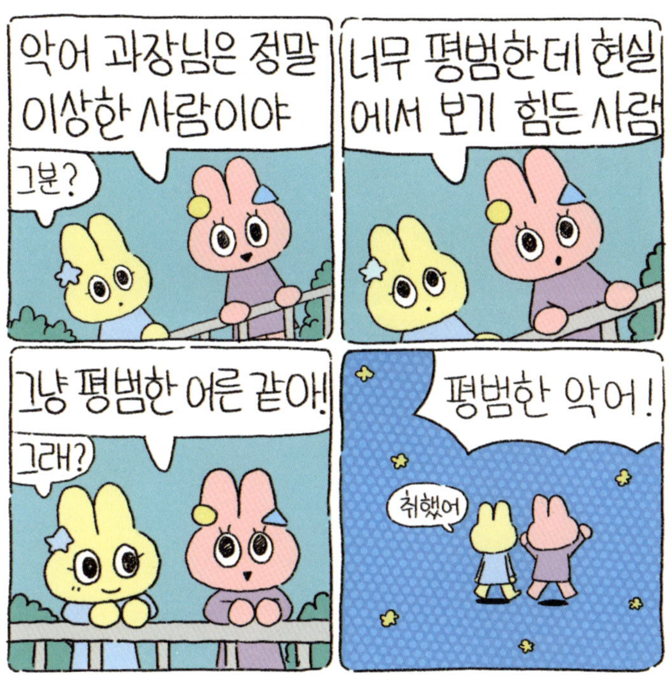

악어 과장님은 정말 이상한 사람이야
그분?
너무 평범한데 현실에서 보기 힘든 사람
그냥 평범한 어른 같아!
그래?
평범한 악어!
취했어

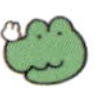

기분 좋은 말 1

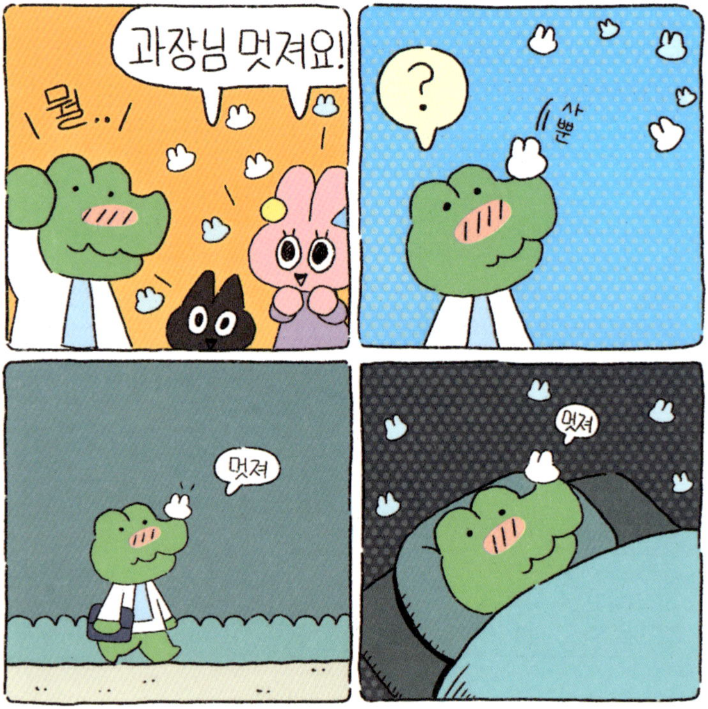

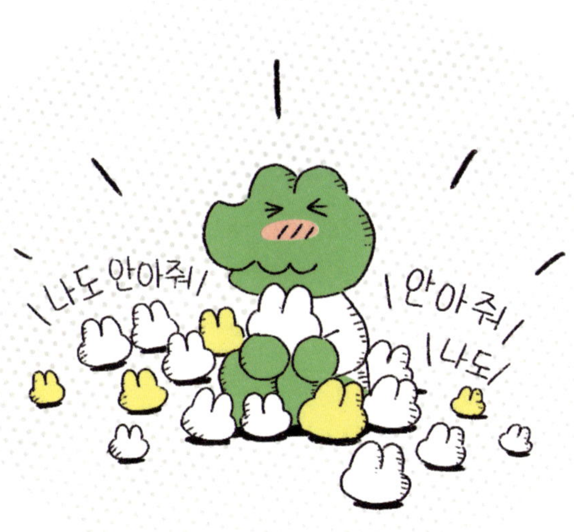
나도 안아줘
안아줘
나도

악어과장 운동

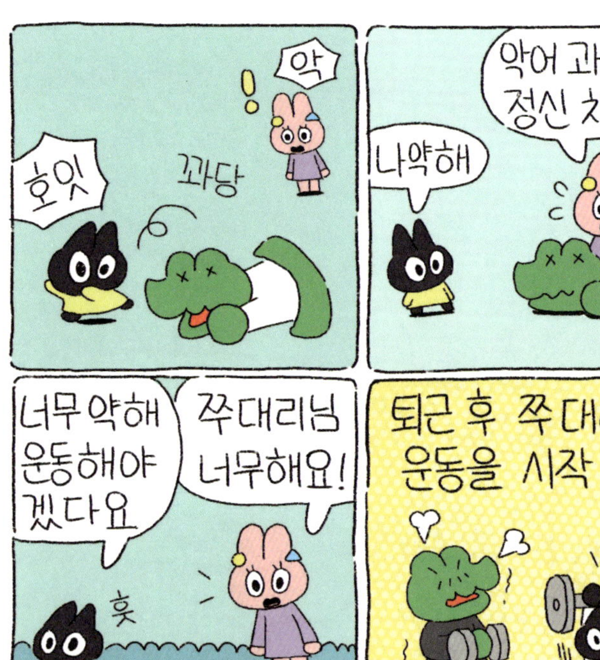
악
꽈당
호잇
나약해
악어 과장님!
정신 차리세요
너무 약해
운동해야
겠다요
쭈대리님
너무해요!
훗
퇴근 후 쭈 대리와
운동을 시작 했다

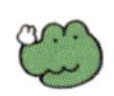

오부장님의 비밀 3

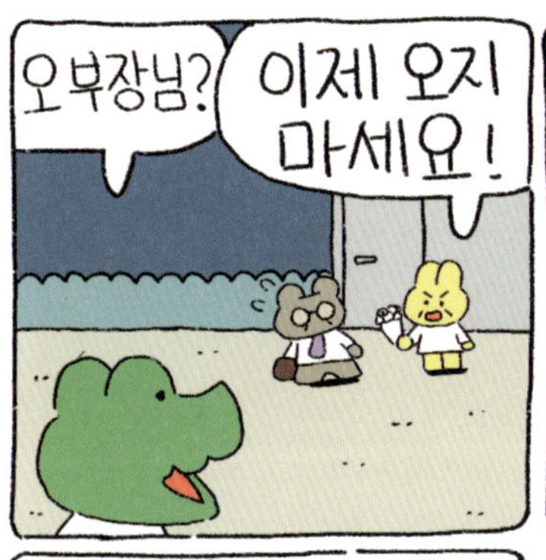

오부장님?
이제 오지 마세요!
괜찮으세요?
못 볼 꼴을 보였어..

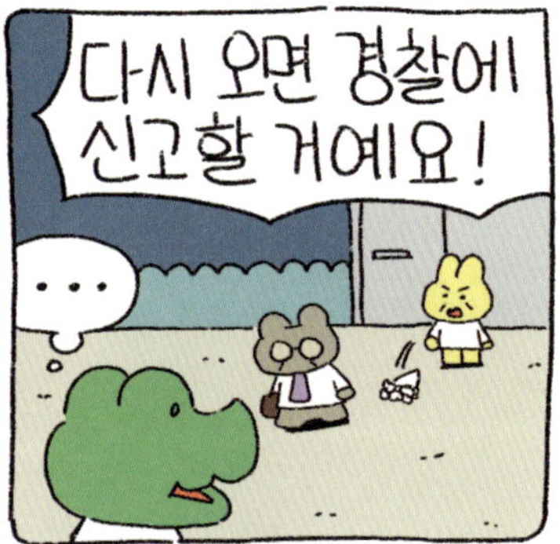

다시 오면 경찰에 신고할 거예요!
...

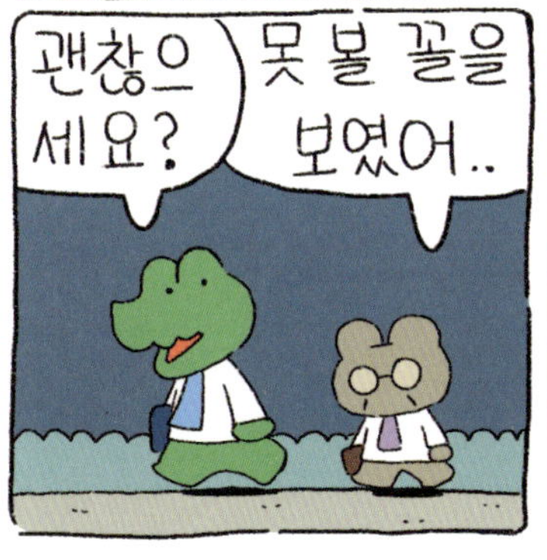

괜찮으세요?
못 볼 꼴을 보였어..

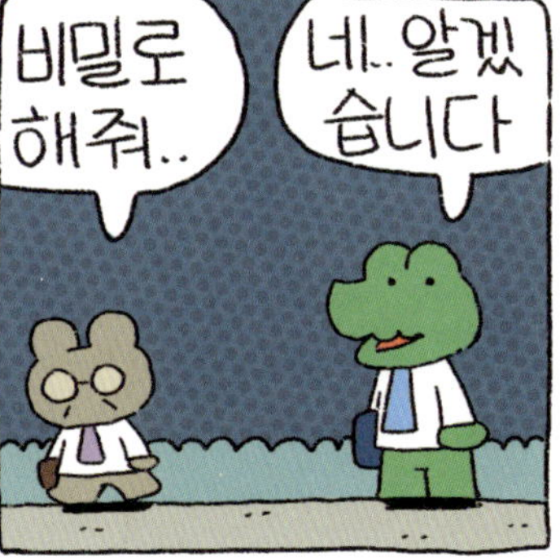

비밀로 해줘..
네.. 알겠습니다

오부장님의 비밀 4

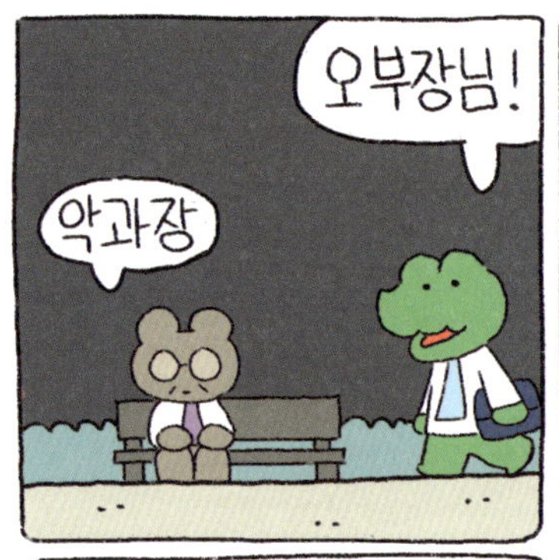
오부장님!
악과장

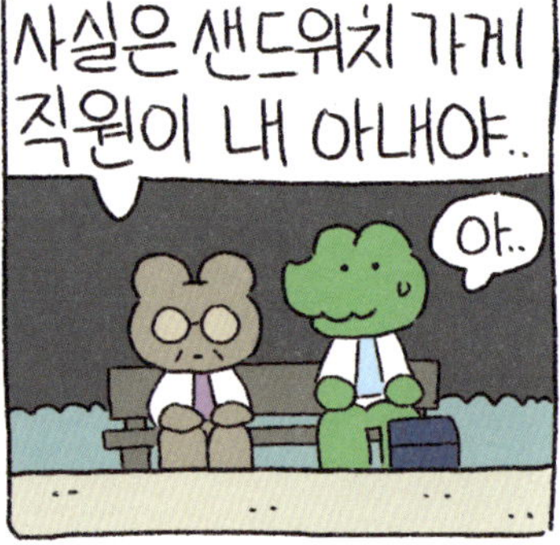
사실은 샌드위치 가게
직원이 내 아내야..
아..

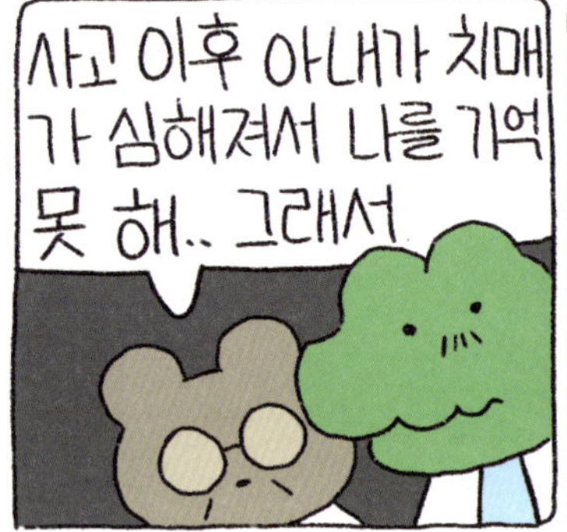
사고 이후 아내가 치매
가 심해져서 나를 기억
못 해.. 그래서

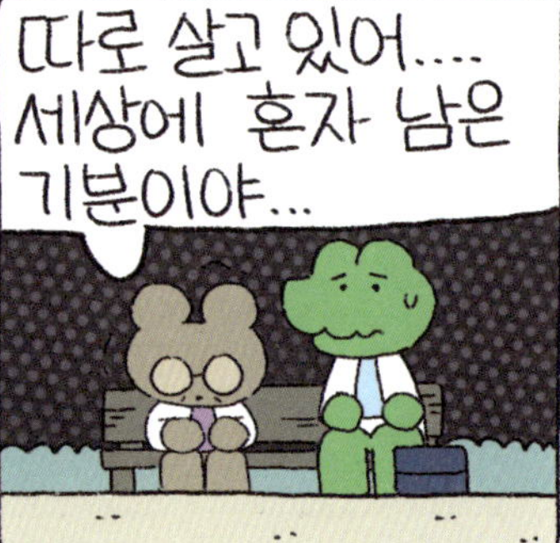
따로 살고 있어....
세상에 혼자 남은
기분이야...

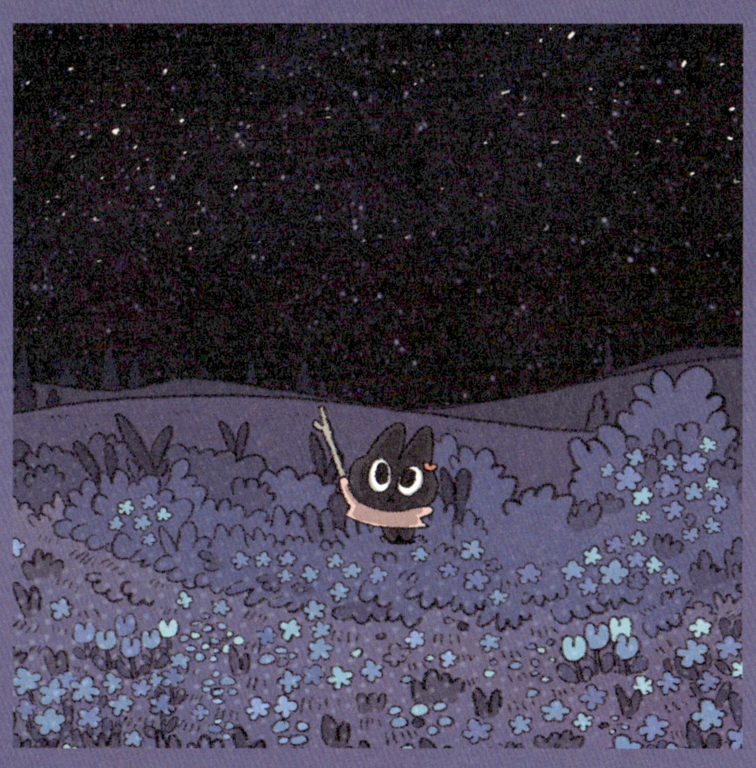

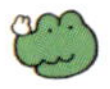

수다쟁이 앤사원 3

앤사원은 모델 일을 그만둔 이후로 업무시간에
수다가 부쩍 줄어들었어 조금 아쉬운데..
수다쟁이 앤도 좋았는데..
악어 과장니임
!

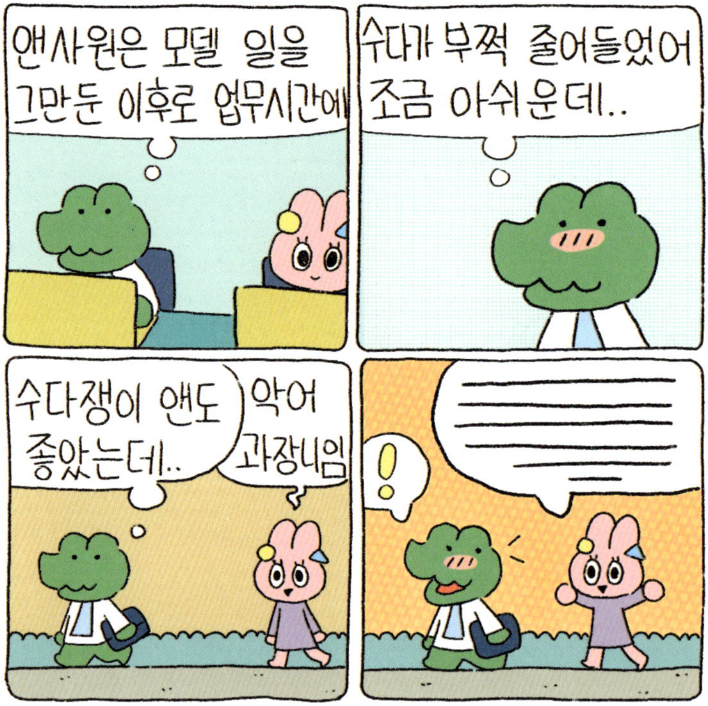

필라테스 배우다

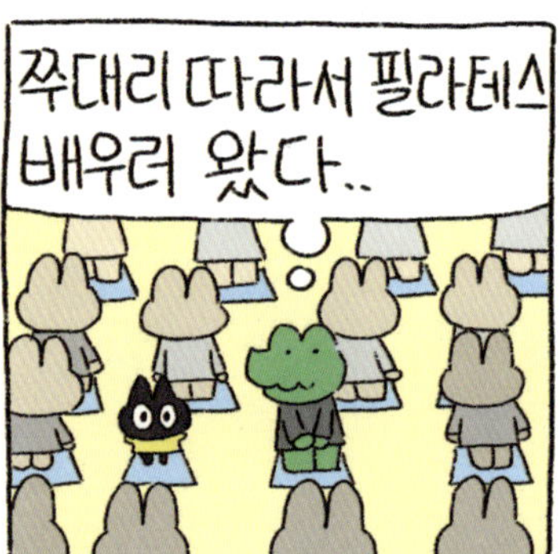
쭉대리 따라서 필라테스 배우러 왔다..

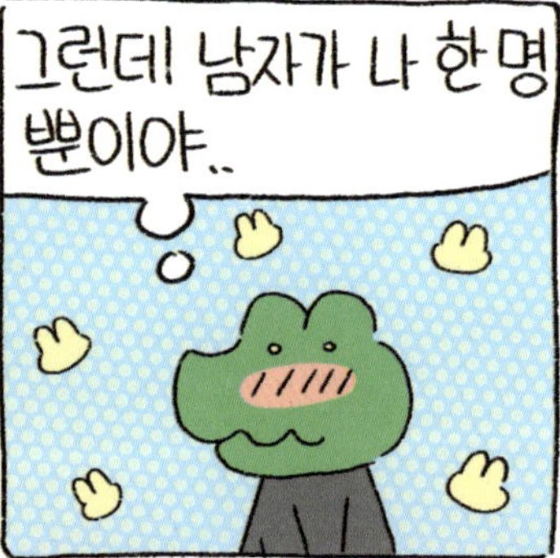
그런데! 남자가 나 한 명 뿐이야..

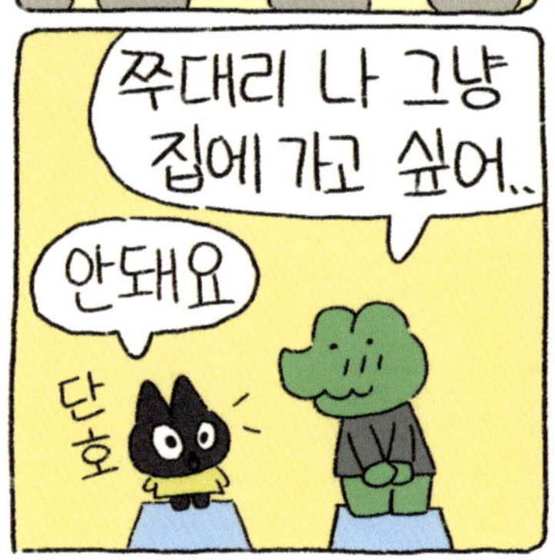
쭉대리 나 그냥 집에 가고 싶어..
안돼요
단호

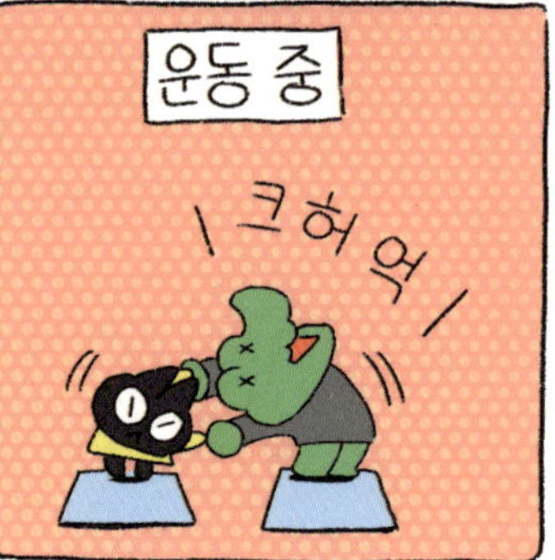
운동 중
크허억

기분 좋은 말 2

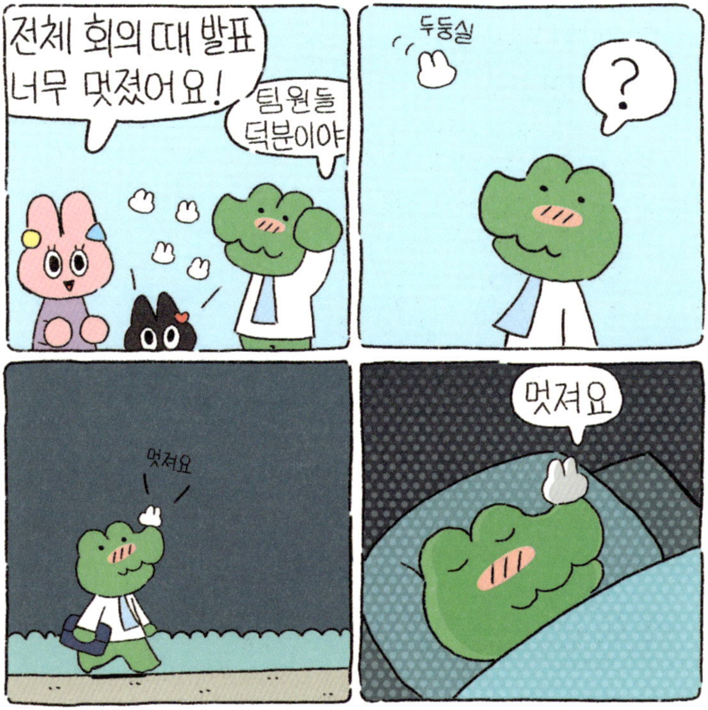

두 번째 동료 쭈대리

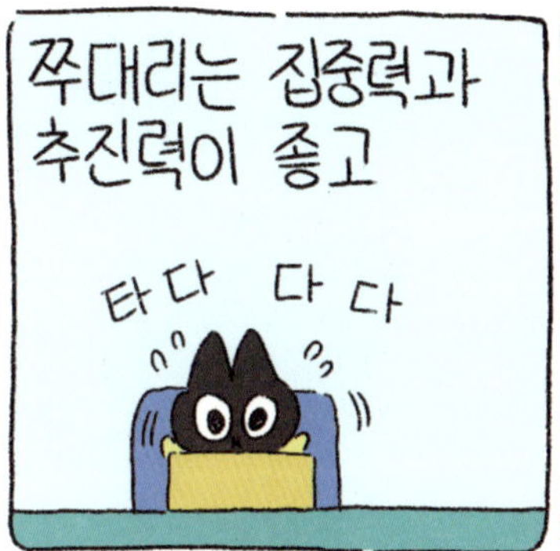

쭈대리는 집중력과 추진력이 좋고
타다 다 다

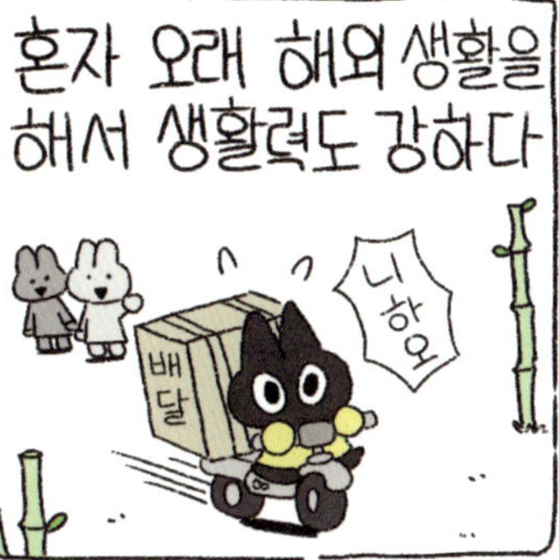

혼자 오래 해외 생활을 해서 생활력도 강하다
니하오
배달

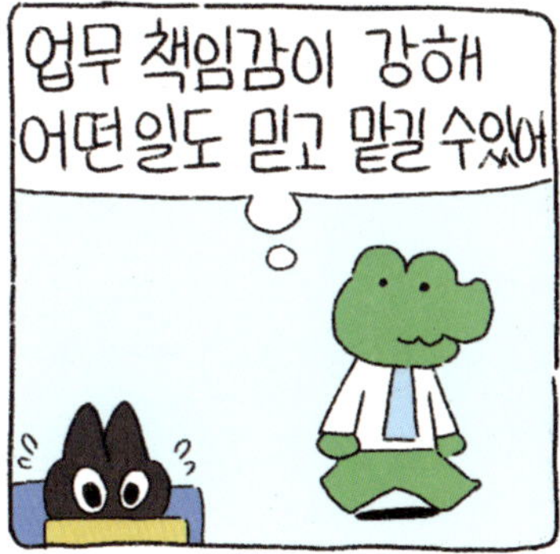

업무 책임감이 강해 어떤 일도 믿고 맡길 수 있어

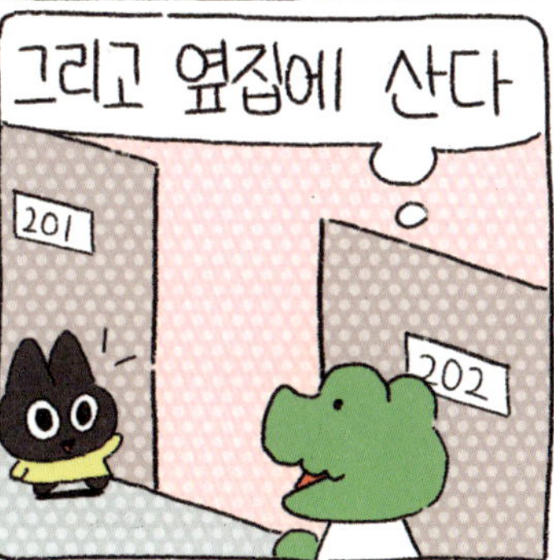

그리고 옆집에 산다
201
202

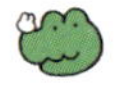

엄마가 남긴 말풍선들

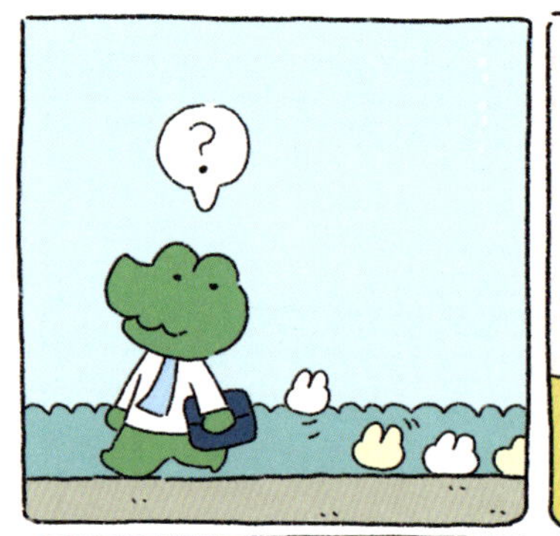
?

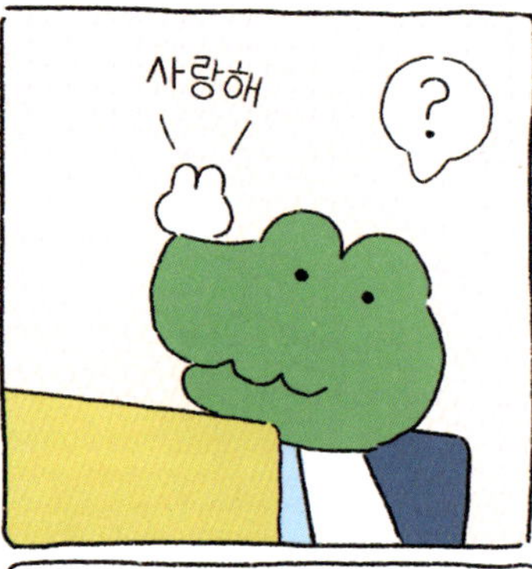
사랑해
?

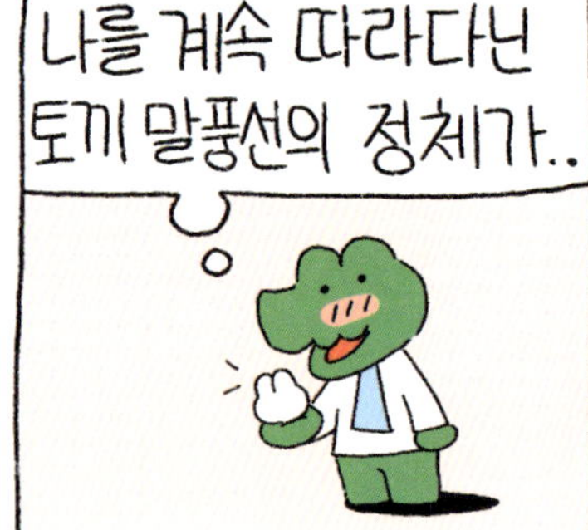
나를 계속 따라다닌
토끼 말풍선의 정체가..

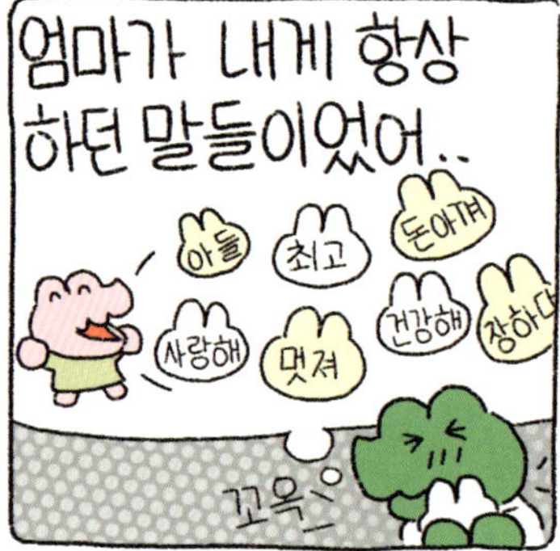
엄마가 내게 항상
하던 말들이었어..
아들
최고
돈아껴
사랑해
멋져
건강해
장하다
꼬옥>

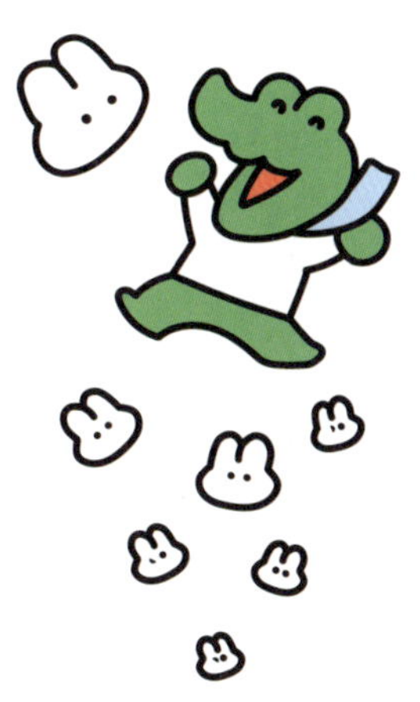

모자를 쓴 부장님

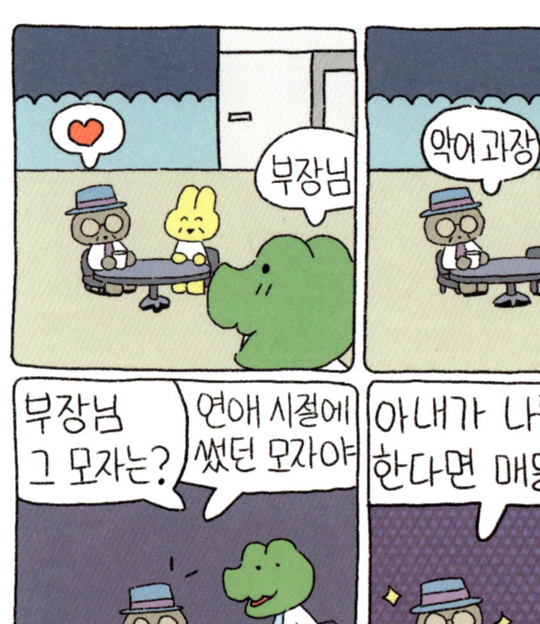

마지막 한 자리

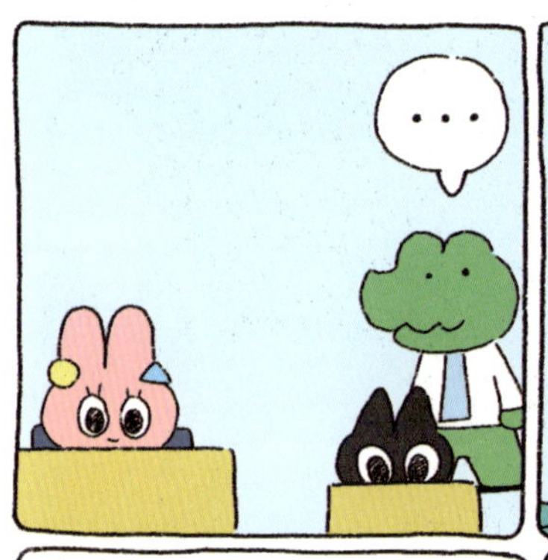

…

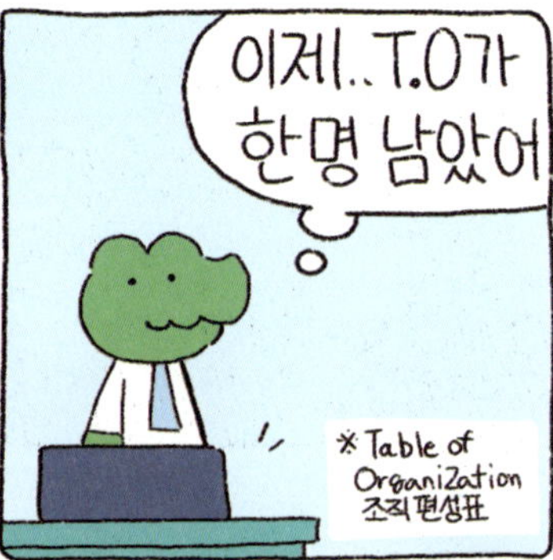

이제..T.O가 한명 남았어
※ Table of Organization
조직편성표

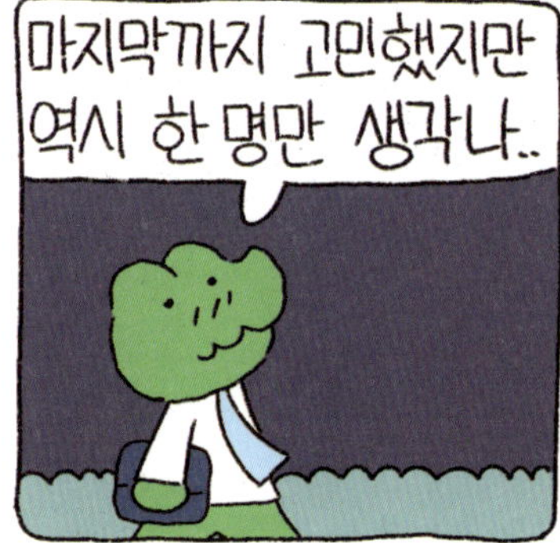

마지막까지 고민했지만 역시 한 명만 생각나..

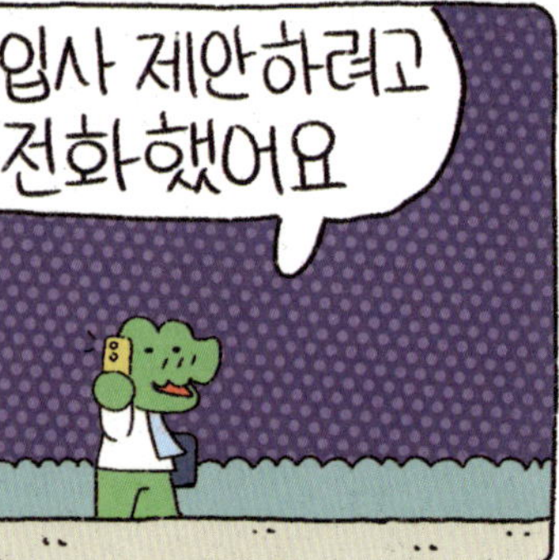

입사 제안하려고 전화했어요

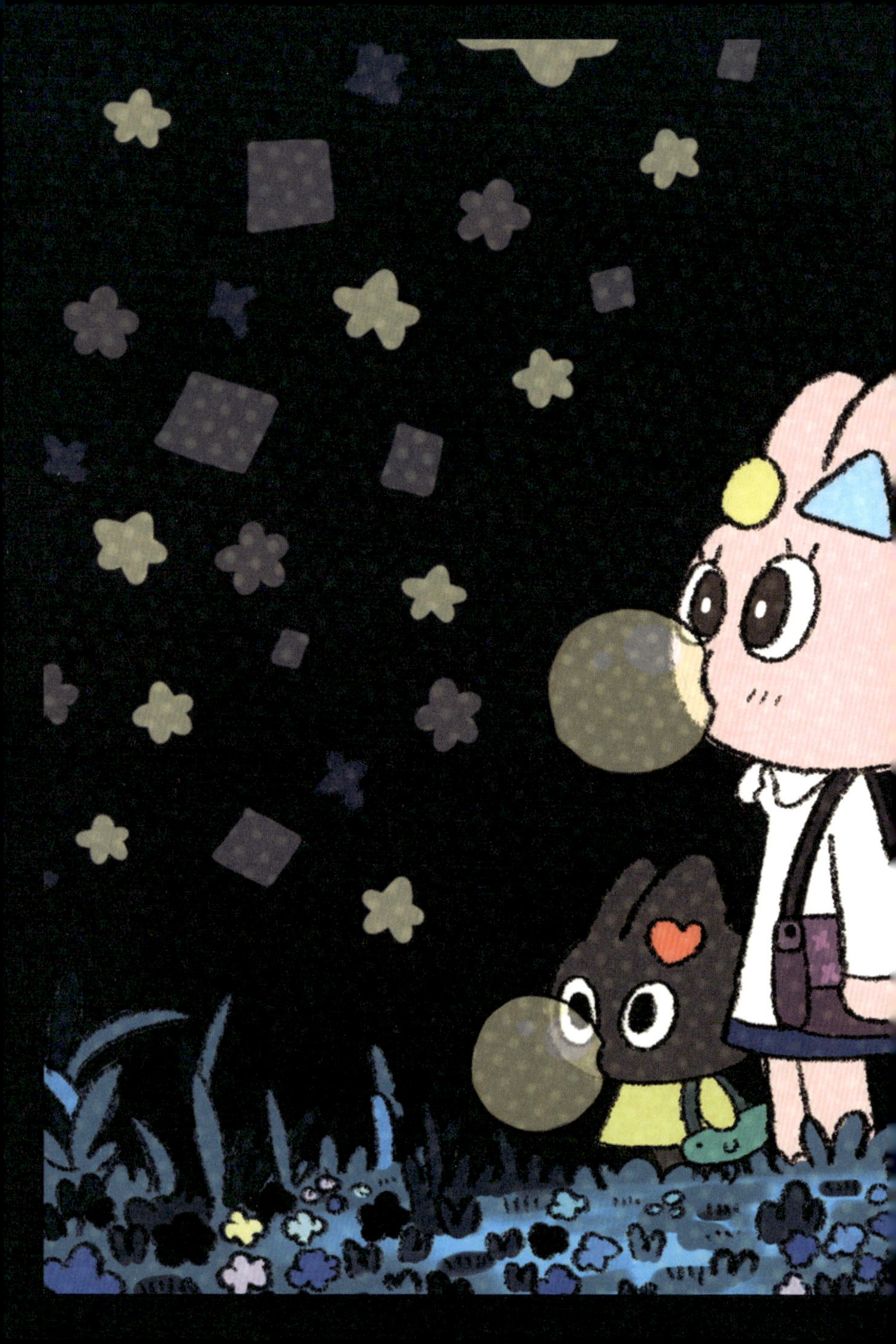

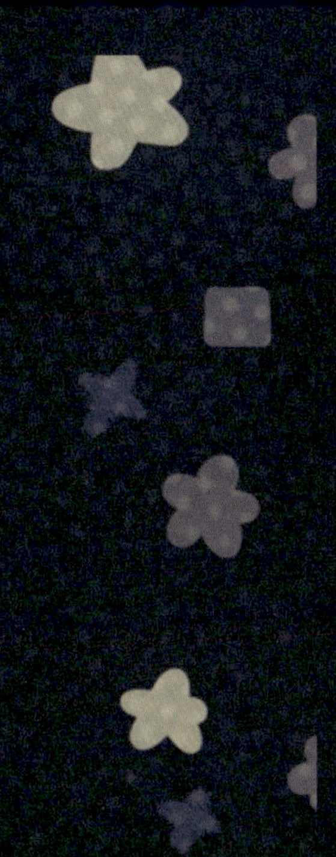

3장

비를 함께 맞아줄 동료

이럴수록 더 실수하지 않고 잘 해야 해
지켜야 할 사람들이 있으니까

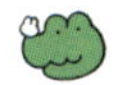

입사 제안 받은 토사원

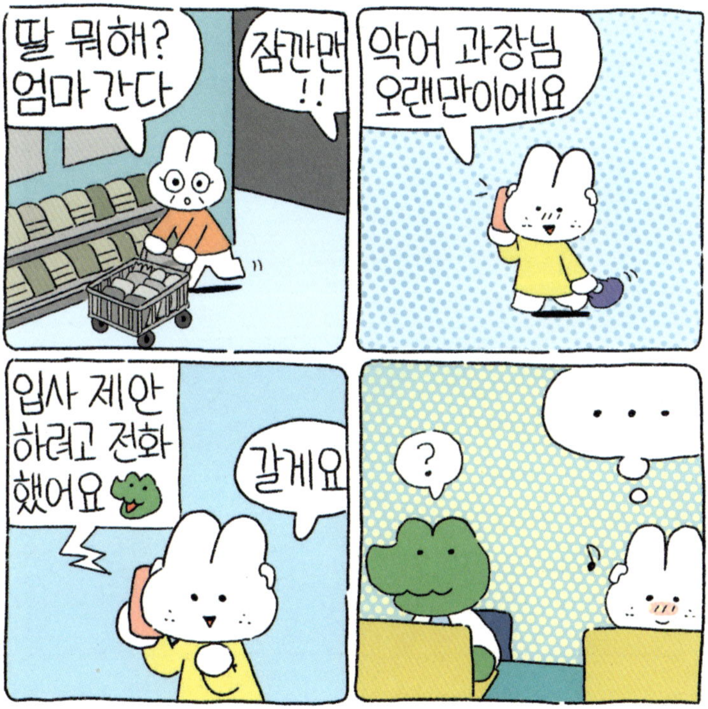

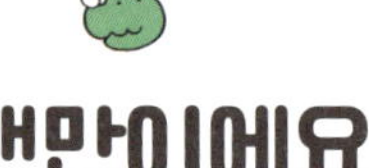

오랜만이에요

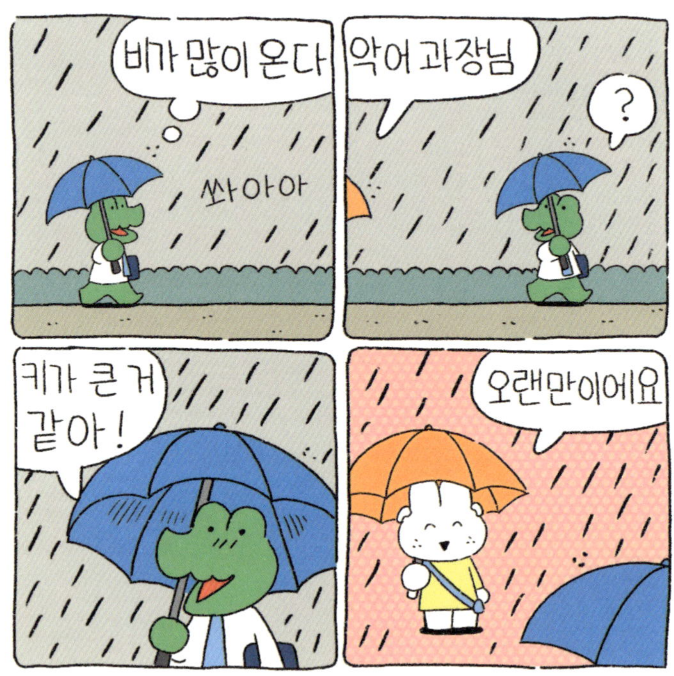

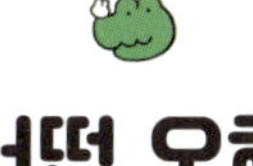

어떤 오해

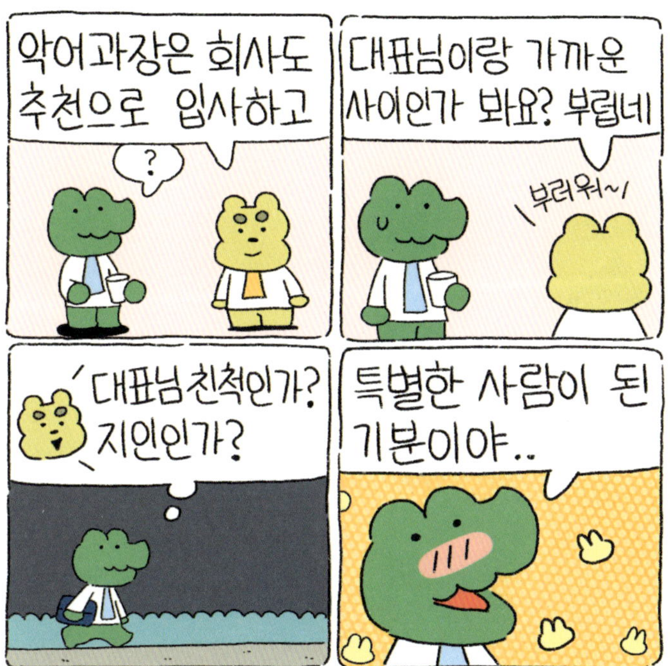

악어과장은 회사도 추천으로 입사하고
?
대표님이랑 가까운 사이인가 봐요? 부럽네
부러워~
대표님 친척인가? 지인인가?
특별한 사람이 된 기분이야..

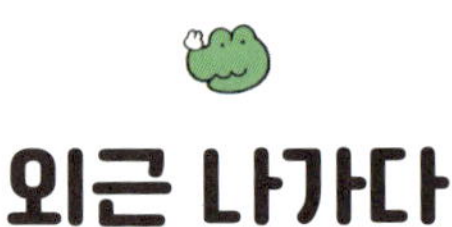

외근 나가다

저 외근 다녀올게요
올 때 아이스크림~
같이 안 가도 돼요?
혼자도 충분해요
조심히 다녀오세요
BYE
엄마..
나 너무 좋은 동료들과 함께 하고 있어!

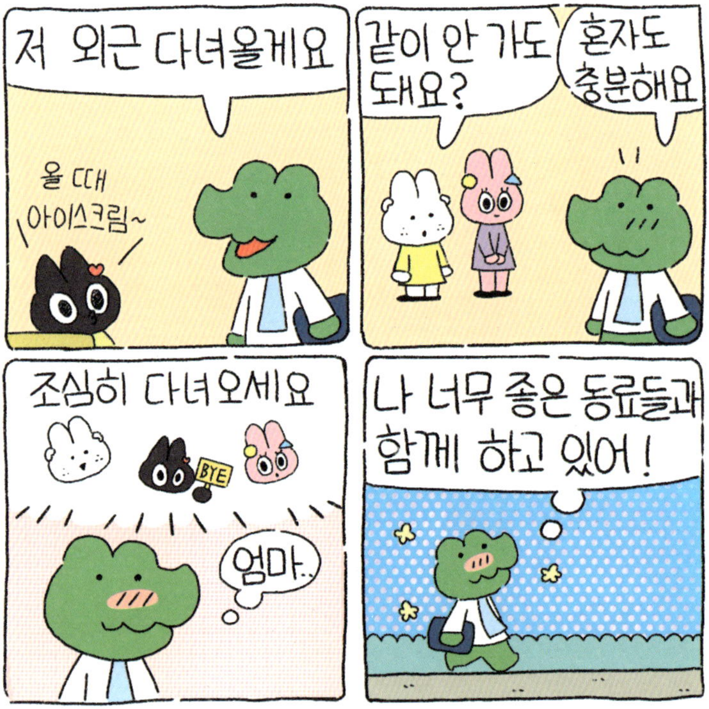

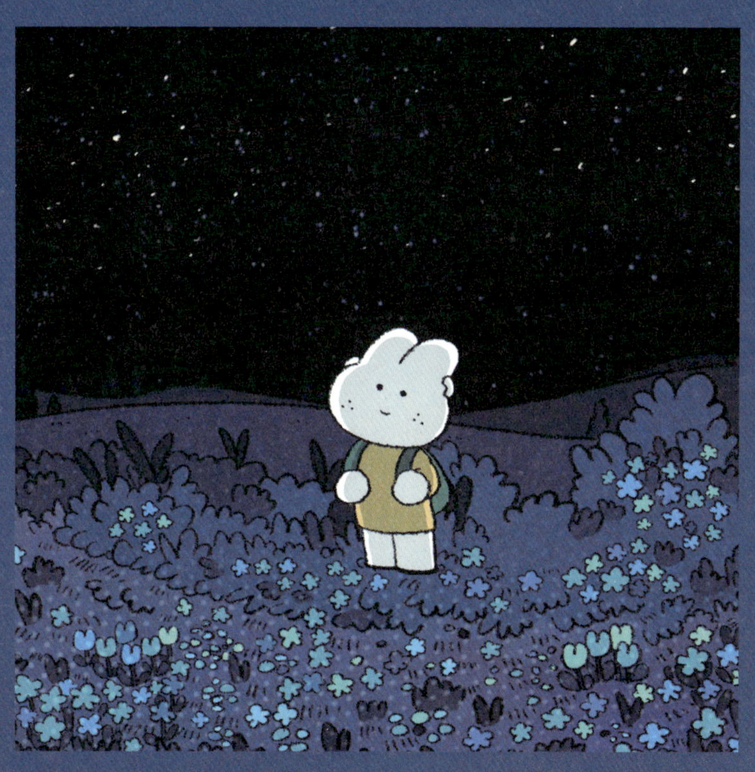

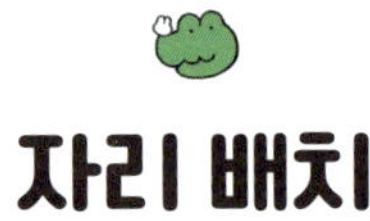

자리 배치

뜻밖의 분쟁이 생겼어
내자리에요!
원래 내 자리!
직급순
업무 연관성
자리 배치를 어떻게 해야 하지?...
정해주세요!
자리 배치 완성
← 업무관련 →
↑ 직급 ↓
↑ 멘티·멘토 ↓

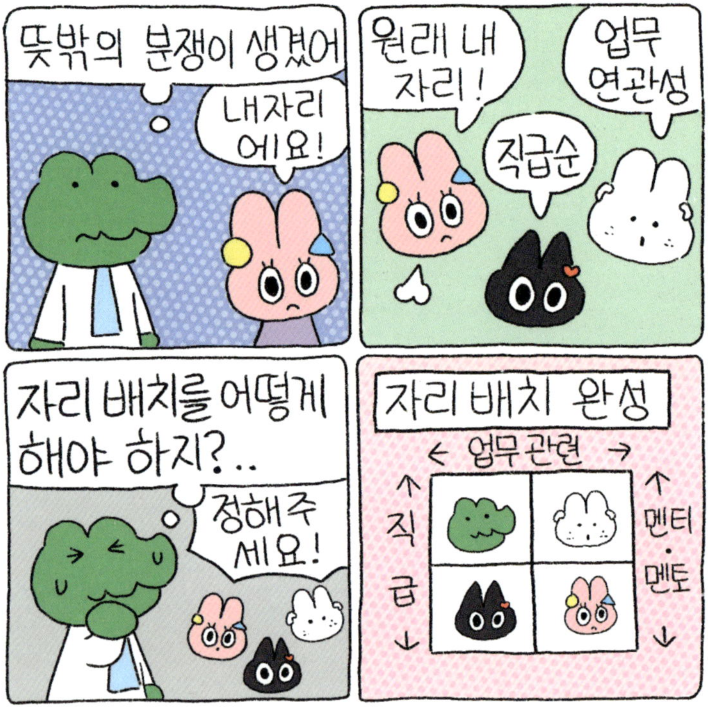

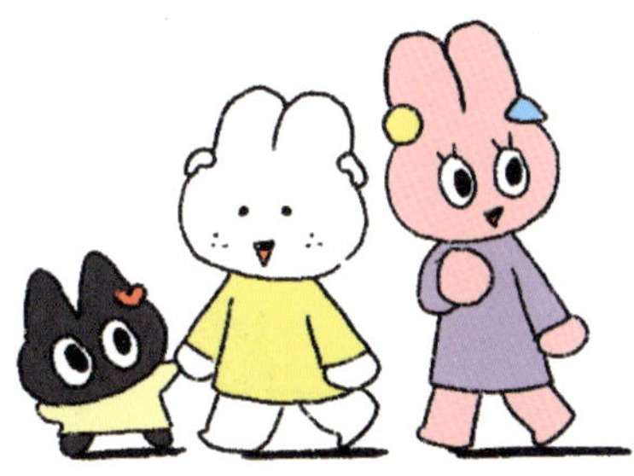
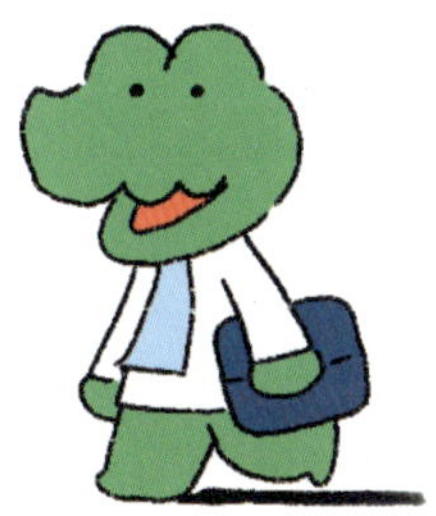

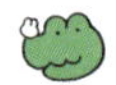

주인집 강아지 빅조

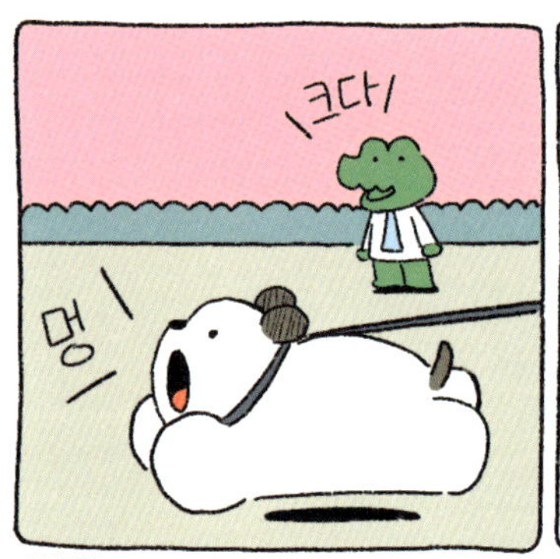

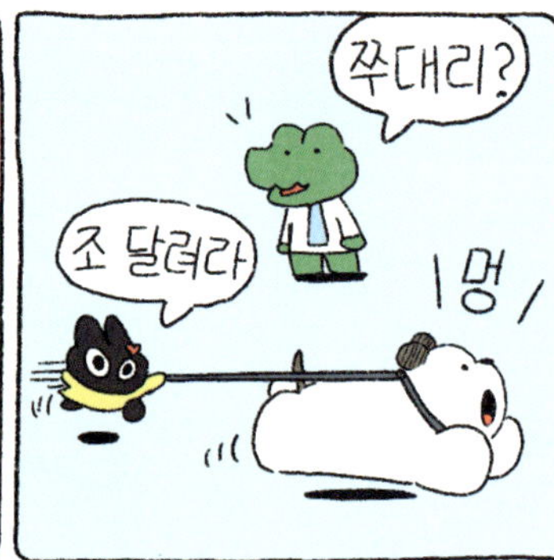

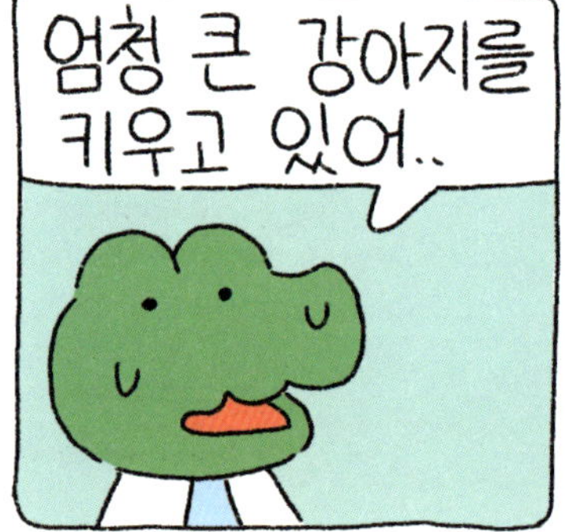

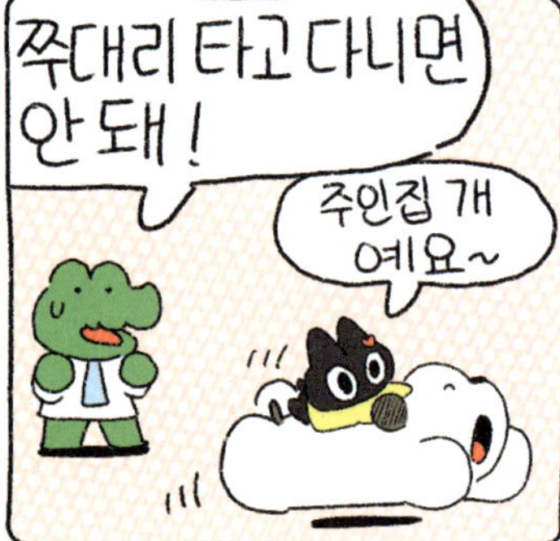

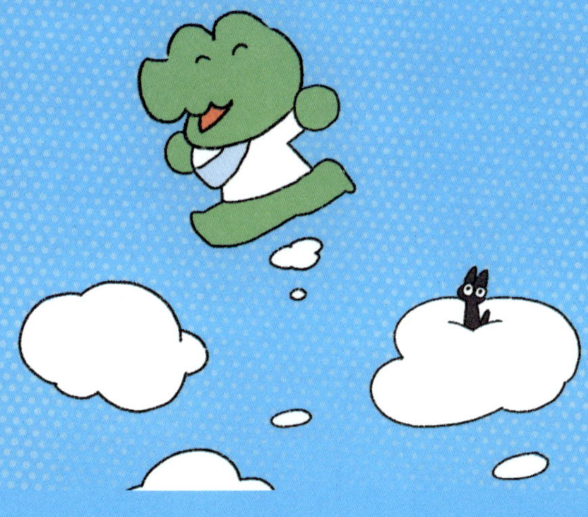

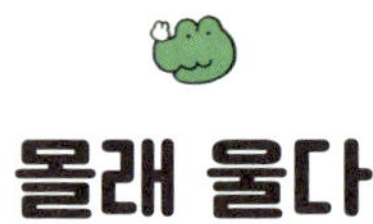

몰래 울다

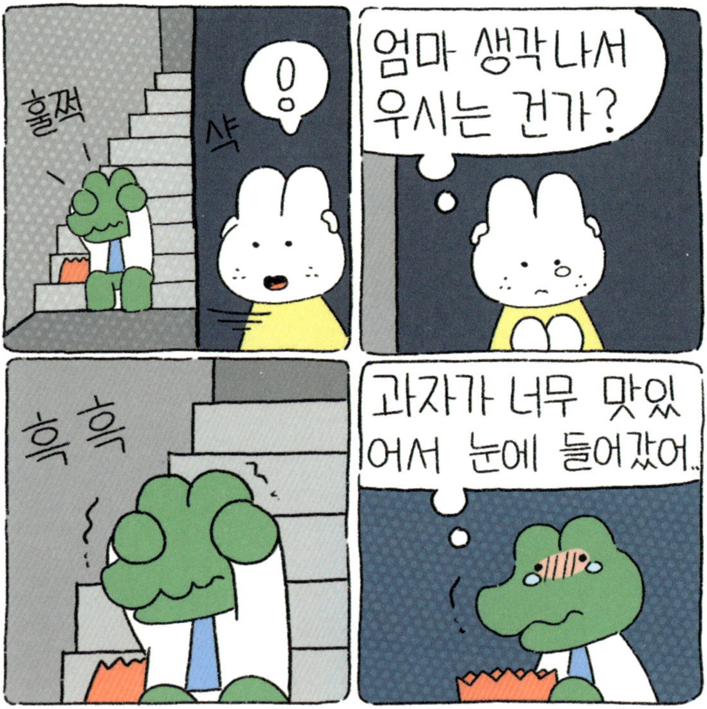

꿈을 이루는 사람 1

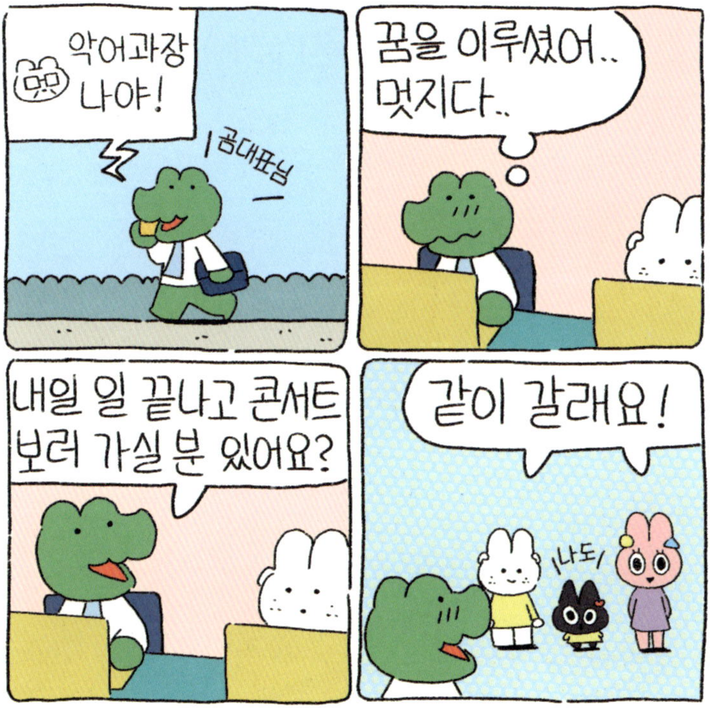

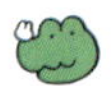

꿈을 이루는 사람 2

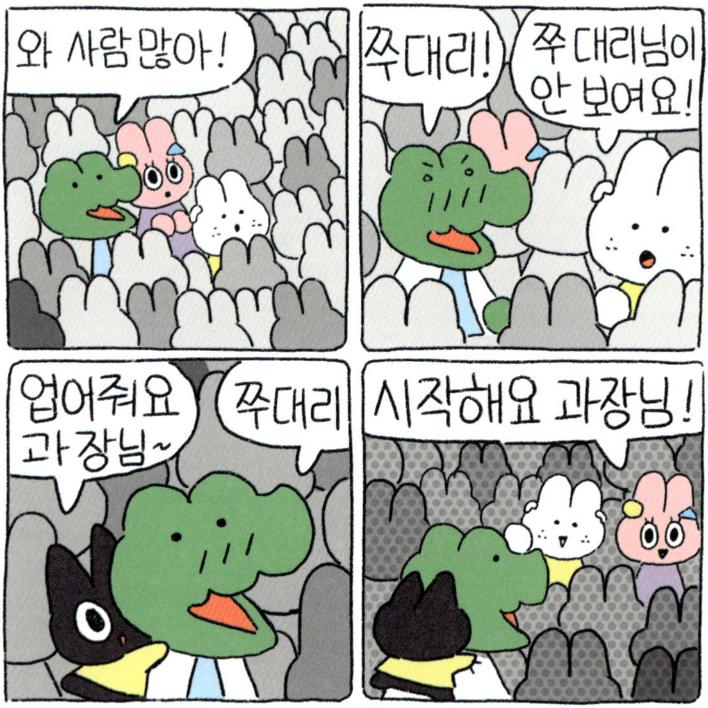

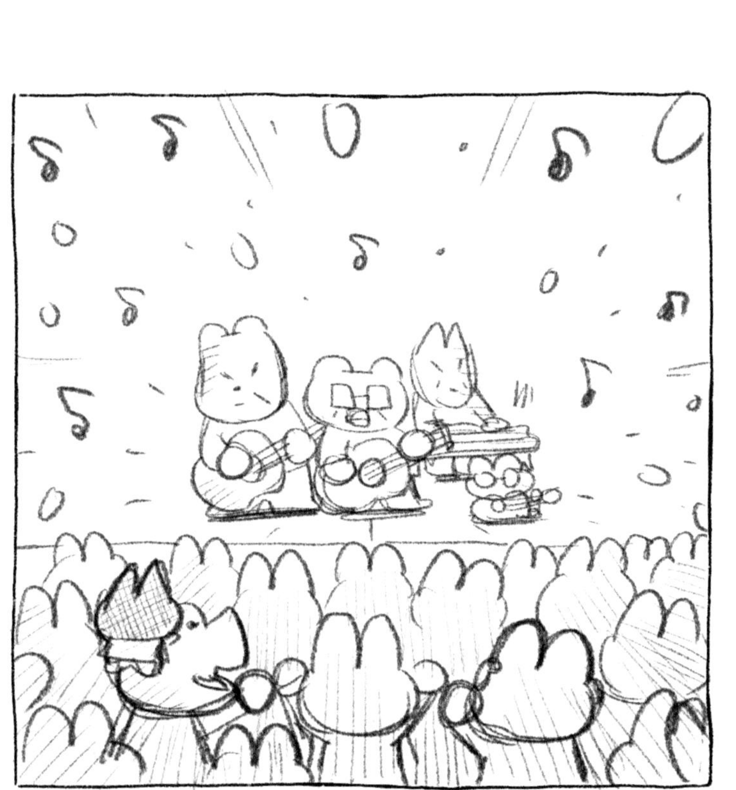

같은 사람 다른 사람

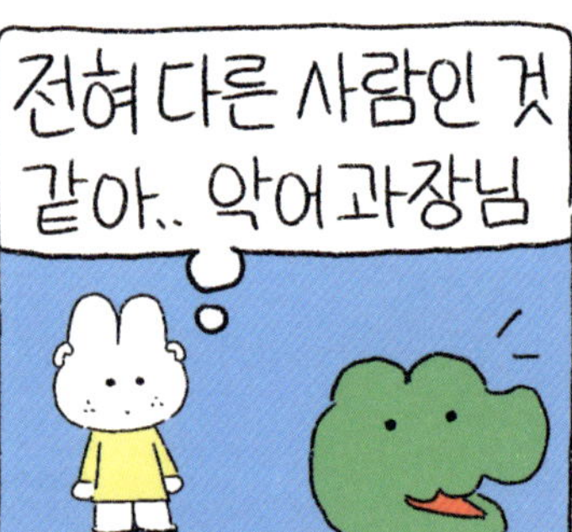

전혀 다른 사람인 것 같아.. 악어과장님

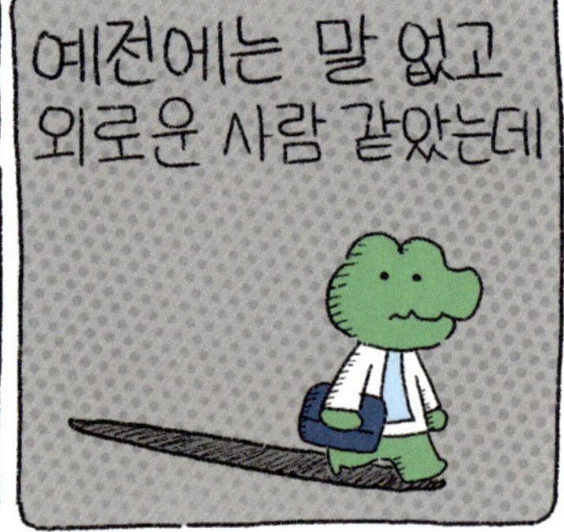

예전에는 말 없고 외로운 사람 같았는데

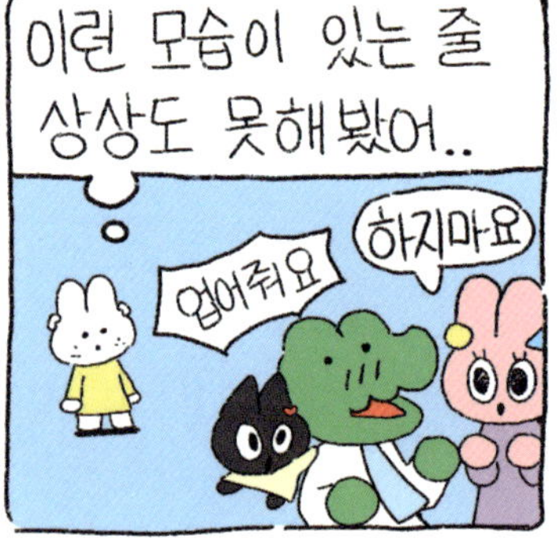

이런 모습이 있는 줄 상상도 못해 봤어..
업어줘요
하지마요

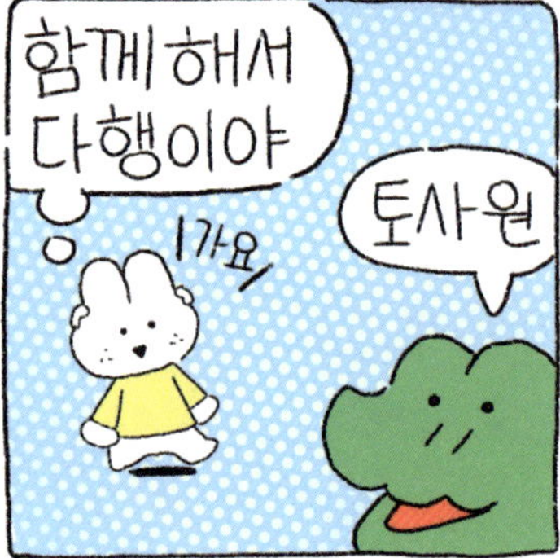

함께 해서 다행이야
1가요
토사원

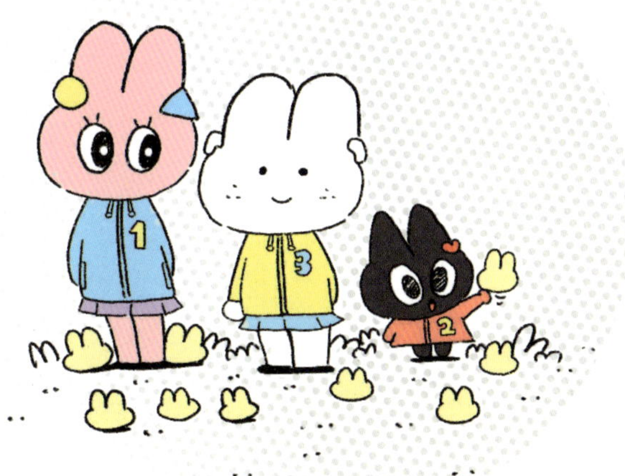

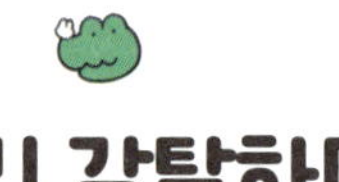

쭈대리 강탈하다

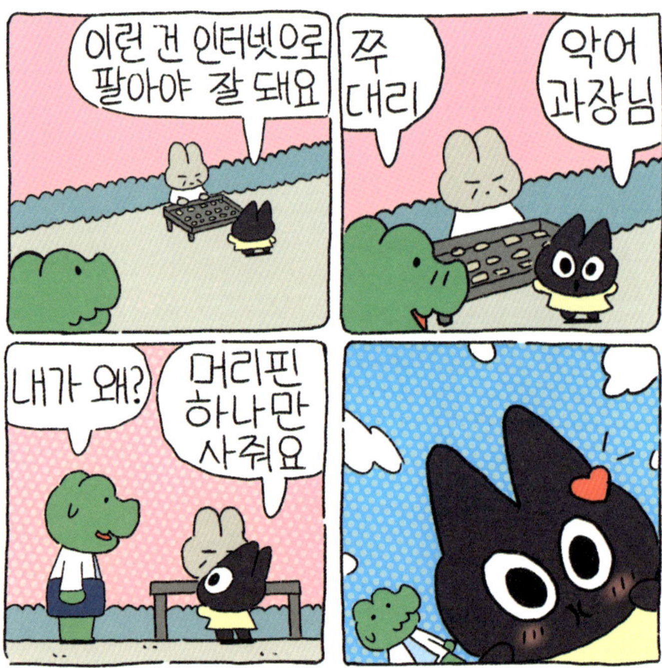

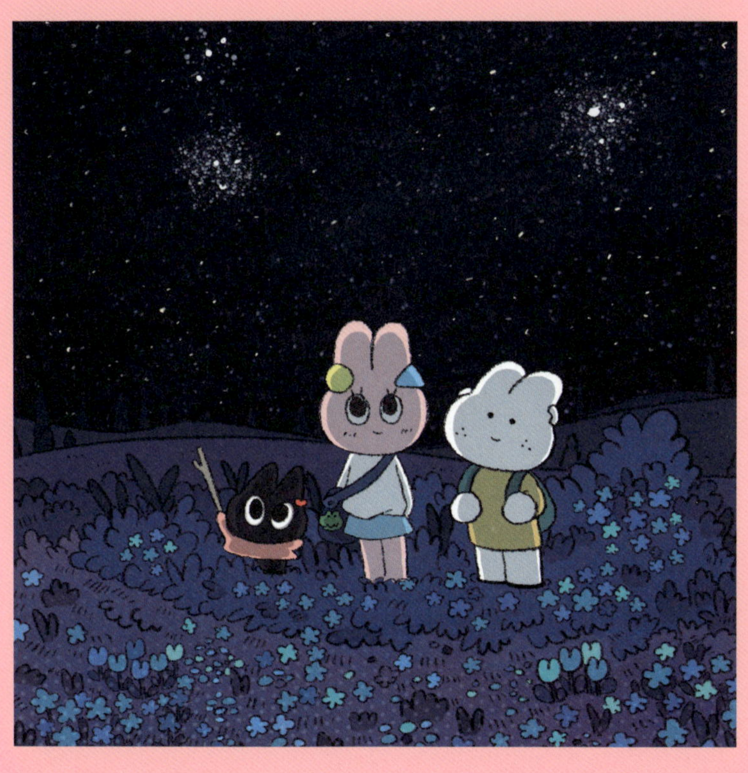

인사 평가하다

냉정하게 우리 팀은 특혜를 받고 있어.. 앤사원이
입사 후 회장님 지원으로 회사가 150% 성장했어
이럴수록 더 실수하지 않고 잘 해야해..
지켜야 할 사람들이 있으니까..

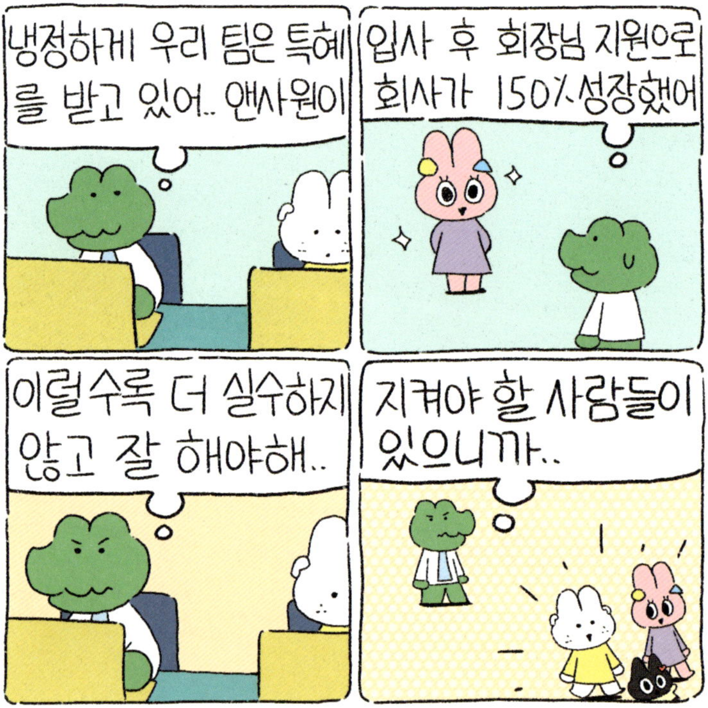

비를 함께 맞다

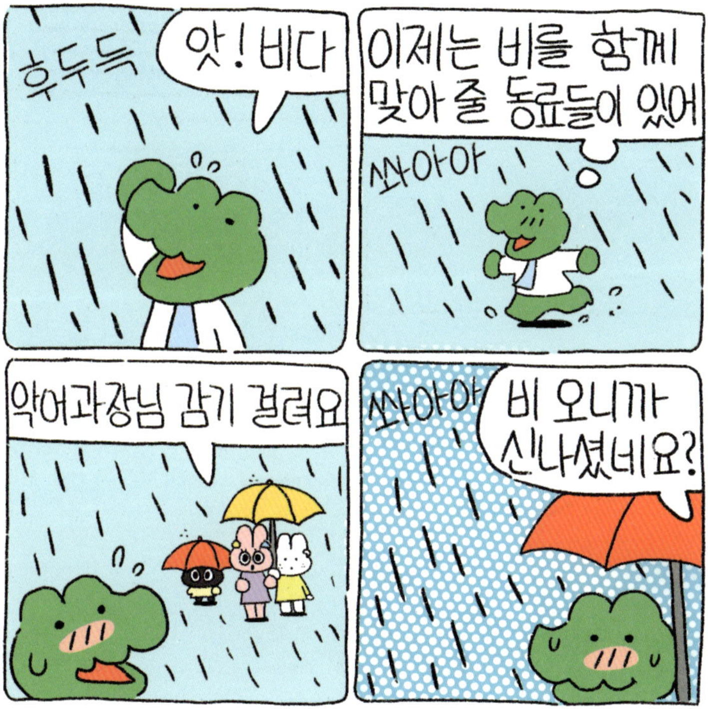

집에 가는 길

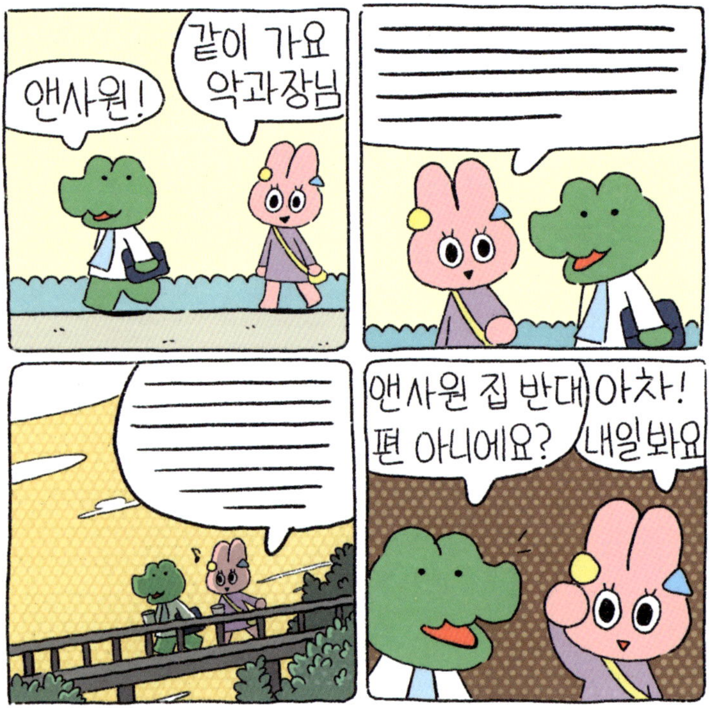

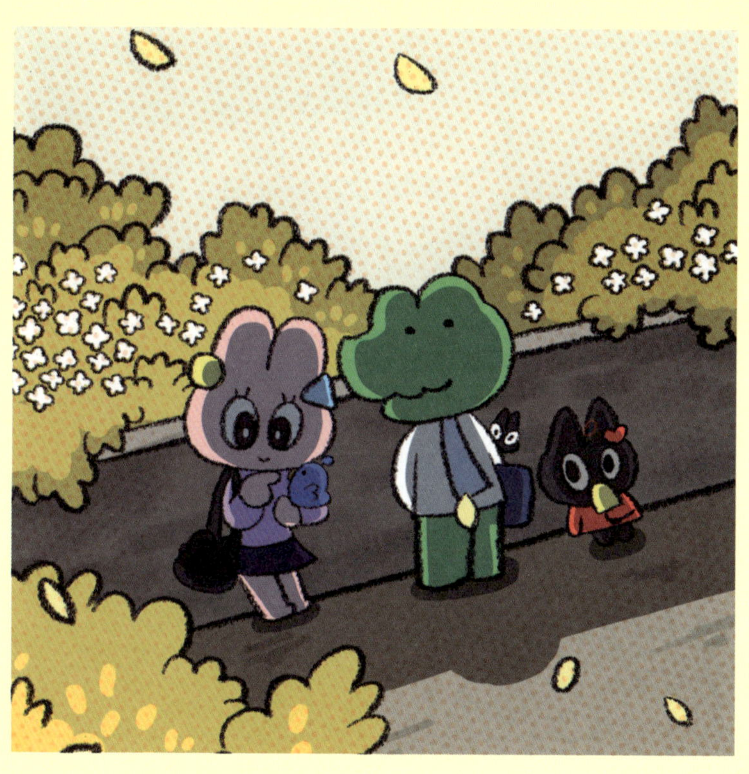

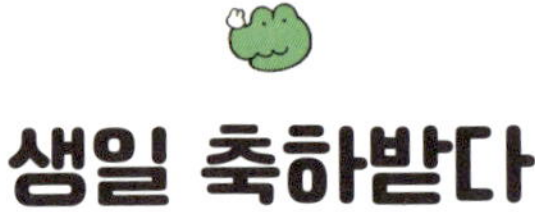

생일 축하받다

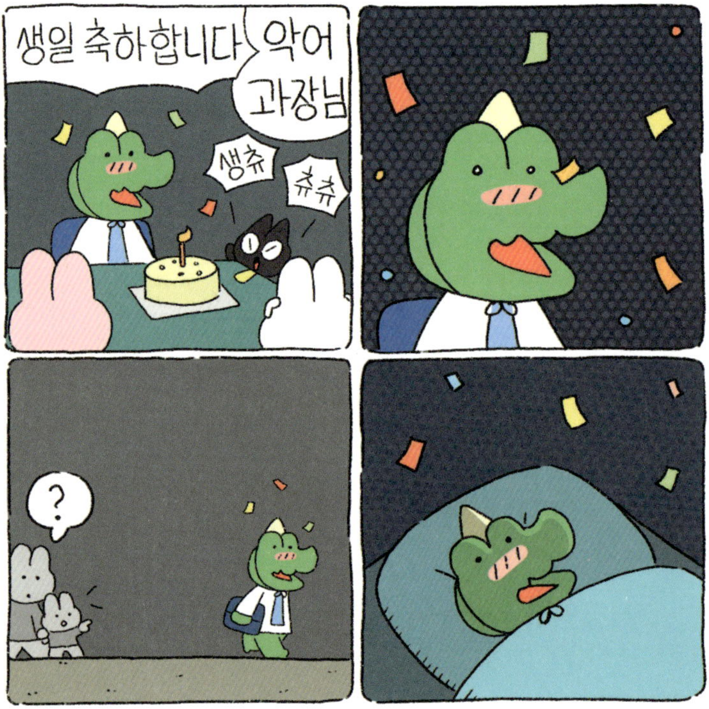

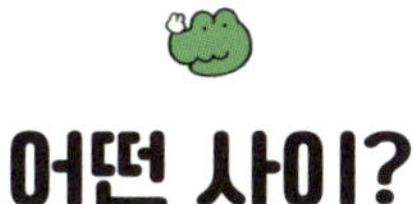

어떤 사이?

이 수다쟁이 껍다리! 너랑 절교다
너무해
저도 쭈대리랑 놀 생각 없거든요?
뭐야!
둘이 또 싸워요 과장님
?
둘이 주말마다 맛집 찾아다녀서 괜찮아요

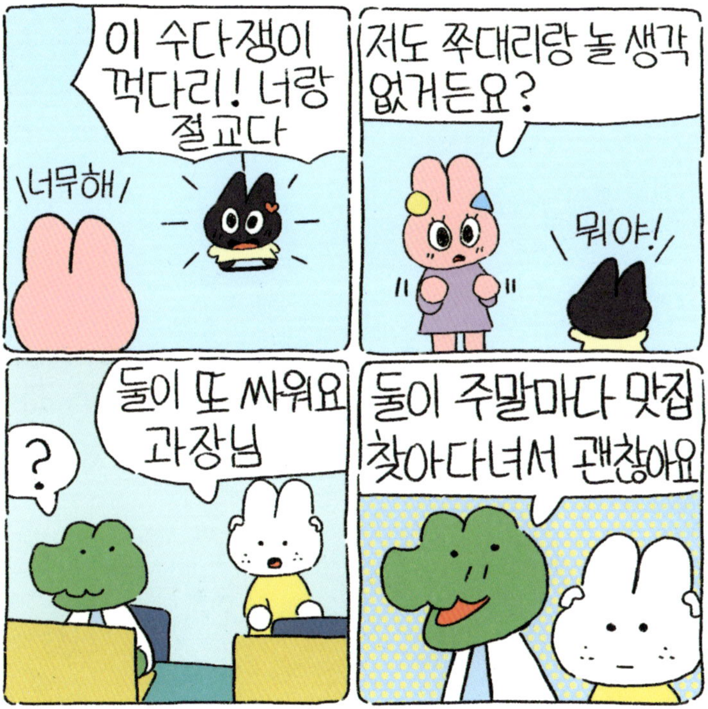

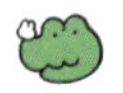

친한 정도

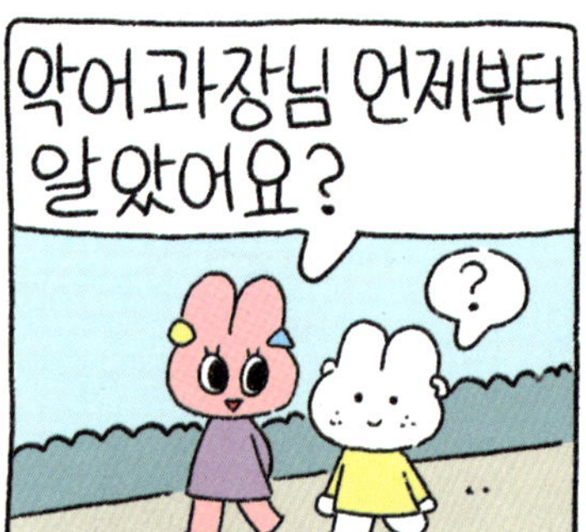

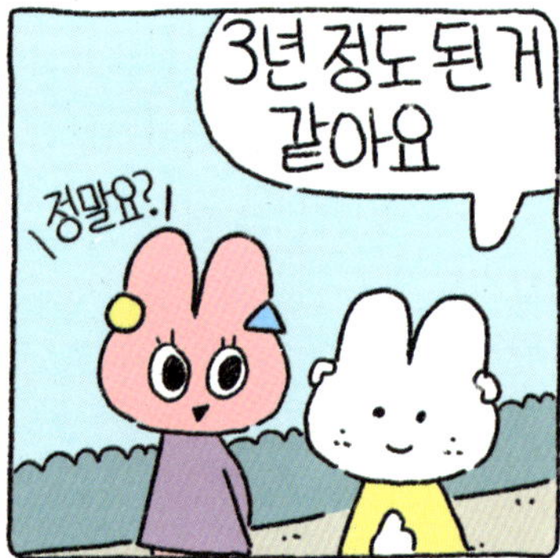

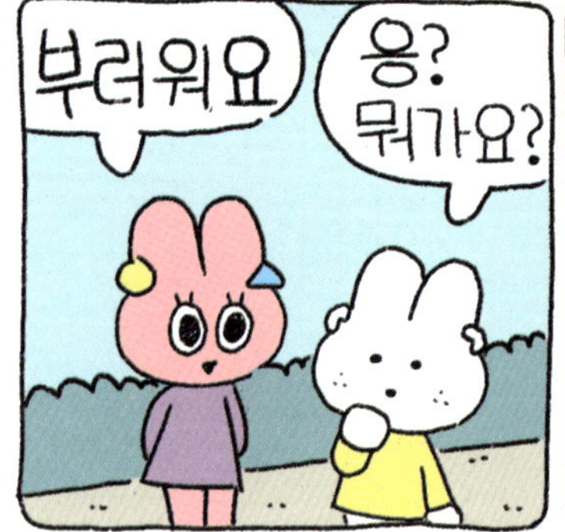

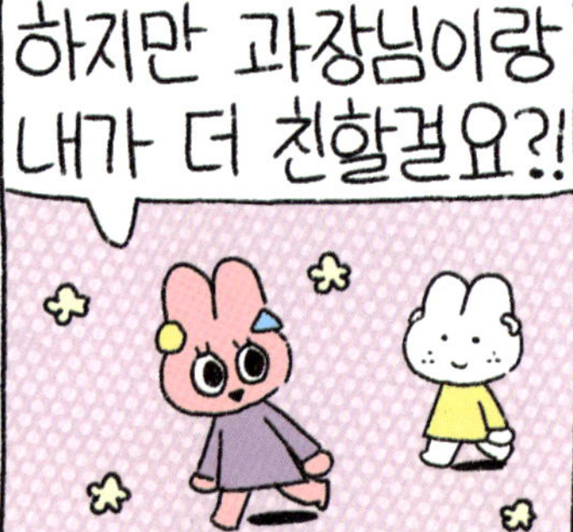

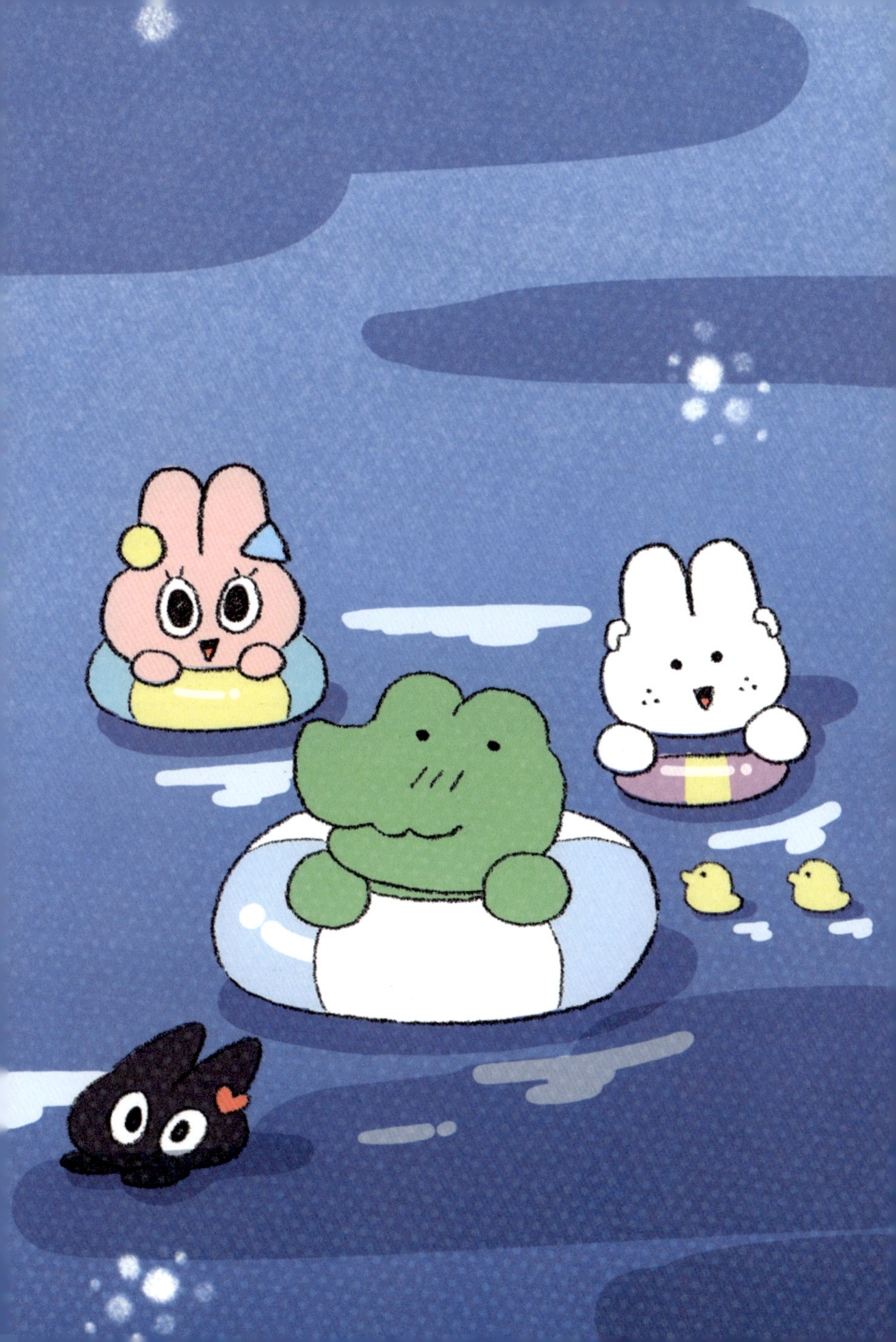

항상 내 곁에 있어

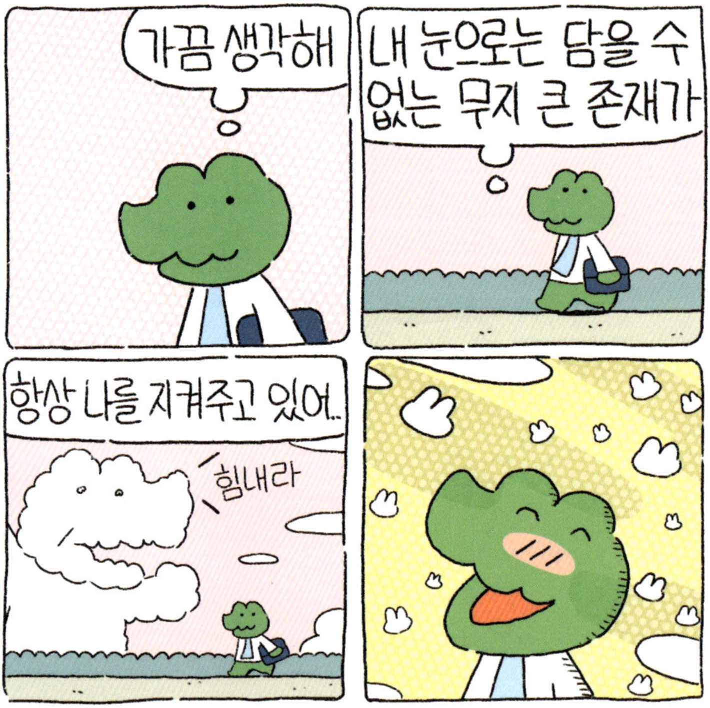

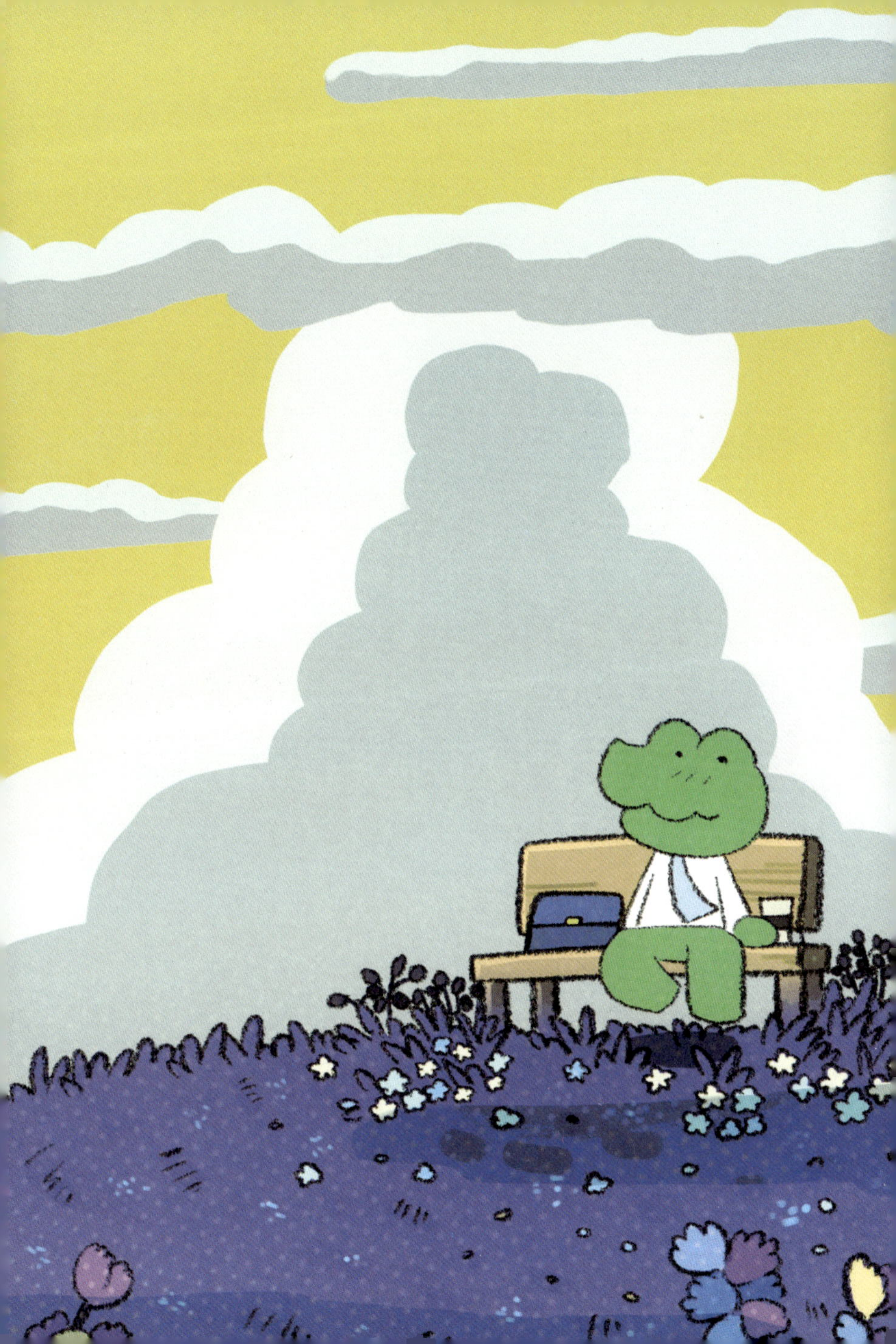

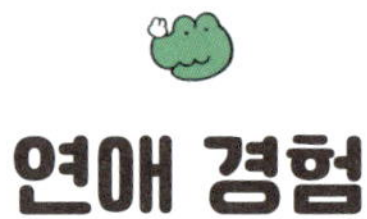

연애 경험

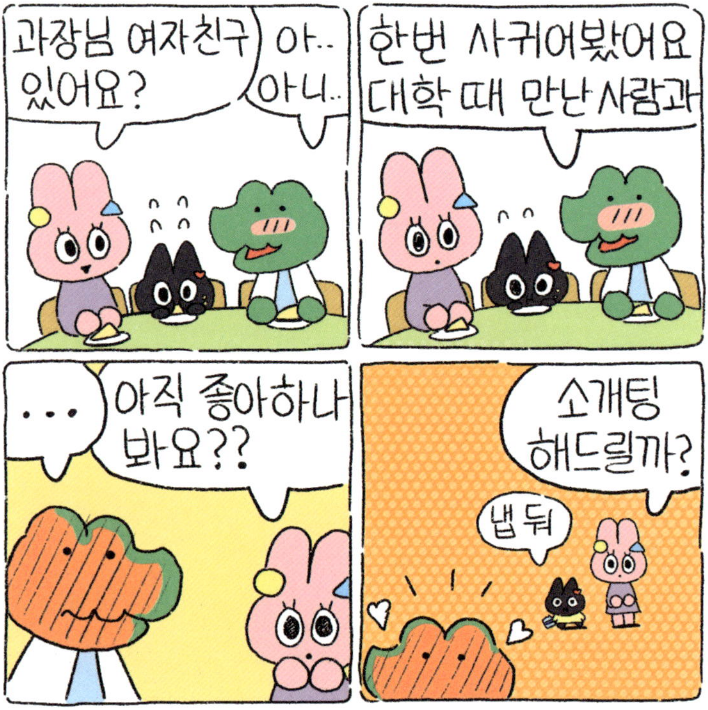

달라진 모습

악어 과장님 많이 변하신 거 같아요
?
예전보다 더 밝아지고 건강해 보여요
지금이 훨씬 보기 좋아요!
그런가?
너무 좋은 사람들을 만나서 그런 거 같아

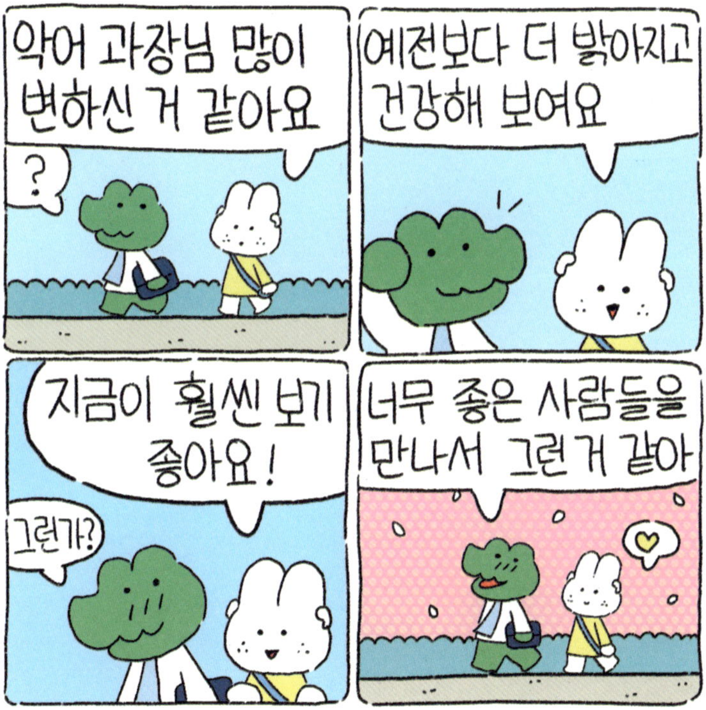

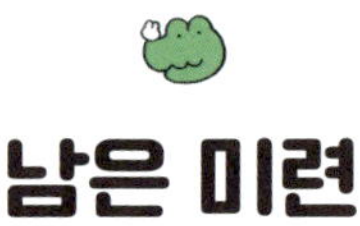

남은 미련

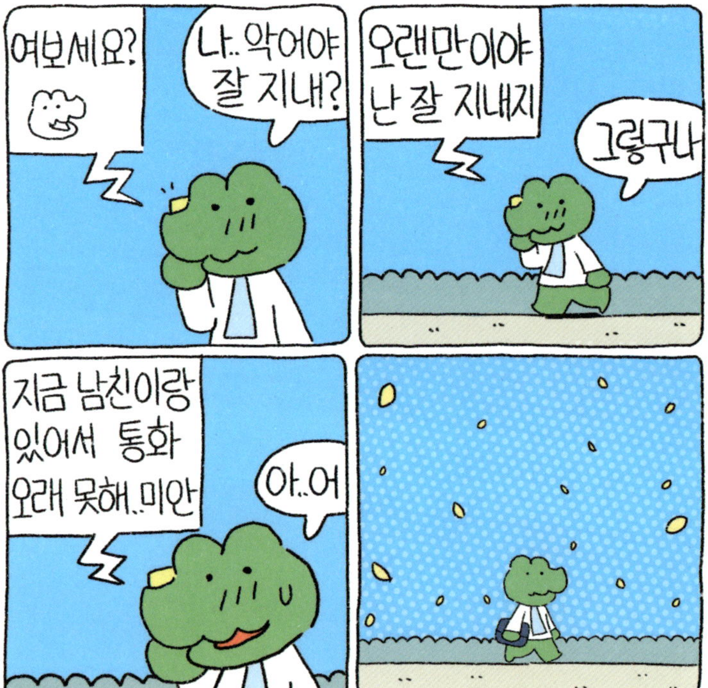

교복을 입은 악어과장

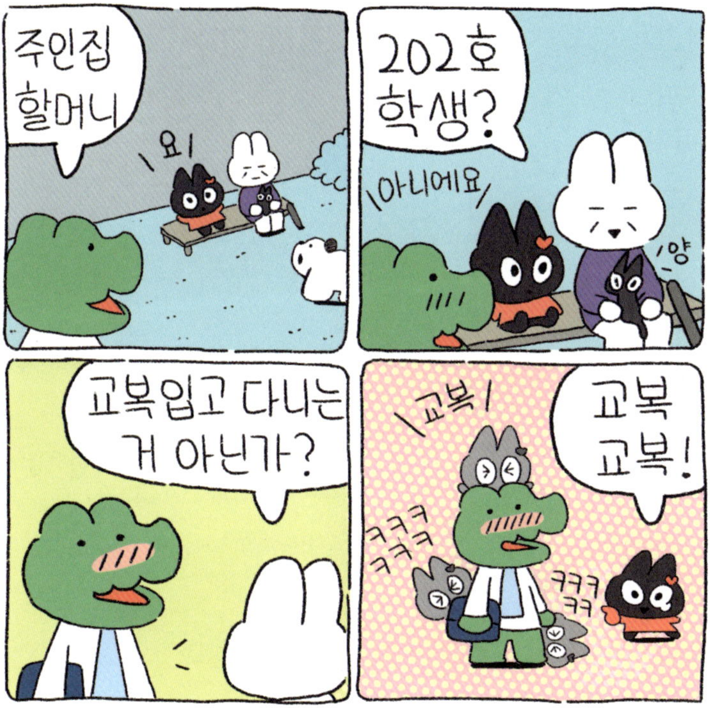

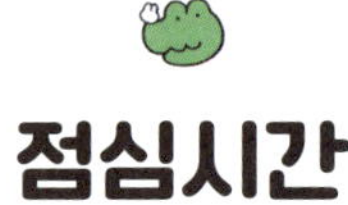

점심시간

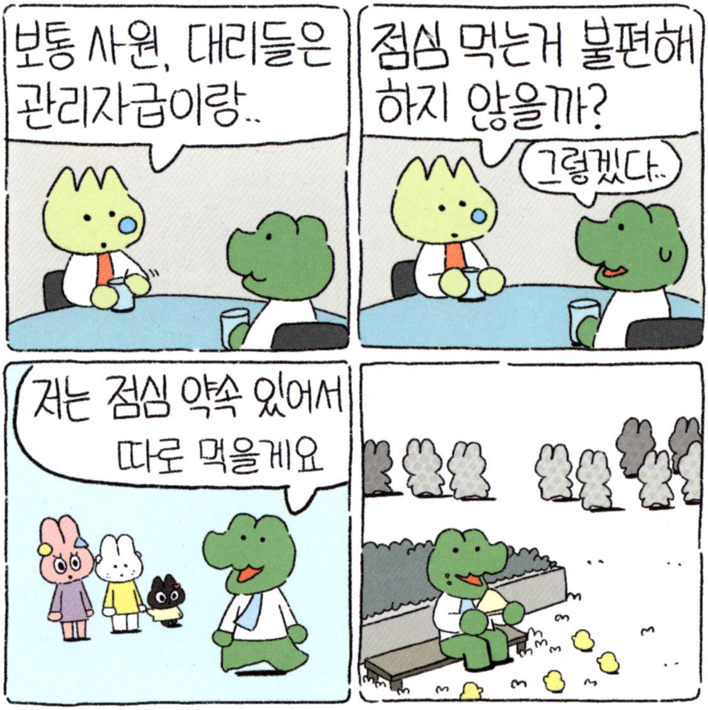

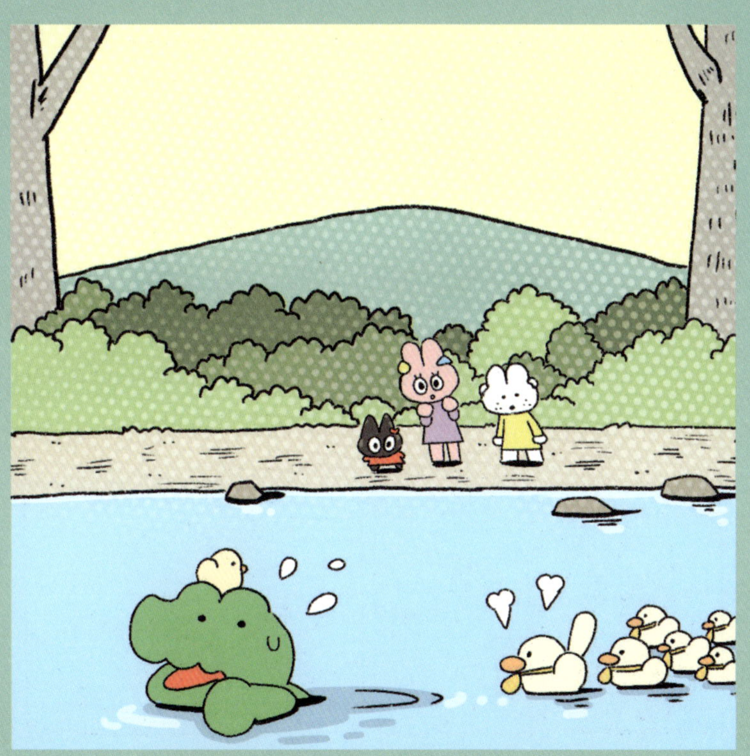

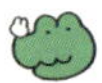

주말 모임에 끼다

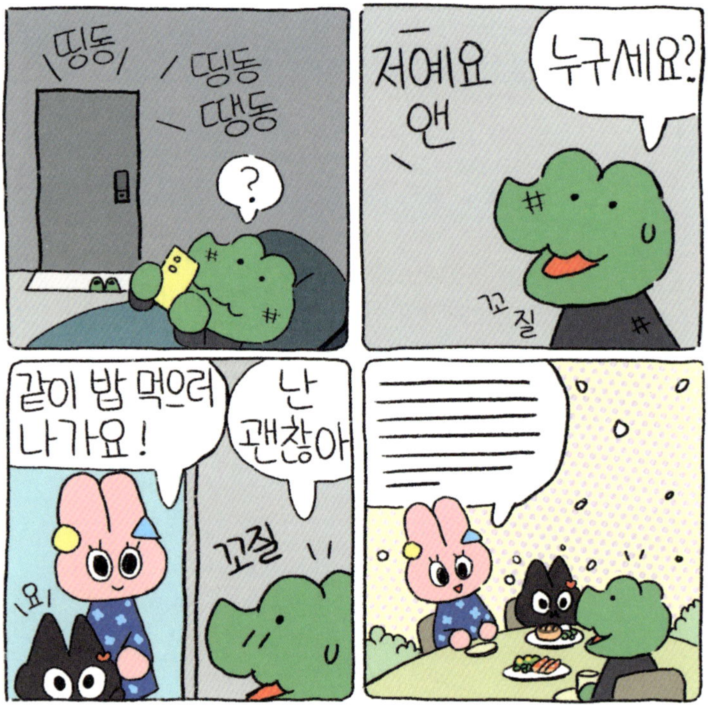

발표 트라우마

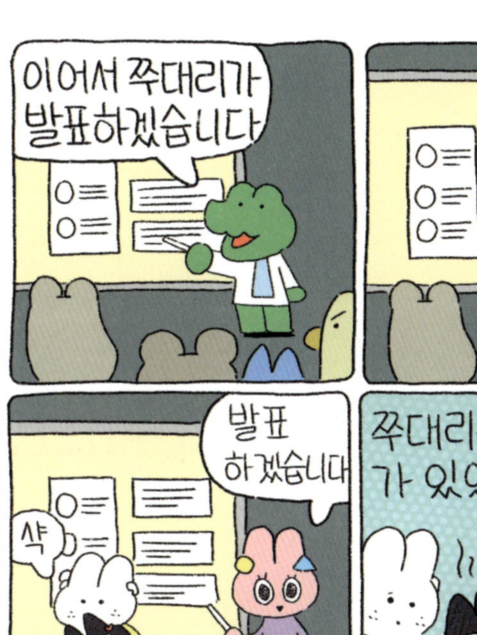

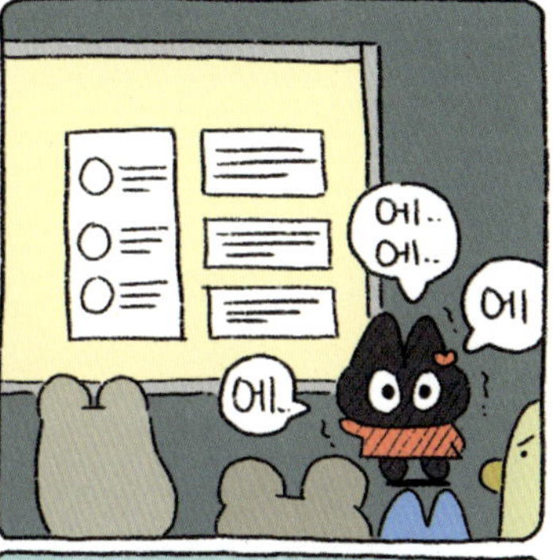

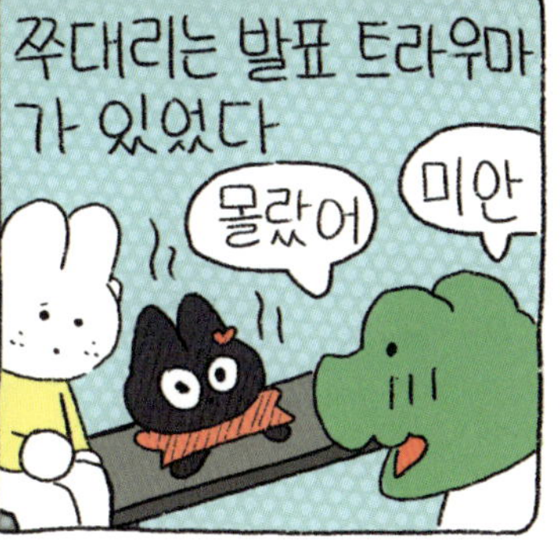

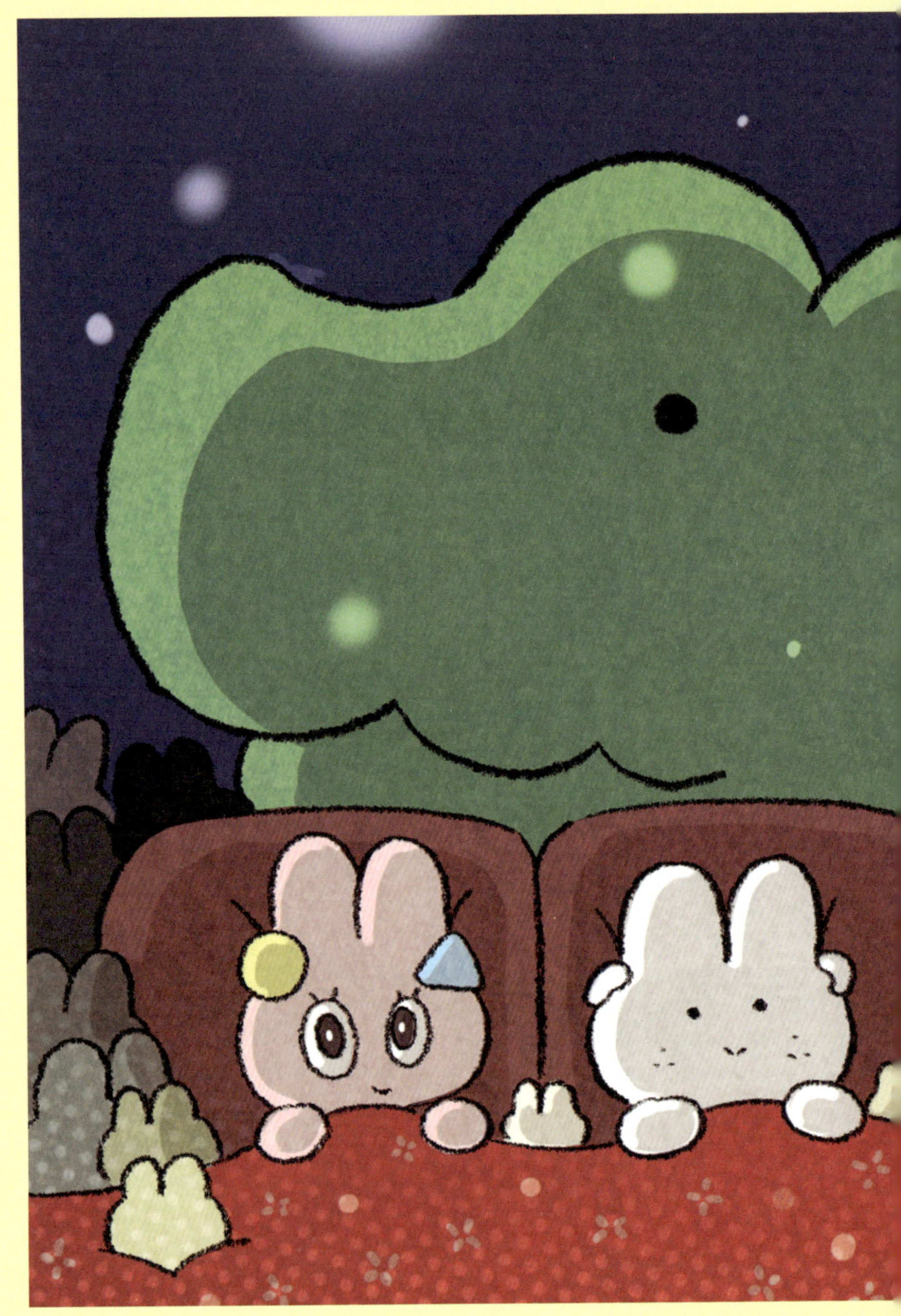

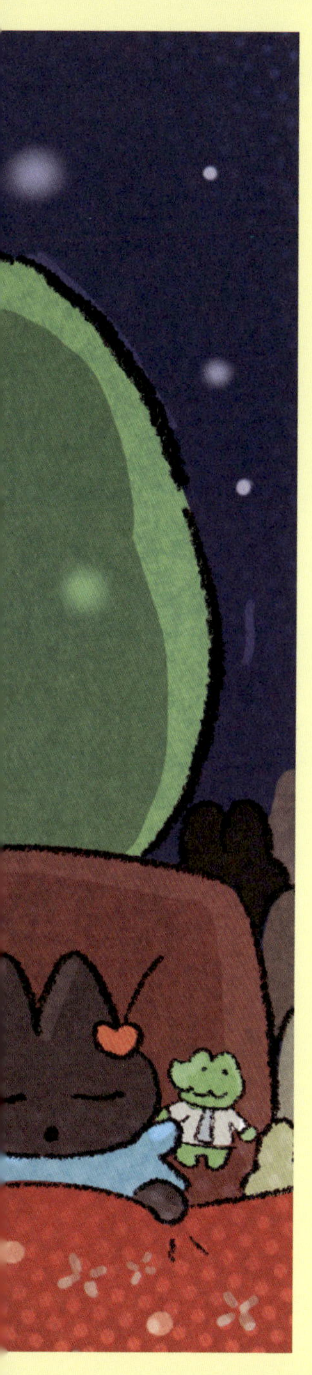

4장

조금씩 채워가는 미래

우리 모두 언젠가 이별할 때가 오겠죠
모두 너무너무 보고 싶을 거예요

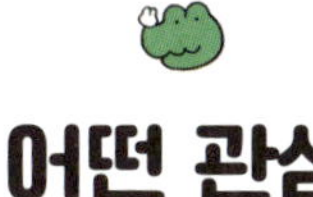

어떤 관심

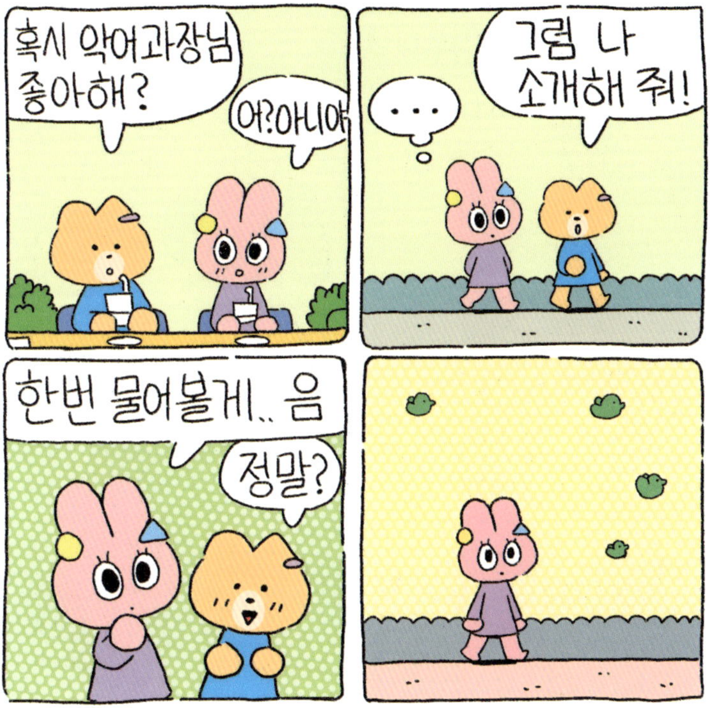

토사원 화장을 하다

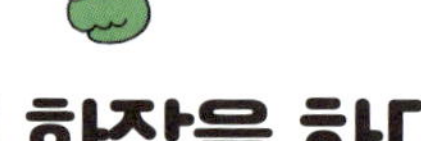

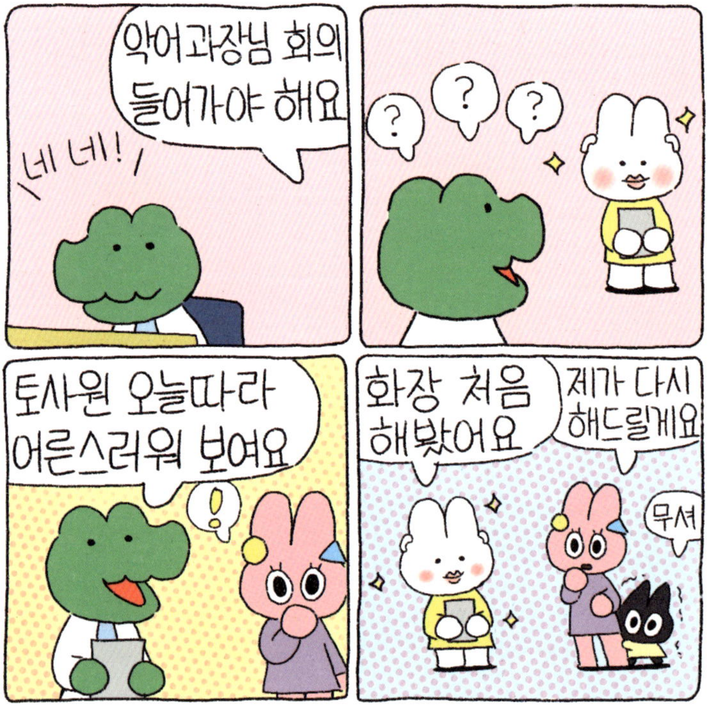

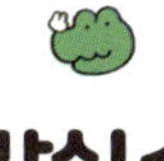

말실수

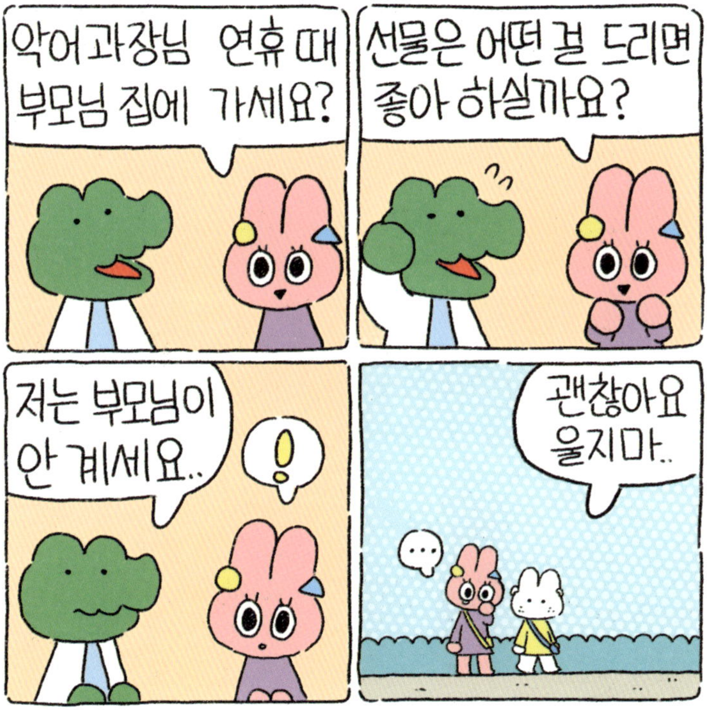

악어과장 동생

악어 과장님이랑 똑같이 생겼어
정말?
악어과장님 계신가요? 동생입니다
진짜다
잠시만요 불러드릴게요
미안! 회의 중이라 연락을 못봤어
괜찮아
밥 먹으러 가자!
오느라 고생했어
응

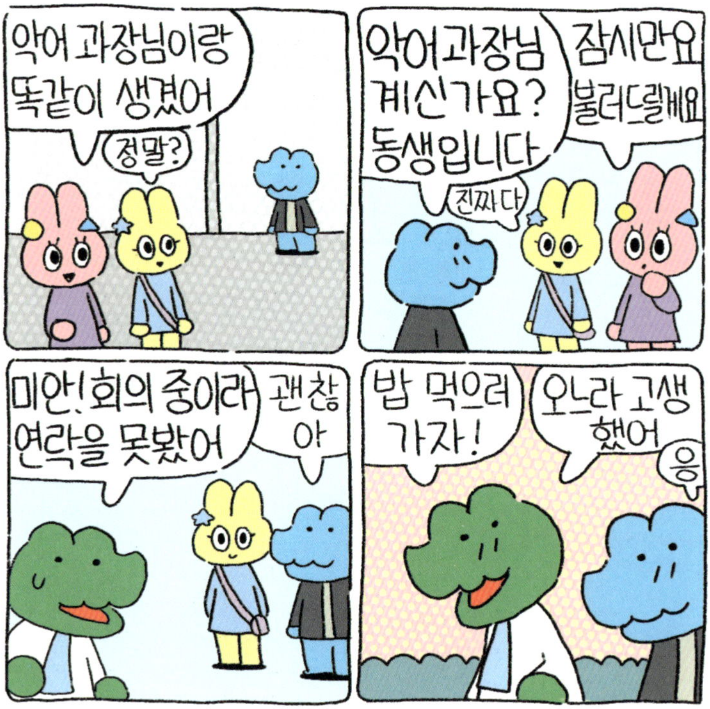

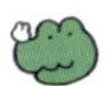

대학 등록금

군 생활은 할만해?
당연하지 누구 동생인데
필요한 거 있으면 다 말해! 해줄게
...
제대하면 대학 등록금 한 번만 내줘..
넌 공부만 해 걱정 말고!
갚을 거야.. 꼭

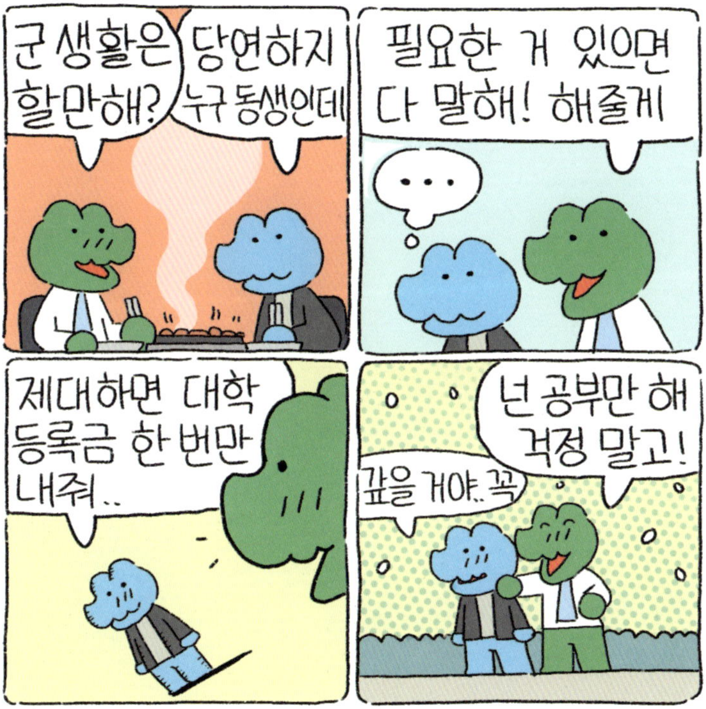

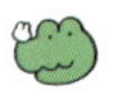

넥타이의 의미

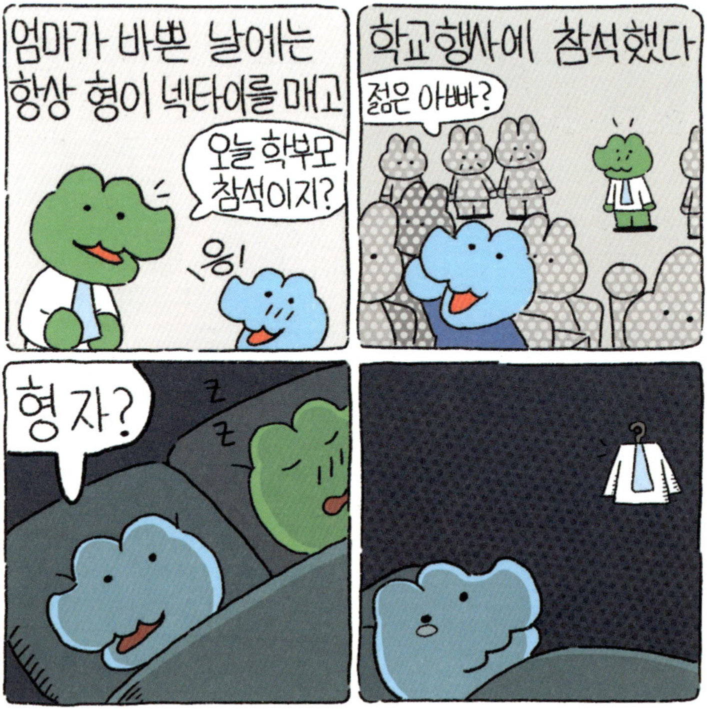

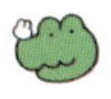

동생의 조언

그때 그분 형 여자친구야?
응? 누구?
엄청 예쁘시더라
아니야! 그냥 직장 동료야
고백은 해봤어?
아니라니까
난 찬성이야
건강해라

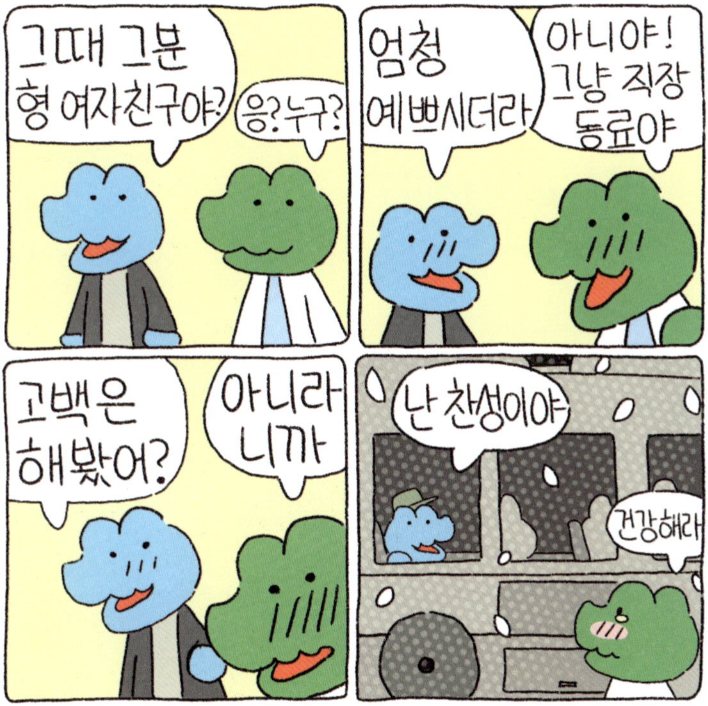

아들을 기다리는 할머니 1

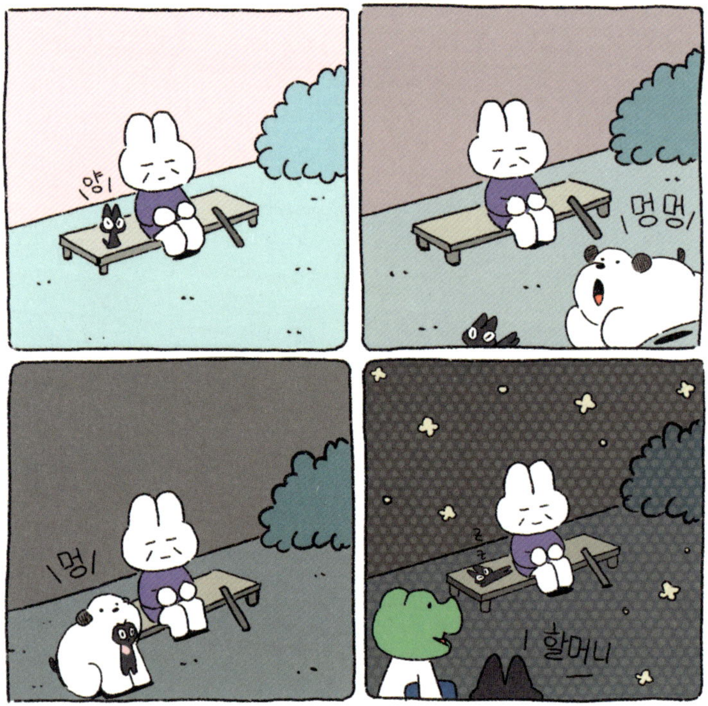

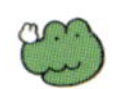

아들을 기다리는 할머니 2

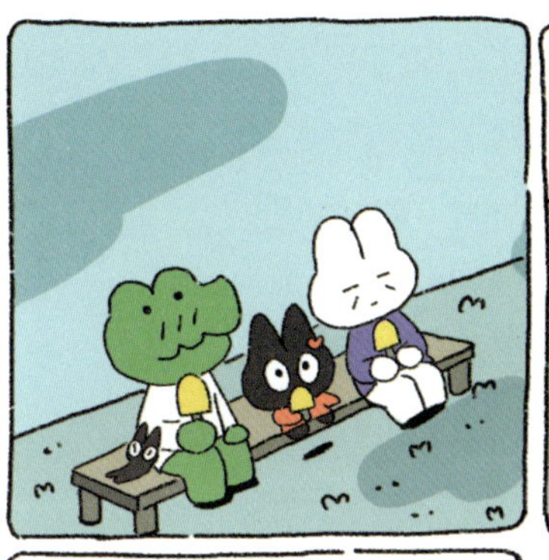

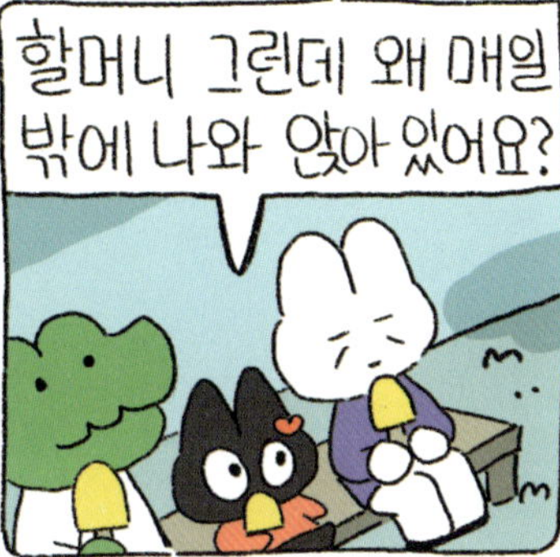

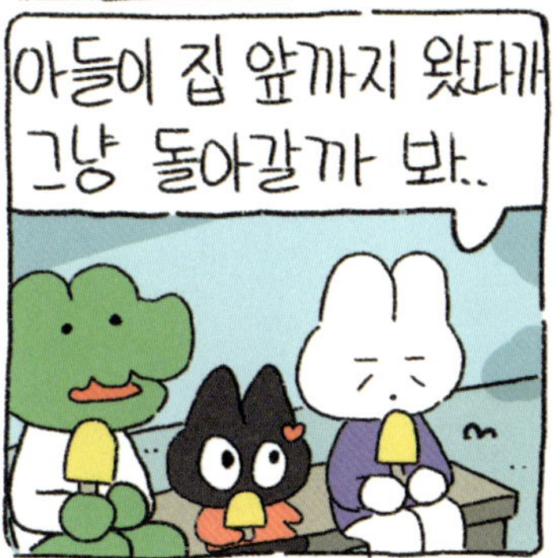

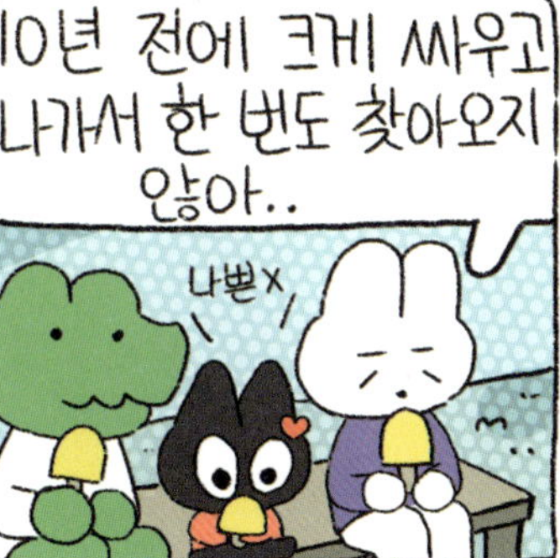

행복이 넘치다

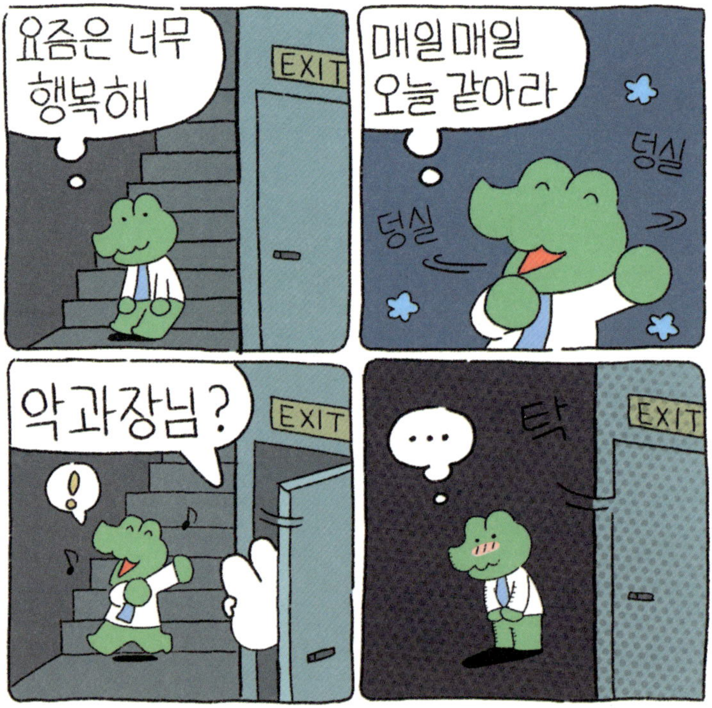

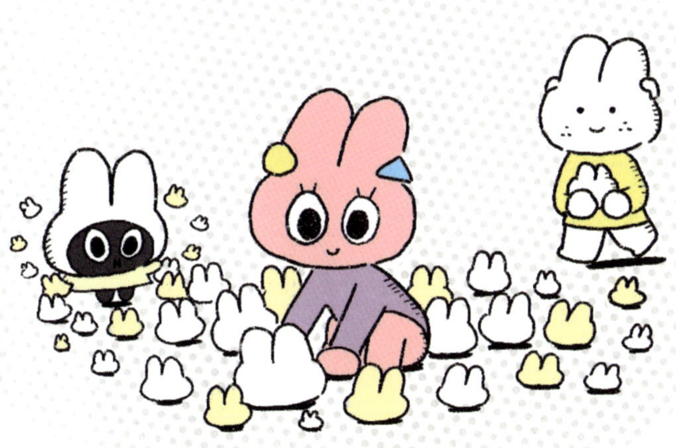

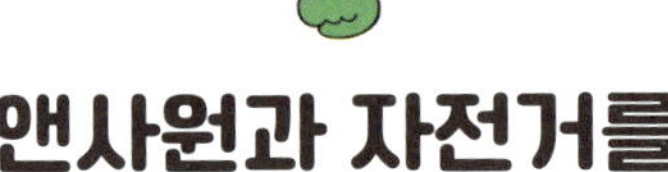

앤사원과 자전거를

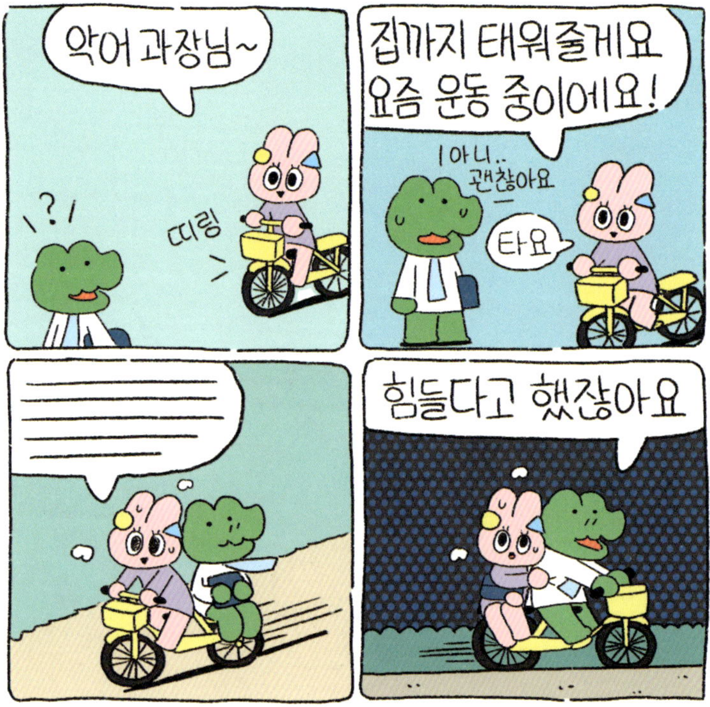

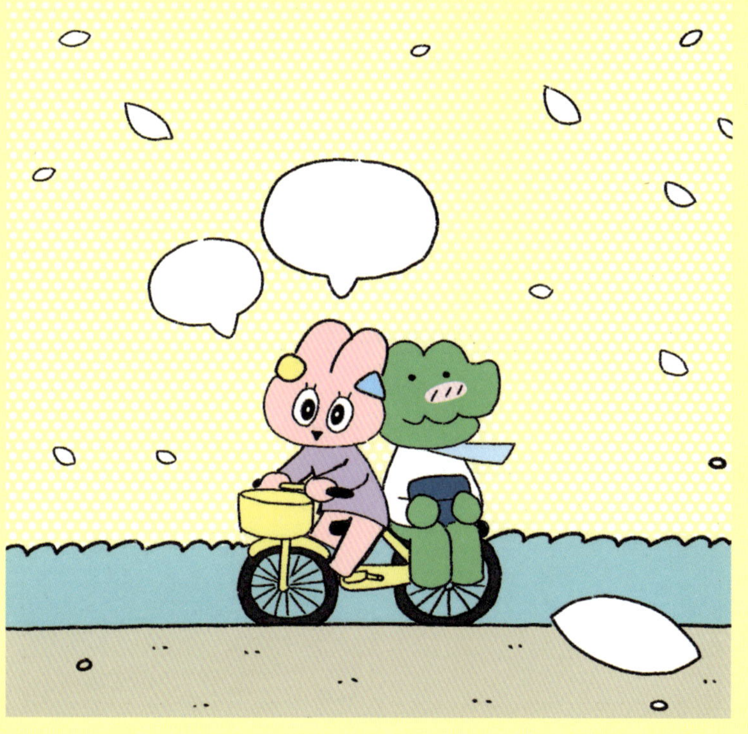

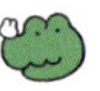

늦은 첫 회식

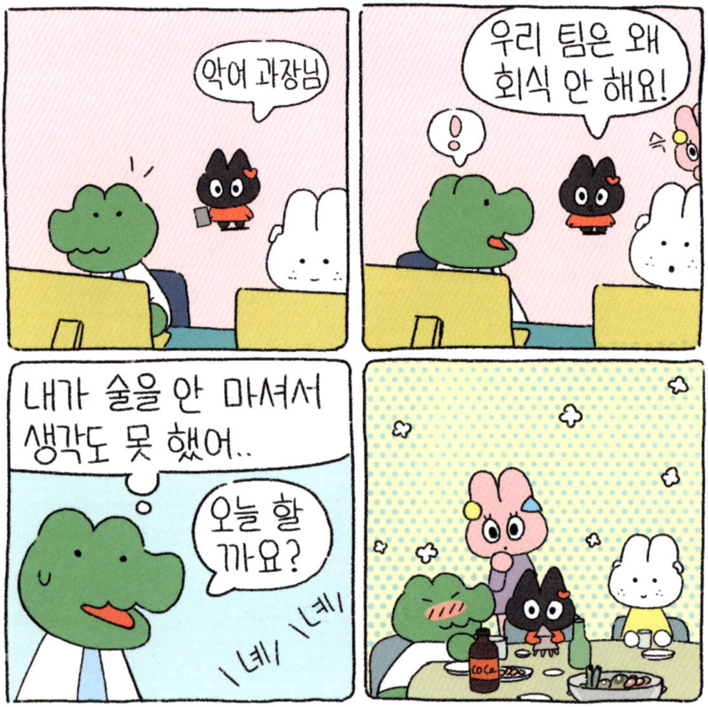

착각

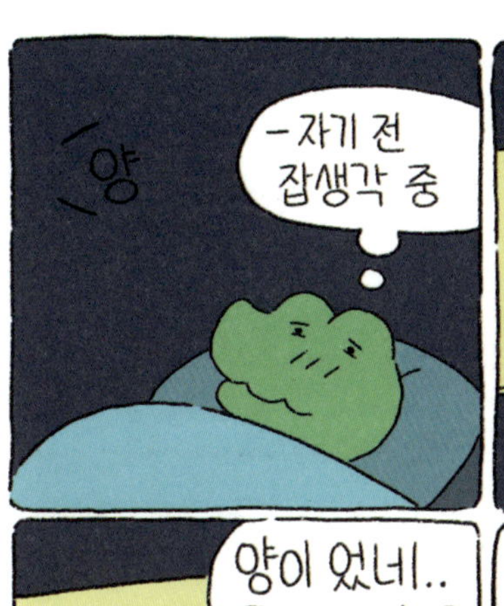

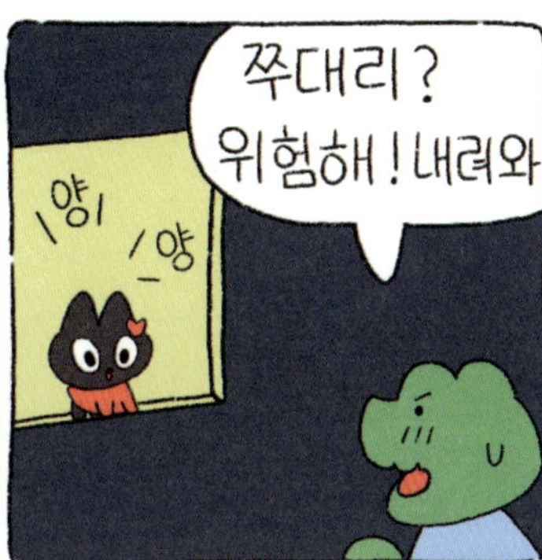

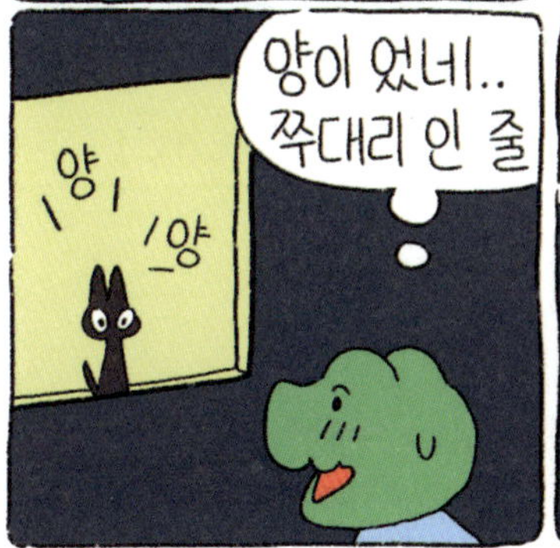

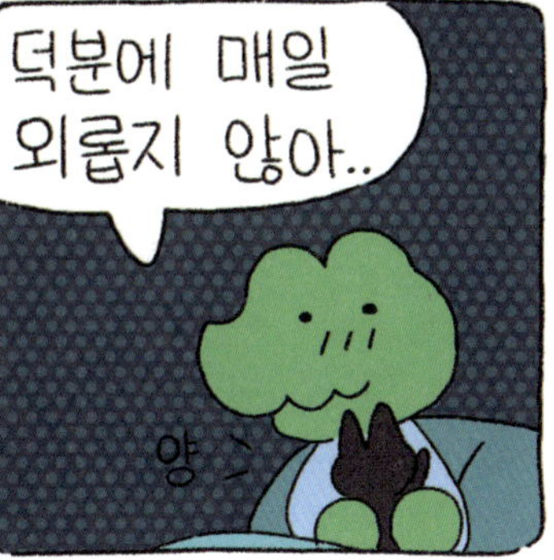

알바로 생긴 멍

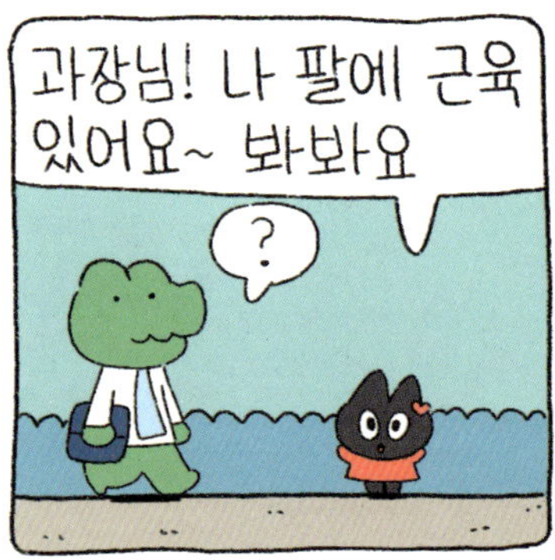

과장님! 나 팔에 근육 있어요~ 봐봐요
?

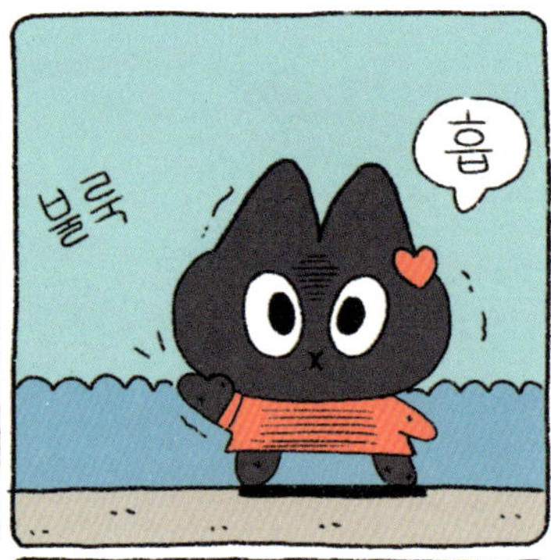

흡
불룩

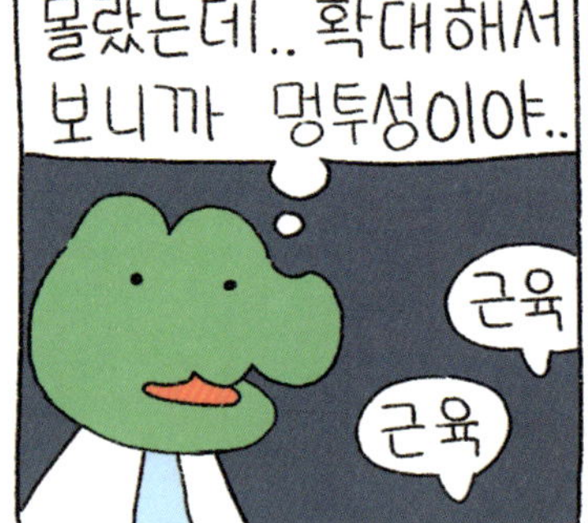

몰랐는데.. 확대해서 보니까 멍투성이야..
근육
근육

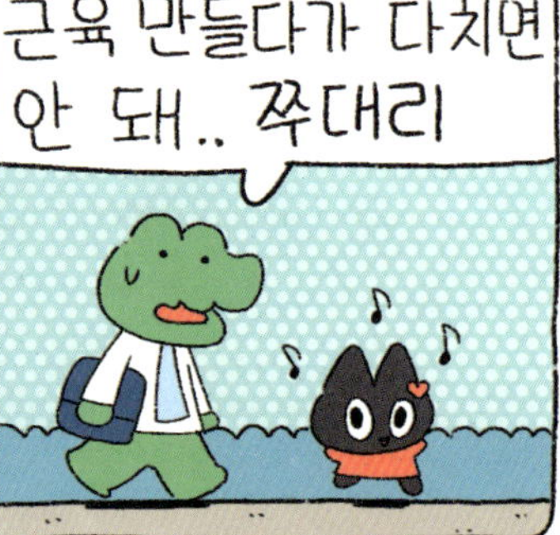

근육 만들다가 다치면 안 돼.. 쭈대리

일상을 만들어 가다

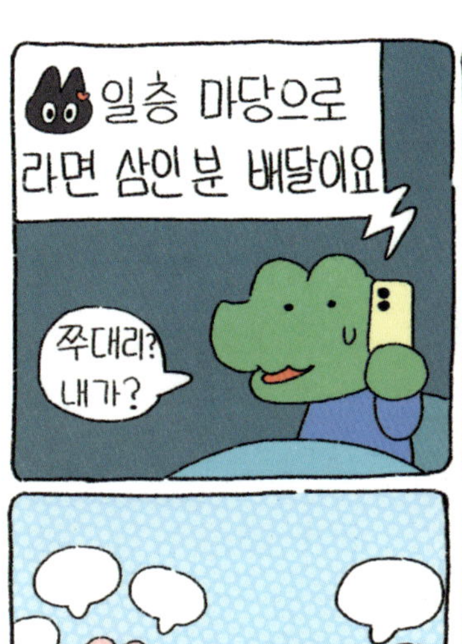

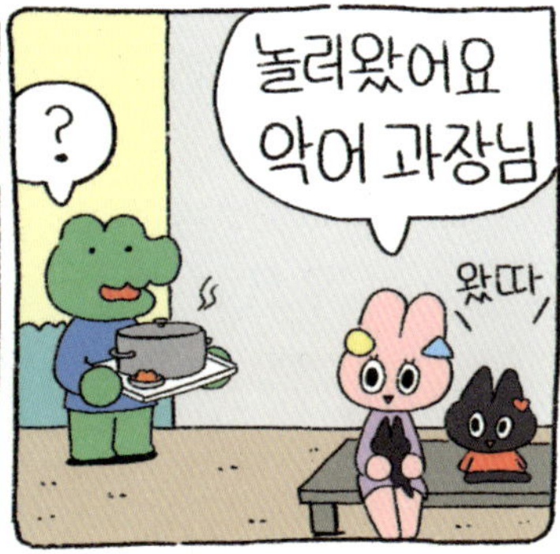

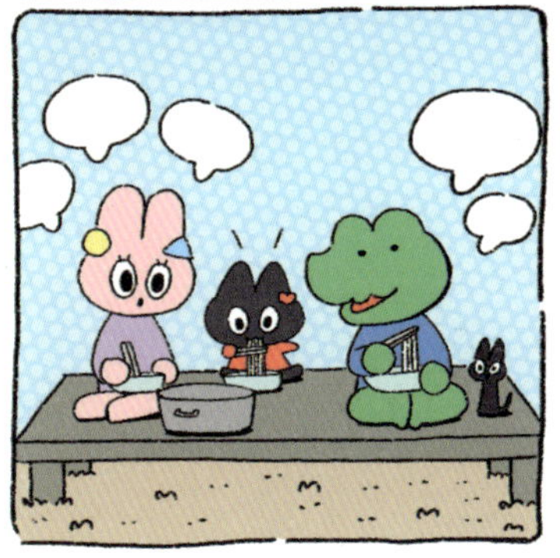

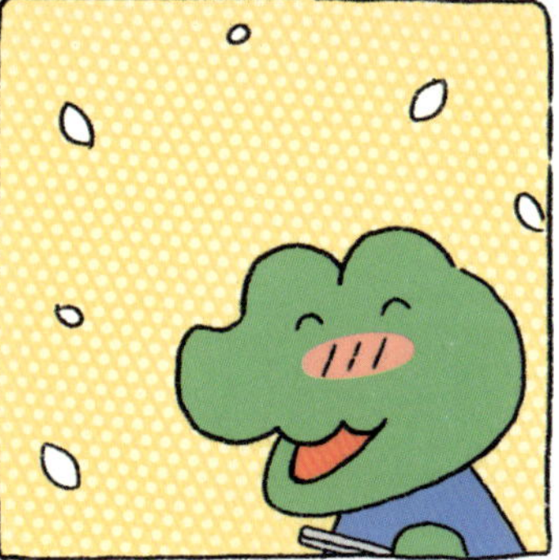

같은 회사? 다른 회사?

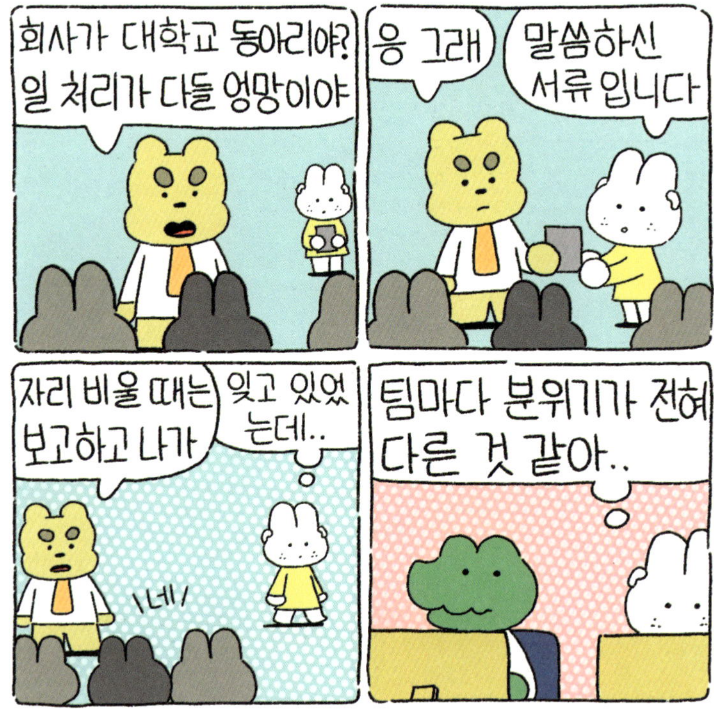

회사가 대학교 동아리야? 일 처리가 다들 엉망이야
응 그래
말씀하신 서류 입니다
자리 비울 때는 보고하고 나가
잊고 있었는데..
네
팀마다 분위기가 전혀 다른 것 같아..

싫어하는 팀

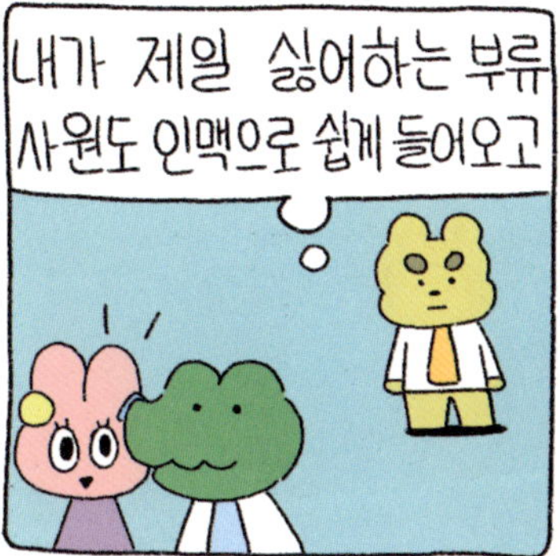

내가 제일 싫어하는 부류
사원도 인맥으로 쉽게 들어오고

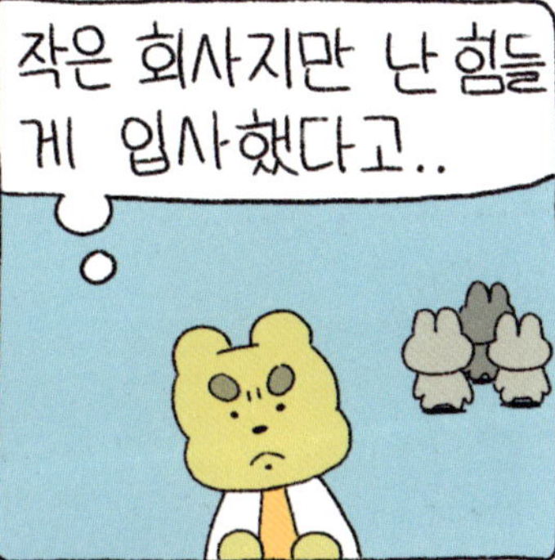

작은 회사지만 난 힘들
게 입사했다고..

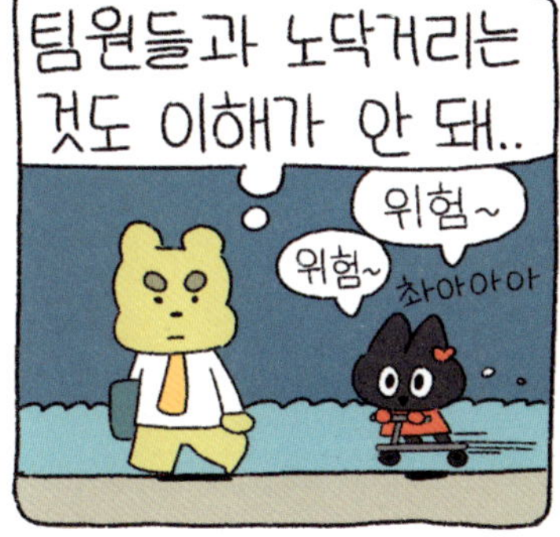

팀원들과 노닥거리는
것도 이해가 안 돼..
위험~
위험~
촤아아아

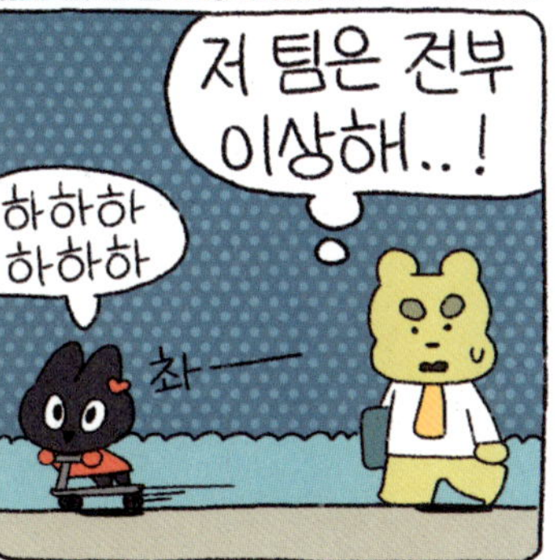

저 팀은 전부
이상해..!
하하하
하하하
촤——

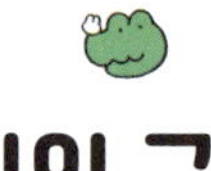

팀의 규칙

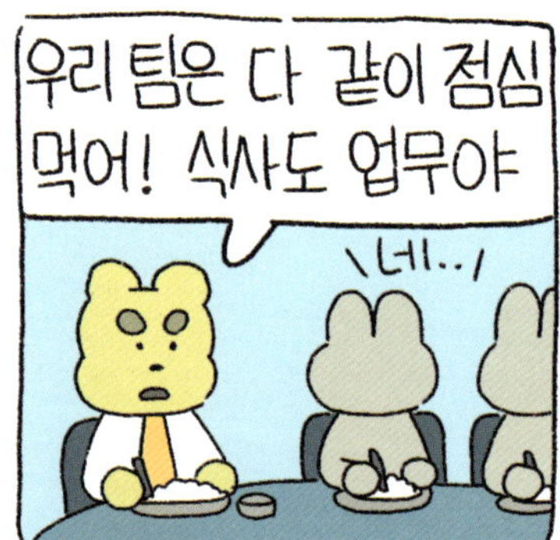

우리 팀은 다 같이 점심 먹어! 식사도 업무야
네..

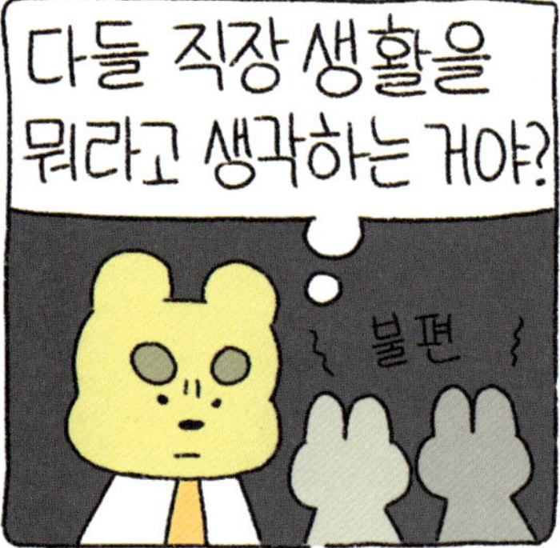

다들 직장 생활을 뭐라고 생각하는 거야?
불편

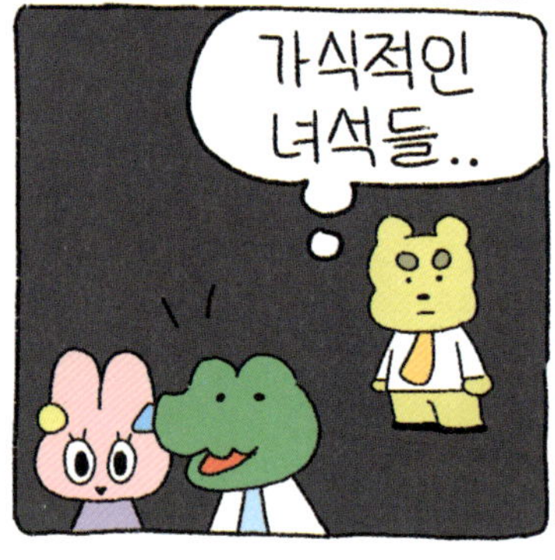

가식적인 녀석들..

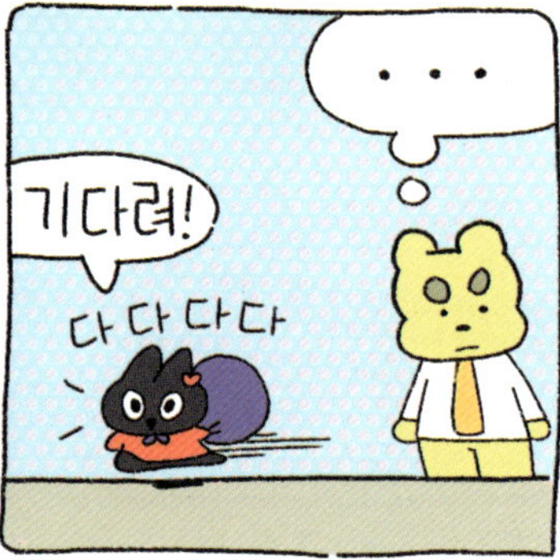

· · ·
기다려!
다 다 다 다

악어과장 연차 내다

악과장님은요?
몸살 나서 연차 내셨어요
악과장님 많이 아파요?
나도 바꿔죠
?
다들 서로 많이 친한가 봐 상사인데 안 불편한가?
저 토사원 이에요..
토사원?

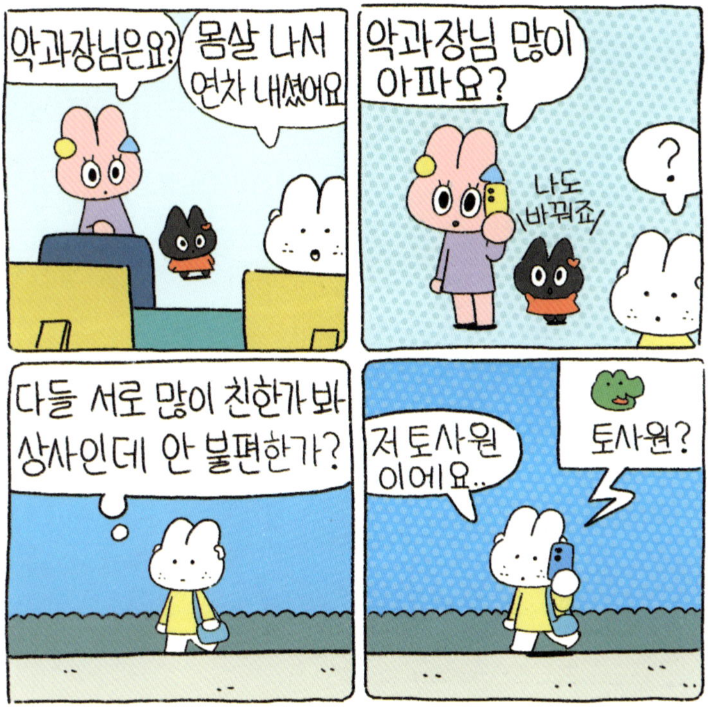

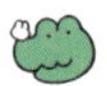

생일 파티 초대권

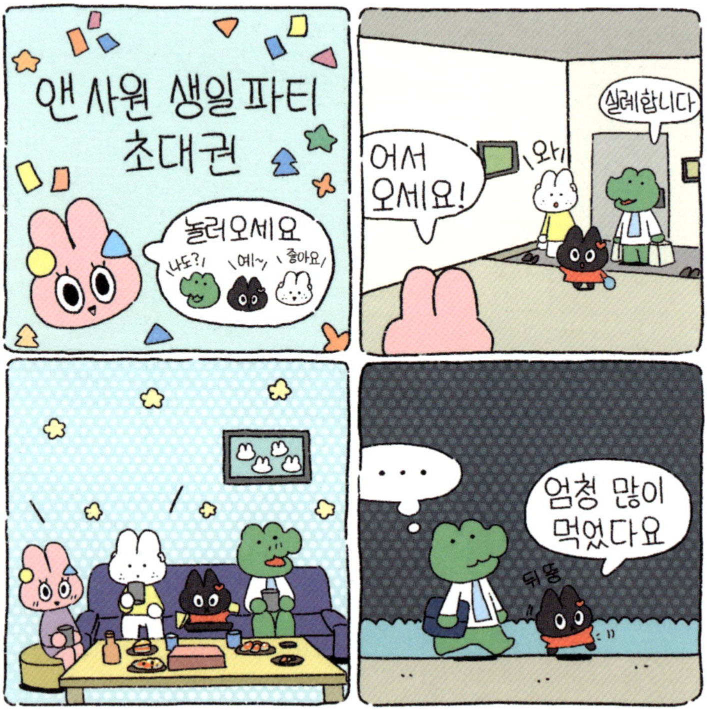

일상에 집중하다

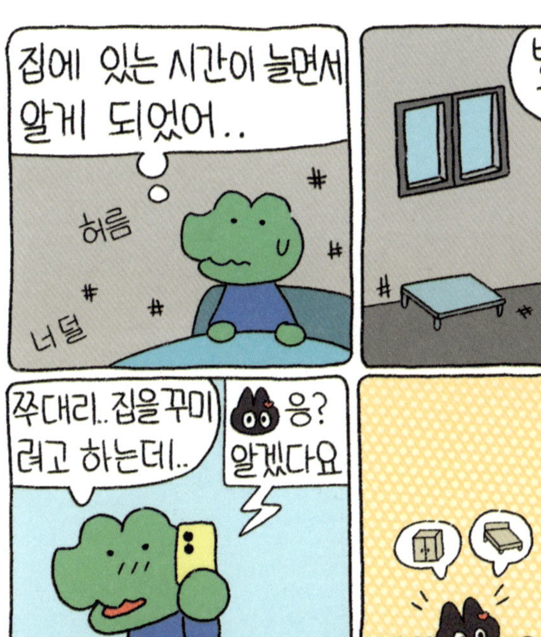

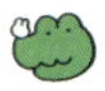

인프라지원팀 조니

타 닥 타닥
?
다 고쳤습니다 이제 잘 될 거예요
감사합니다
악어과장님! 전 인프라지원팀 조니입니다
네
PC 이상 있으면 또 연락 주세요
네

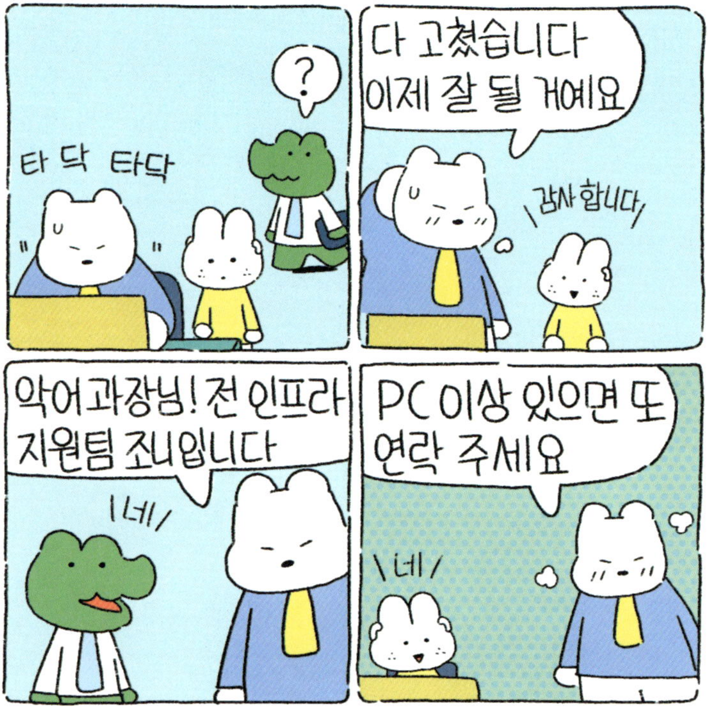

평범한 하루

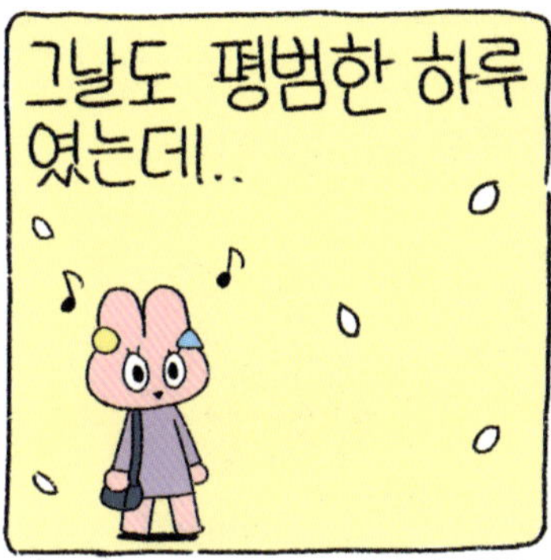

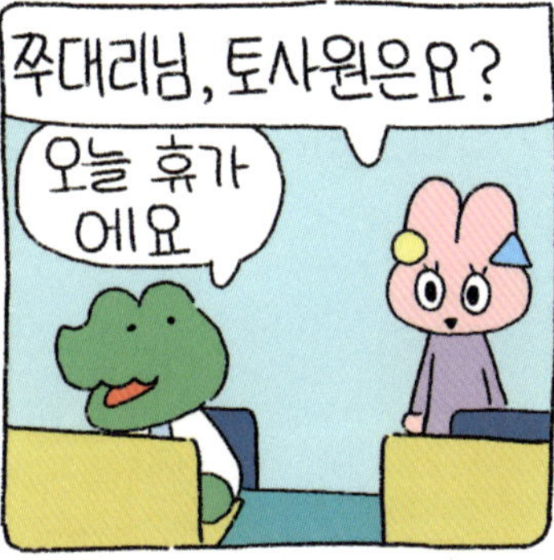

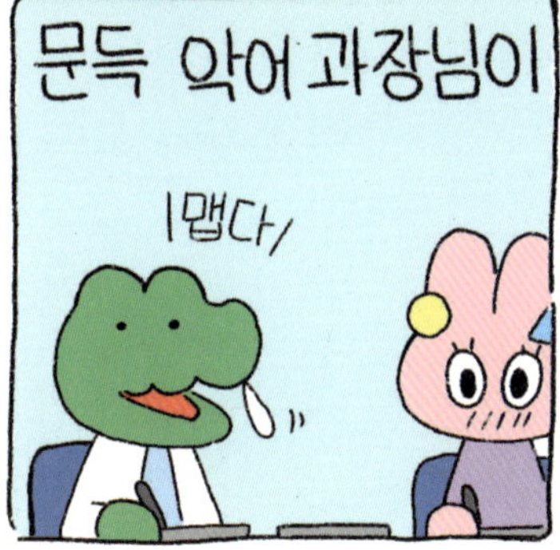

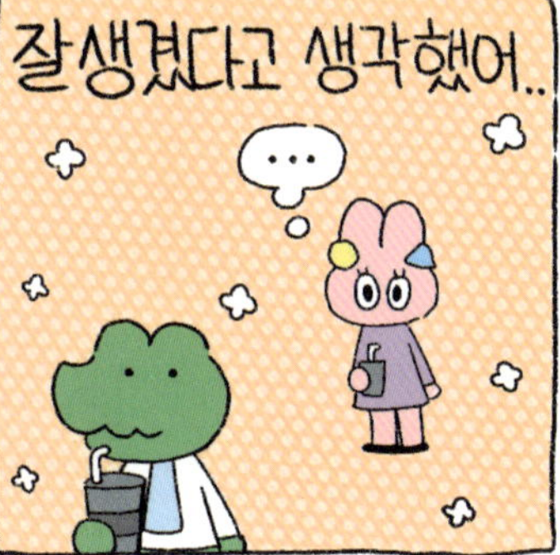

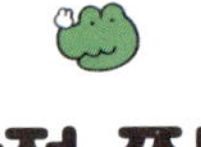

명탐정 쭈대리

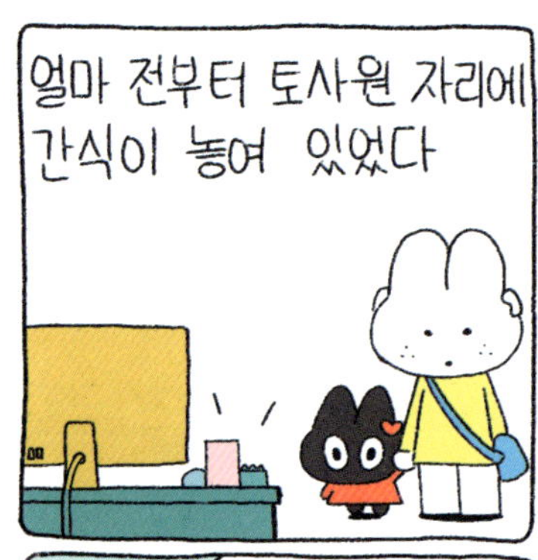

얼마 전부터 토사원 자리에 간식이 놓여 있었다

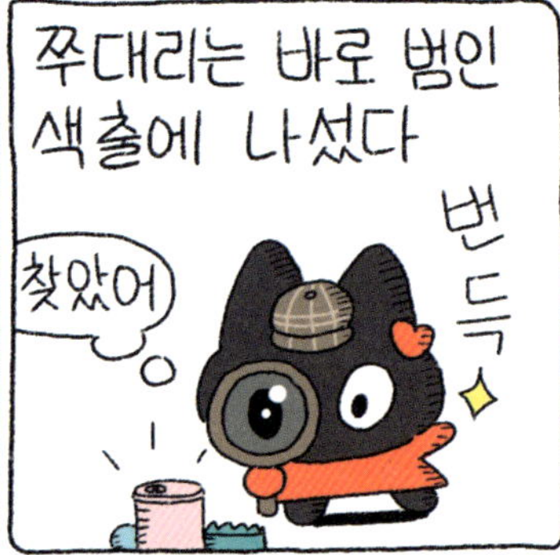

쭈대리는 바로 범인 색출에 나섰다
찾았어
번득

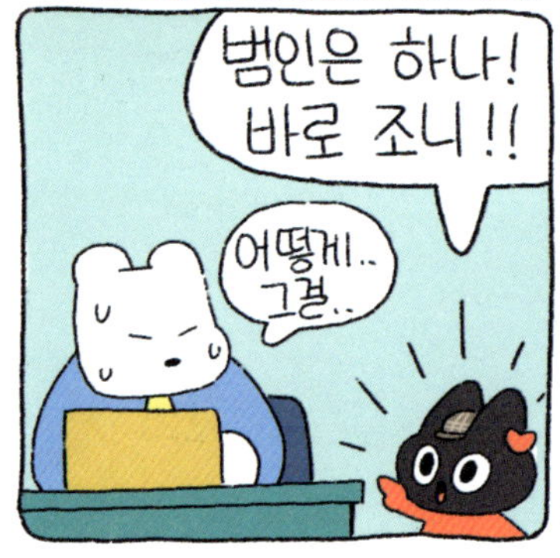

범인은 하나! 바로 조니!!
어떻게.. 그걸..

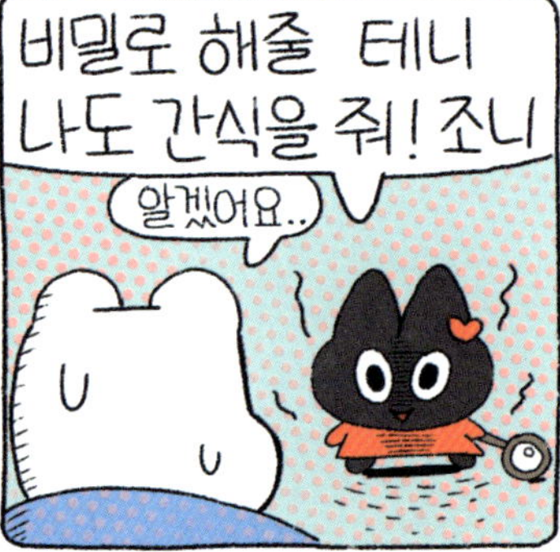

비밀로 해줄 테니 나도 간식을 줘! 조니
알겠어요..

변해가는 토사원

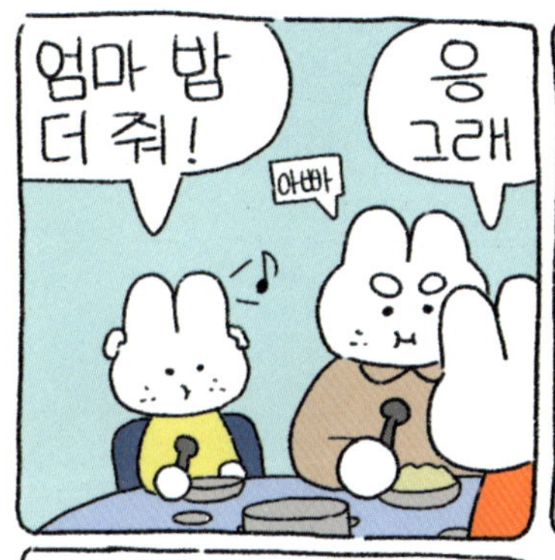

엄마 밥 더 줘!
아빠
응 그래

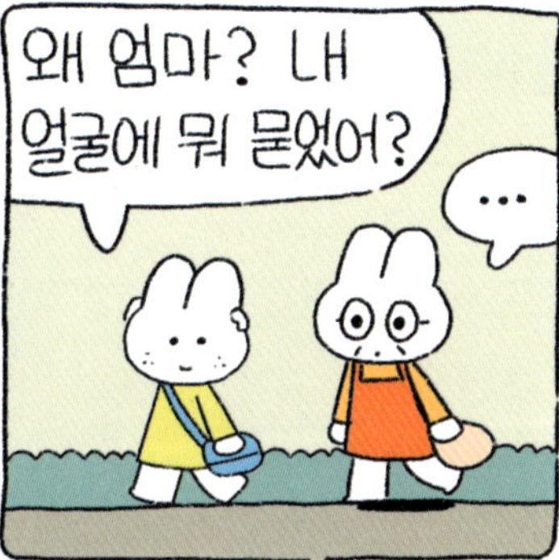

왜 엄마? 내 얼굴에 뭐 묻었어?
...

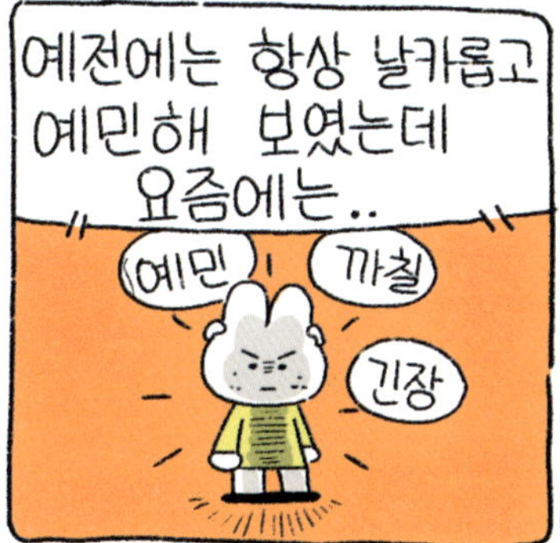

예전에는 항상 날카롭고 예민해 보였는데 요즘에는..
예민
까칠
긴장

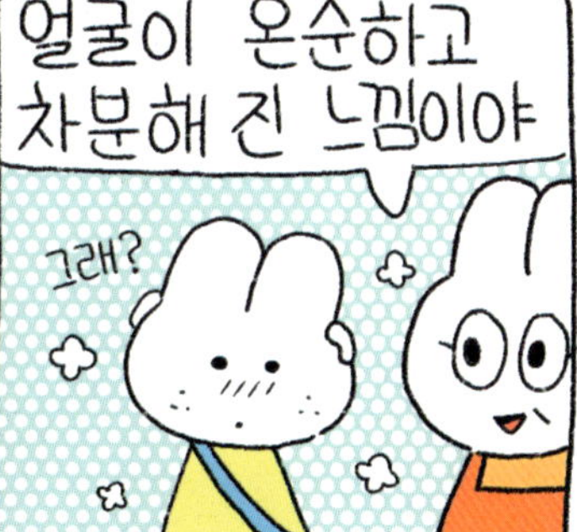

얼굴이 온순하고 차분해 진 느낌이야
그래?

회사 워크숍 1

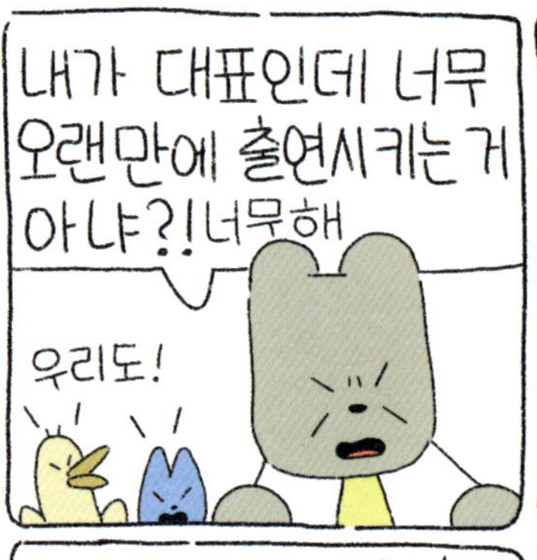

내가 대표인데 너무 오랜만에 출연시키는 게 아냐?! 너무해
우리도!

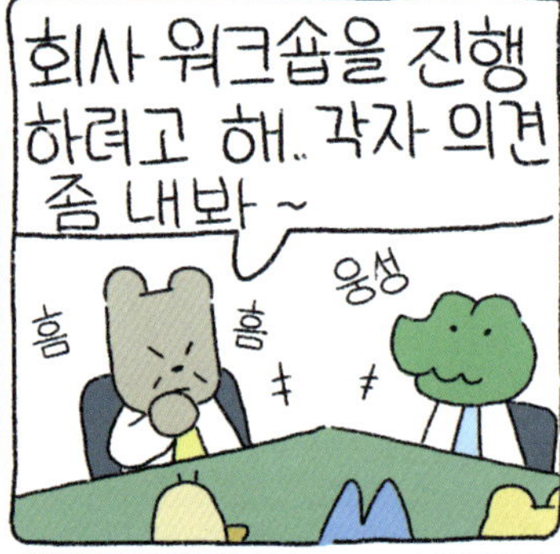

회사 워크숍을 진행하려고 해.. 각자 의견 좀 내봐 ~
흠
흠
웅성

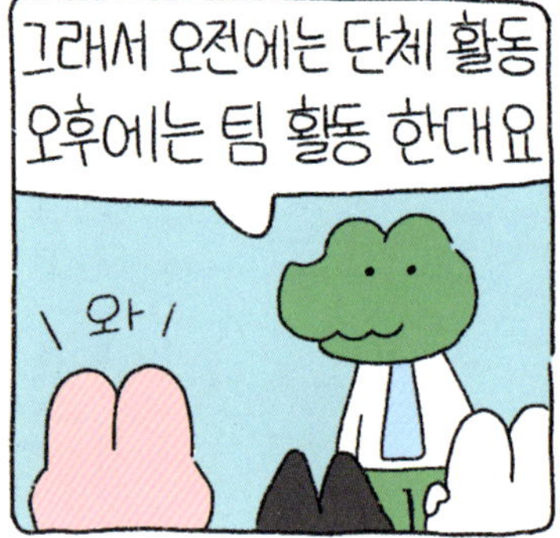

그래서 오전에는 단체 활동 오후에는 팀 활동 한대요
와

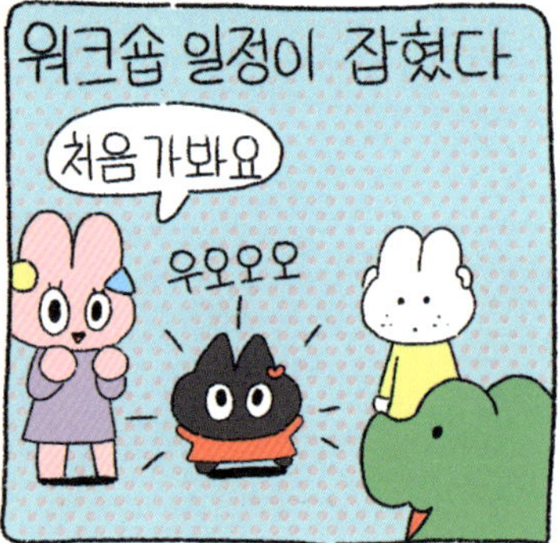

워크숍 일정이 잡혔다
처음가봐요
우오오오

회사 워크숍 2

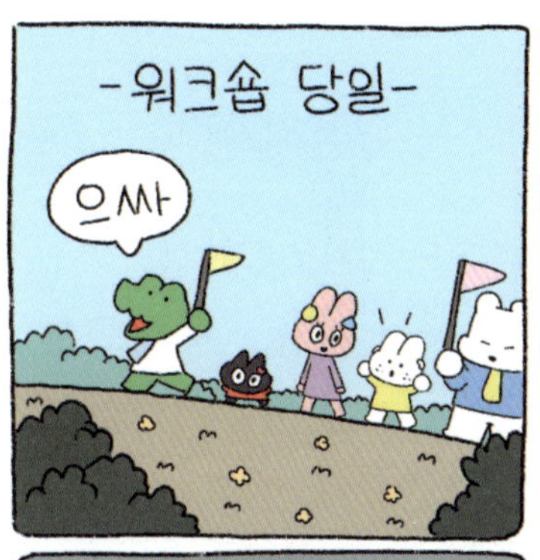

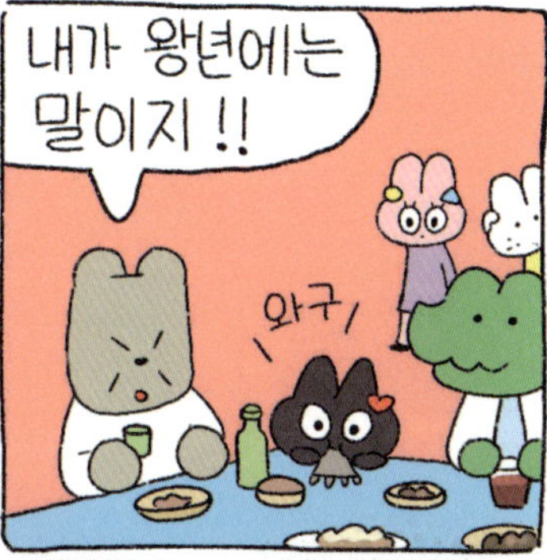

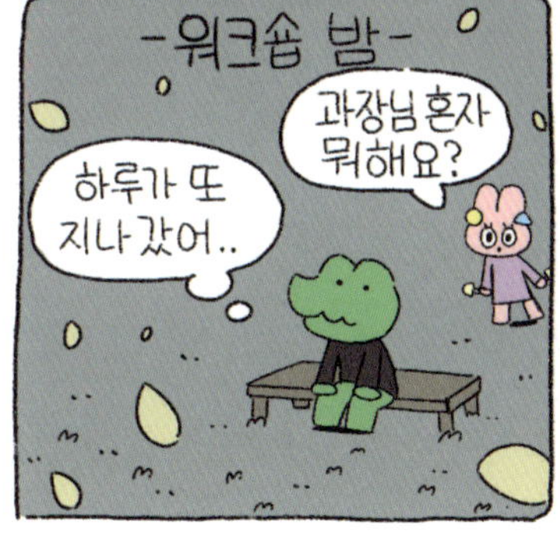

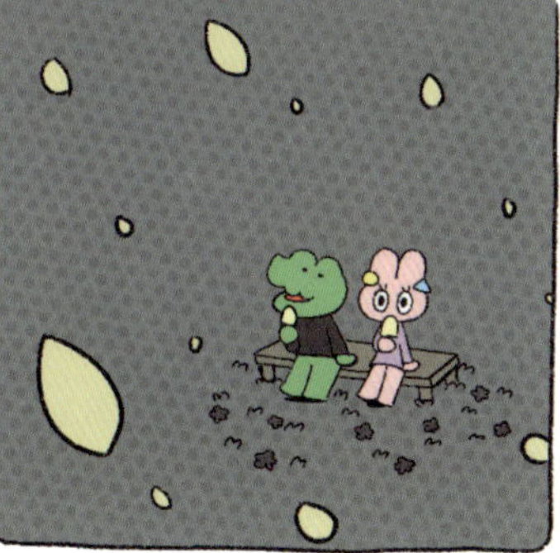

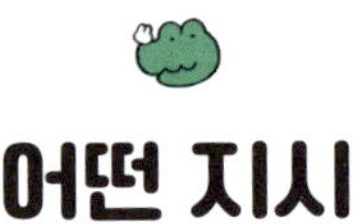

어떤 지시

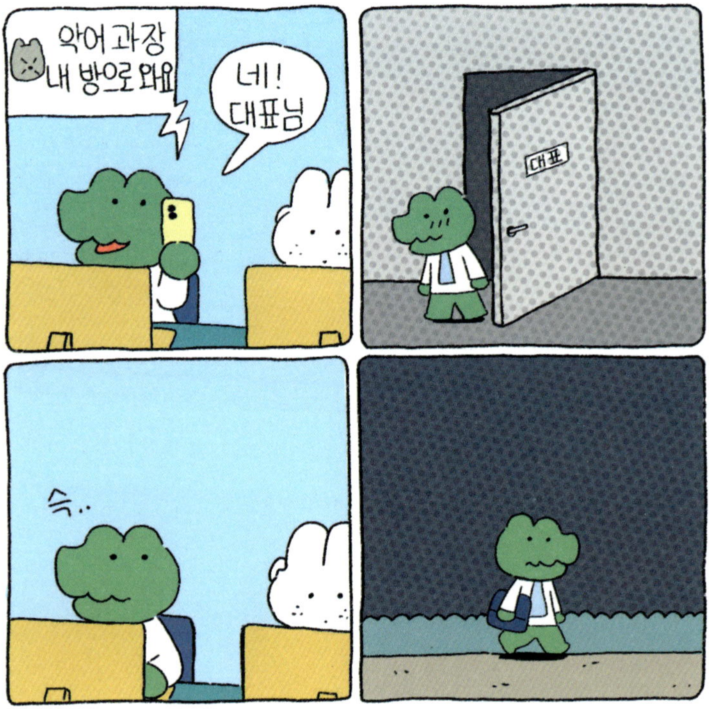

쭈대리가 한국에 돌아온 이유

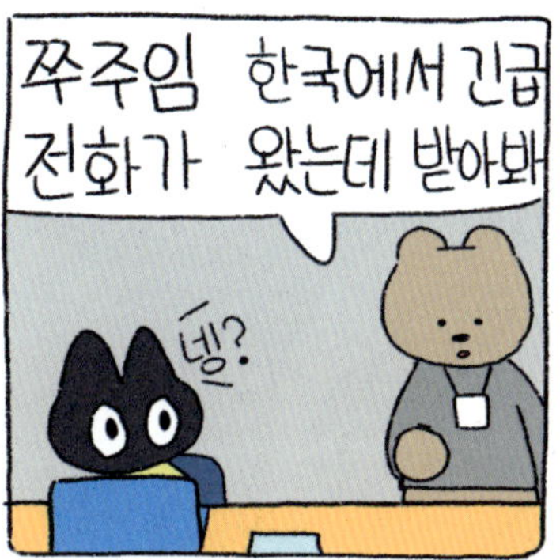

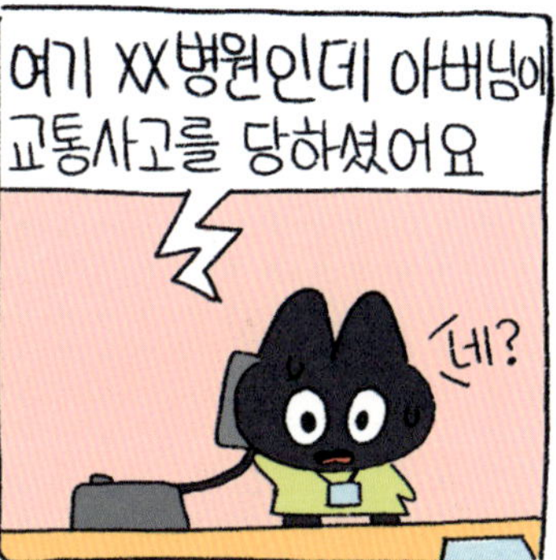

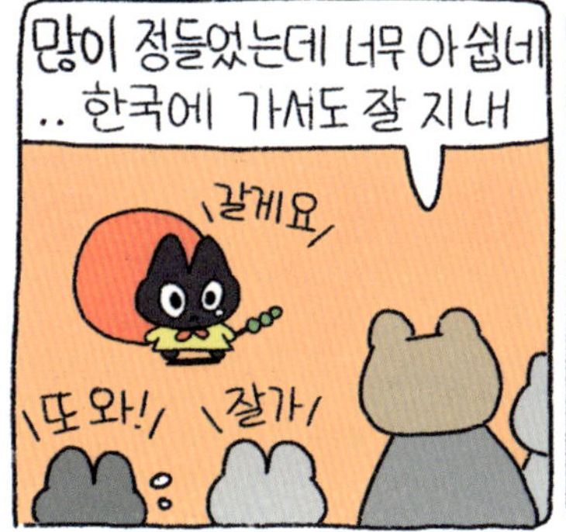

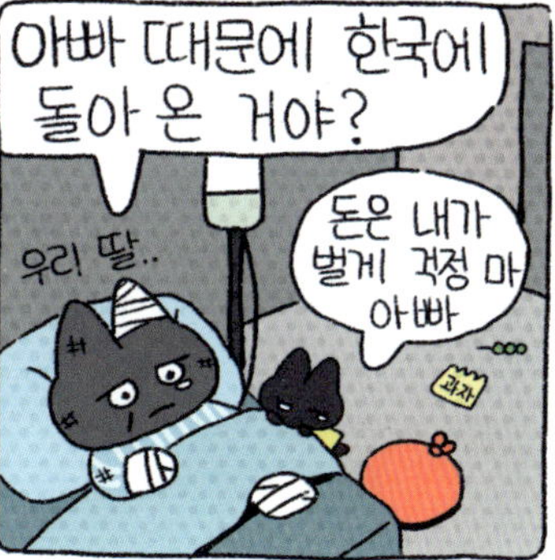

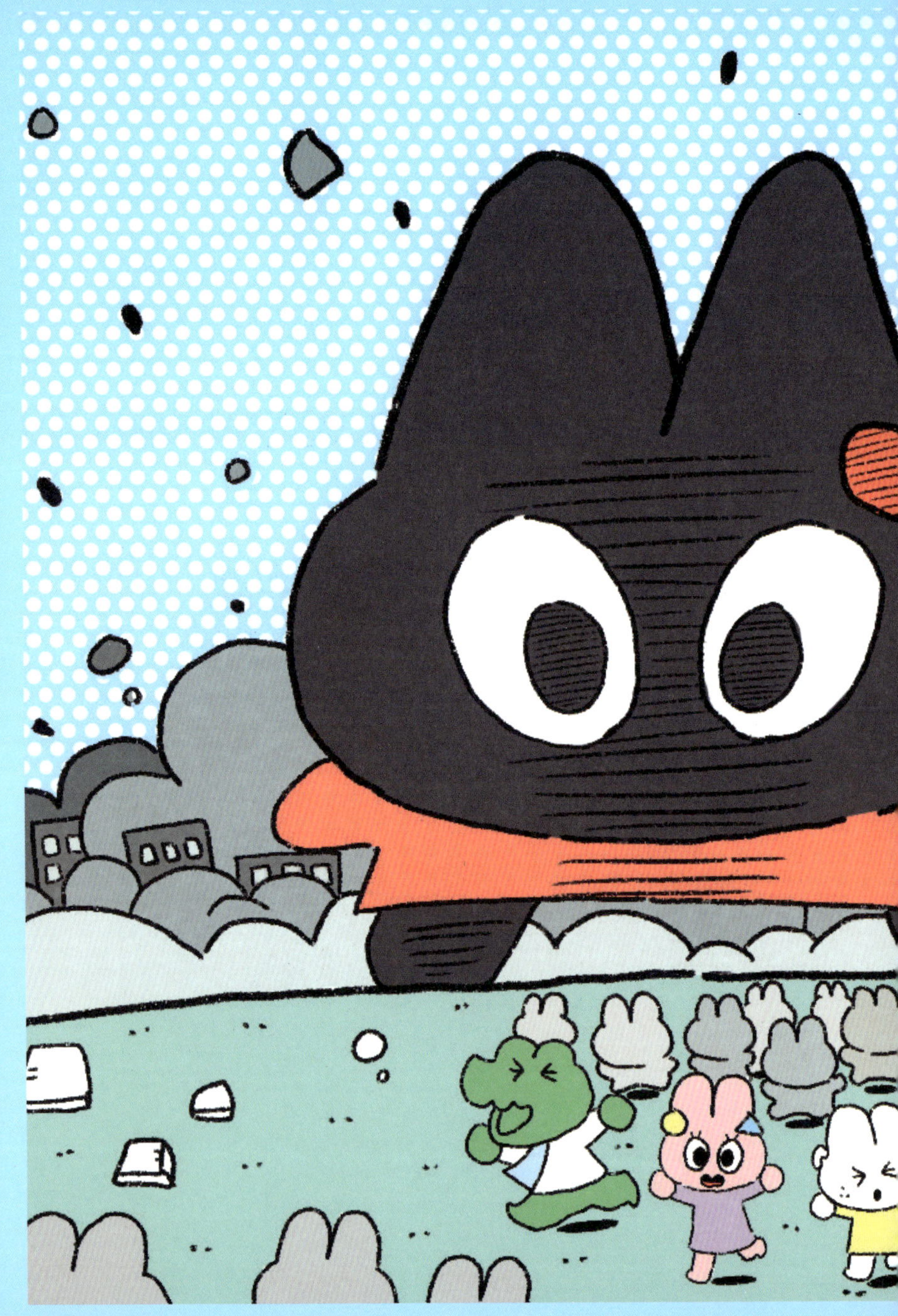

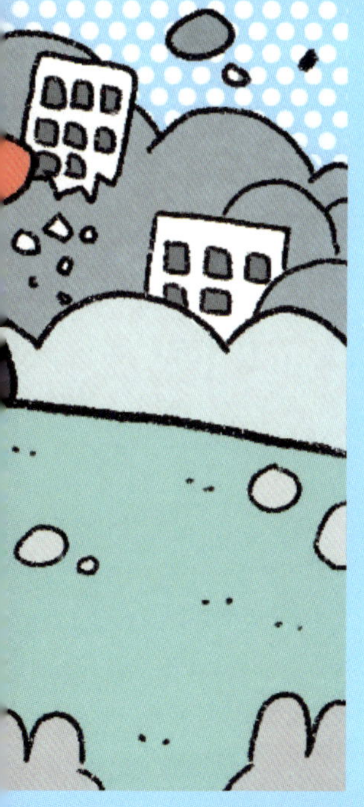

5장

외로울 틈

혼나는 건 내 역할이니까 괜찮아
항상 잘해왔잖아

혼나는 건 내 역할

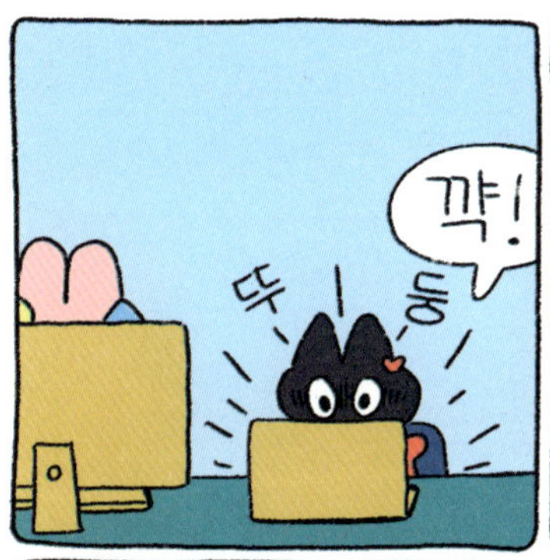

꺅!
뚜
둥

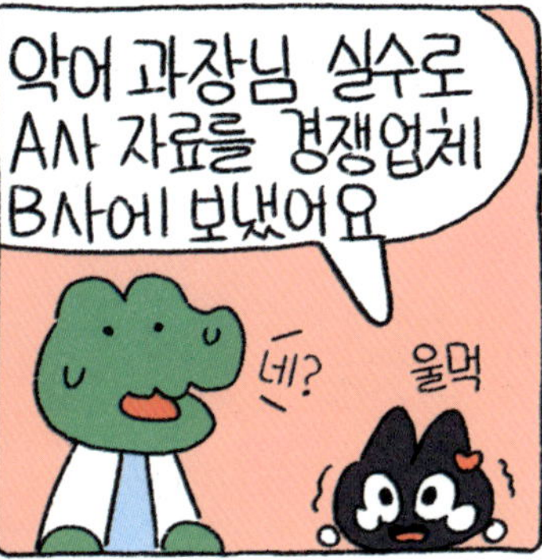

악어 과장님 실수로
A사 자료를 경쟁업체
B사에 보냈어요
네?
울먹

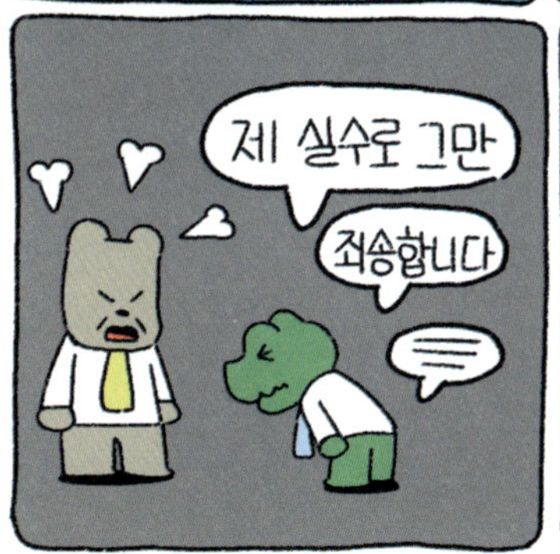

제 실수로 그만
죄송합니다

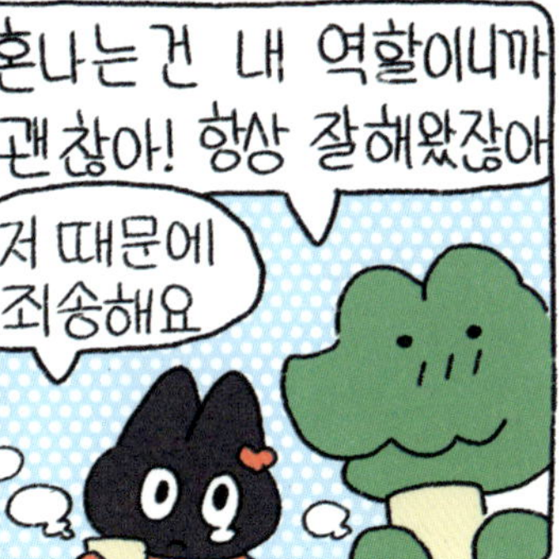

혼나는 건 내 역할이니까
괜찮아! 항상 잘해왔잖아
저 때문에
죄송해요

연말 평가 보고서

연말 평가 보고서 작성..
타닥
타닥
팀별로 한 명은 반드시 *C를 줘야 해..
*점수등급
모두의 성과가 이걸로 결정된다..
성과 보고서
관리자
대표
S
B⁺
A⁺
C

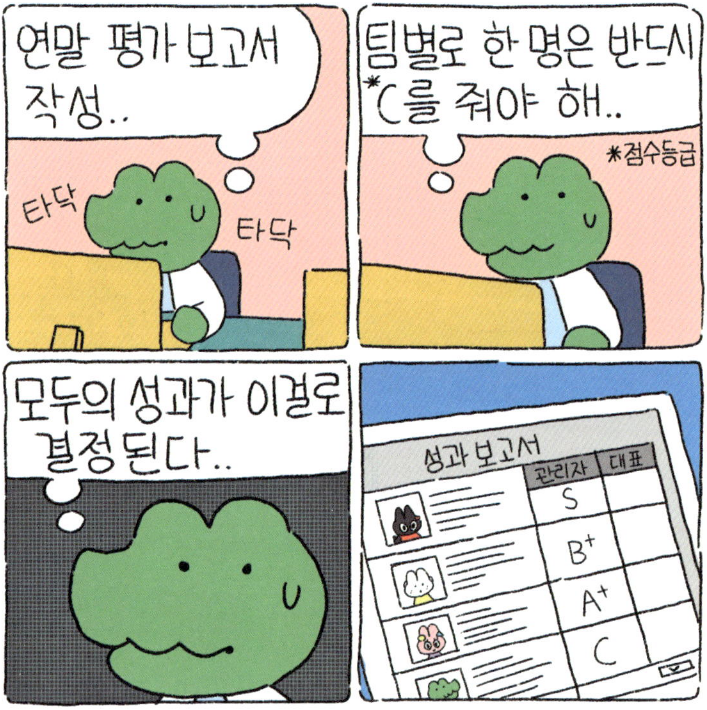

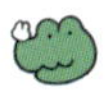

성과 보고서

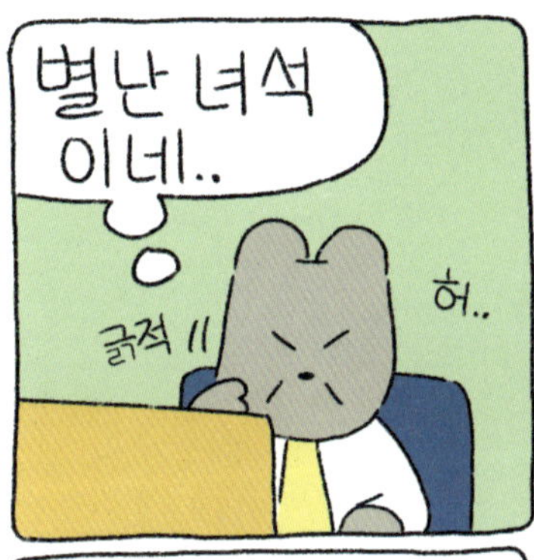

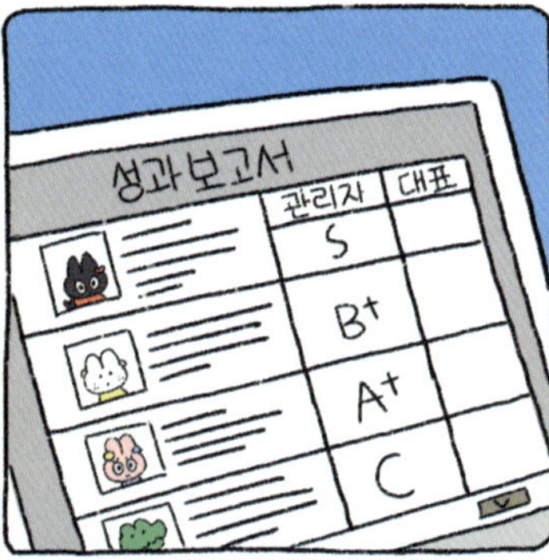

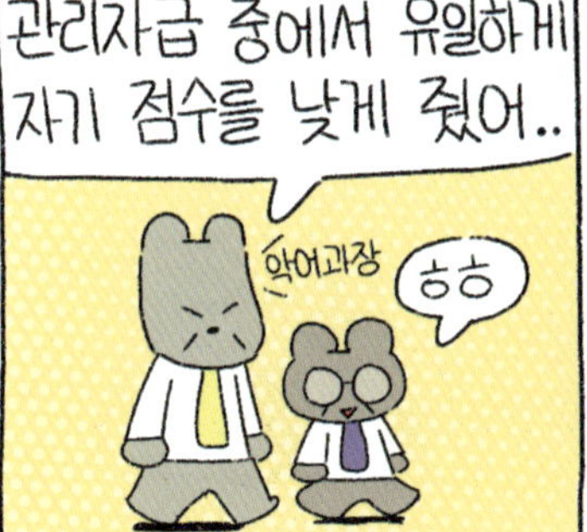

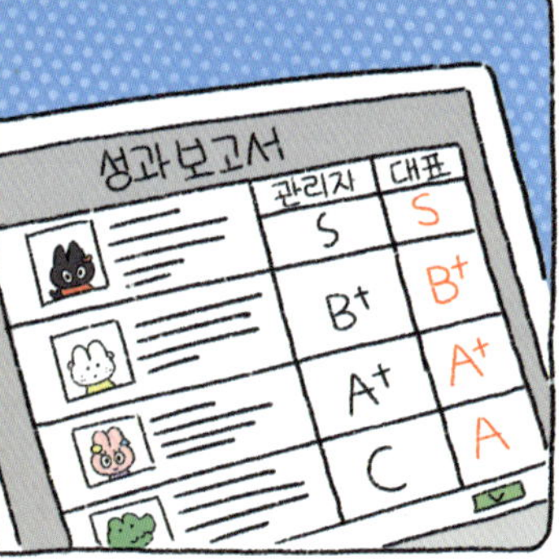

팀 워크숍 1

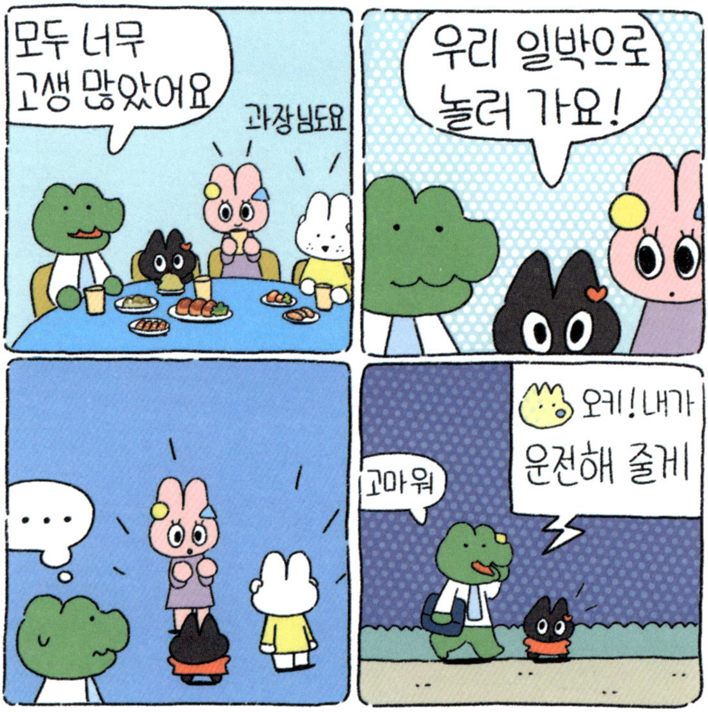

팀 워크숍 2

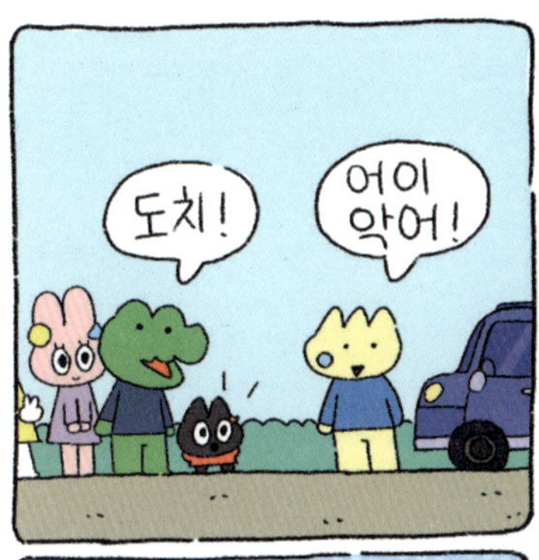

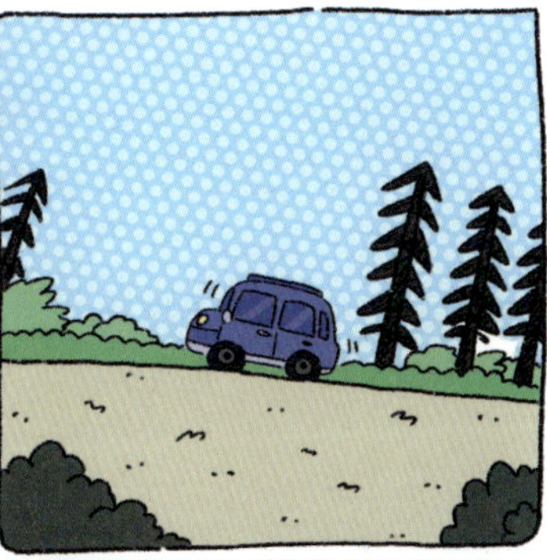

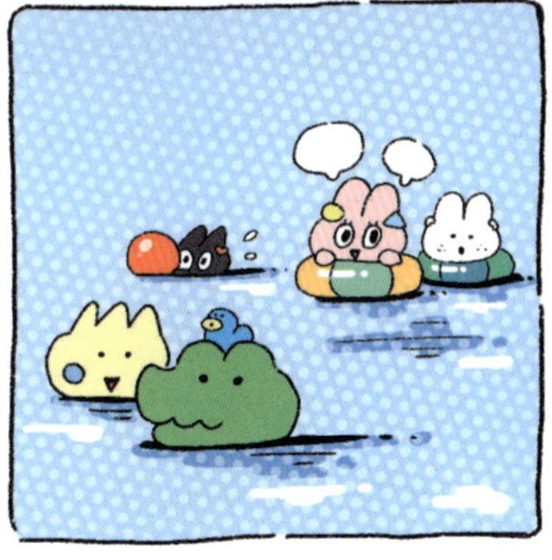

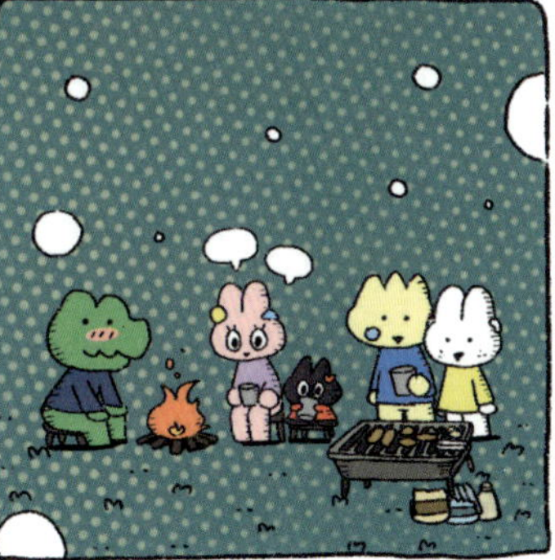

앤사원의 둘째 오빠

앤.. 네가 직장 생활을
할 줄 상상도 못했어
둘째 오빠
너는 마음 놓고
자유롭게 살아
셋 중 한 명은 무조건
가업을 이어가야 해
싫어요
둘째 오빠는 우리를 위해
꿈을 포기 했는데.. 나는..

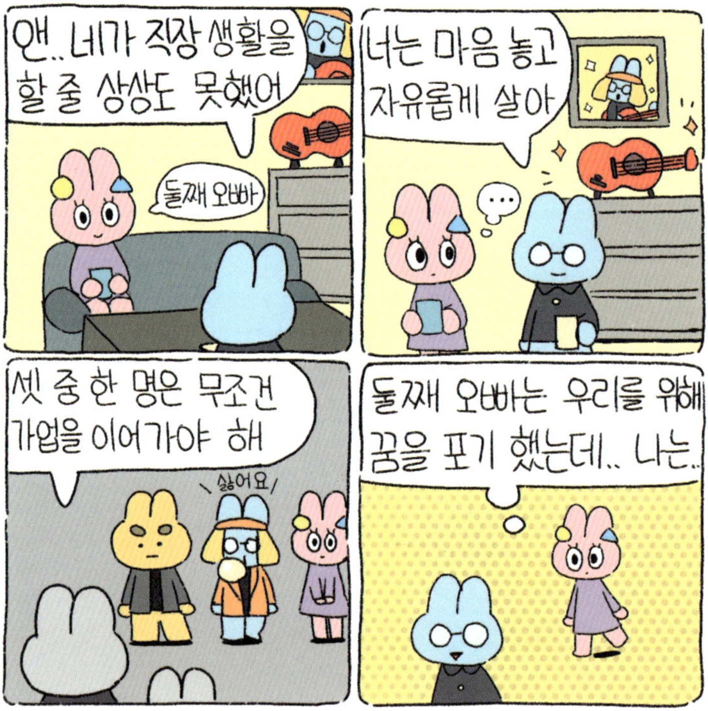

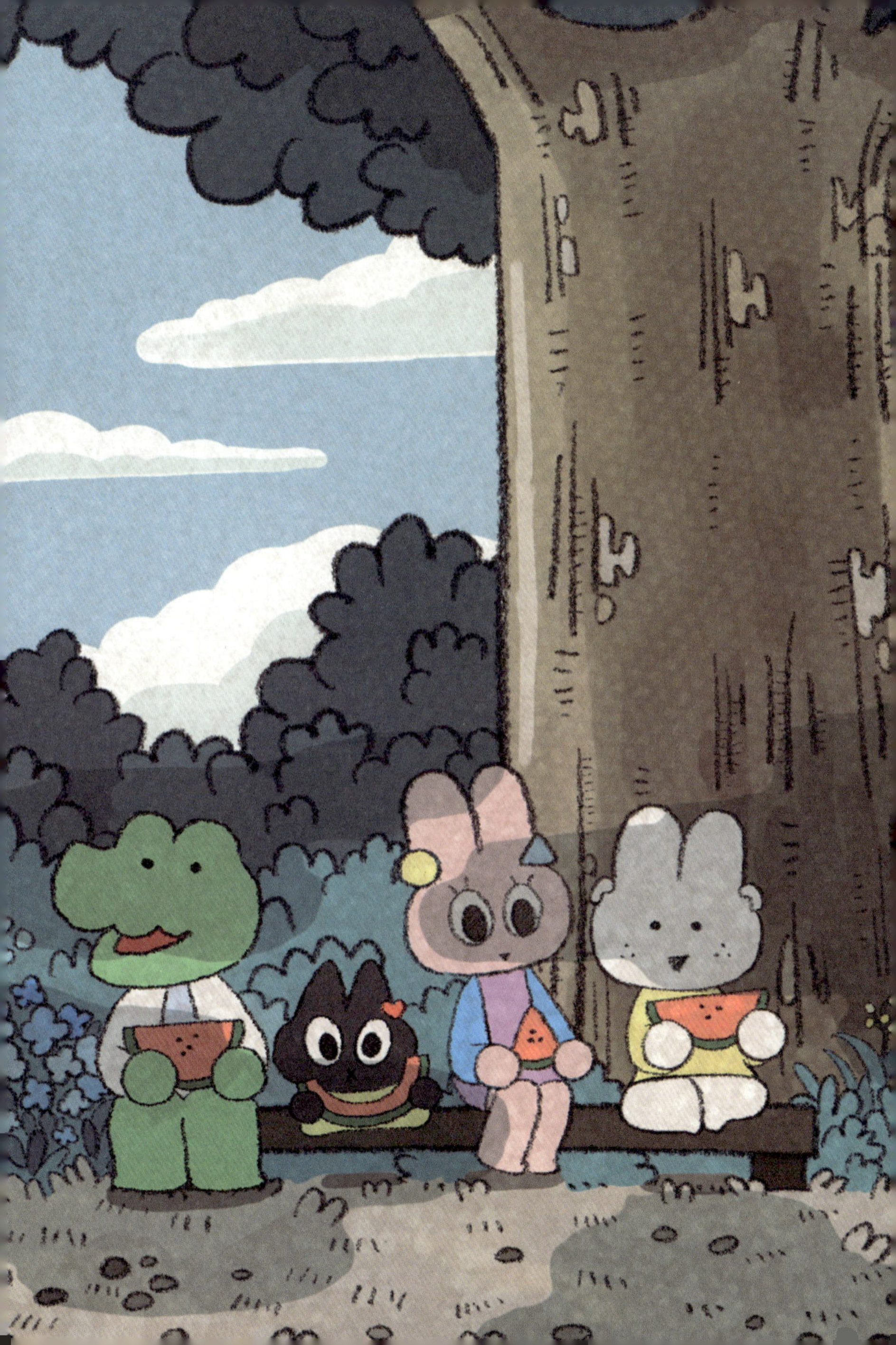

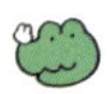

악어과장의 실수

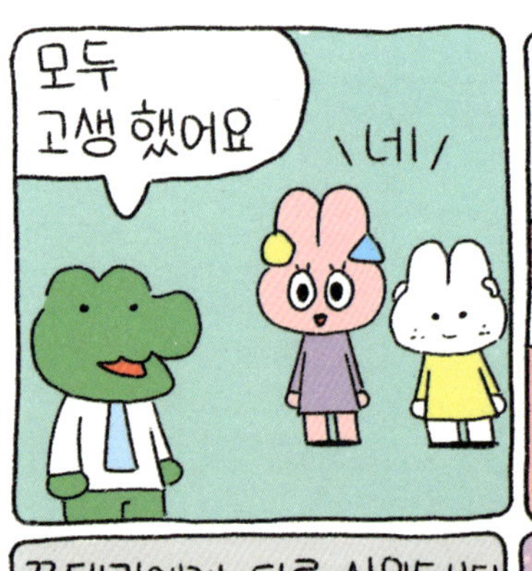

모두
고생 했어요
네

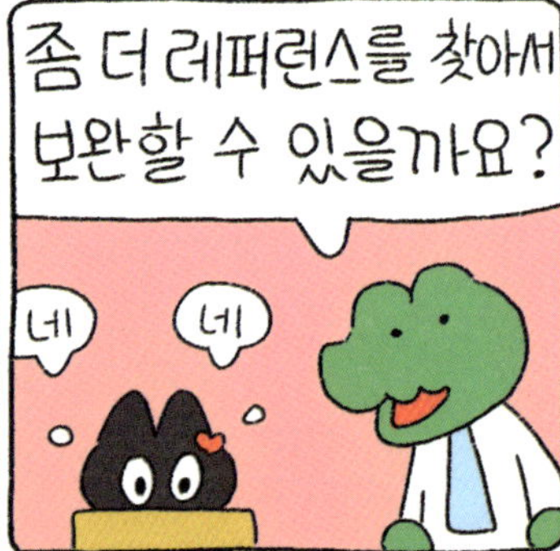

좀 더 레퍼런스를 찾아서
보완할 수 있을까요?
네
네

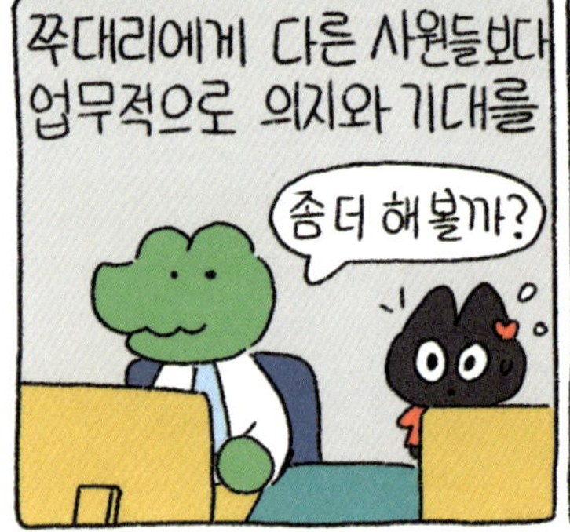

쭉대리에게 다른 사원들보다
업무적으로 의지와 기대를
좀 더 해볼까?

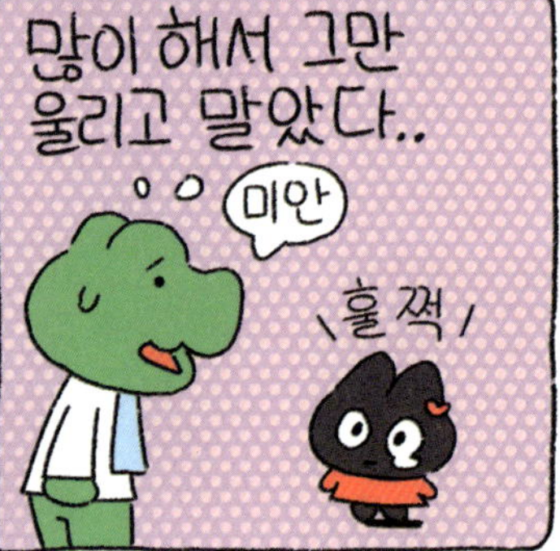

많이 해서 그만
울리고 말았다..
미안
훌쩍

배과장과 점심 식사

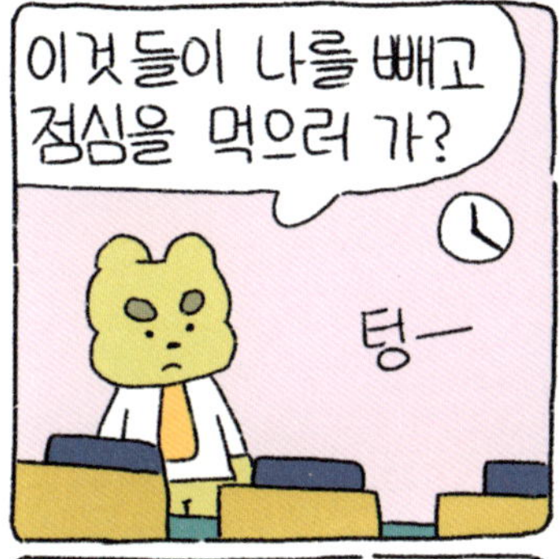

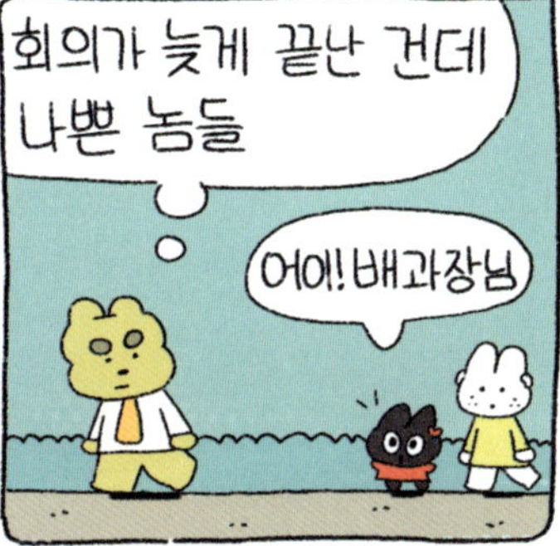

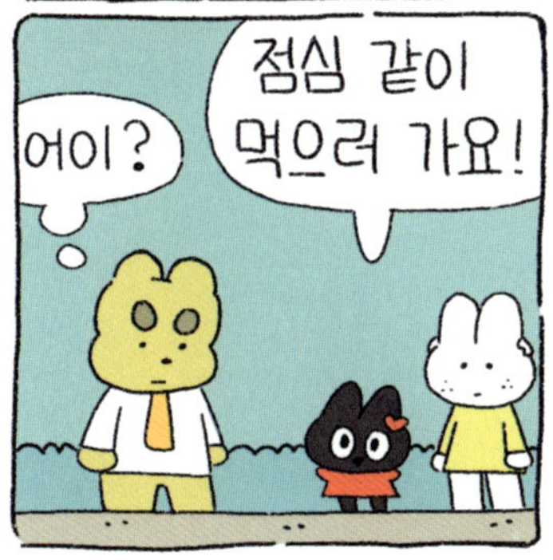

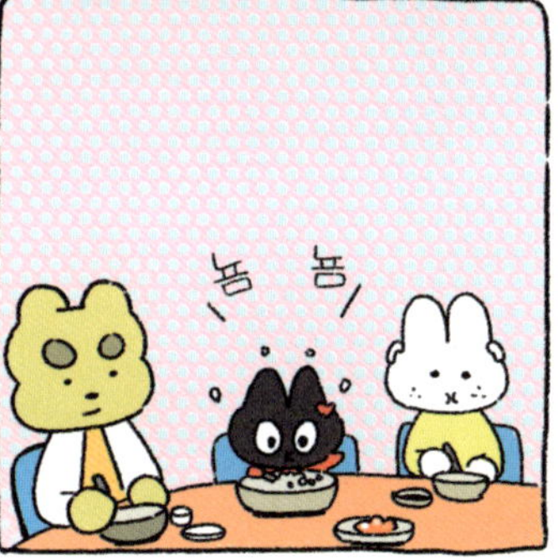

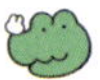

배과장과 출근하다

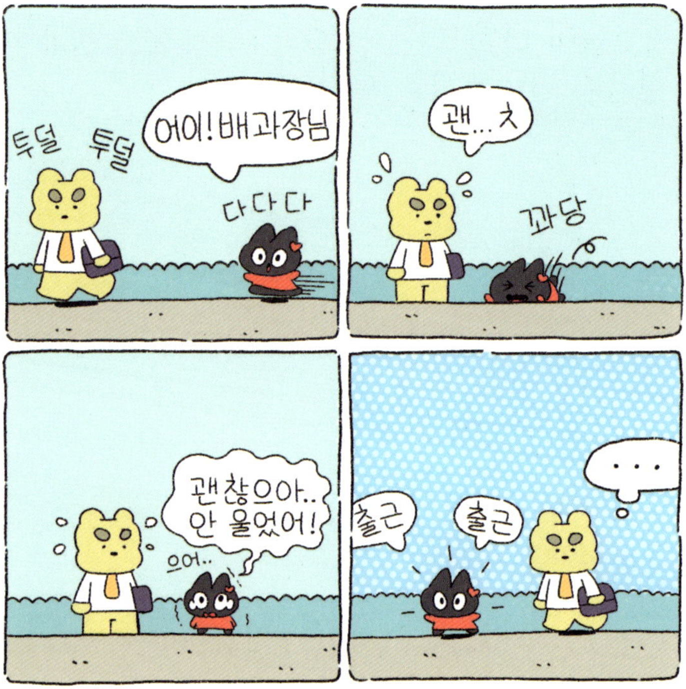

사무실 분위기

사무실 분위기가 험악해서 잠시 피난 왔어요
네
악어 과장님 팀은 화목해 보여요 항상
조니.. 빈 손으로 온 거야?
갖다.. 드릴게요
간식..

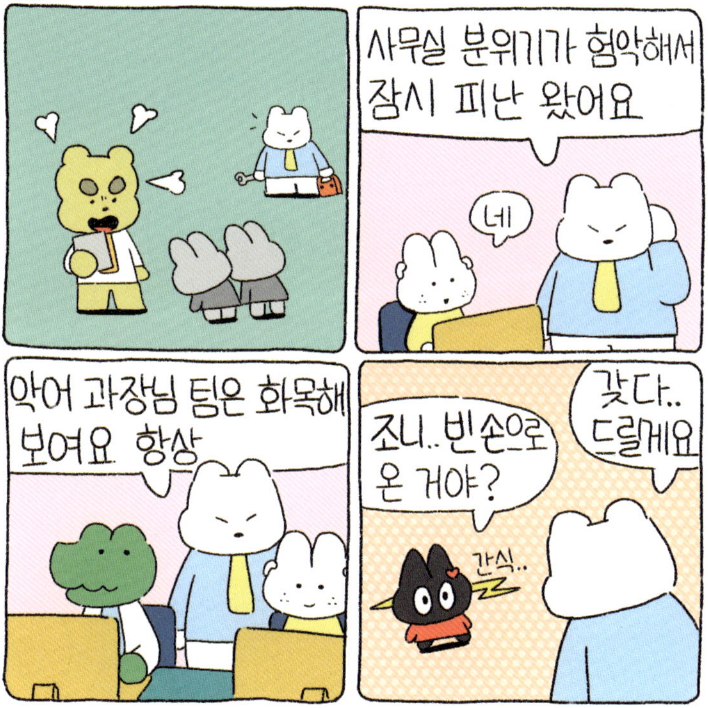

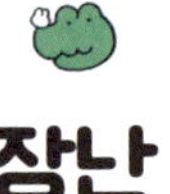

장난

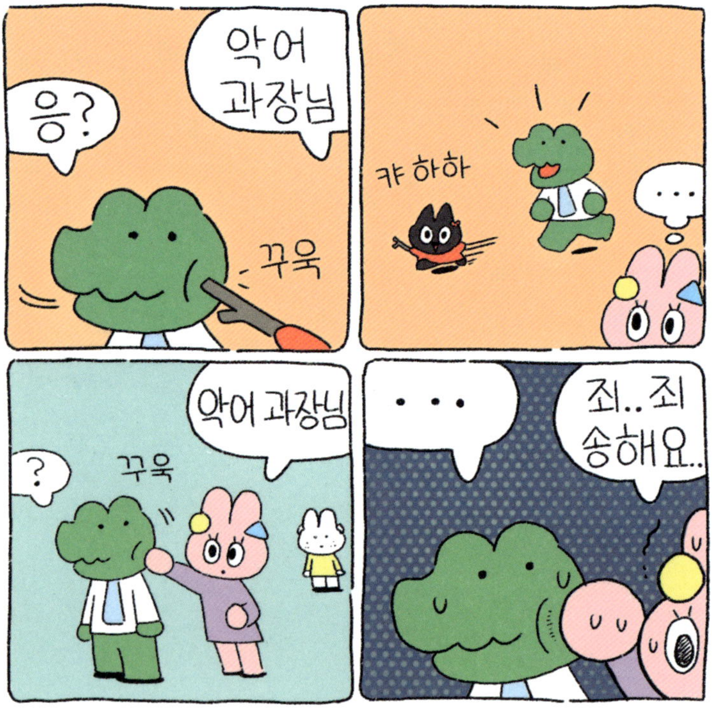

외로울 틈

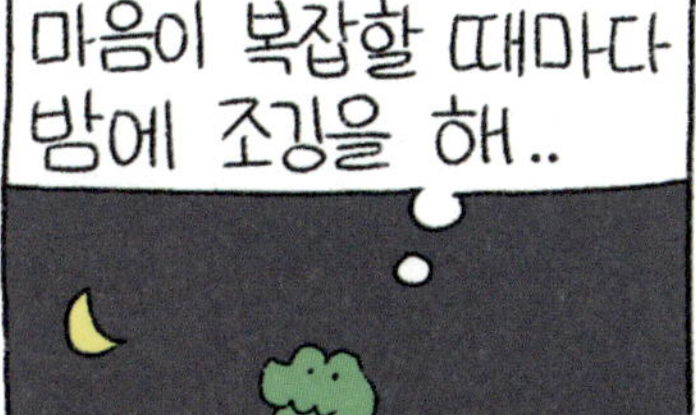

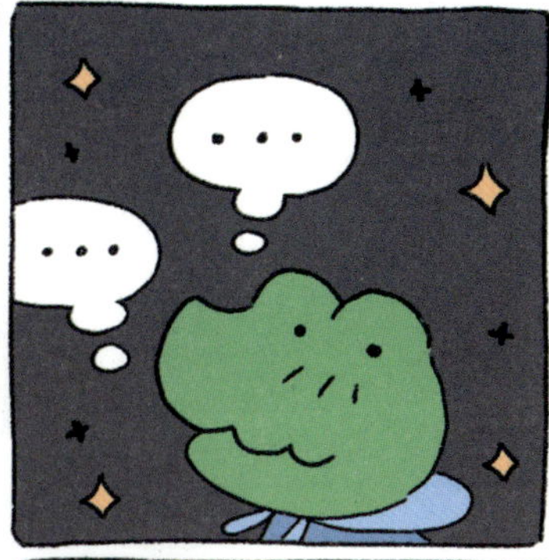

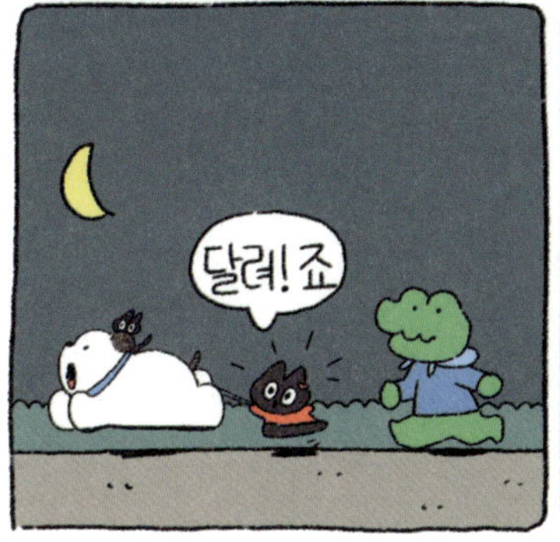

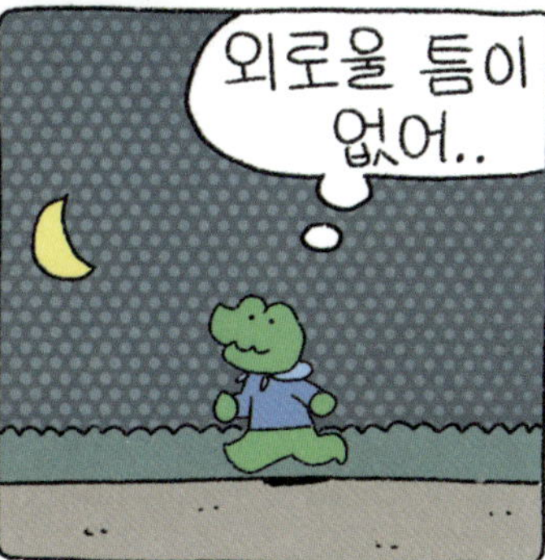

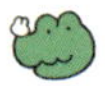

토사원 진급하다

악어 과장 내 방으로 와요..

토사원을 진급 대상자로 올렸네요?
네 맞습니다

많이 부족한 나와 일해줘서 고마워 토사원
악어 과장님 토대리님 승진 파티 가야 해요
스윽

토대리 승진을 축하합니다

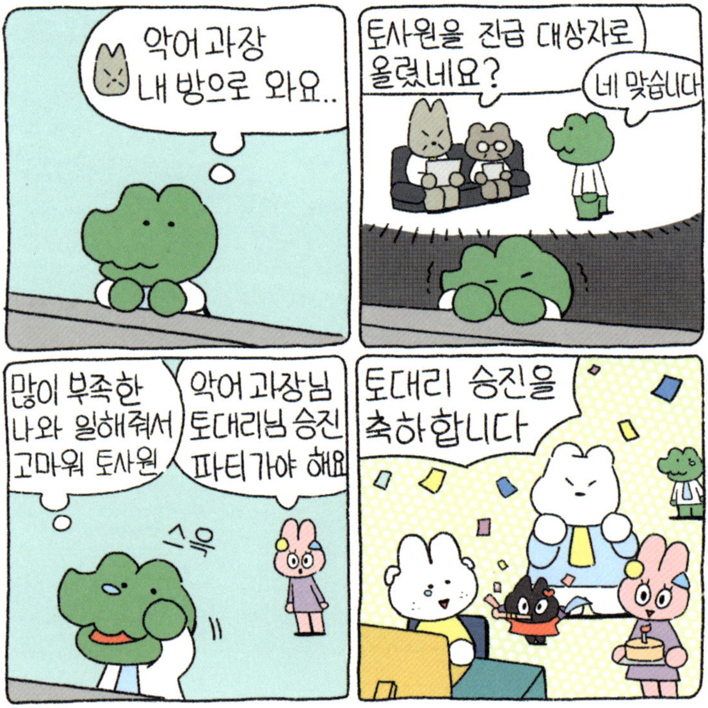

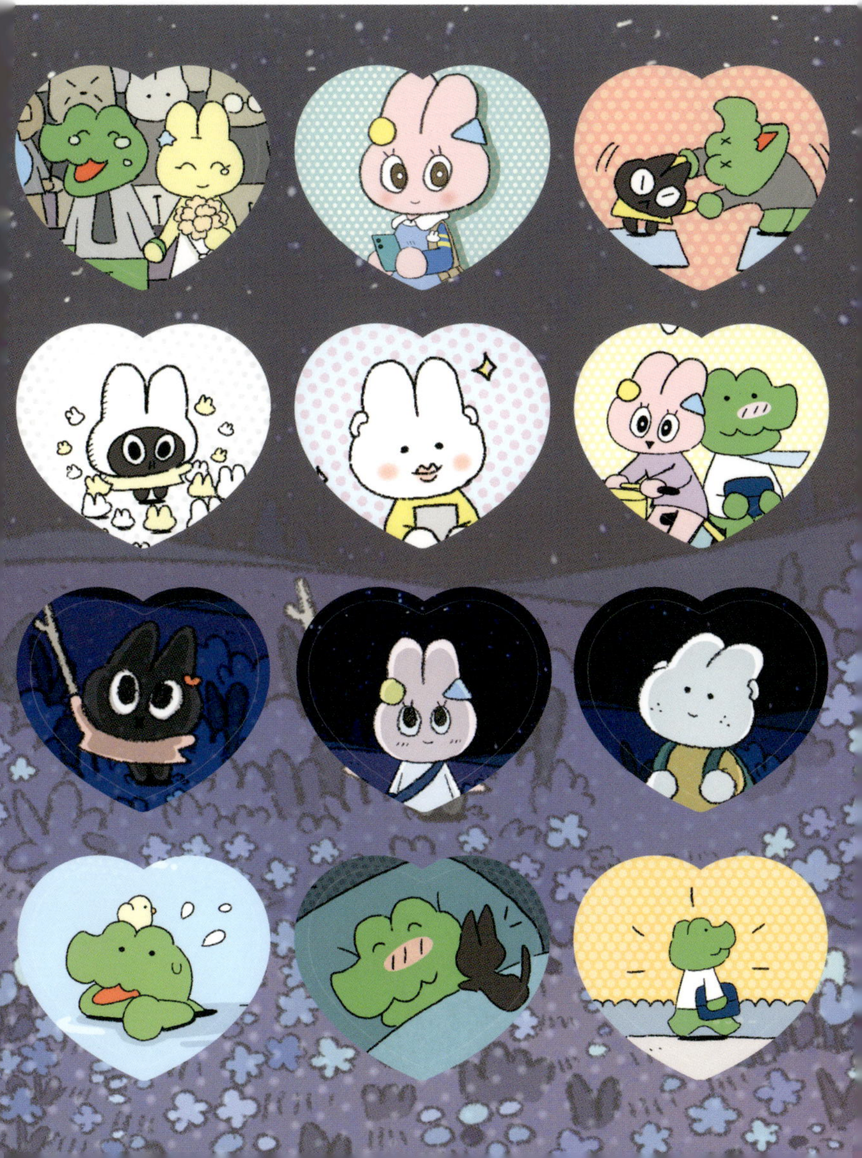

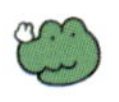

앤사원의 꿈

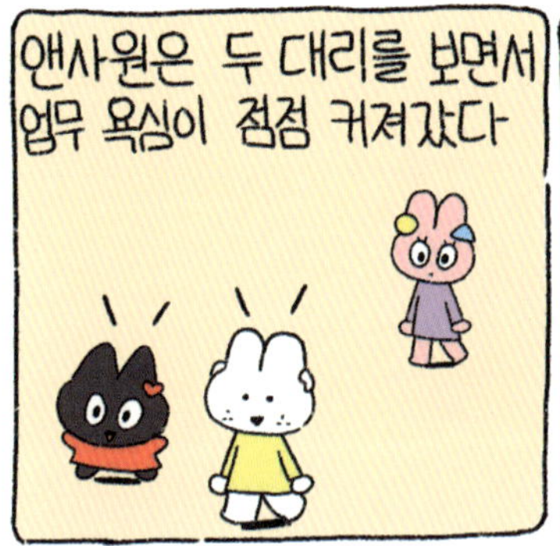

앤사원은 두 대리를 보면서
업무 욕심이 점점 커져갔다

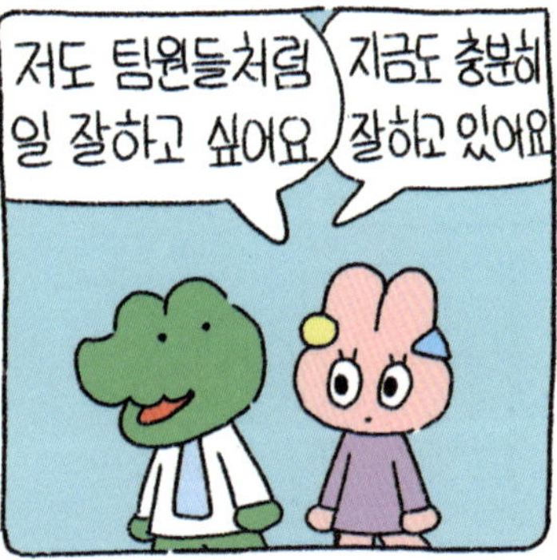

저도 팀원들처럼
일 잘하고 싶어요
지금도 충분히
잘하고 있어요

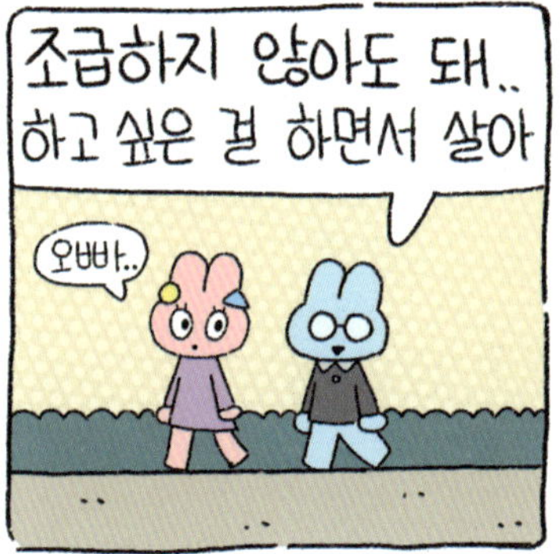

조급하지 않아도 돼..
하고 싶은 걸 하면서 살아
오빠..

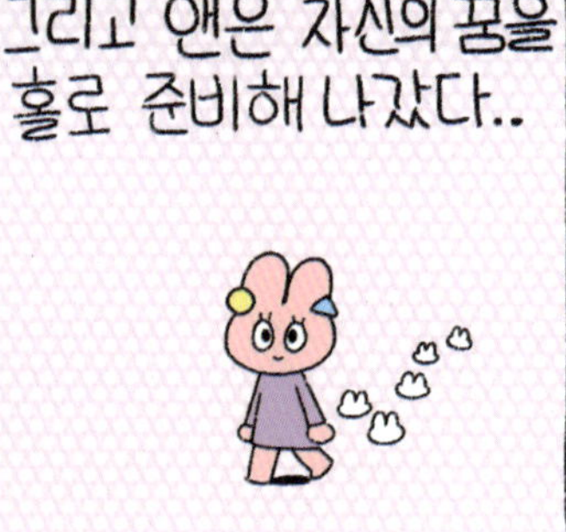

그리고 앤은 자신의 꿈을
홀로 준비해 나갔다..

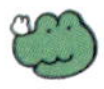

쭈대리의 친구들?

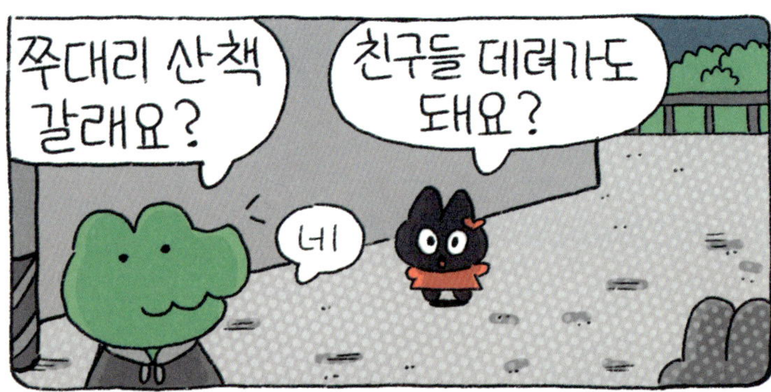

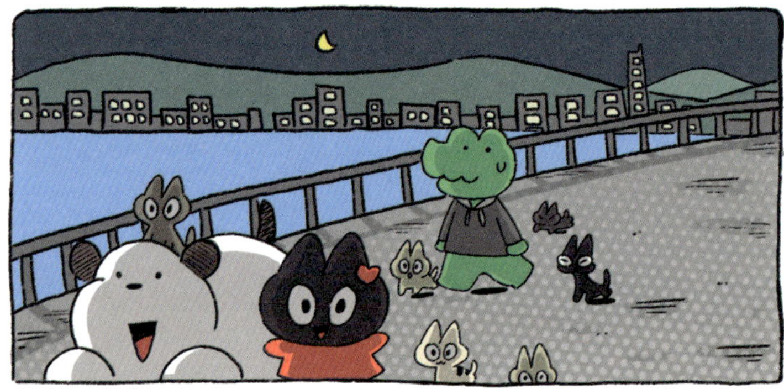

이별에 대처하는 자세

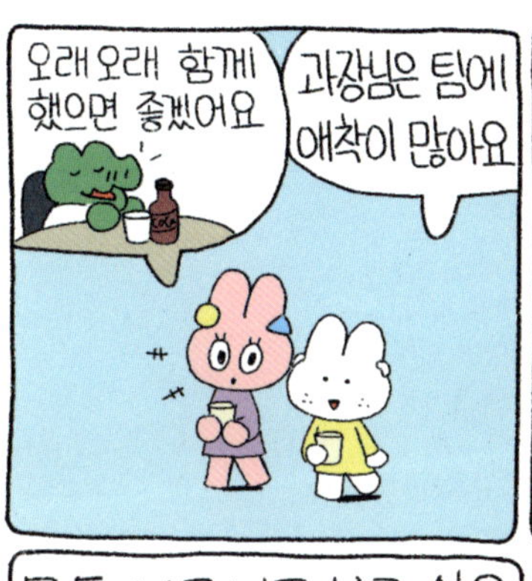

오래 오래 함께 했으면 좋겠어요
과장님은 팀에 애착이 많아요

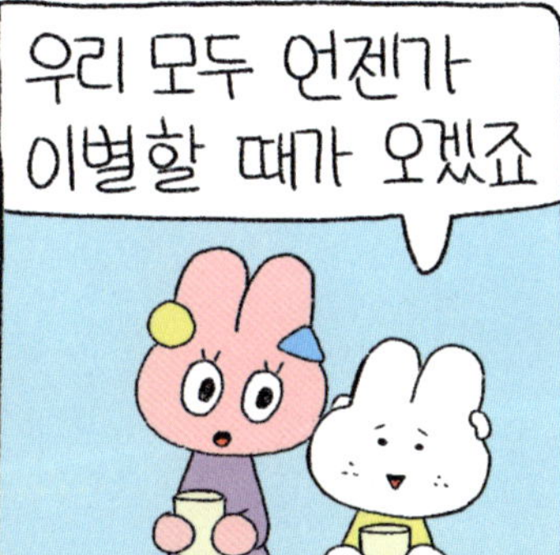

우리 모두 언젠가 이별할 때가 오겠죠

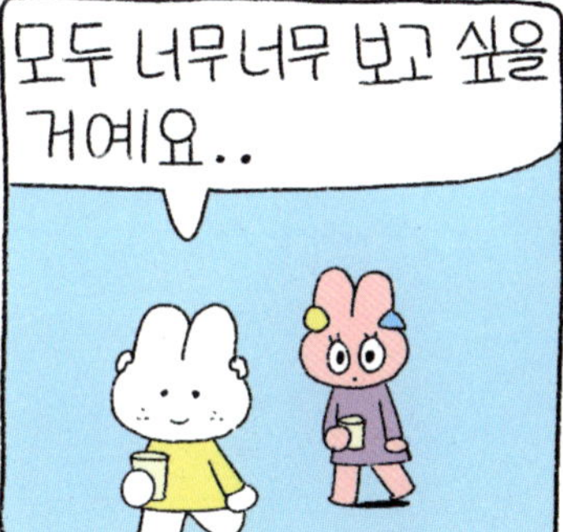

모두 너무너무 보고 싶을 거에요..

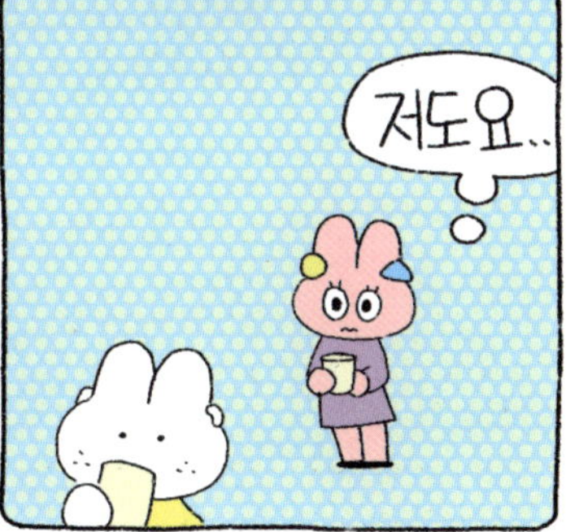

저도요..

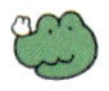

알고 있는 착각

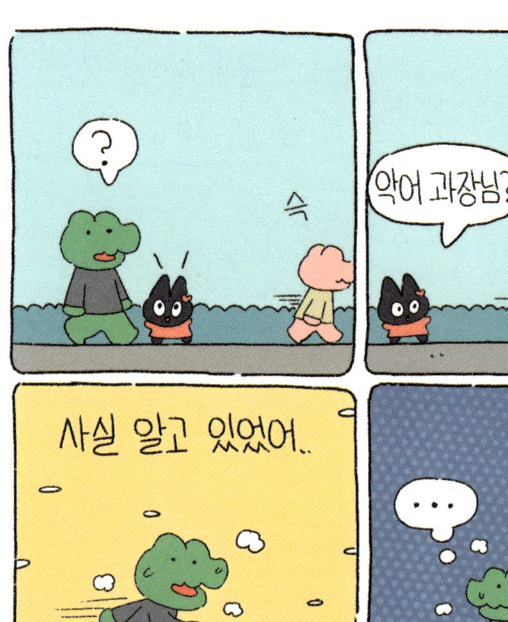

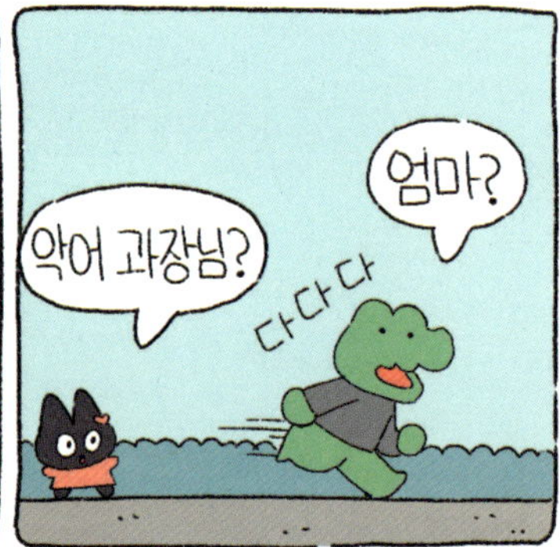

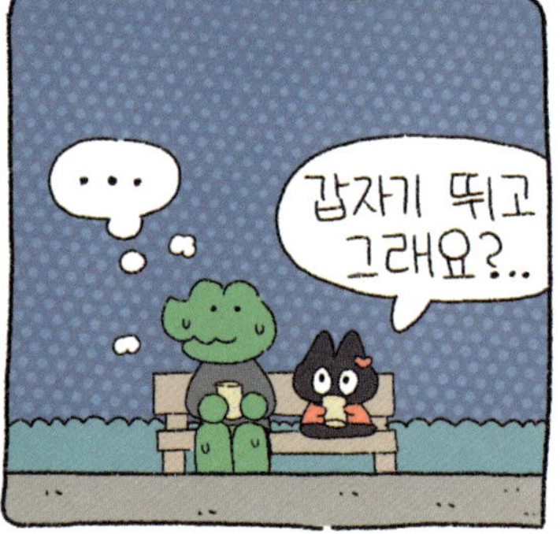

조금씩 채워가는 미래

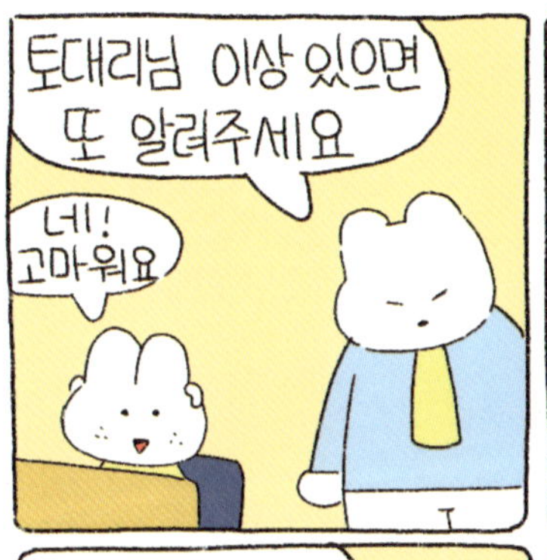

토대리님 이상 있으면 또 알려주세요
네! 고마워요

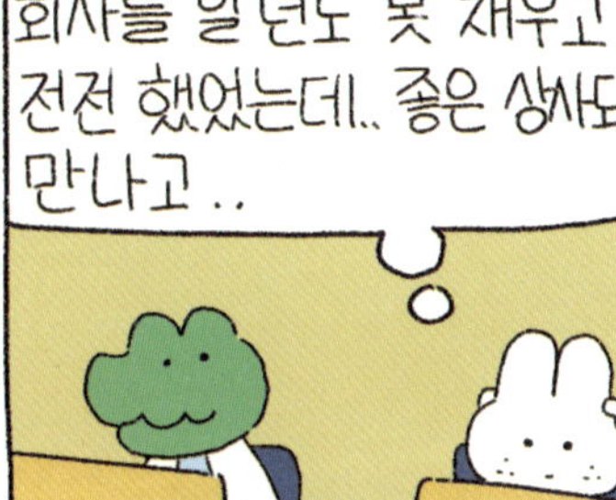

회사를 일 년도 못 채우고 전전 했었는데.. 좋은 상사도 만나고 ..

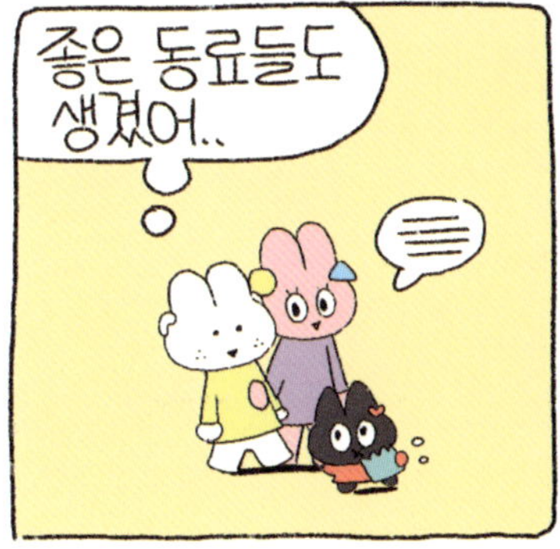

좋은 동료들도 생겼어..

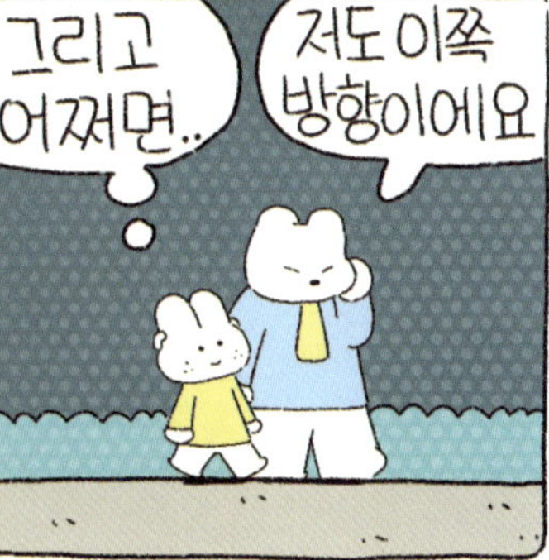

그리고 어쩌면..
저도 이쪽 방향이에요

지나친 배려

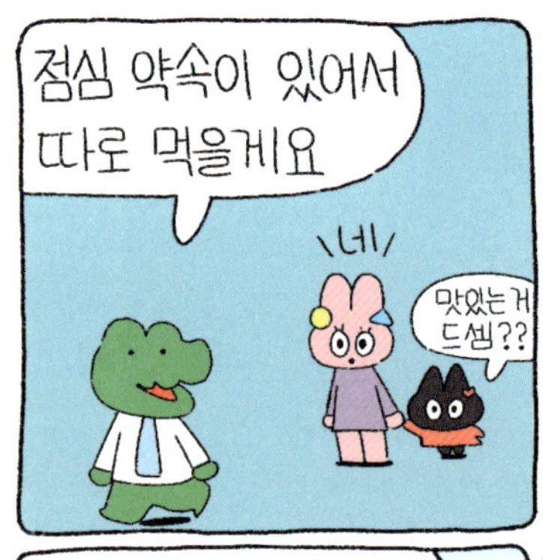

점심 약속이 있어서 따로 먹을게요
\네/
맛있는거 드셈??

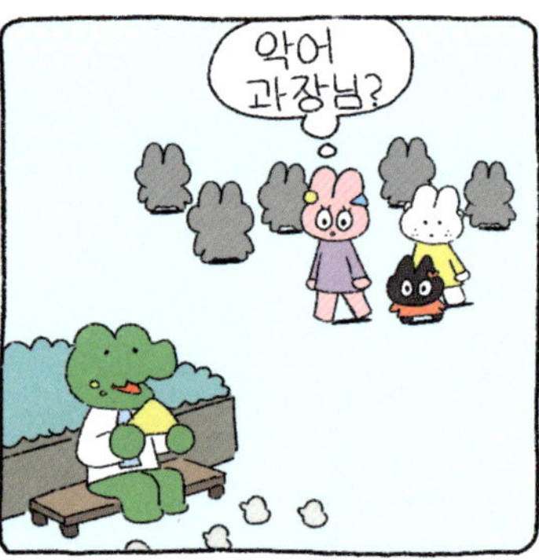

악어 과장님?

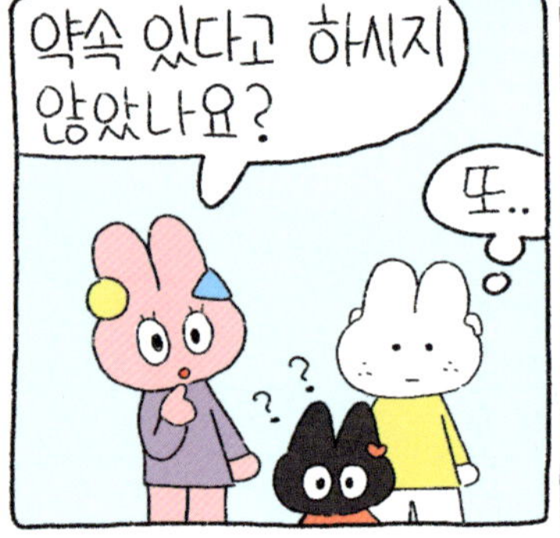

약속 있다고 하시지 않았나요?
또..

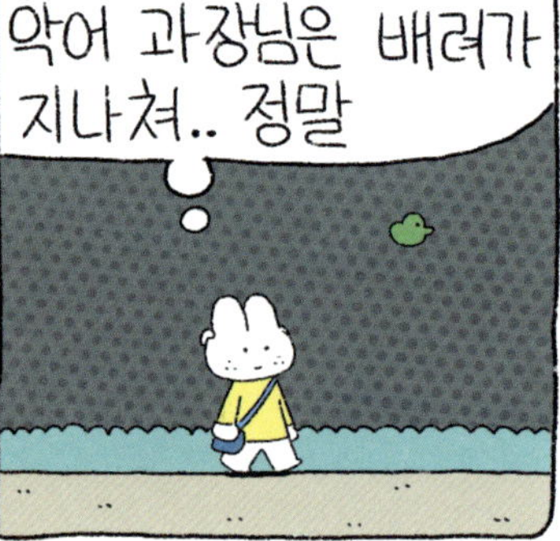

악어 과장님은 배려가 지나쳐.. 정말

비밀 선물

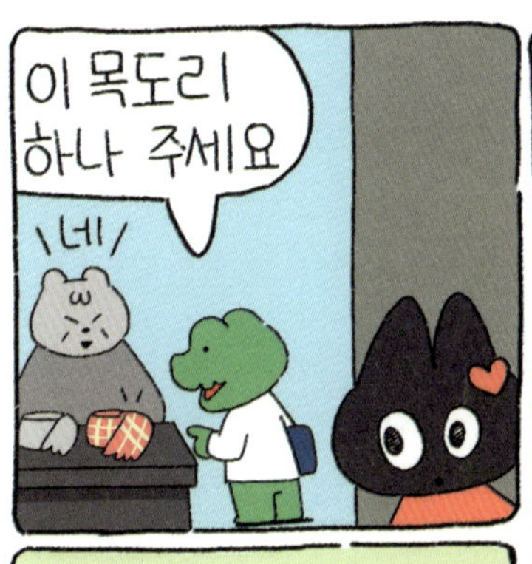

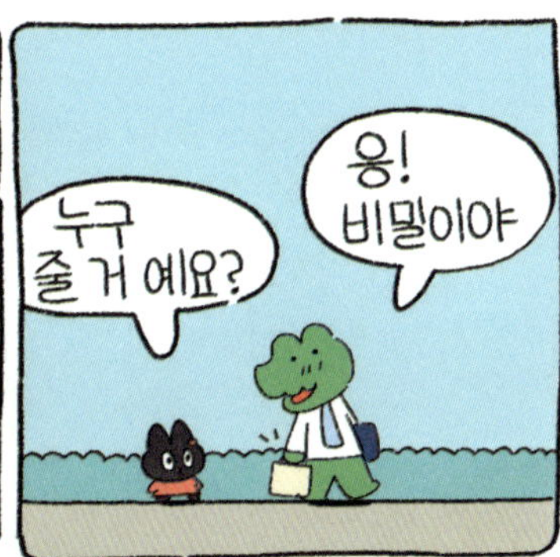

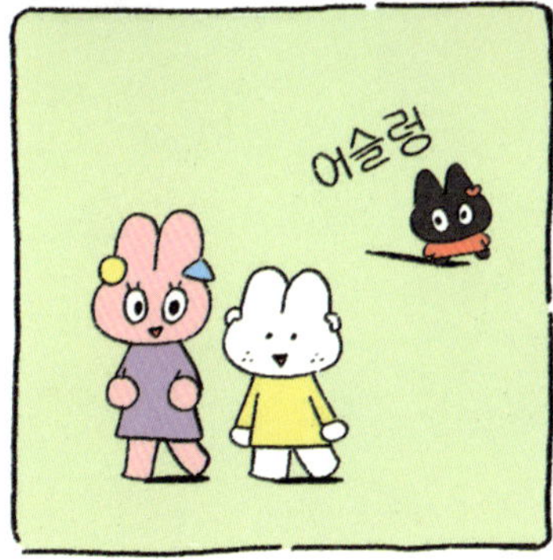

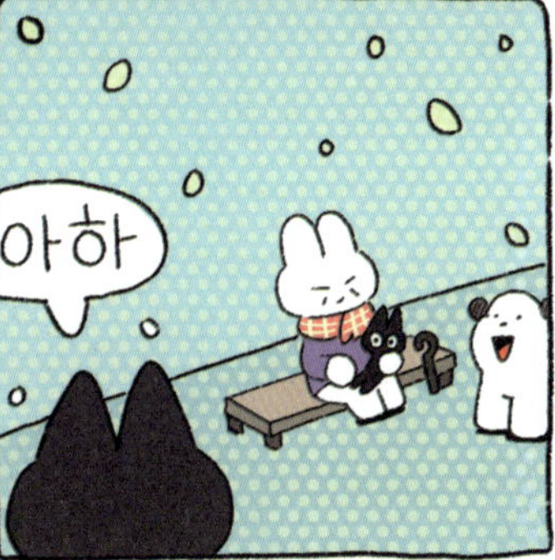

나쁜 생각을 쫓아내다

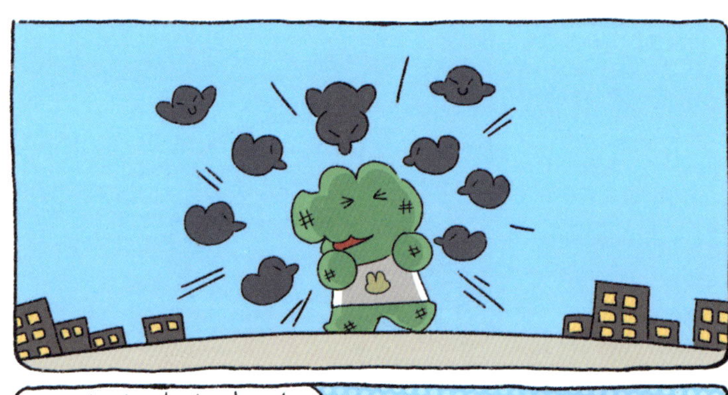

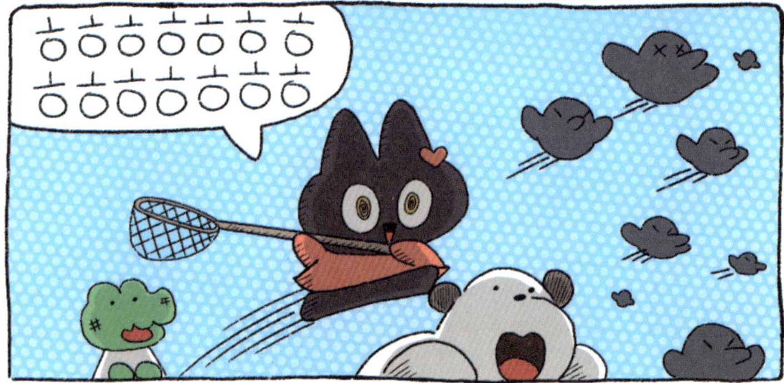

앤사원의 거짓말

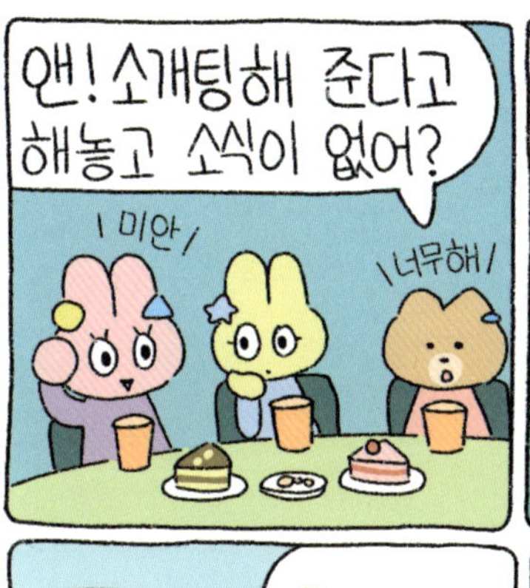

앤! 소개팅 해 준다고 해놓고 소식이 없어?
미안
너무해

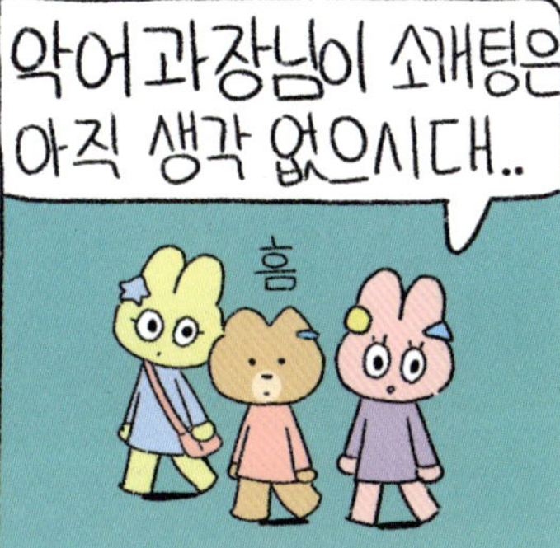

악어과장님이 소개팅은 아직 생각 없으시대..
흠

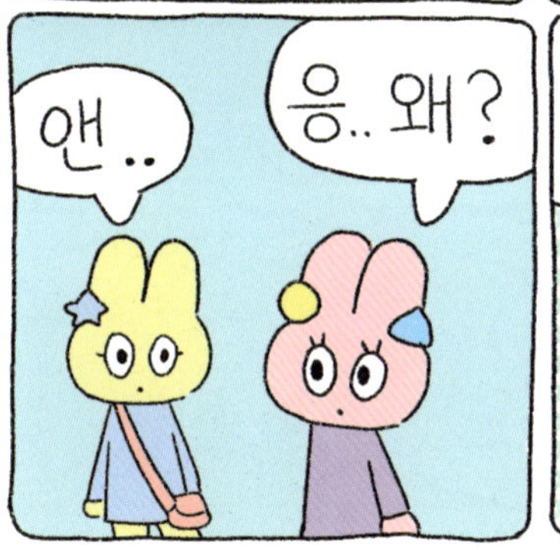

앤..
응.. 왜?

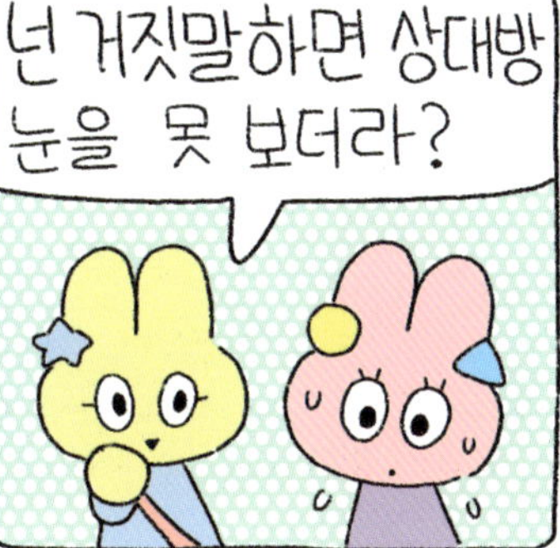

넌 거짓말하면 상대방 눈을 못 보더라?

마라톤 대회 1

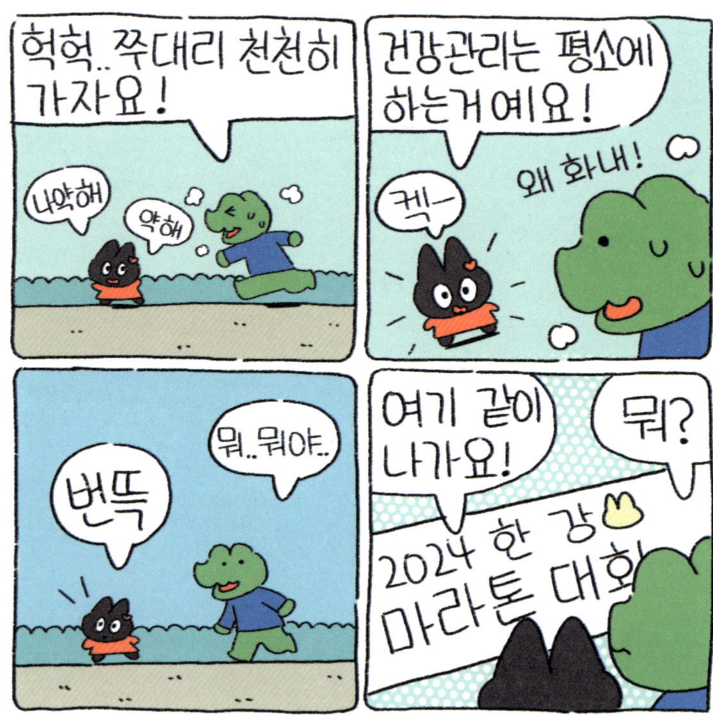

헉헉.. 쭈대리 천천히 가자요!
나약해
약해
건강관리는 평소에 하는거예요!
켁―
왜 화내!
번뜩
뭐..뭐야..
여기 같이 나가요!
뭐?
2024 한 강 마라톤 대회

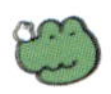

마라톤 대회 2

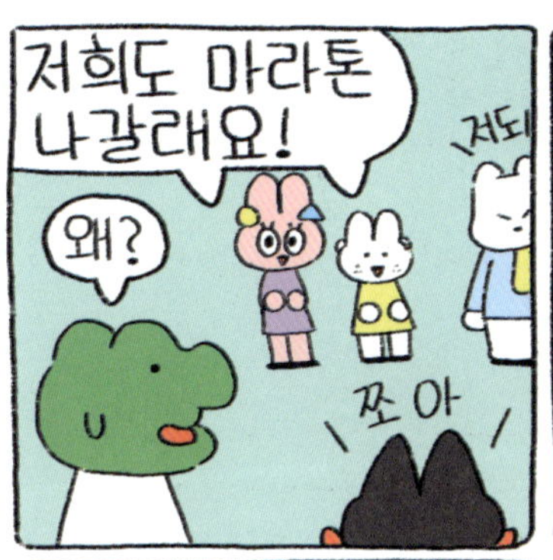
저희도 마라톤
나갈래요!
왜?
저되
쪼아

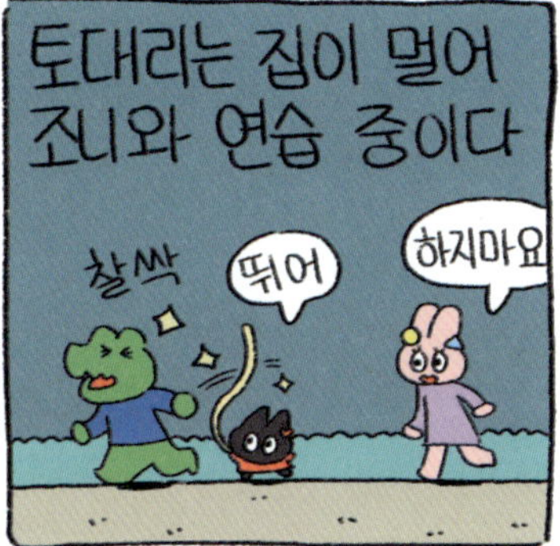
토대리는 집이 멀어
조니와 연습 중이다
찰싹
뛰어
하지마요

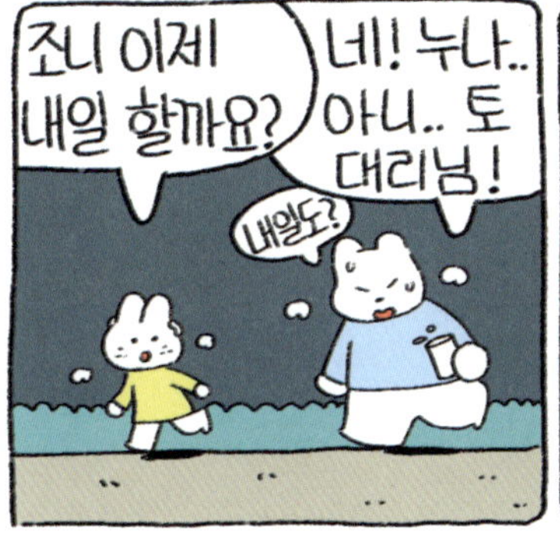
조니 이제
내일 할까요?
네! 누나..
아니.. 토
대리님!
내일도?

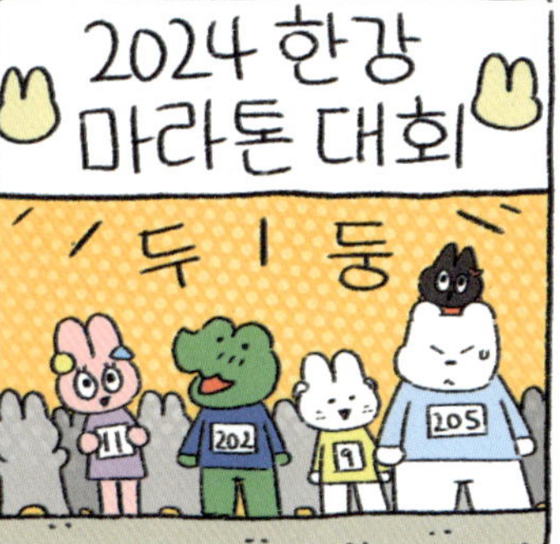
2024 한강
마라톤 대회
두 둥
11
202
9
105

마라톤 대회 3

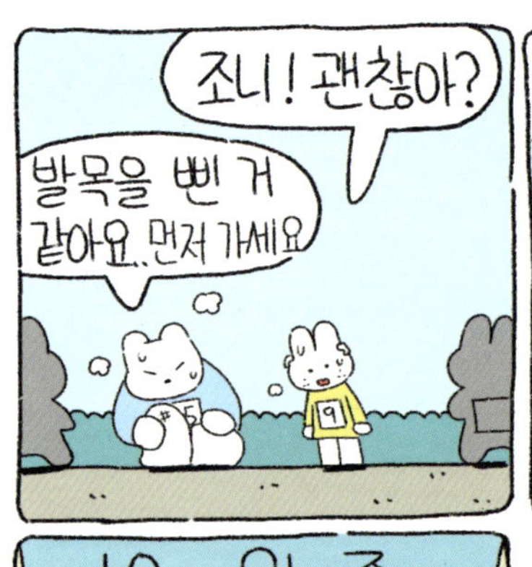

조니! 괜찮아?
발목을 삔 거 같아요. 먼저 가세요

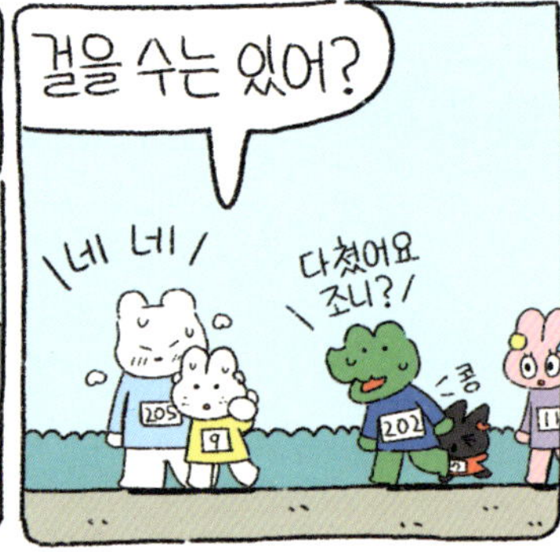

걸을 수는 있어?
네 네
다쳤어요 조니?
콩

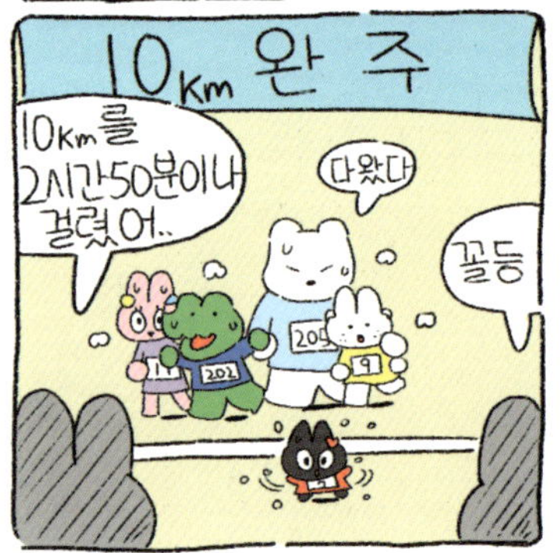

10km 완주
10km를 2시간 50분이나 걸렸어..
다왔다
꼴등

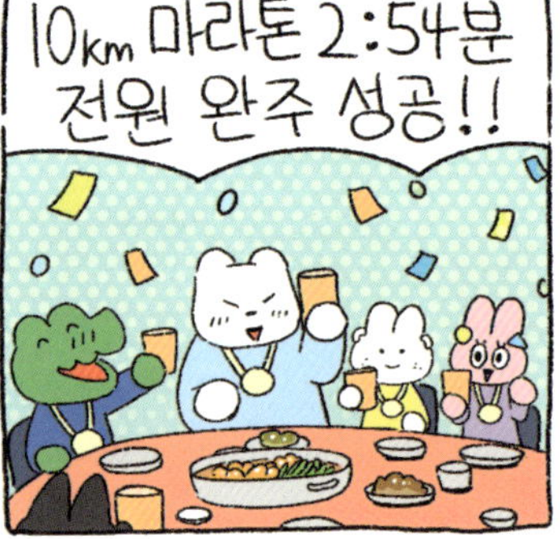

10km 마라톤 2:54분 전원 완주 성공!!

병문안을 가다

쭈~ 짐 싸 들고 어디 이민 가요?
같이 갈래요?
ㅎㅎ
그런데 어디 가요?
병원에 아빠 옷 갖다주러요
?
진작 말했어야죠!!
아버님.. 하루빨리 완쾌하세요..
쥬스

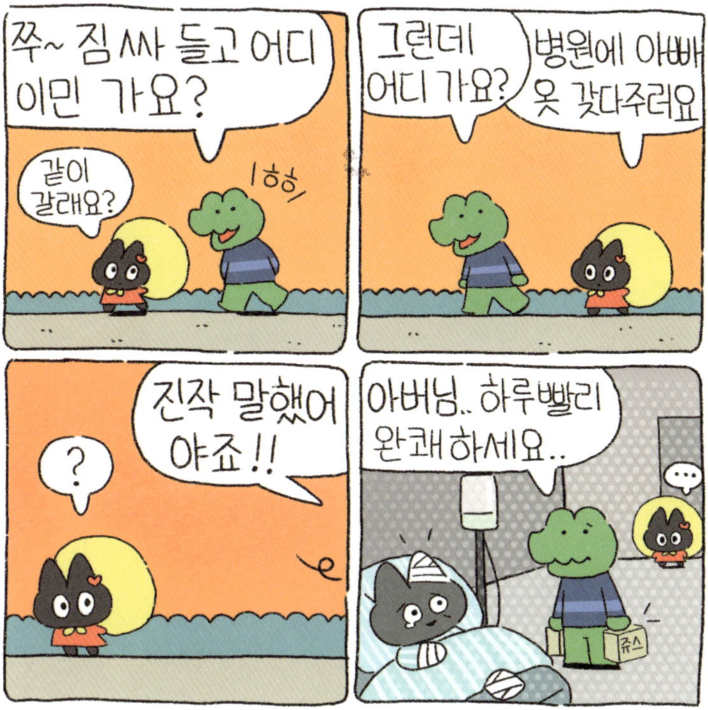

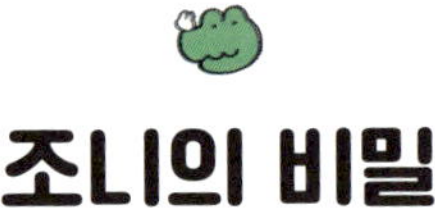

조니의 비밀

토대리님 팀은 순수한 사람만 모인 곳 같아요
?
서로 의지하고 믿는 게 밖에서도 보여요
그래요
그래서 자주 우리 팀에 놀러 오는 거예요?
꺈 토대리님 보러..
??

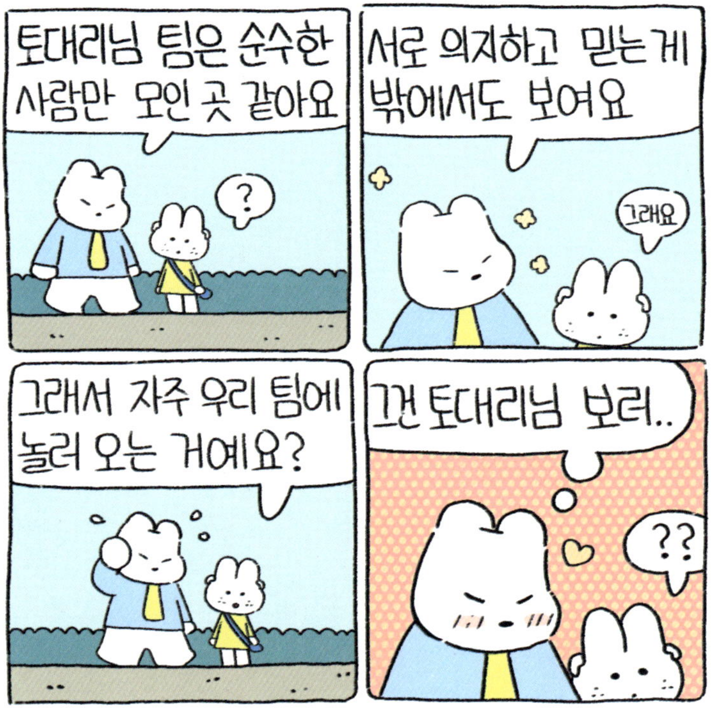

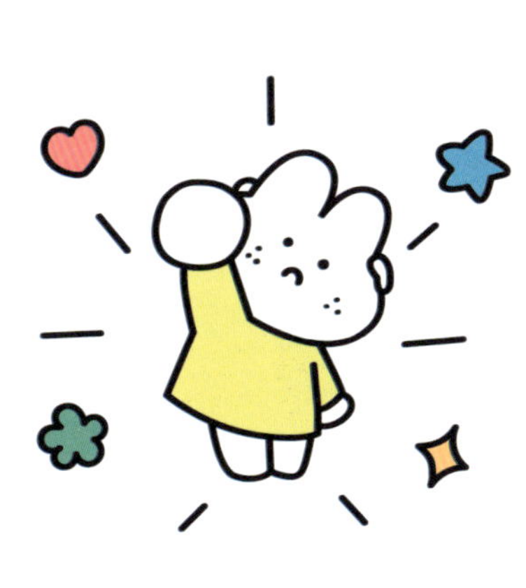

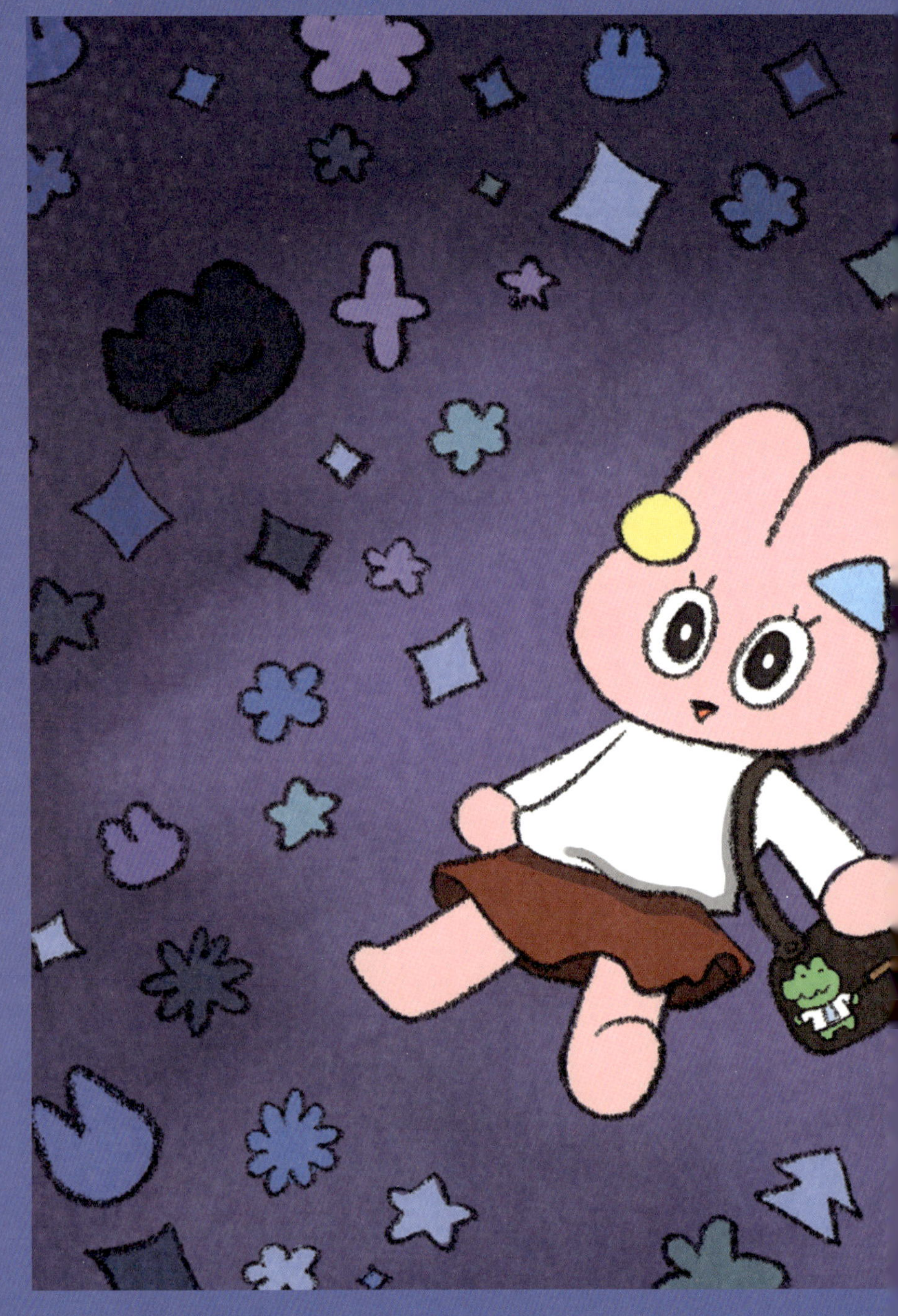

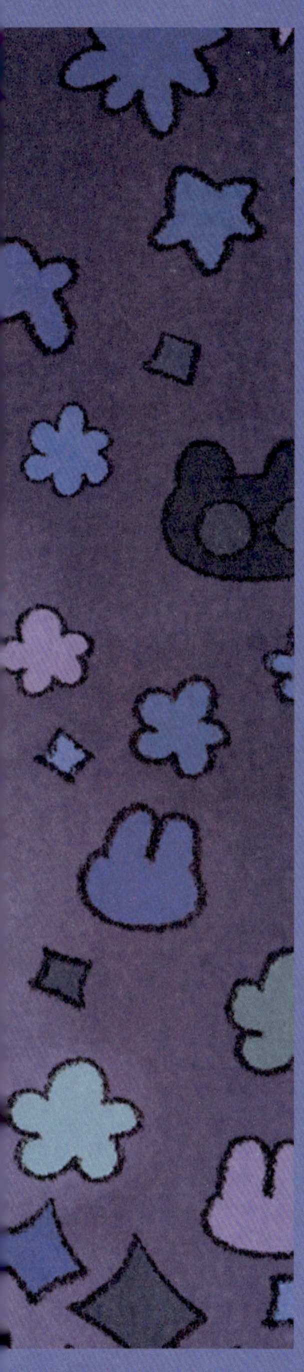

6장

솔직하지 못한 마음

딸에게 짐이 될 수 없지 아빠 때문에
꿈을 타협하지 않았으면 좋겠어

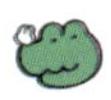

앤사원의 고백 1

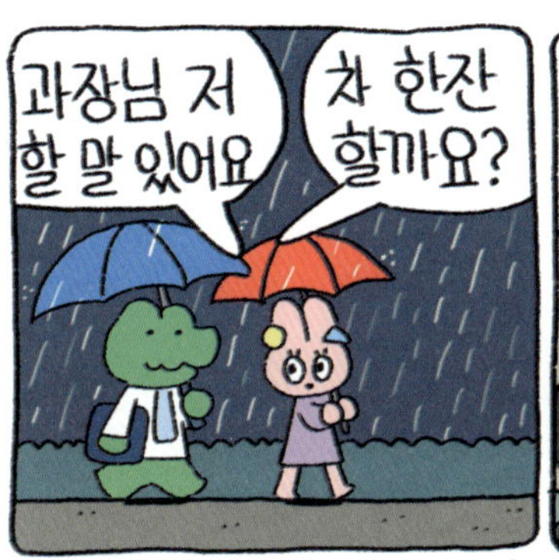

과장님 저 할 말 있어요
차 한잔 할까요?

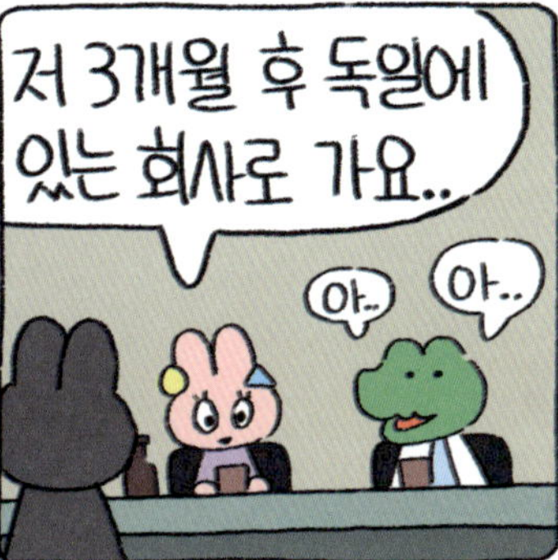

저 3개월 후 독일에 있는 회사로 가요..
아..
아..

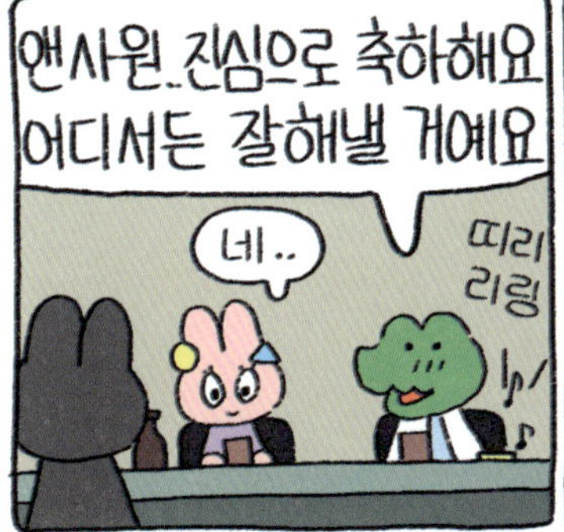

앤사원..진심으로 축하해요 어디서든 잘해낼 거예요
네..
띠리리링

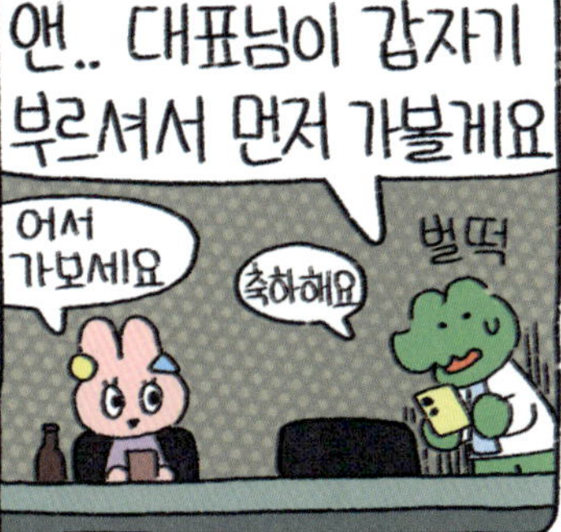

앤.. 대표님이 갑자기 부르셔서 먼저 가볼게요
어서 가보세요
축하해요
벌떡

 앤사원의 고백 2

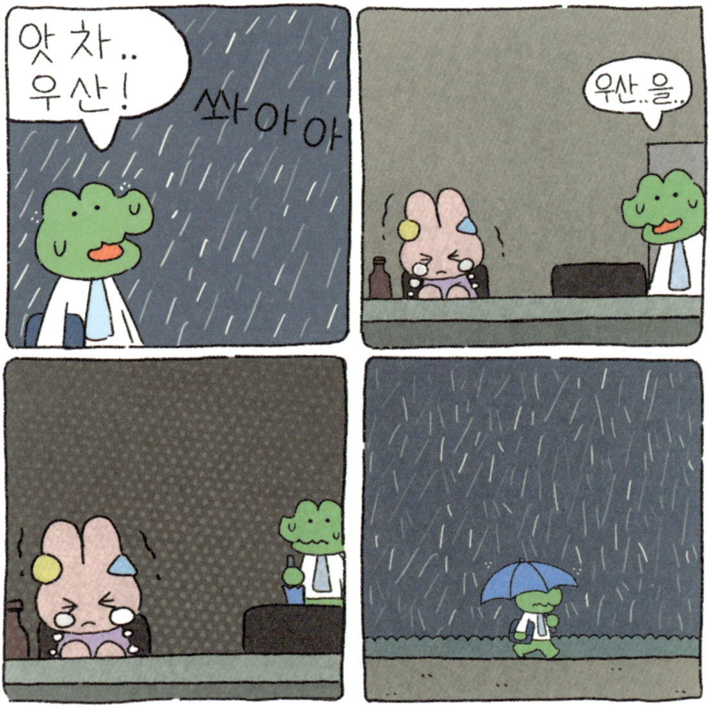

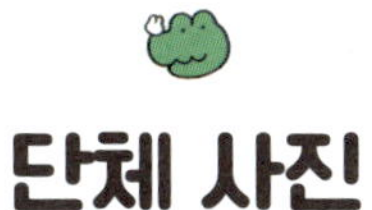

단체 사진

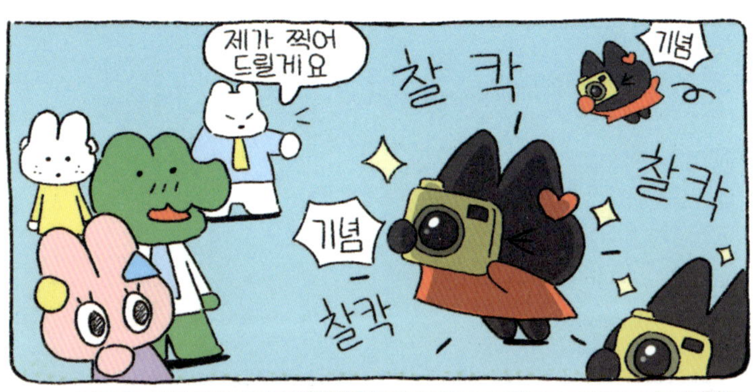

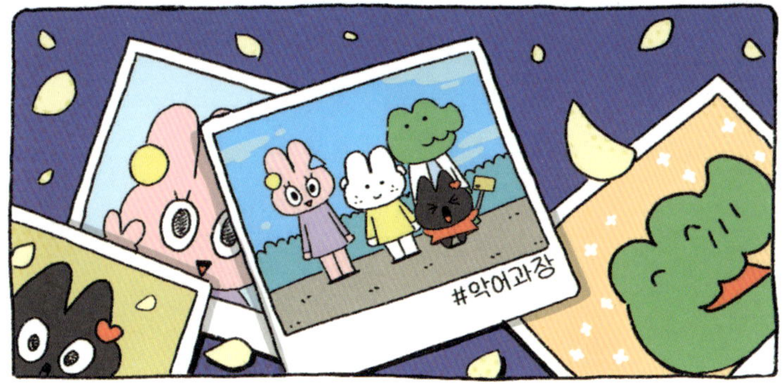

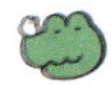

솔직하지 못한 마음

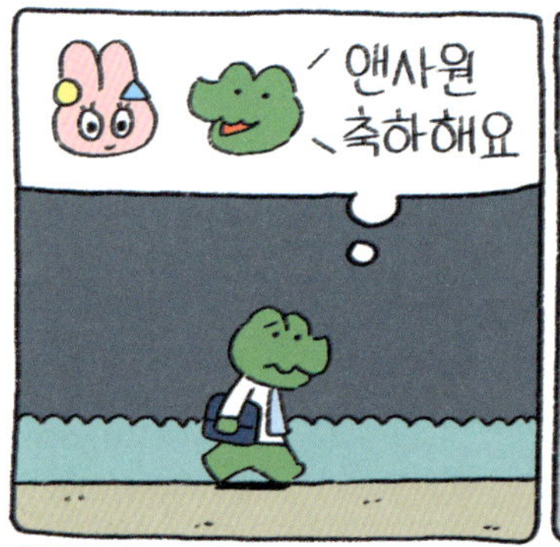

앤사원
축하해요

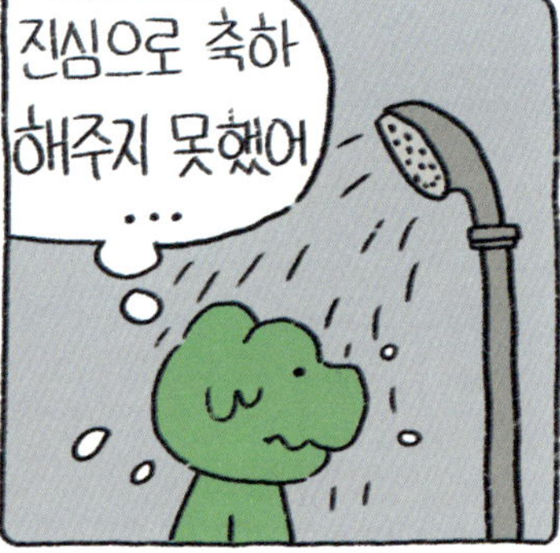

진심으로 축하
해주지 못했어
...

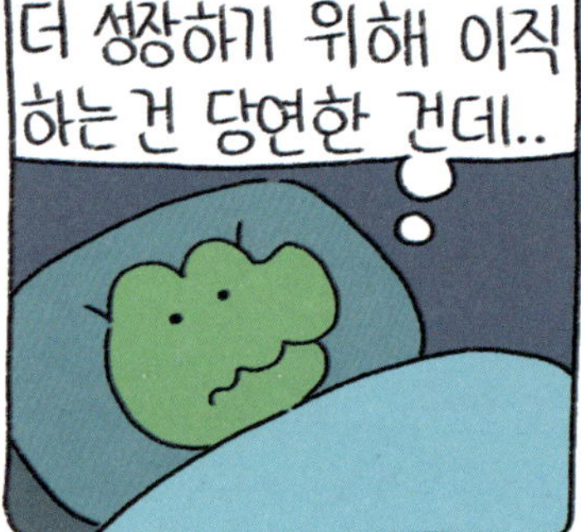

더 성장하기 위해 이직
하는 건 당연한 건데..

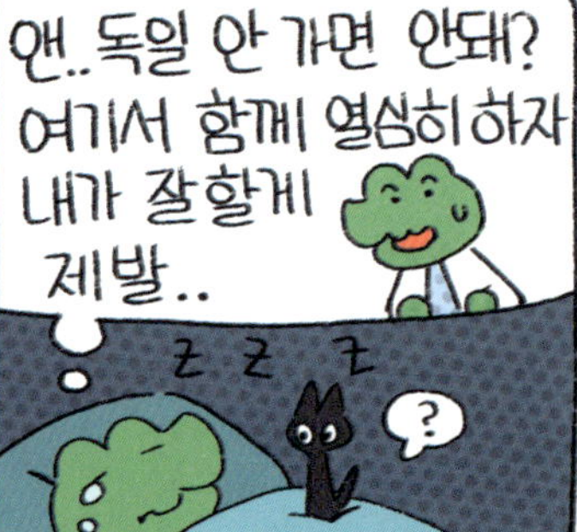

앤..독일 안 가면 안돼?
여기서 함께 열심히 하자
내가 잘할게
제발..
ㄹㄹㄹㄹ
?

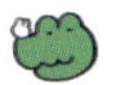

안녕 앤사원 1

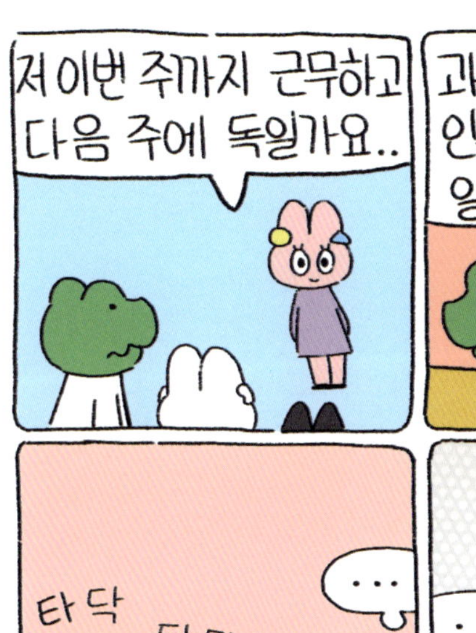

저 이번 주까지 근무하고 다음 주에 독일가요..

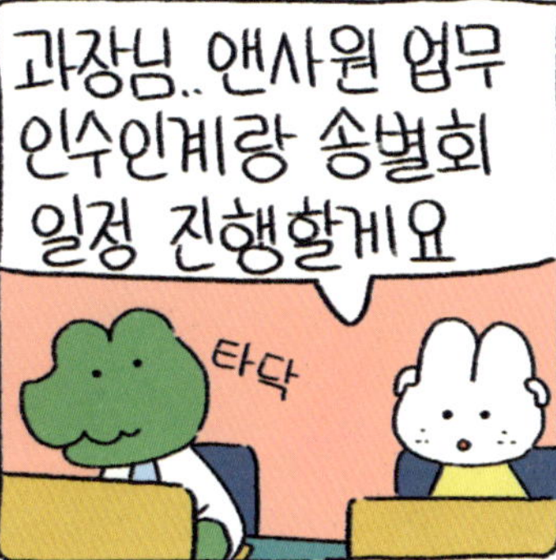

과장님.. 앤사원 업무 인수인계랑 송별회 일정 진행할게요
타닥

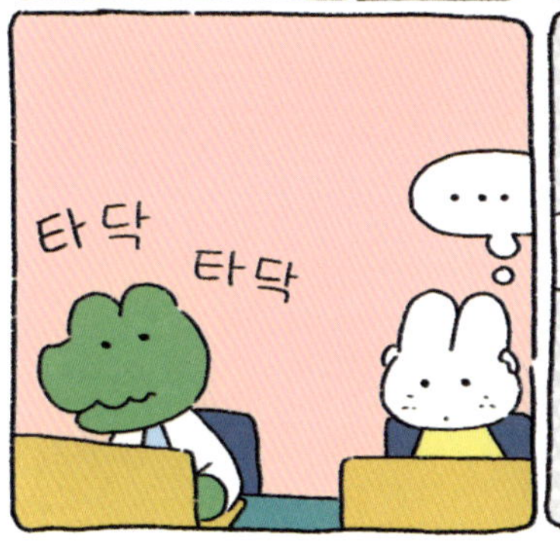

타닥
타닥
...

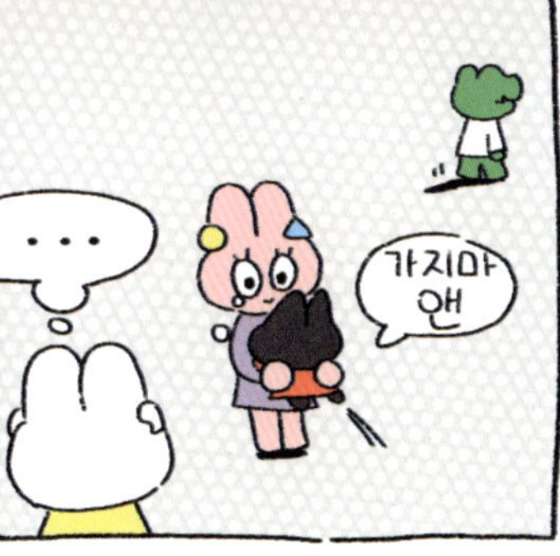

...
가지마 앤

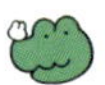

포옹 같은 악수

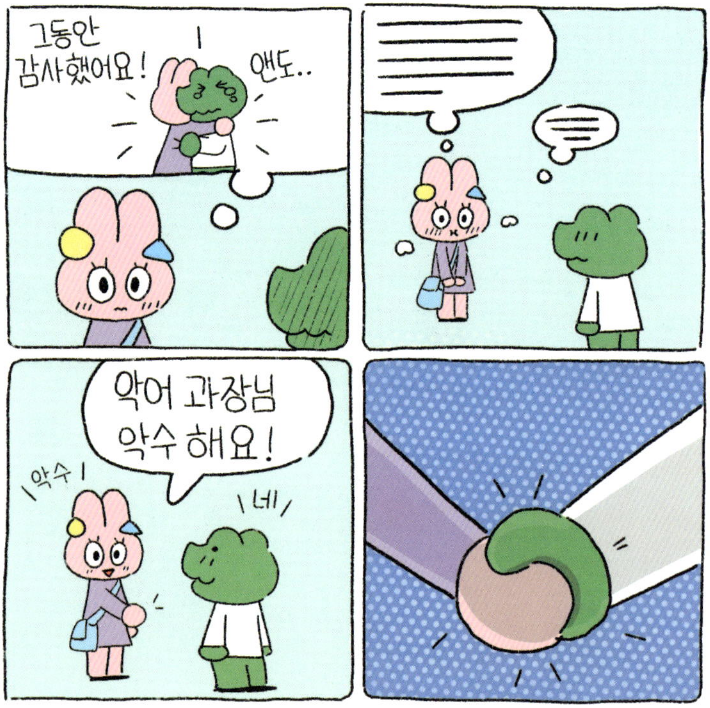

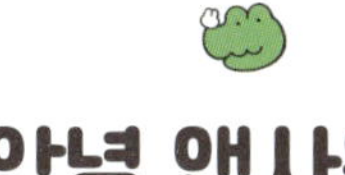

안녕 앤사원 2

과장님 오늘 앤사원 독일 가는 날이에요
네

오늘 프로젝트 마감일이라 우리 둘이 마무리 해요!
네
네
띠리링
띠리링

쭈대리님!
앤
앤

앤! 그동안 고생 많았어 가끔씩 놀러와!

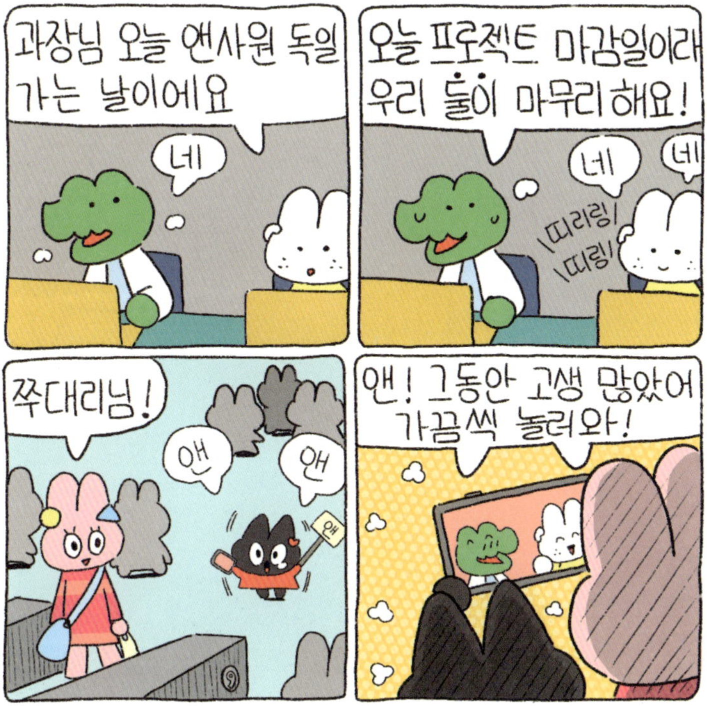

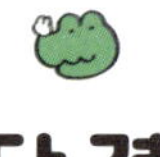

무단 결근

지각 한번 안 하시는 분이 이상하네..
띠리링 띠리링
띠리링 띠리링 띠리링 띠리링 띠리링 띠리링
띠리링 띠리링 띠리링 띠리링 띠리링

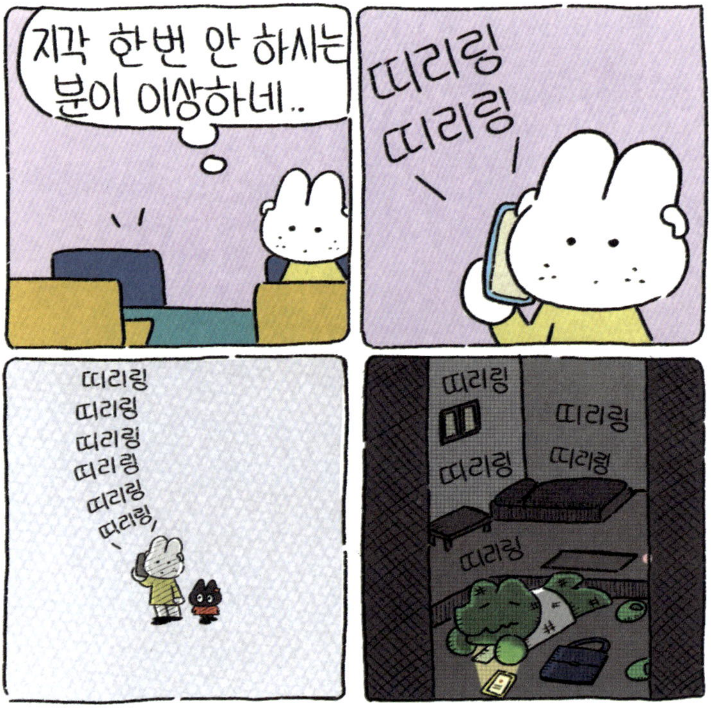

쭈대리의 목욕 시간

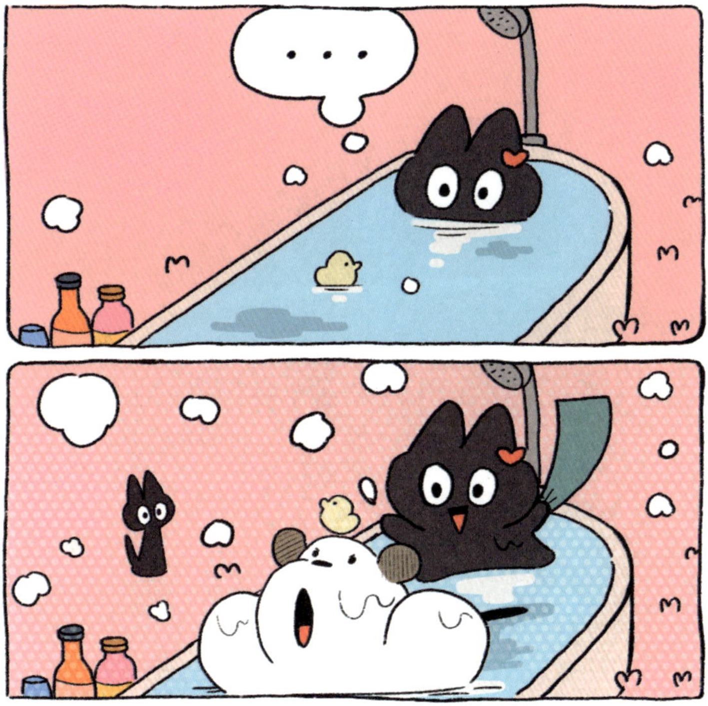

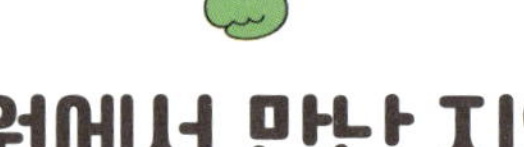

병원에서 만난 지인

악어님! 진료실로 들어오세요
진료
네
악어 과장님?
?
저 악어대리 편에 나온 홍사원이에요!!
홍사원
지금은 병원에서 일하고 있어요
잘됐다

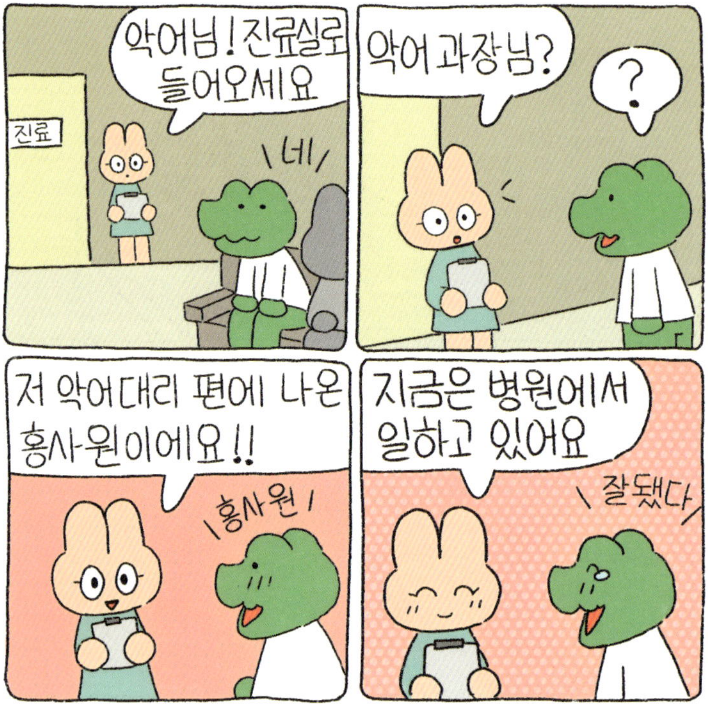

속옷의 주인

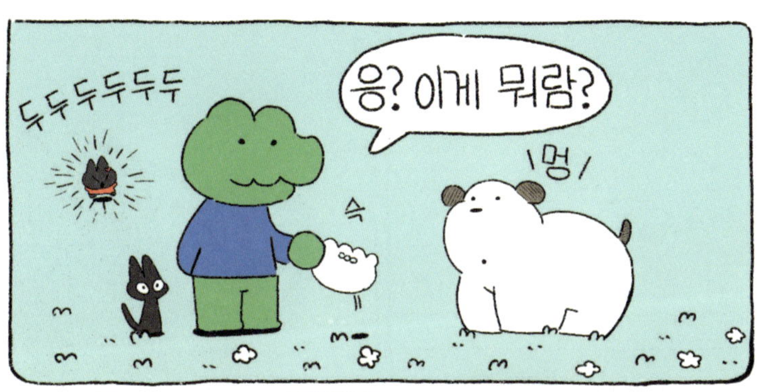

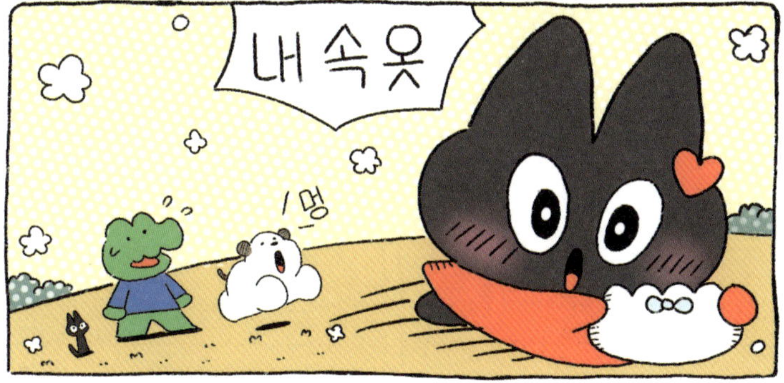

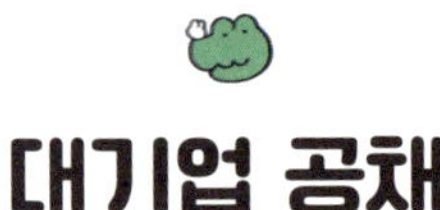

대기업 공채

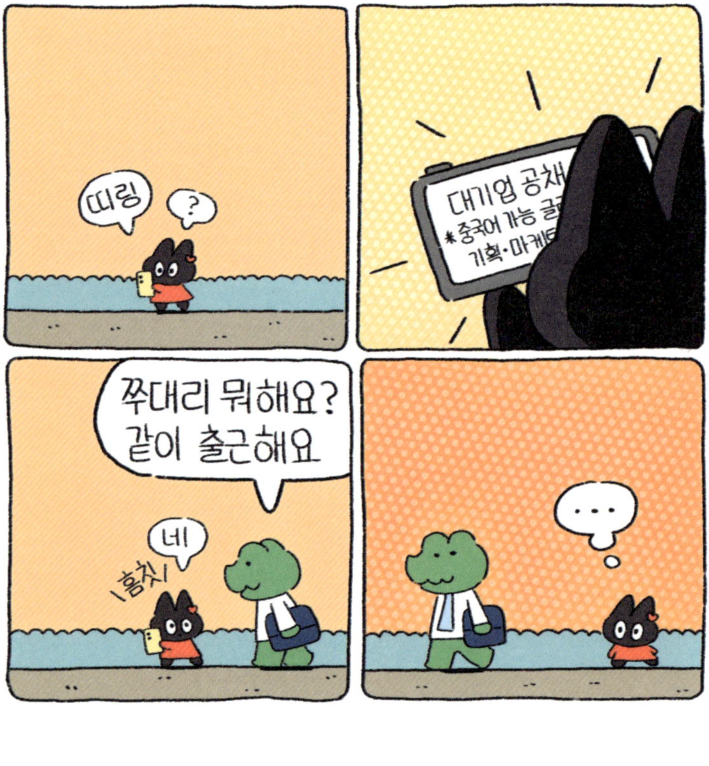

공채 마감 하루 전

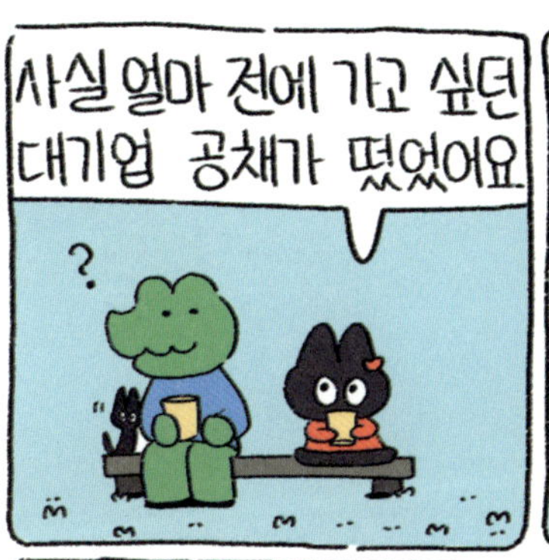

사실 얼마 전에 가고 싶던 대기업 공채가 떴었어요
?

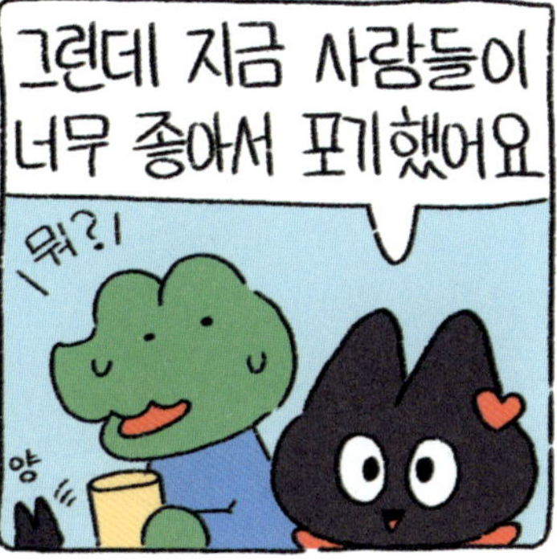

그런데 지금 사랑들이 너무 좋아서 포기했어요
뭐?!
양

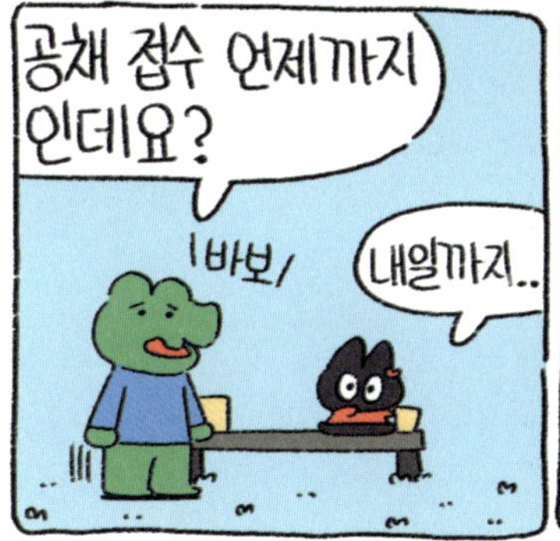

공채 접수 언제까지 인데요?
바보
내일까지...

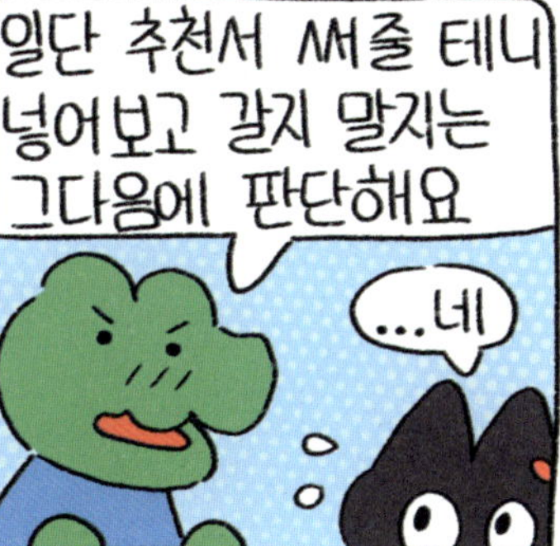

일단 추천서 써줄 테니 넣어보고 갈지 말지는 그다음에 판단해요
...네

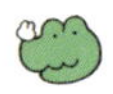

건강 악화

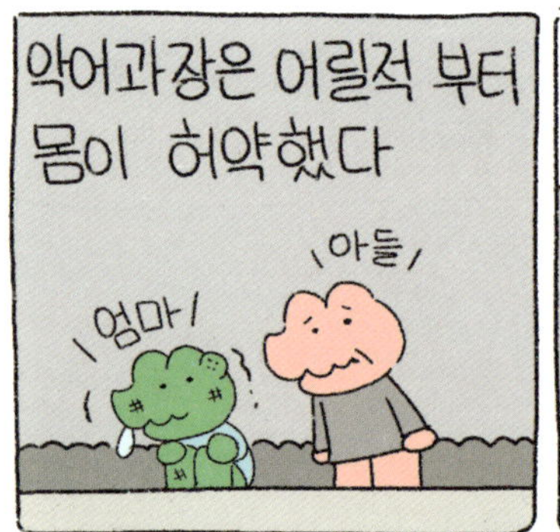

악어과장은 어릴적 부터 몸이 허약했다
엄마
아들

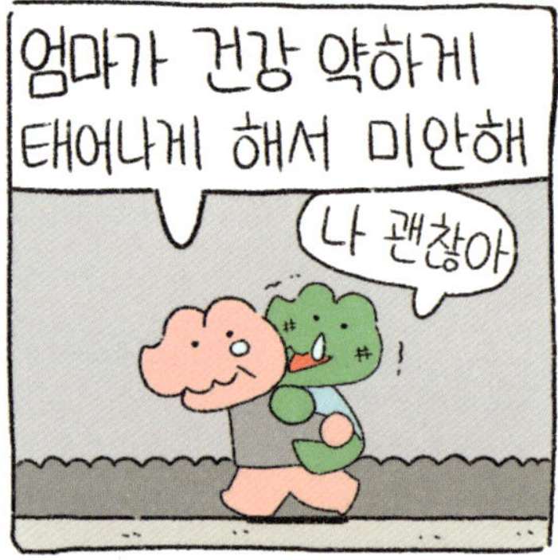

엄마가 건강 약하게 태어나게 해서 미안해
나 괜찮아

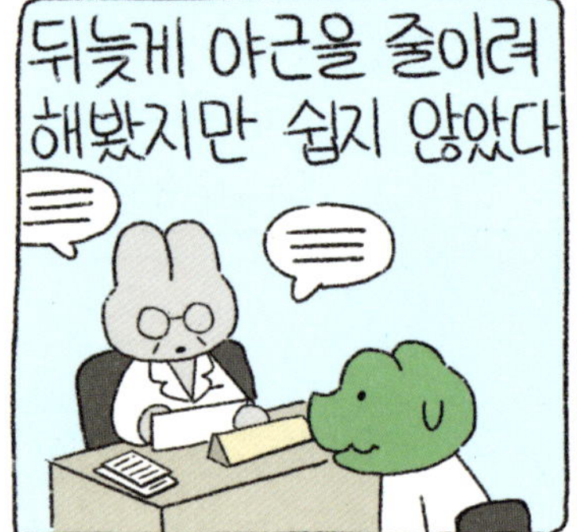

뒤늦게 야근을 줄이려 해봤지만 쉽지 않았다

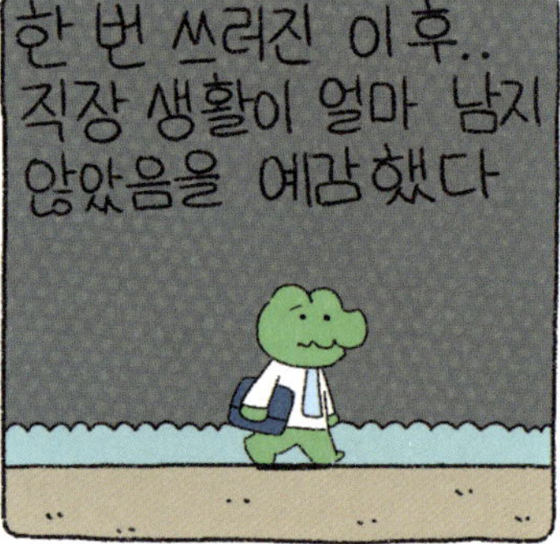

한 번 쓰러진 이후.. 직장 생활이 얼마 남지 않았음을 예감 했다

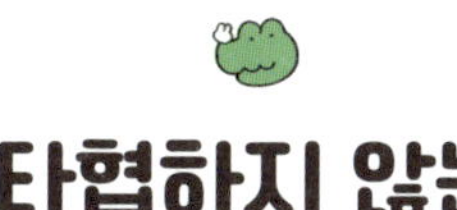

타협하지 않는

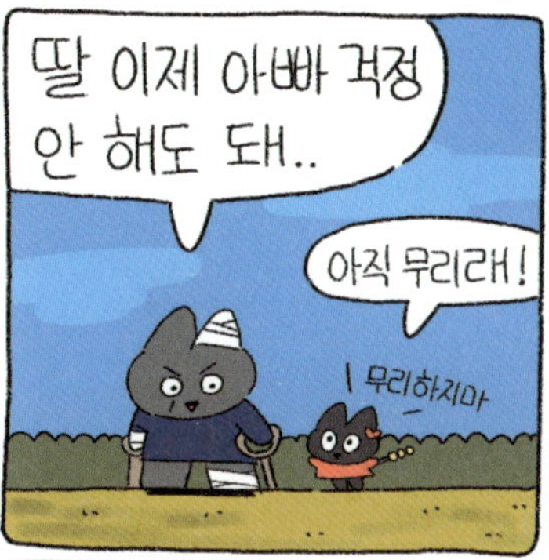

딸 이제 아빠 걱정 안 해도 돼..
아직 무리래!
무리하지마

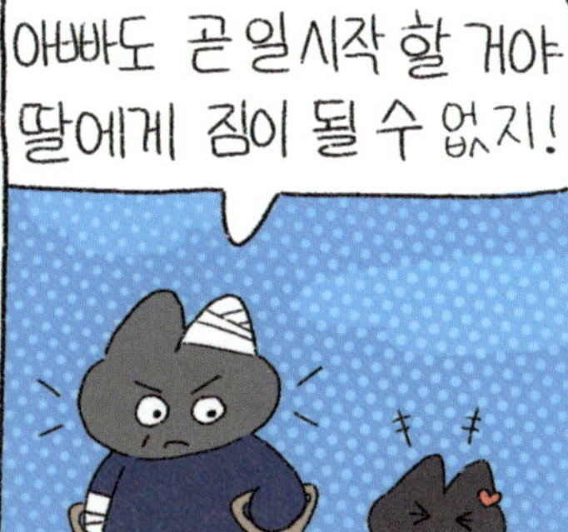

아빠도 곧 일 시작 할 거야 딸에게 짐이 될 수 없지!

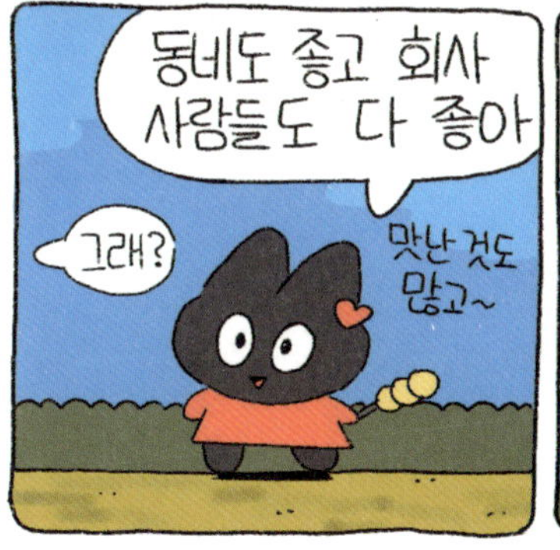

동네도 좋고 회사 사람들도 다 좋아
그래?
맛난 것도 많고~

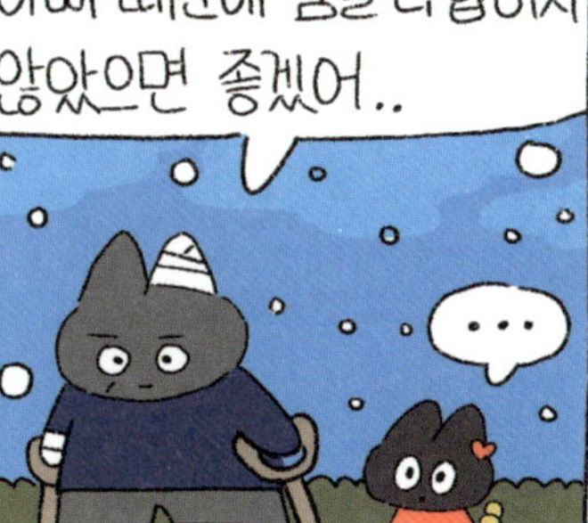

아빠 때문에 꿈을 타협하지 않았으면 좋겠어..
...

책 모임 1

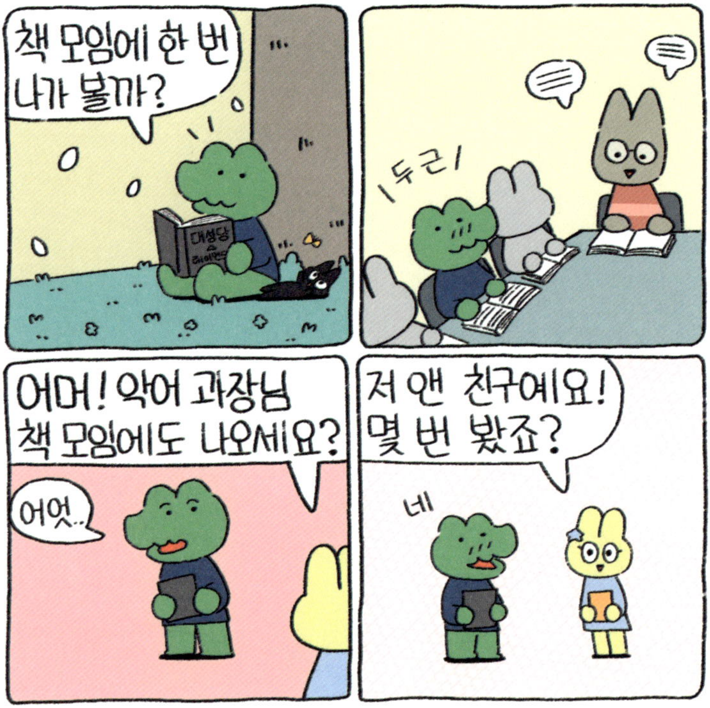

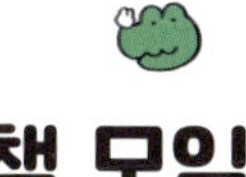

책 모임 2

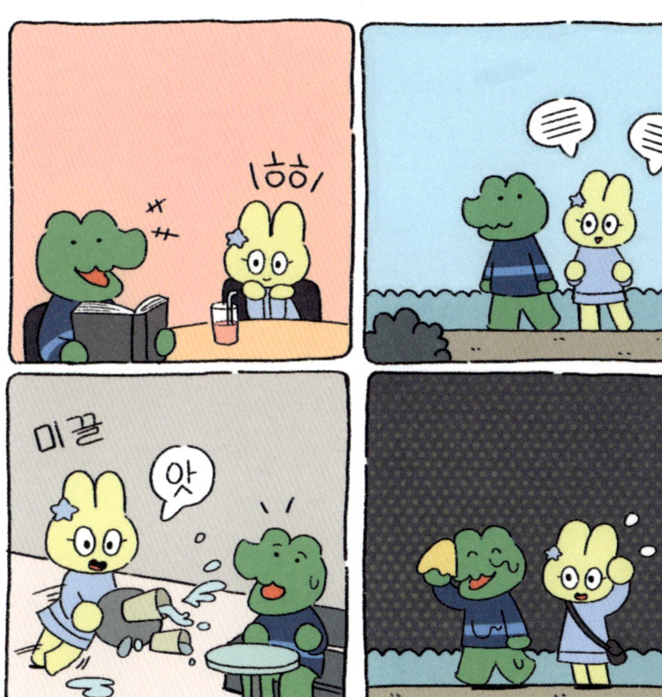

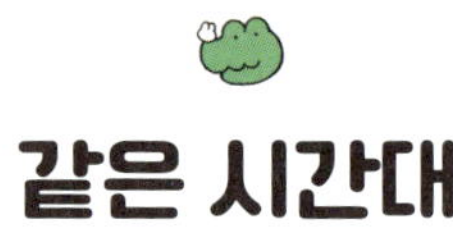

같은 시간대

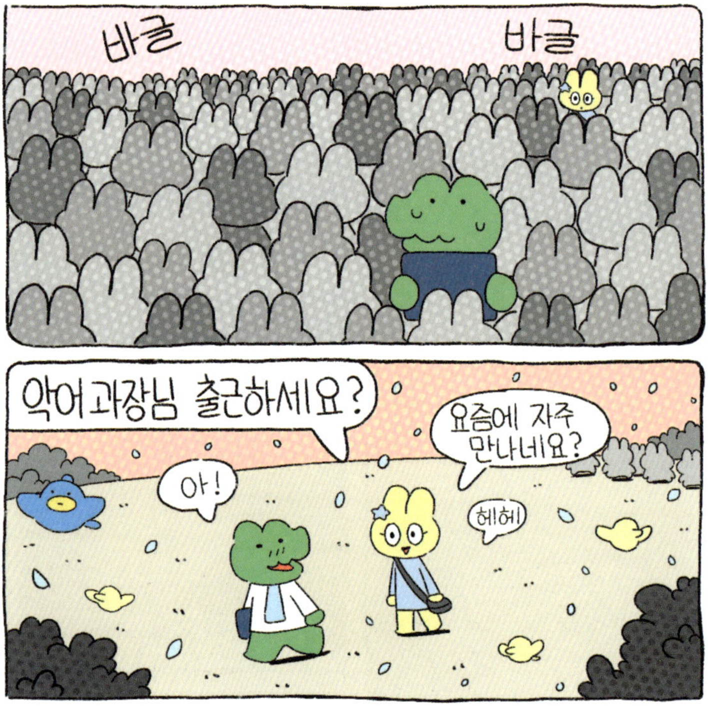

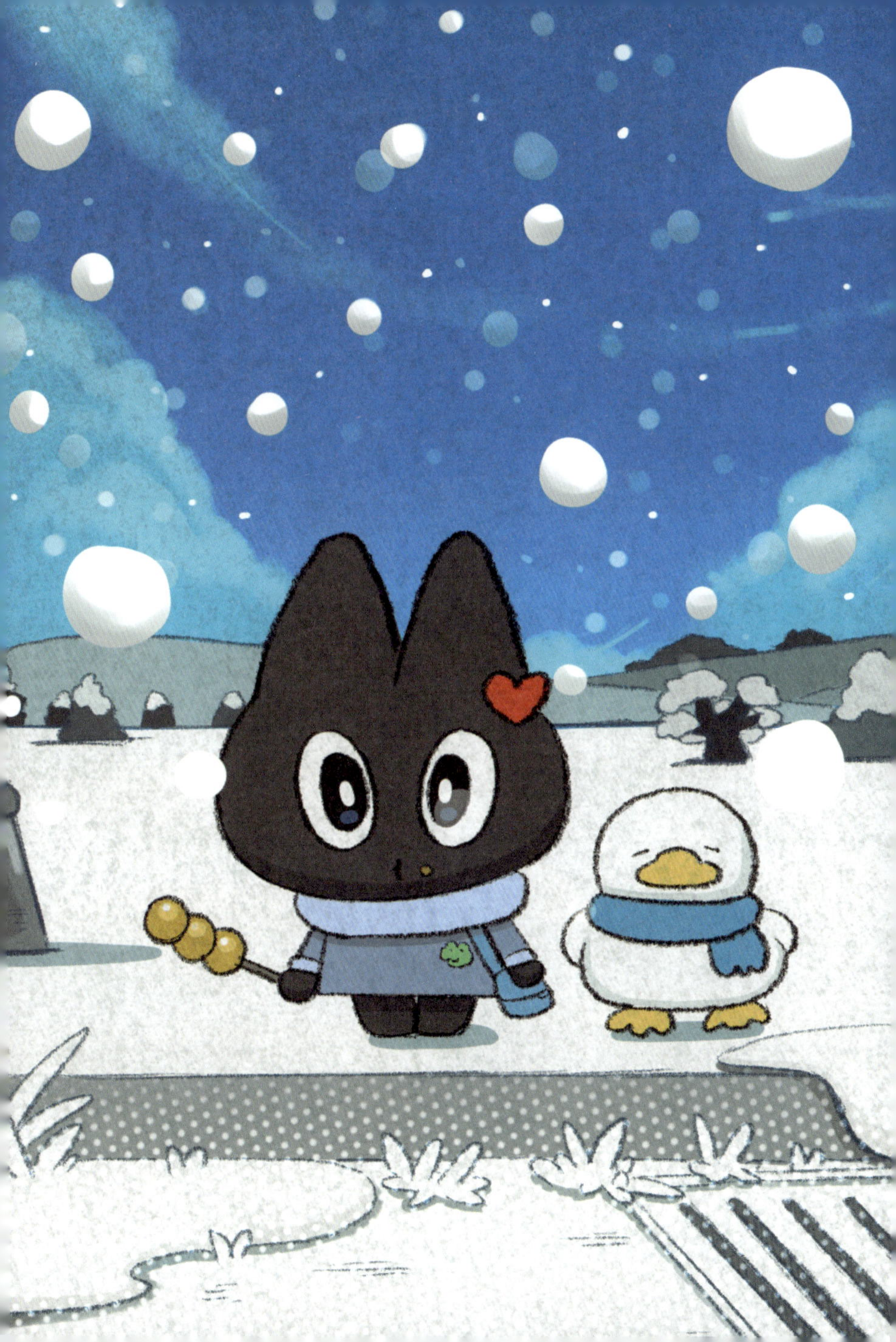

공채 최종 합격

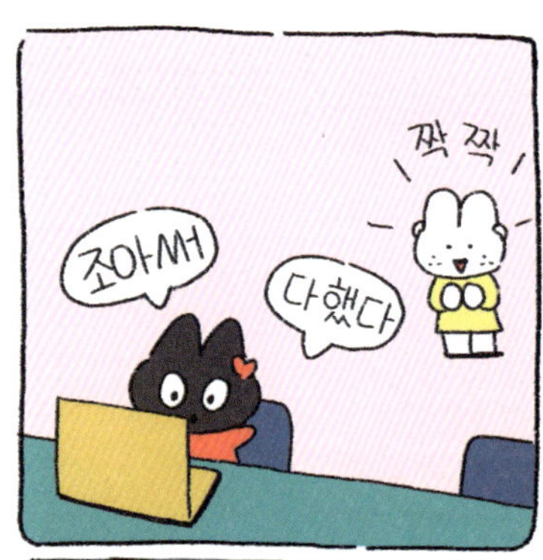

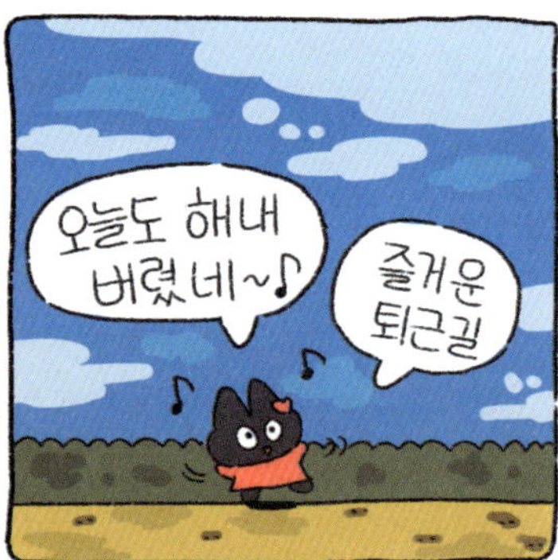

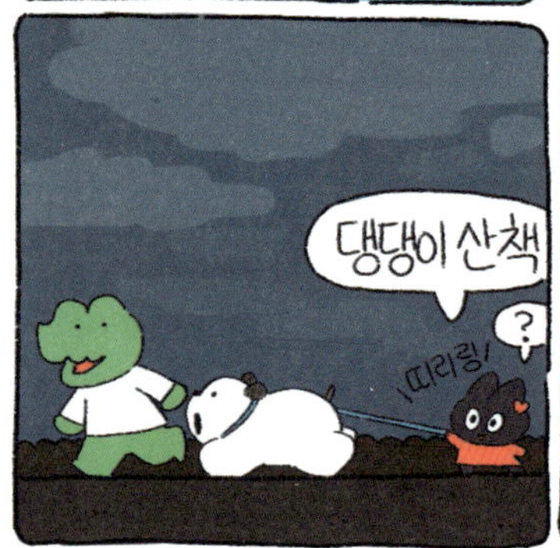

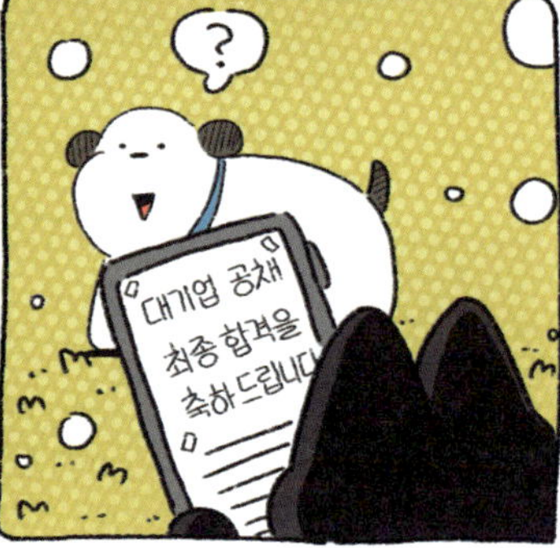

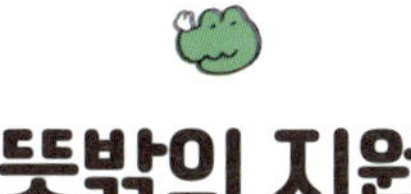

뜻밖의 지원

신기능 추가 발표 마치겠습니다

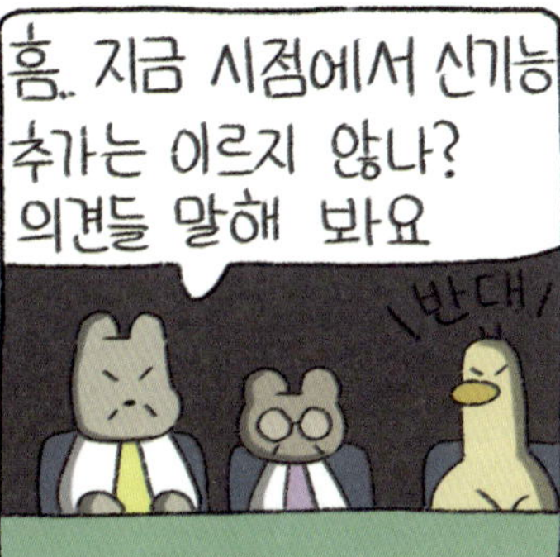

흠.. 지금 시점에서 신기능 추가는 이르지 않나? 의견들 말해 봐요
반대

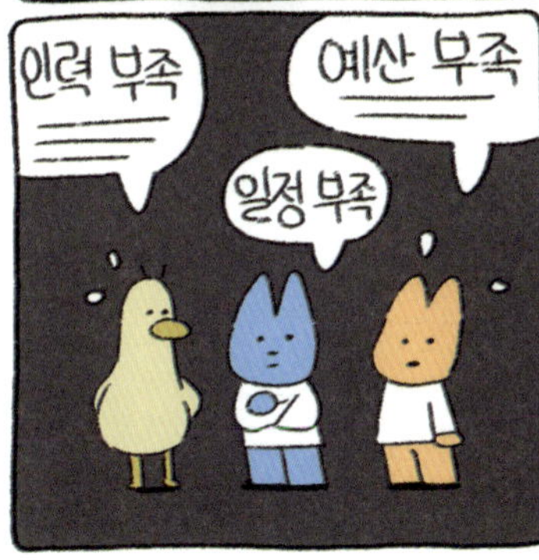

인력 부족
예산 부족
일정 부족

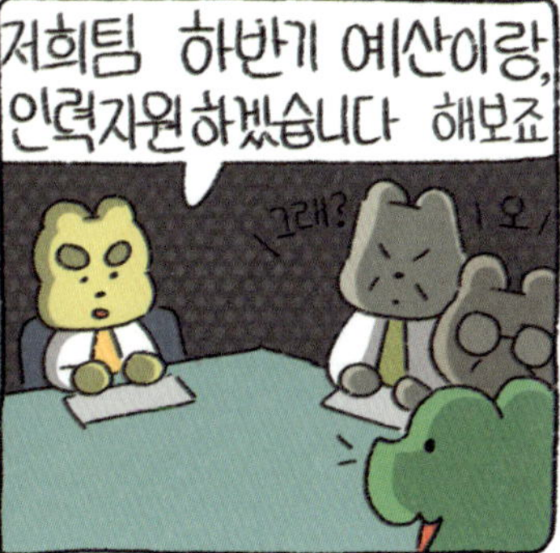

저희팀 하반기 예산이랑, 인력지원 하겠습니다 해보죠
그래?
오

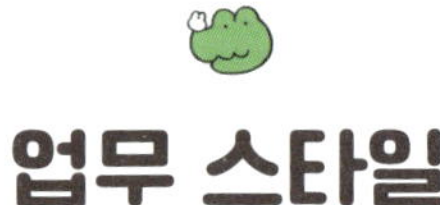

업무 스타일

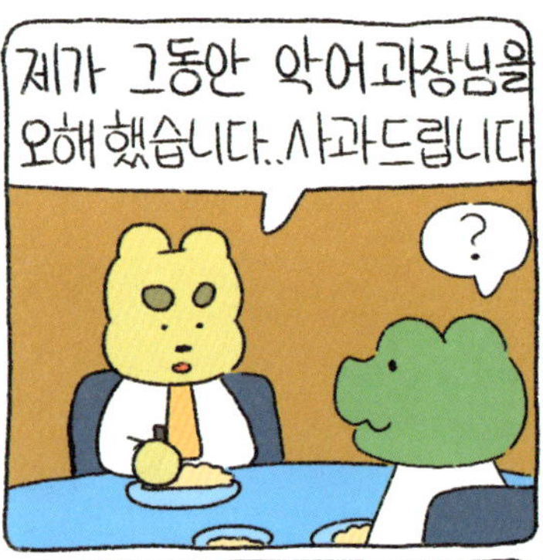

제가 그동안 악어과장님을 오해했습니다..사과드립니다
?

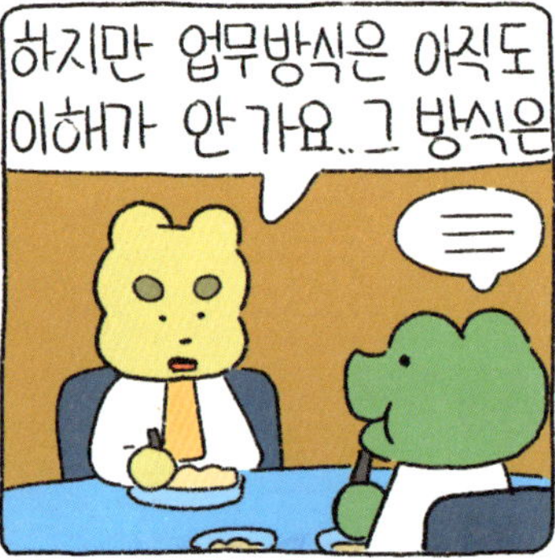

하지만 업무방식은 아직도 이해가 안 가요..그 방식은

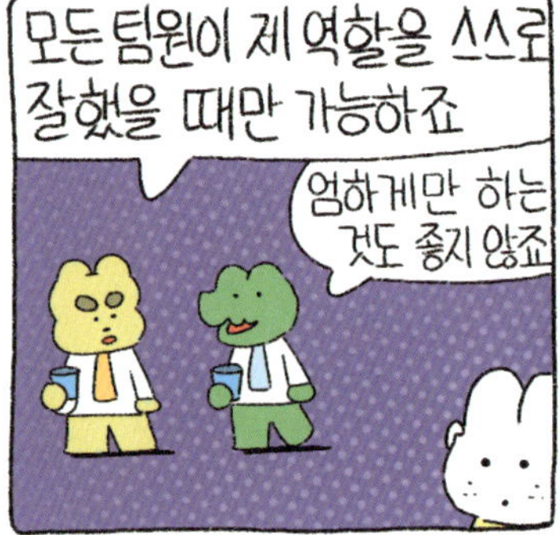

모든 팀원이 제 역할을 스스로 잘했을 때만 가능하죠
엄하게만 하는 것도 좋지 않죠

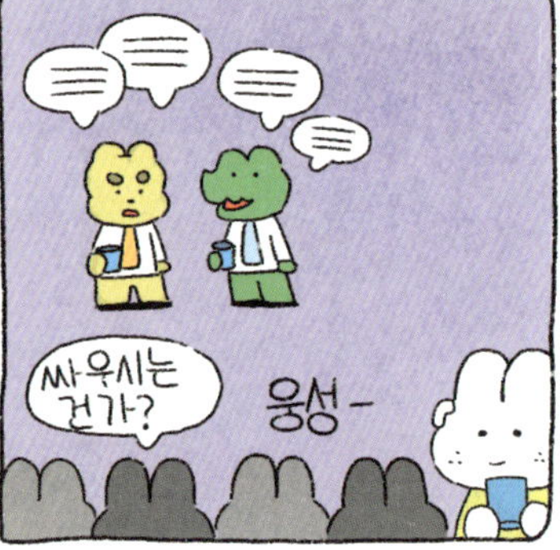

싸우시는 건가?
웅성 -

쭈대리의 결심

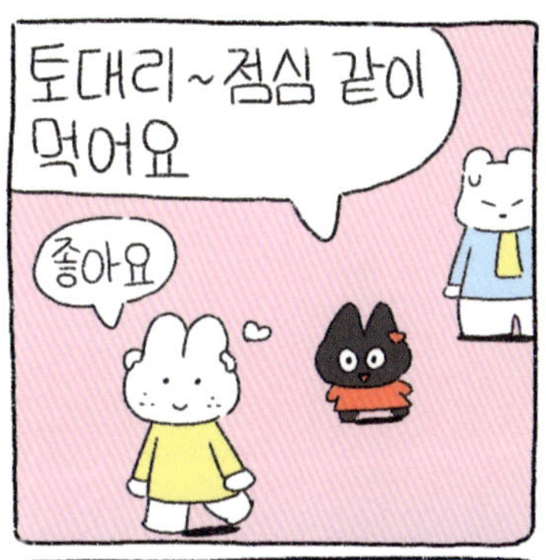

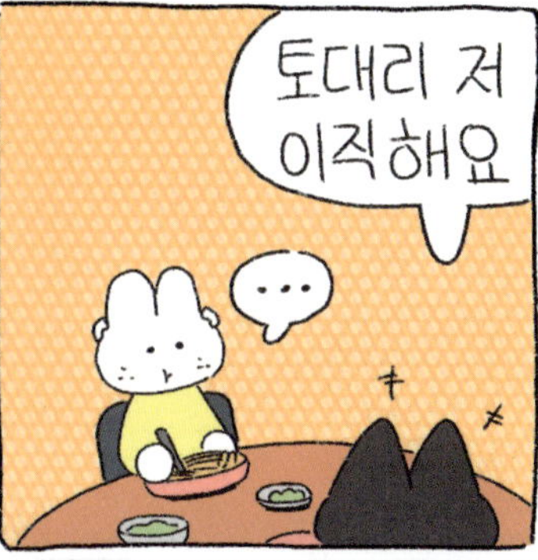

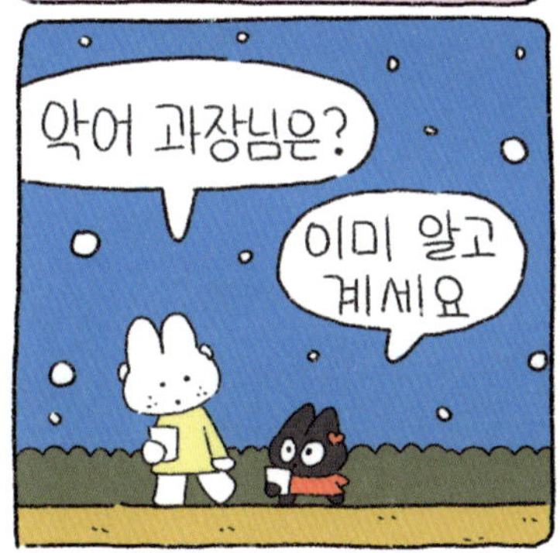

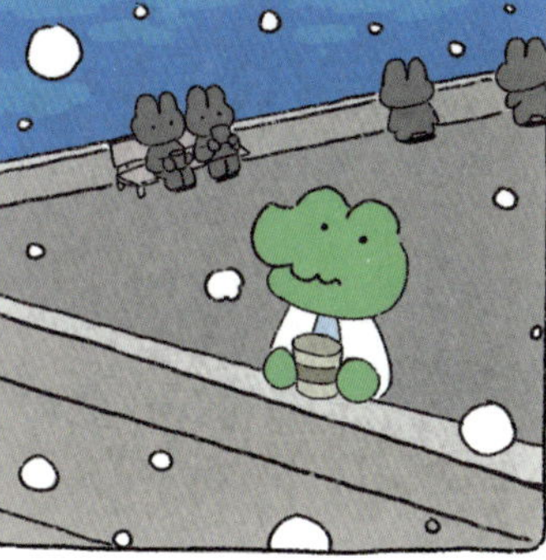

아침 출근길에

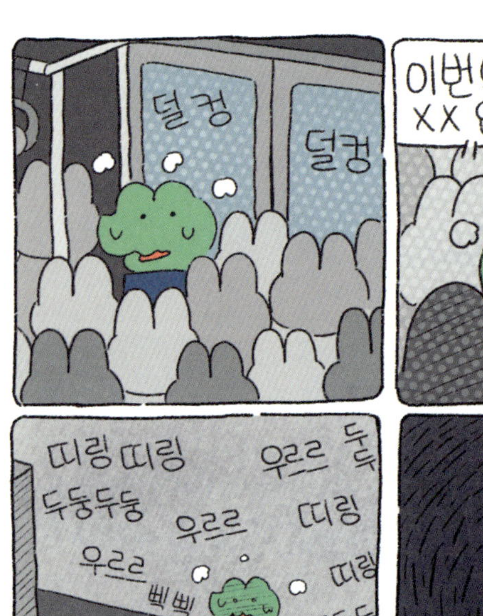

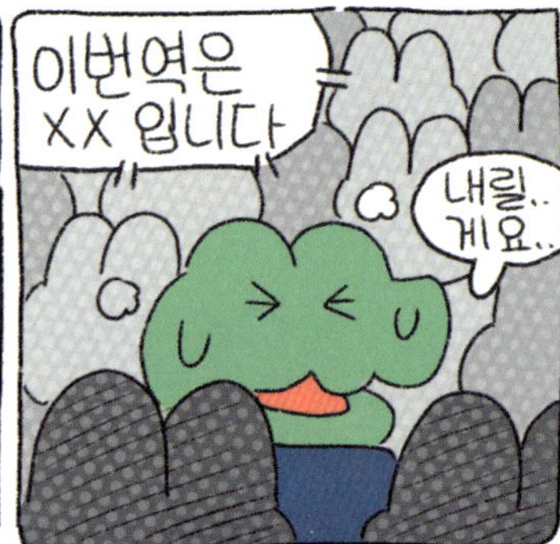

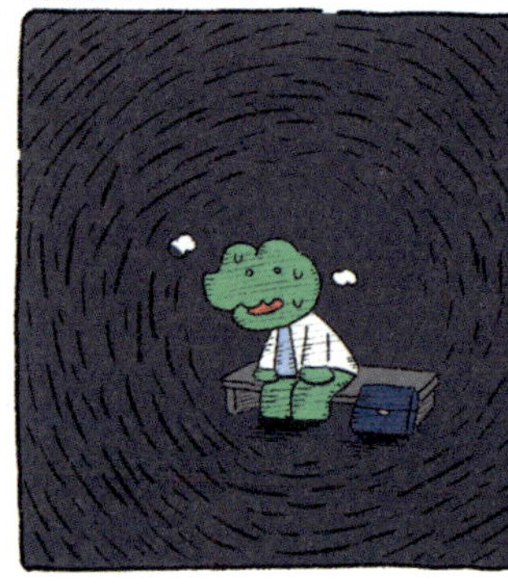

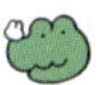

짖는 강아지

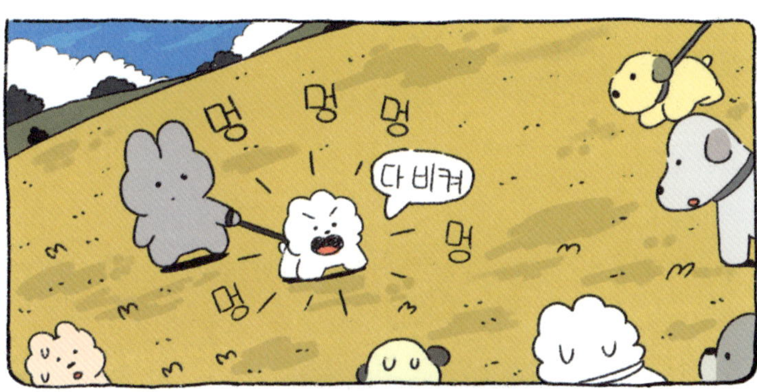

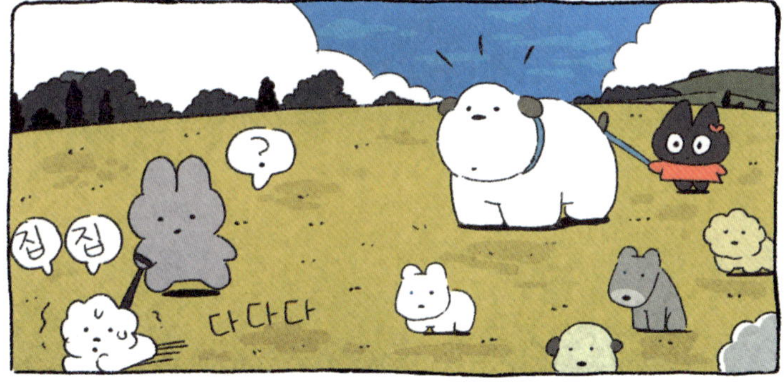

동네 할머니들의 모임

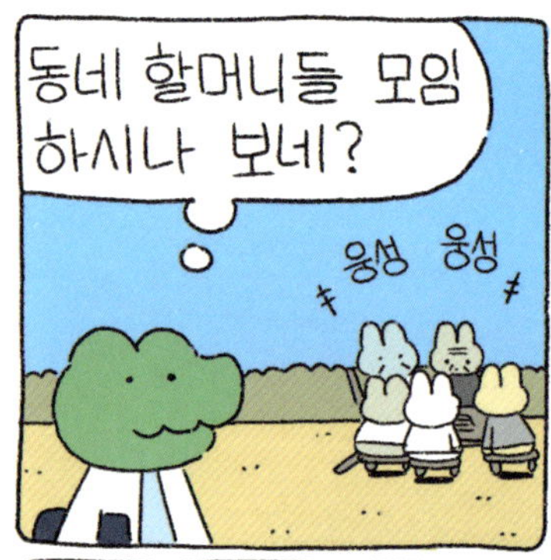

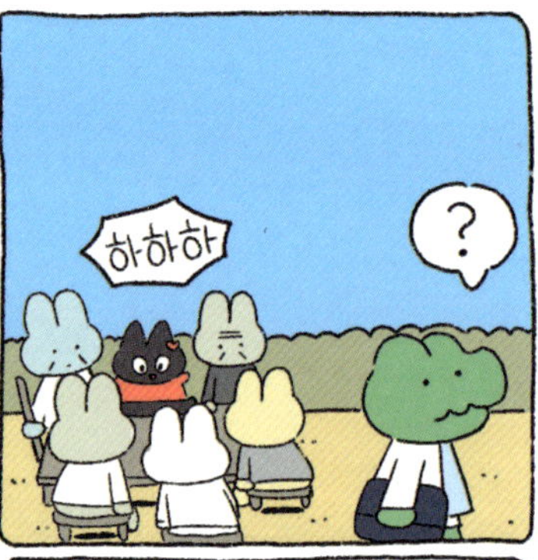

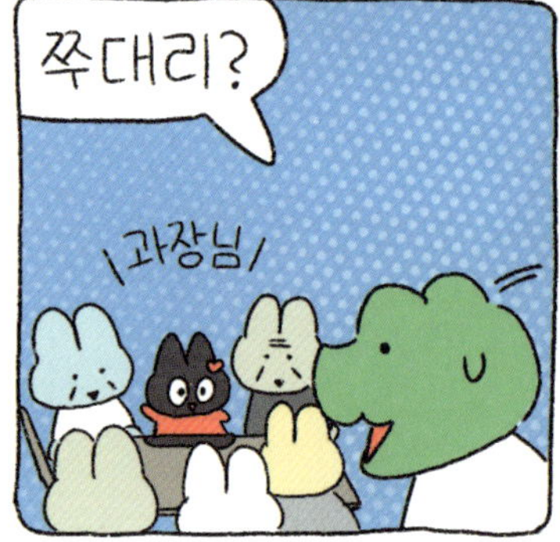

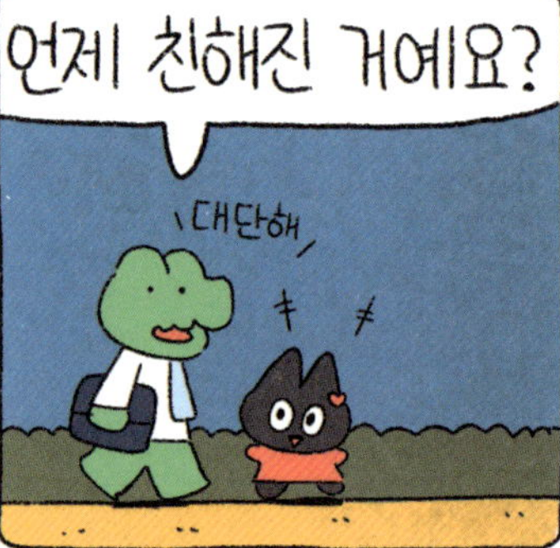

건강 관리

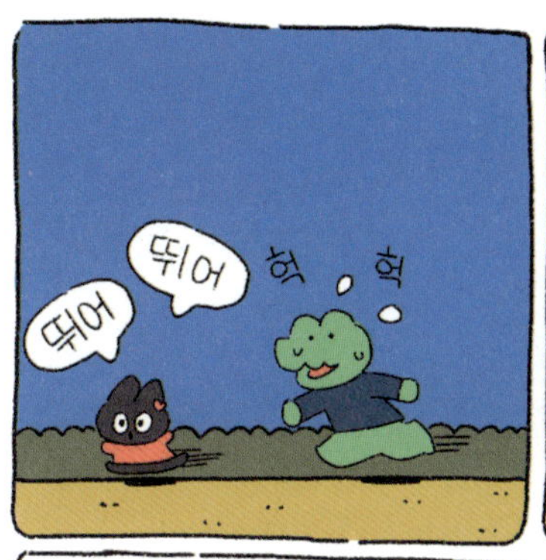

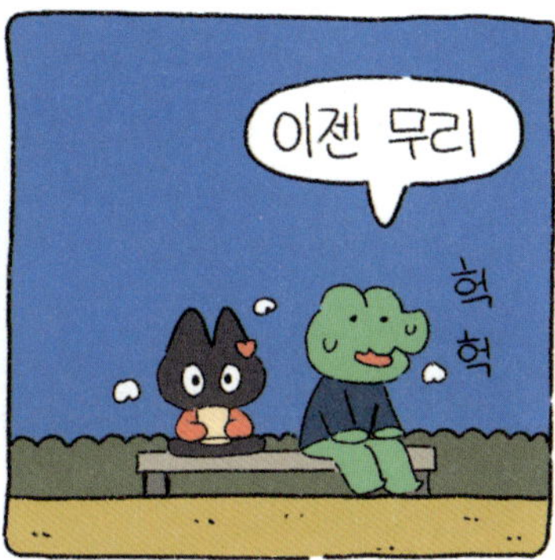

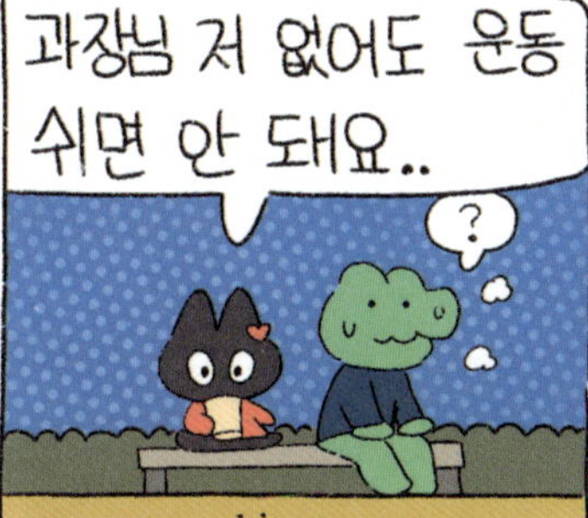

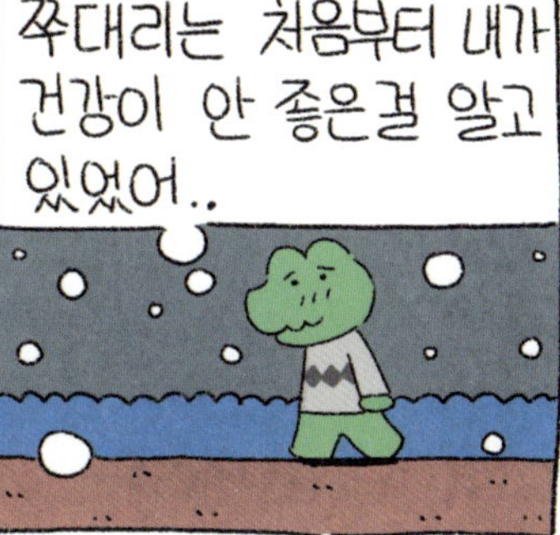

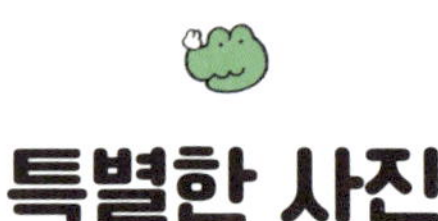

특별한 사진

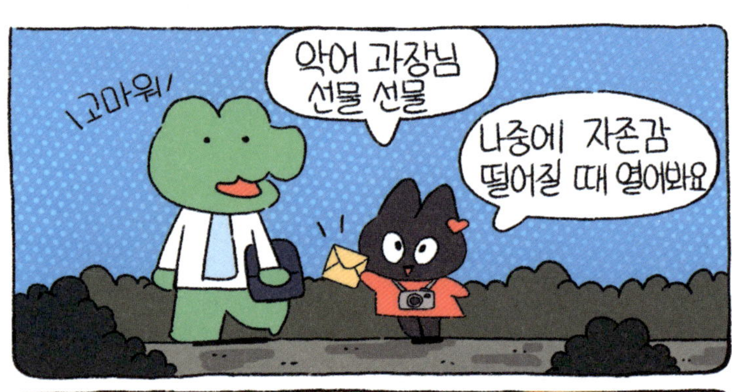

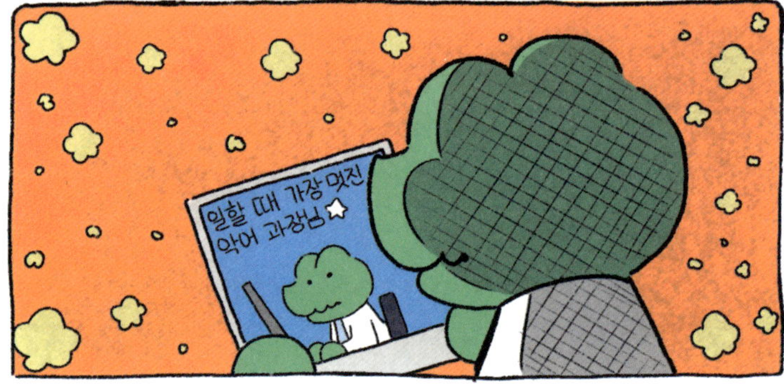

쭈대리의 인사

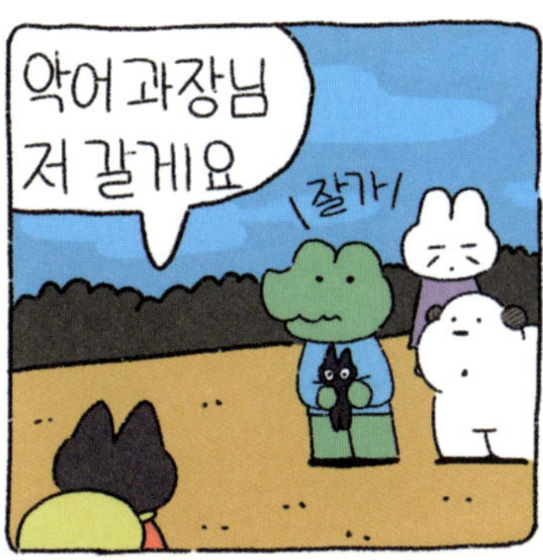

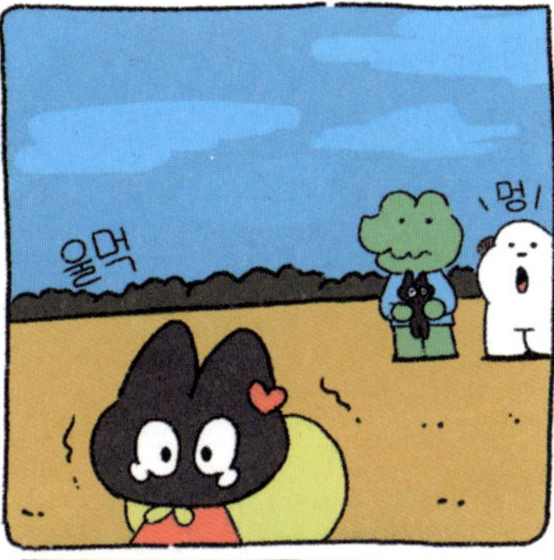

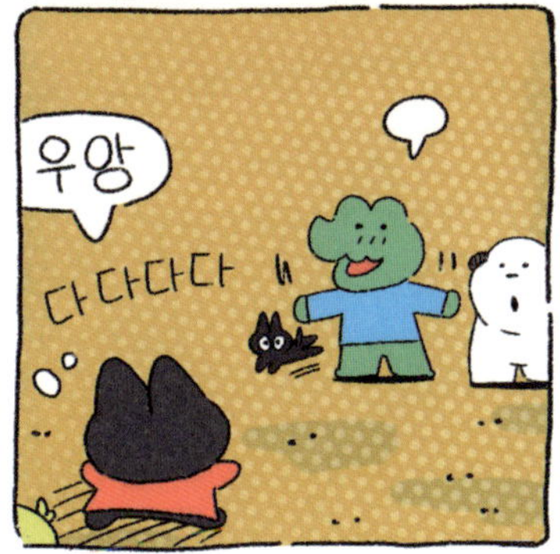

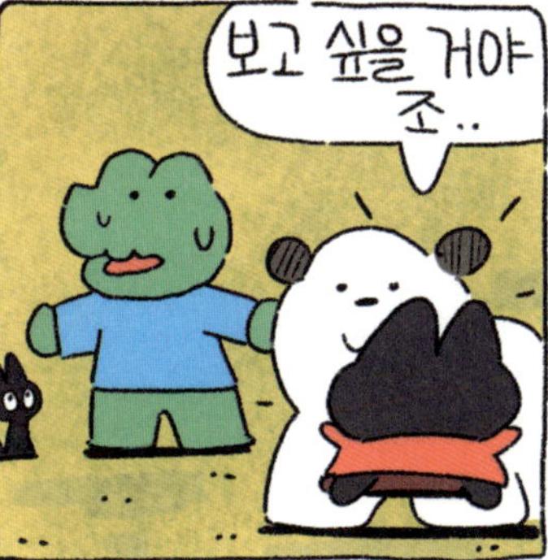

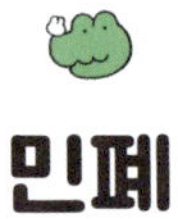

민폐

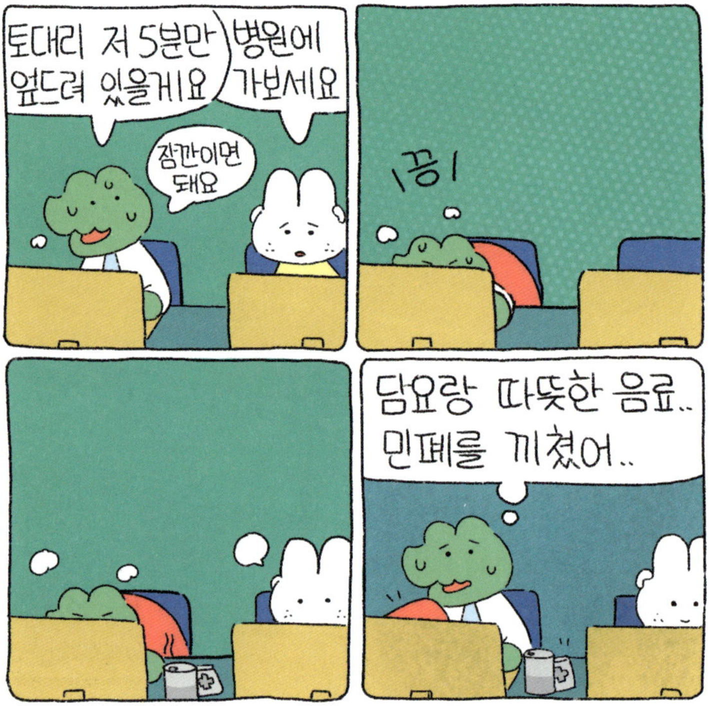

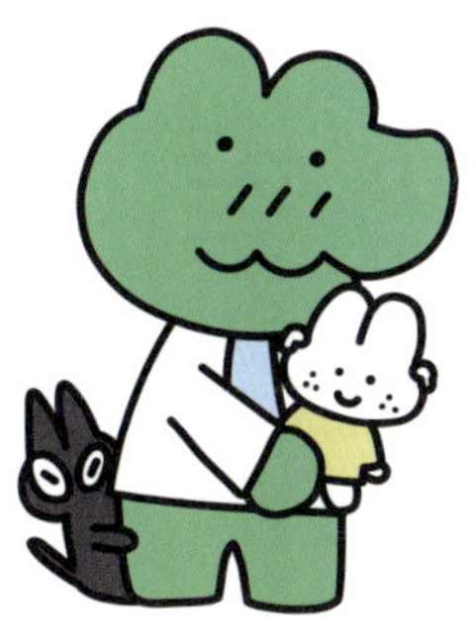

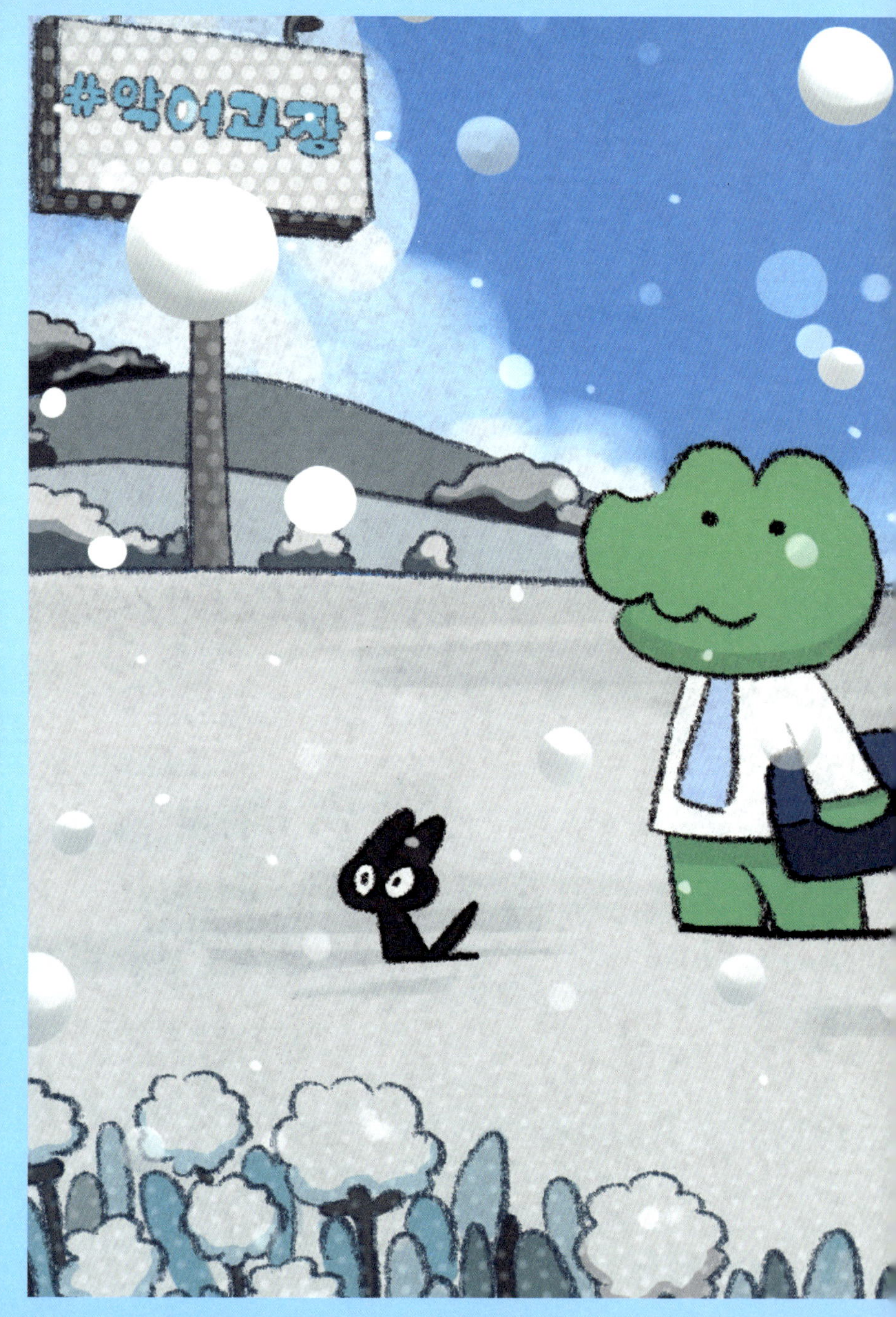
#악어광장

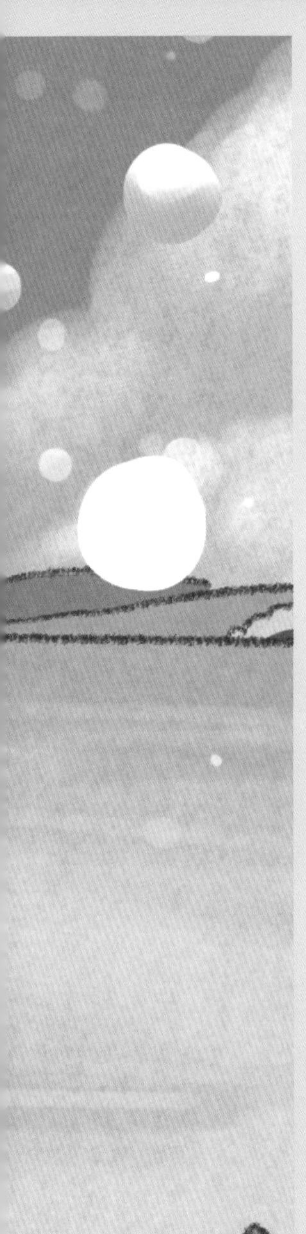

첫 번째 구독자

글 쓰는 일을 하고 싶어요
직장 생활부터 그림으로 그리고 싶어요

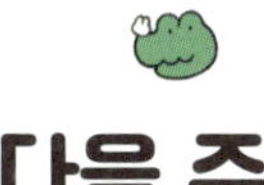

다음 주말

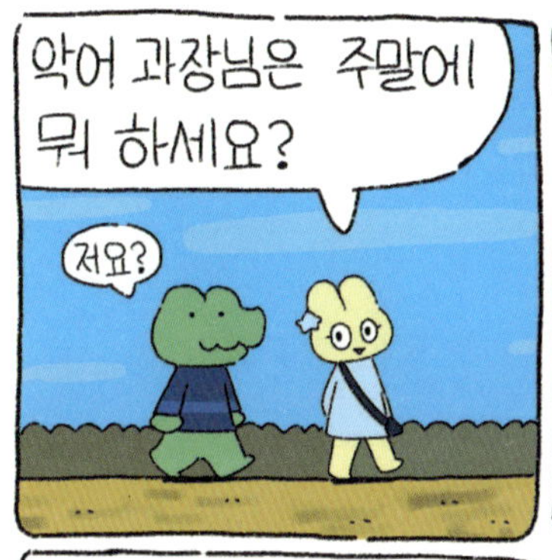

악어 과장님은 주말에 뭐 하세요?
저요?

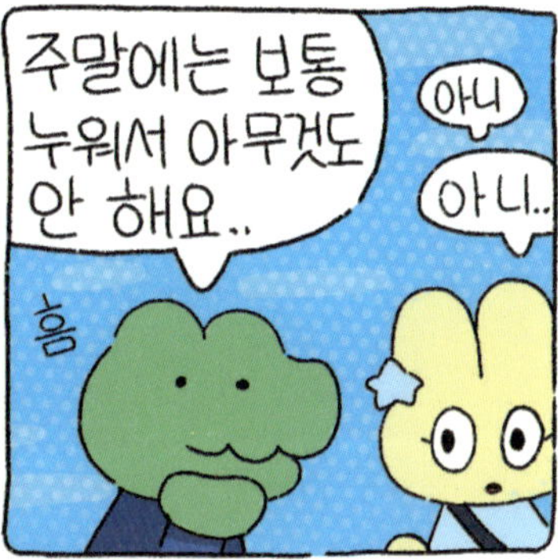

주말에는 보통 누워서 아무것도 안 해요..
아니
아니..
흠

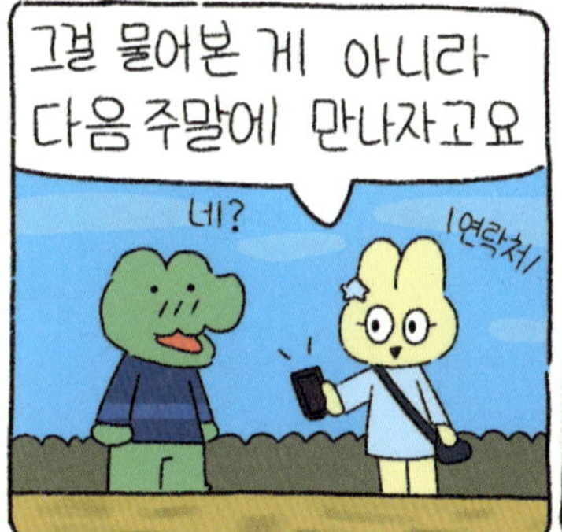

그걸 물어본 게 아니라 다음 주말에 만나자고요
네?
연락처

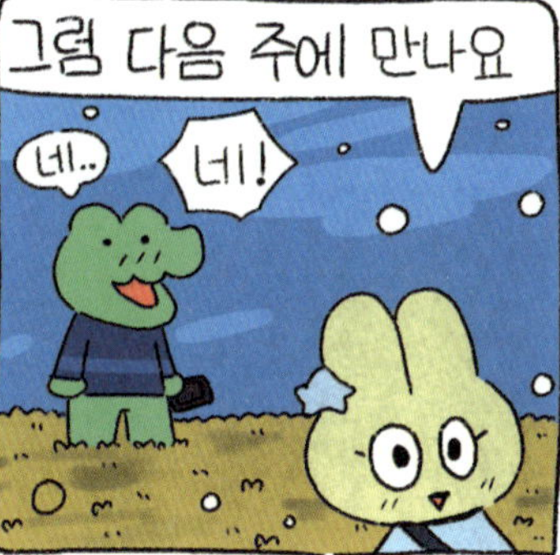

그럼 다음 주에 만나요
네..
네!

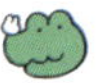

하루 종일

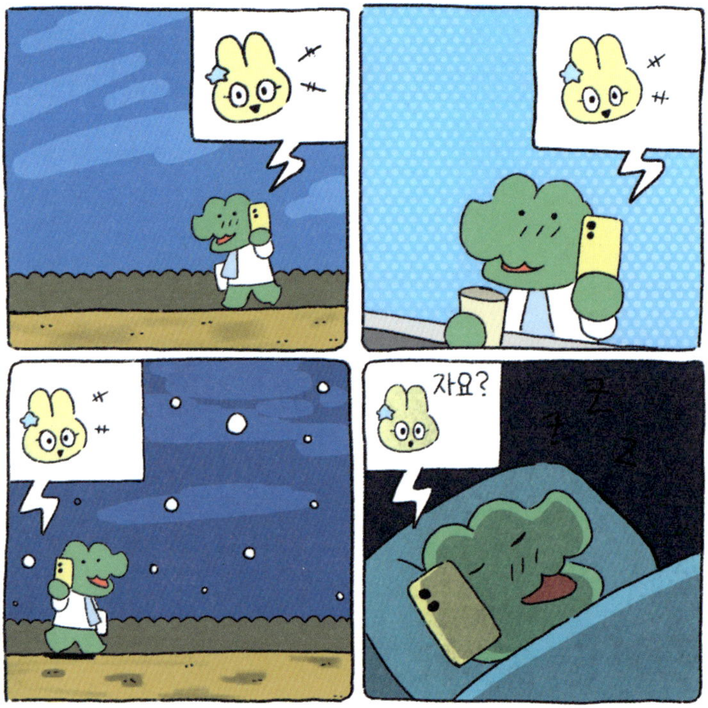

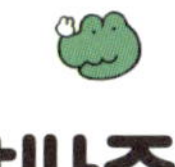

감싸주다

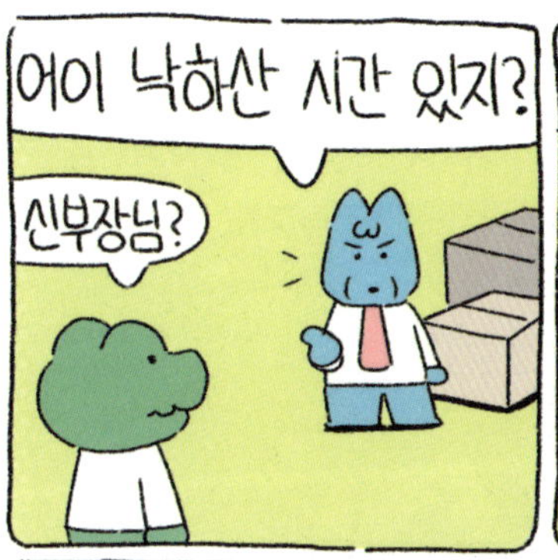

어이 낙하산 시간 있지?
신부장님?

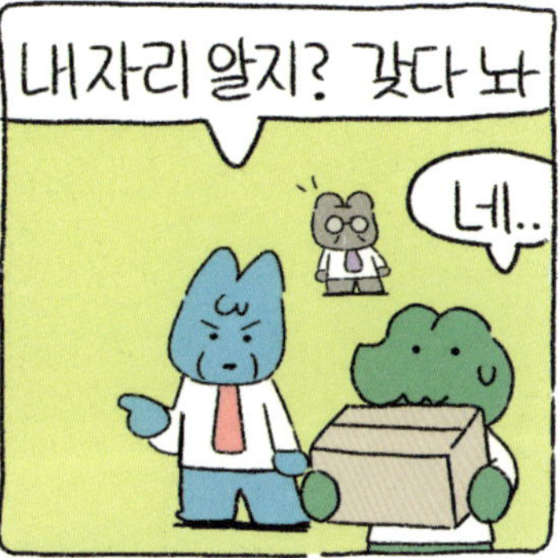

내 자리 알지? 갖다 놔
네..

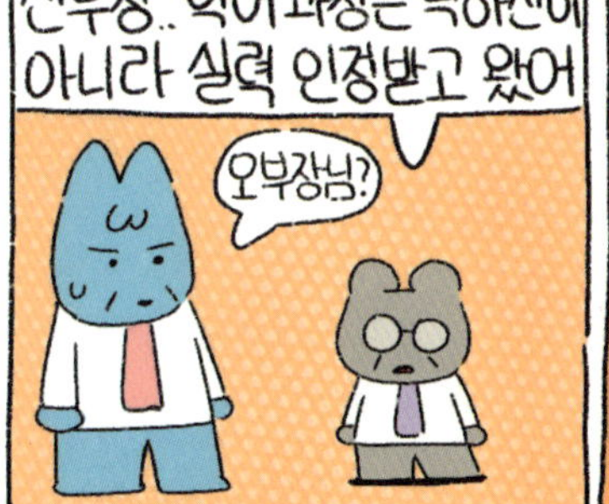

신부장.. 악어과장은 낙하산이 아니라 실력 인정받고 왔어
오부장님?

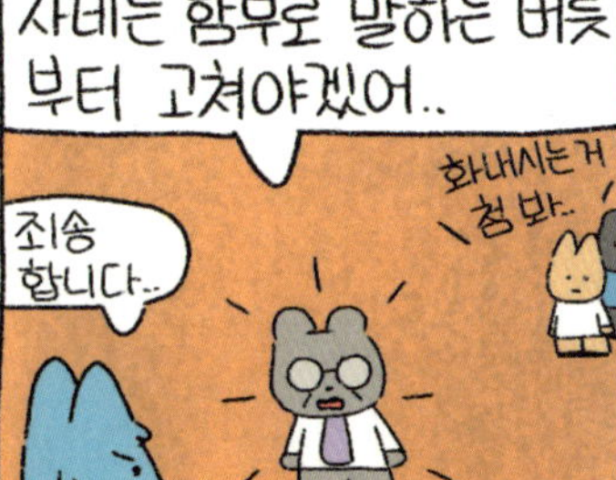

자네는 함부로 말하는 버릇부터 고쳐야겠어..
조송 합니다..
화내시는거 첨 봐..

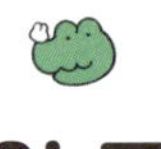

오늘의 그림 1

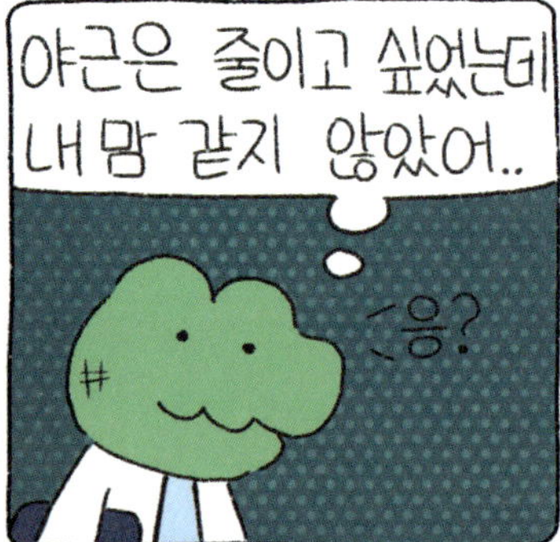

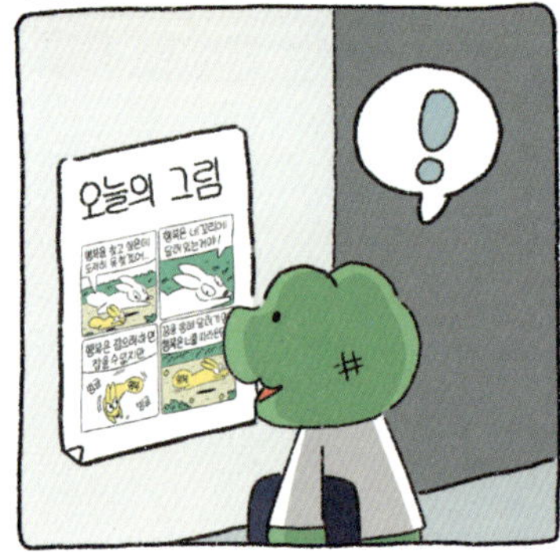

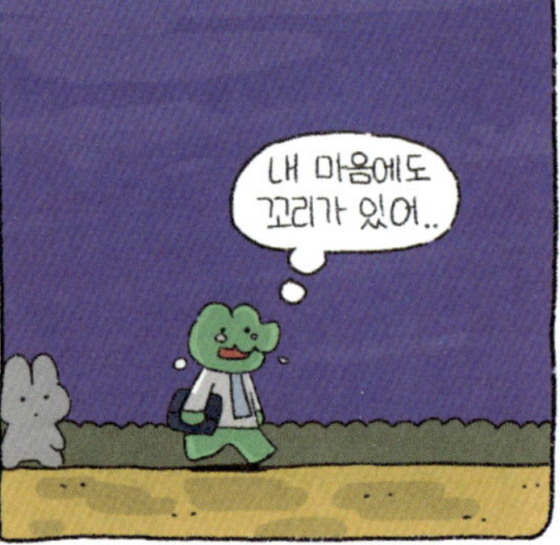

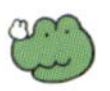

오늘의 그림 2

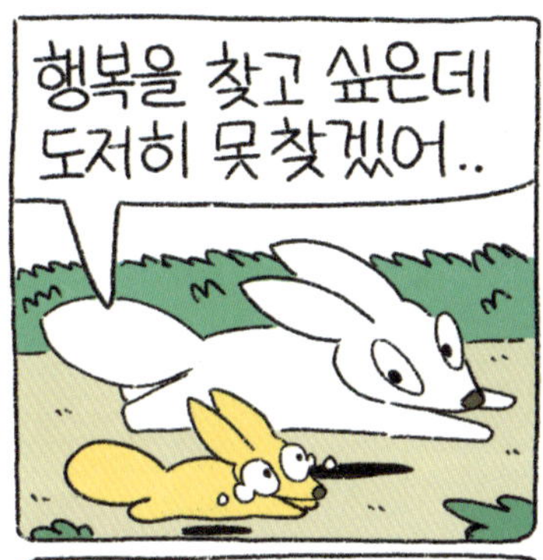

행복을 찾고 싶은데
도저히 못 찾겠어..

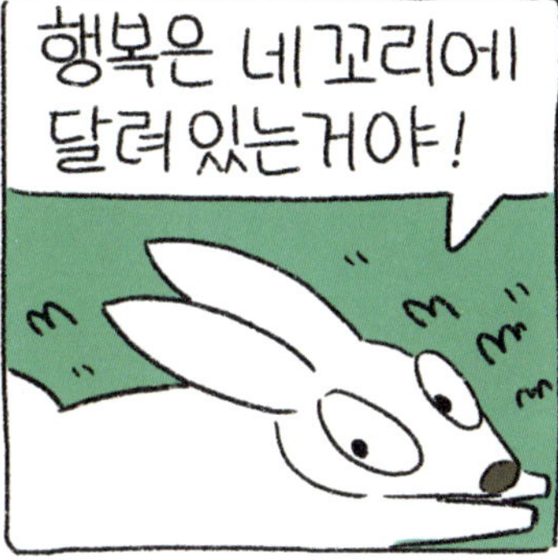

행복은 네 꼬리에
달려 있는거야!

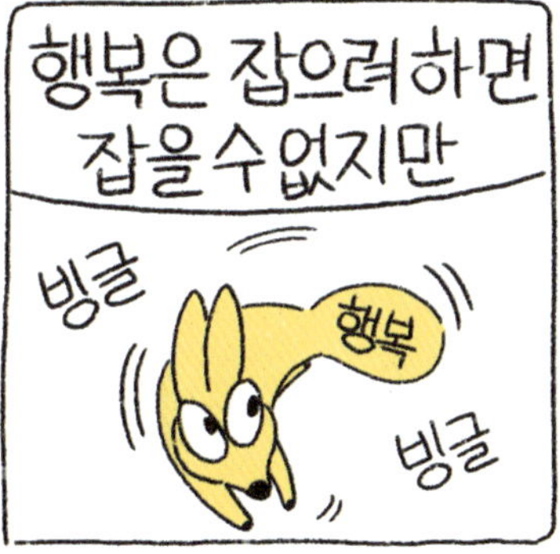

행복은 잡으려하면
잡을 수 없지만
빙글
행복
빙글

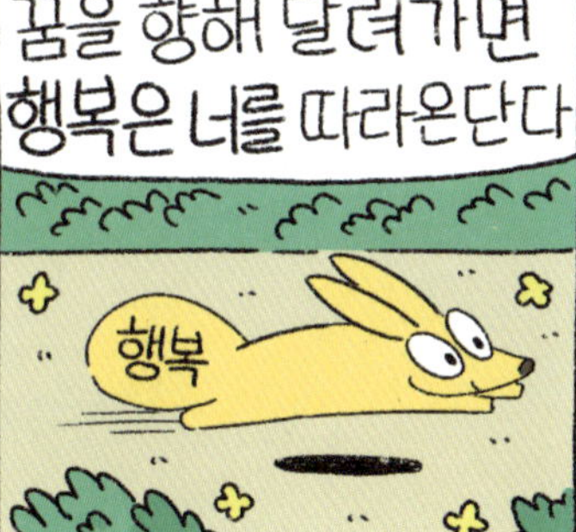

꿈을 향해 달려가면
행복은 너를 따라온단다
행복

신입 사원 면접

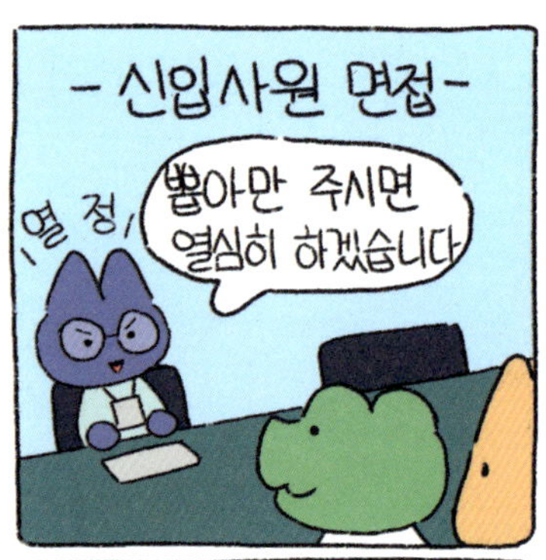

- 신입사원 면접 -
뽑아만 주시면 열심히 하겠습니다
열 정

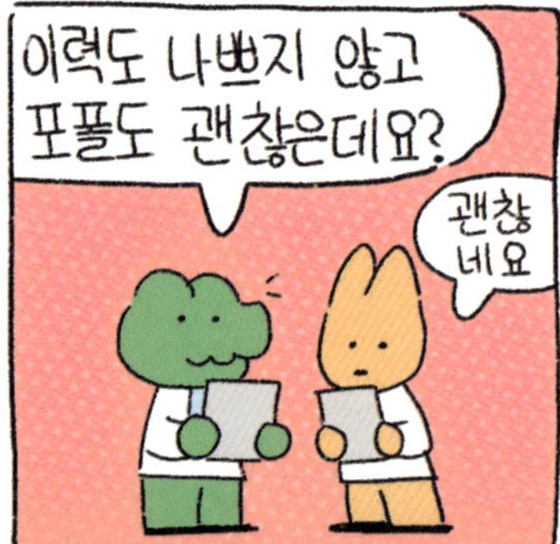

이력도 나쁘지 않고 포풀도 괜찮은데요?
괜찮네요

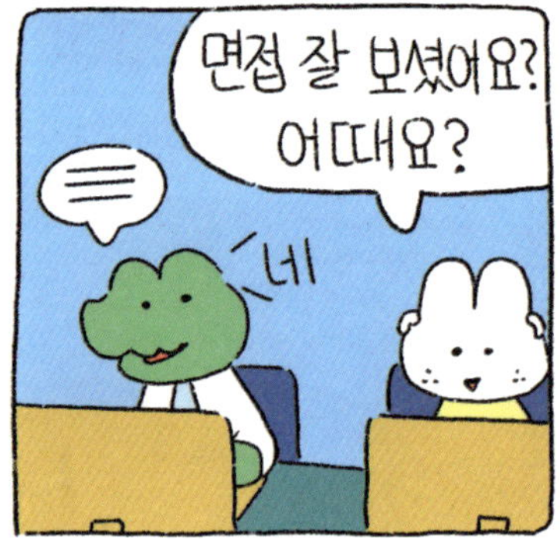

면접 잘 보셨어요? 어때요?
네

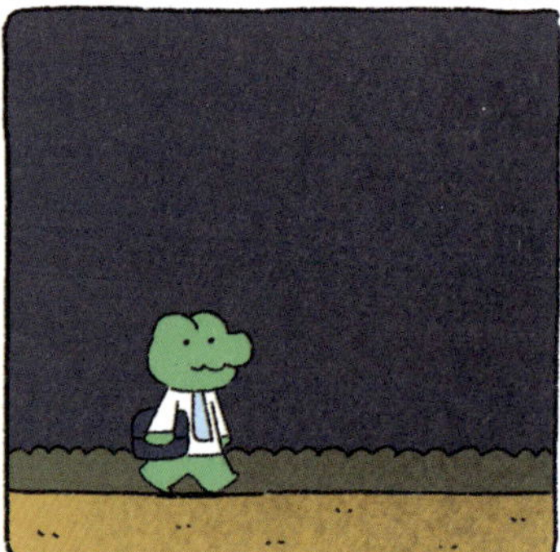

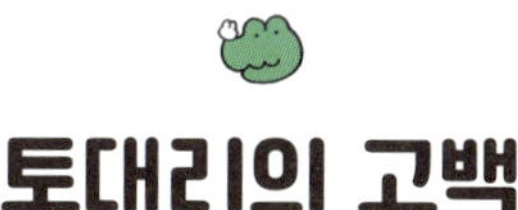

토대리의 고백

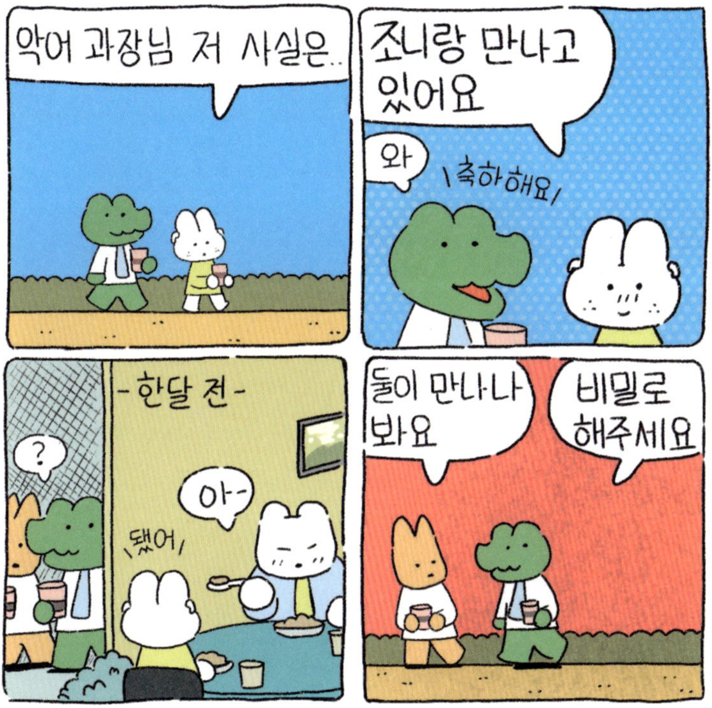

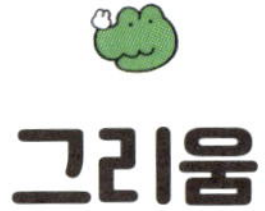

그리움

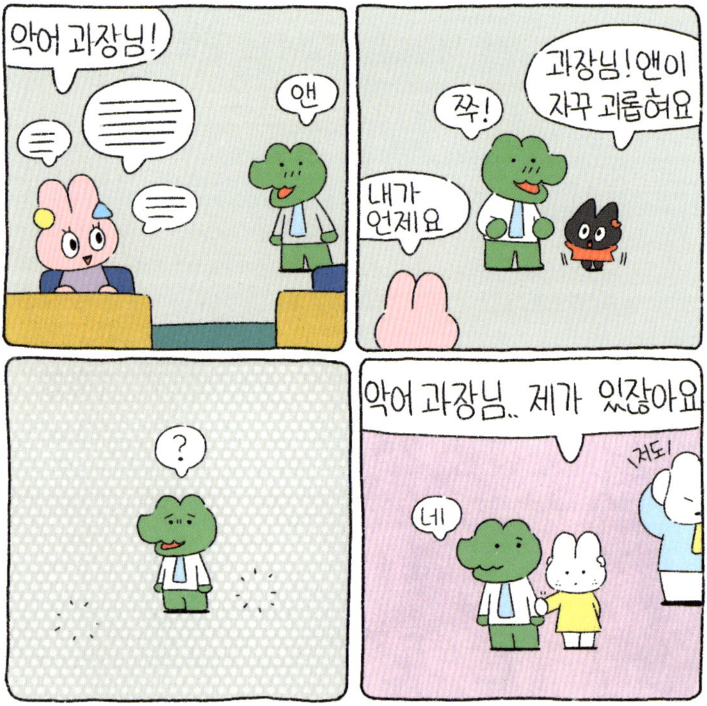

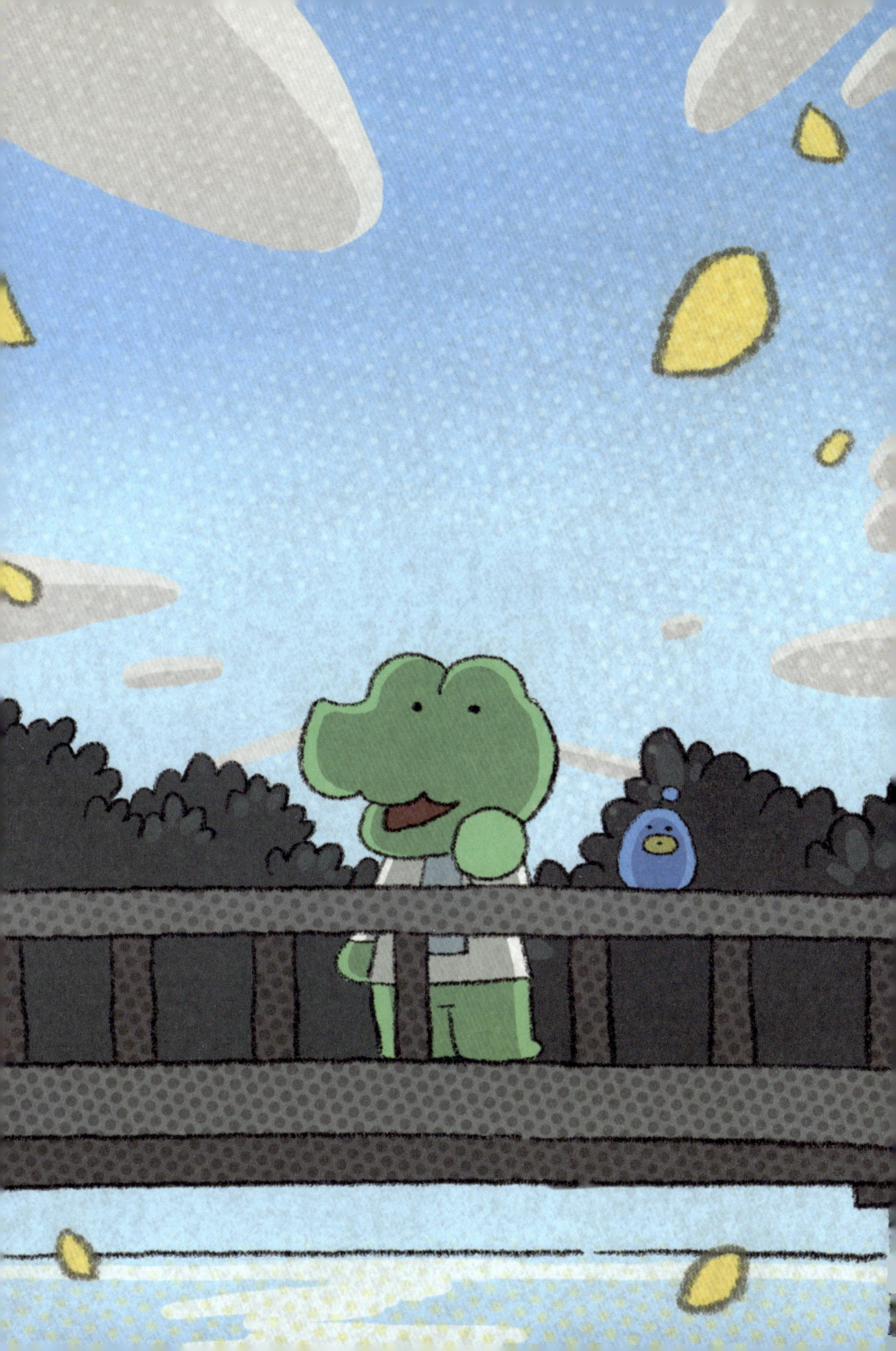

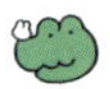

눈빛

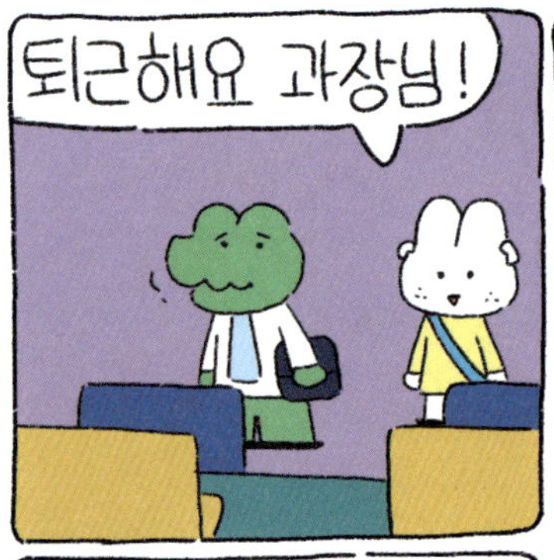

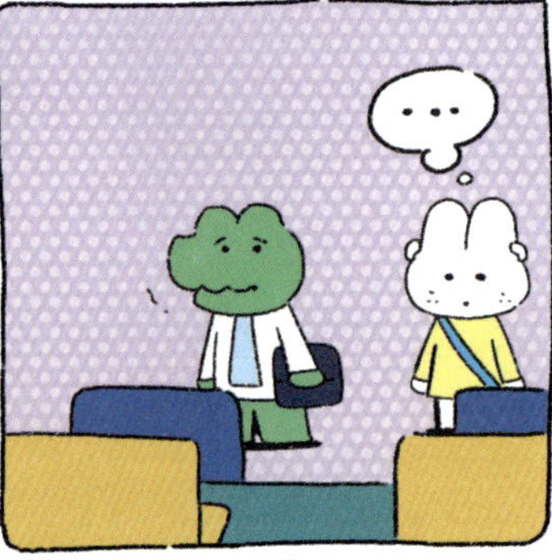

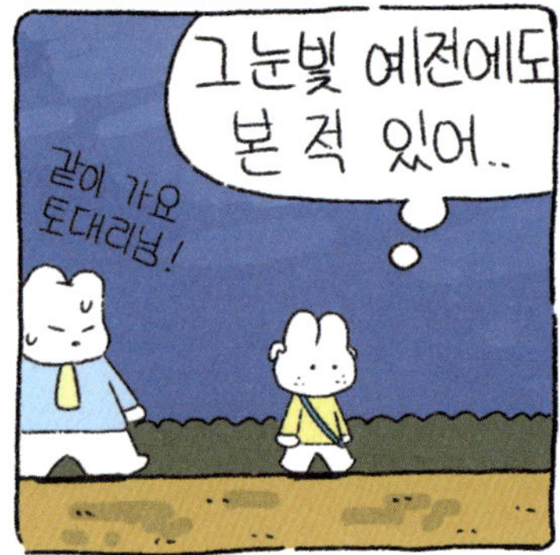

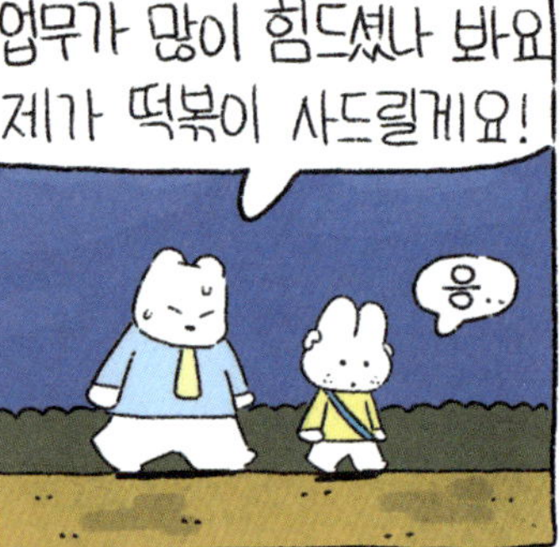

여행 계획

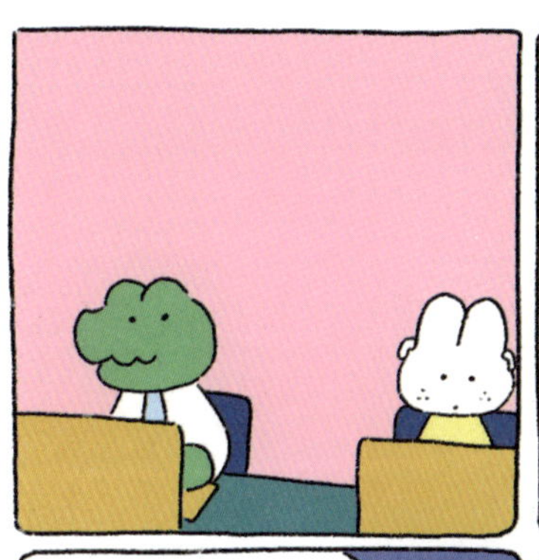

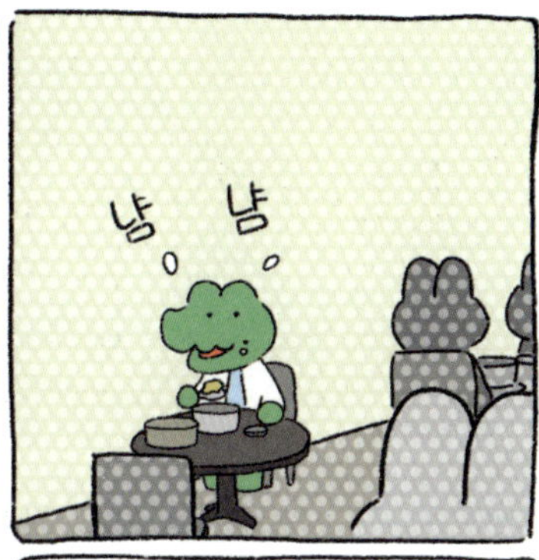

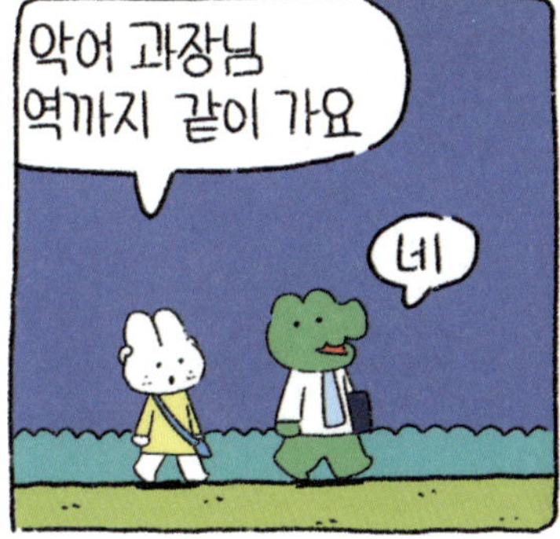

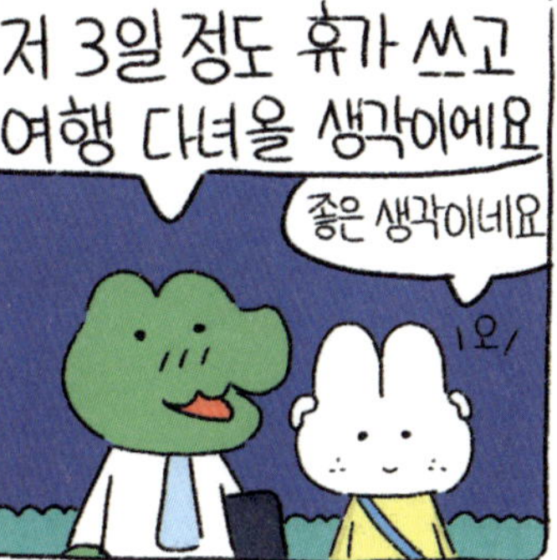

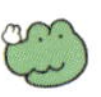

첫 여행 1

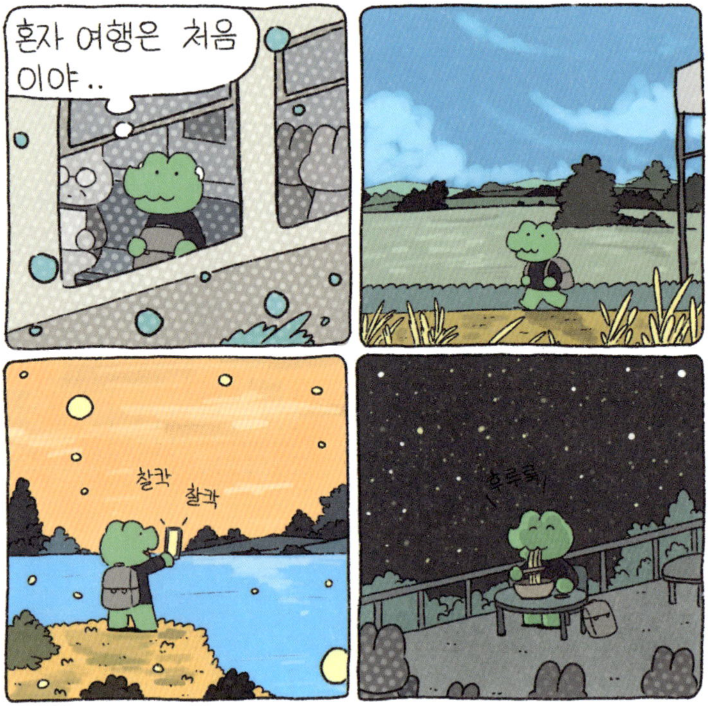

첫 여행 2

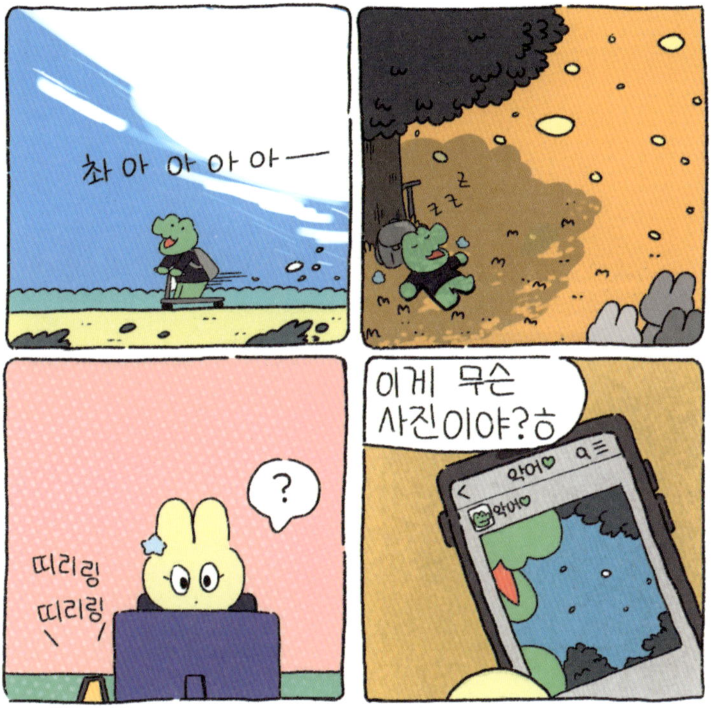

첫 여행 선물

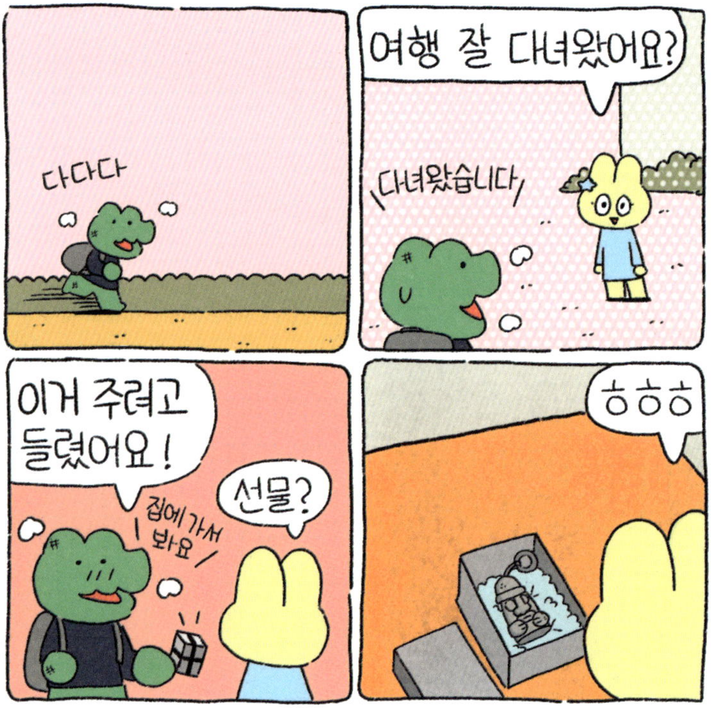

퇴사하는 사람들

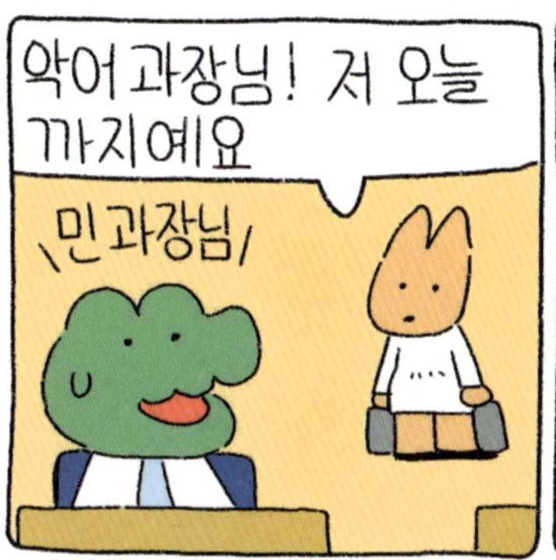
악어과장님! 저 오늘까지예요
민과장님

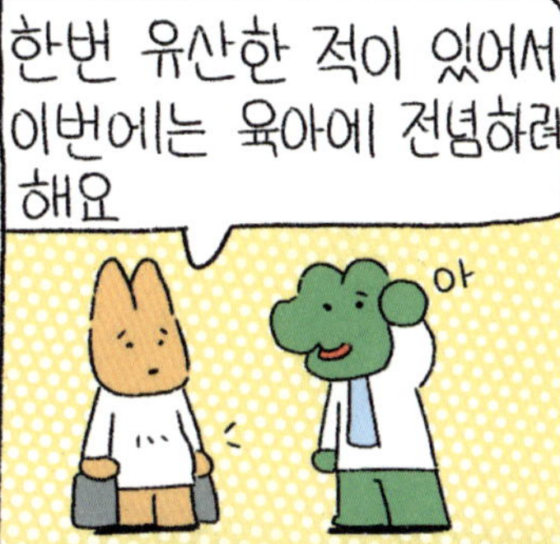
한번 유산한 적이 있어서 이번에는 육아에 전념하려 해요
아

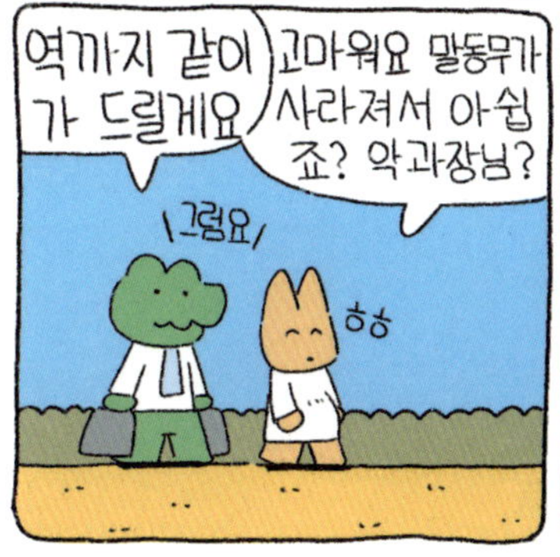
역까지 같이 가 드릴게요
고마워요 말동무가 사라져서 아쉽죠? 악과장님?
그럼요
ㅎㅎ

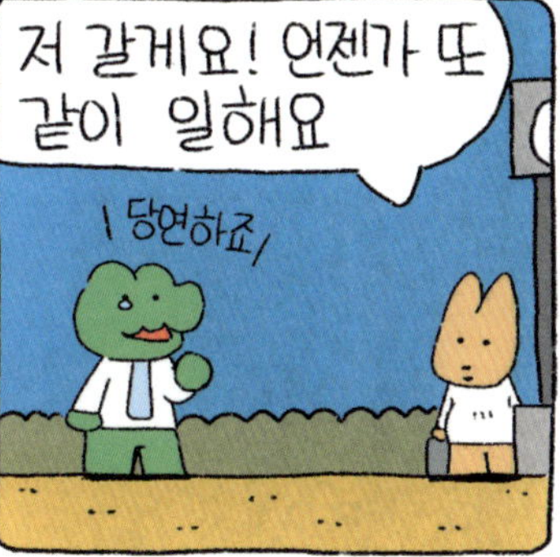
저 갈게요! 언젠가 또 같이 일해요
당연하죠

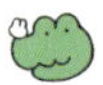

미래를 그리다

일 그만두면 뭐 하고 싶어요?
···
글 쓰는 일을 하고 싶어요
멋져요!
사실은..
직장 생활 이야기부터 그림으로 그리고 싶어요
그림?
그럼 내가 첫 번째 구독자가 될게요

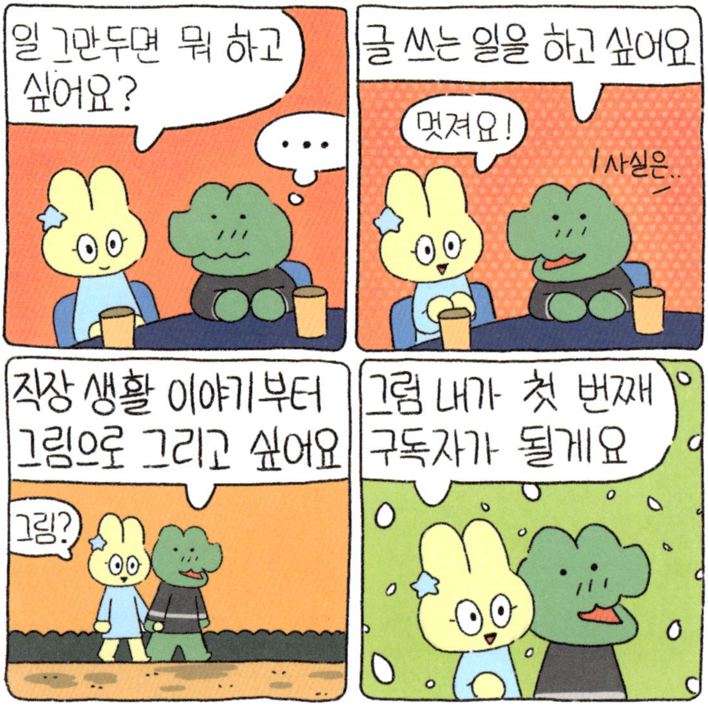

고백

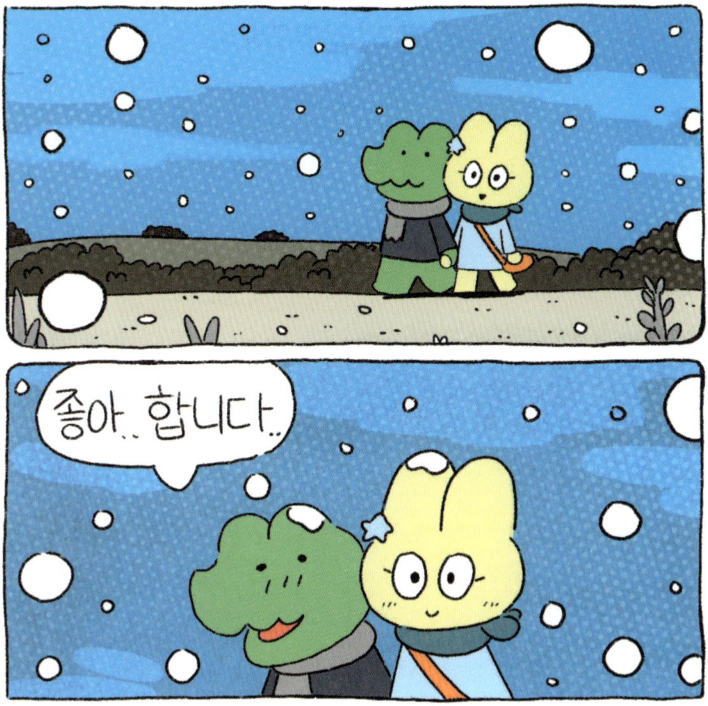

그리고 내일로

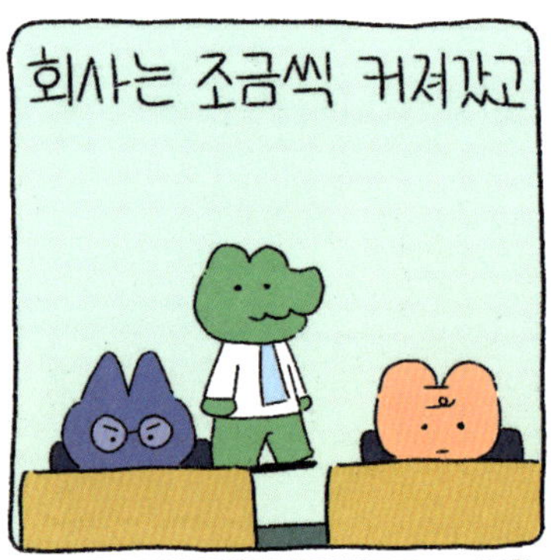

회사는 조금씩 커져갔고

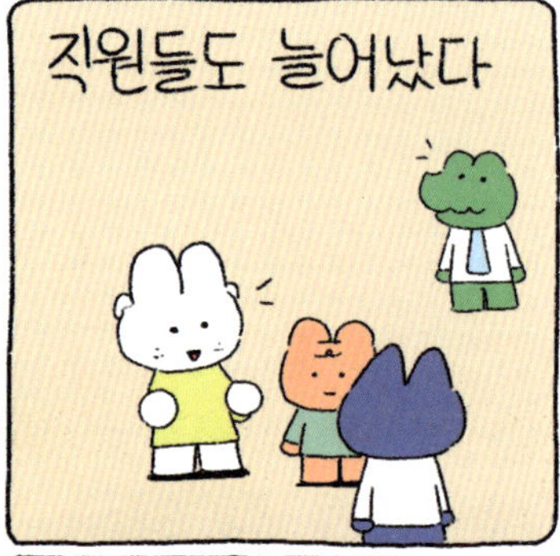

직원들도 늘어났다

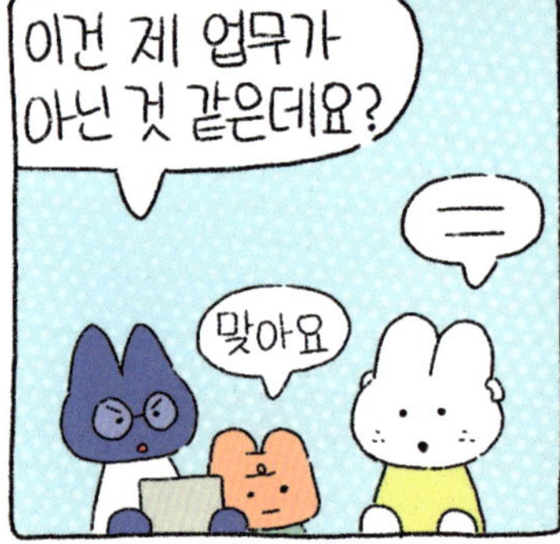

이건 제 업무가
아닌 것 같은데요?
맞아요

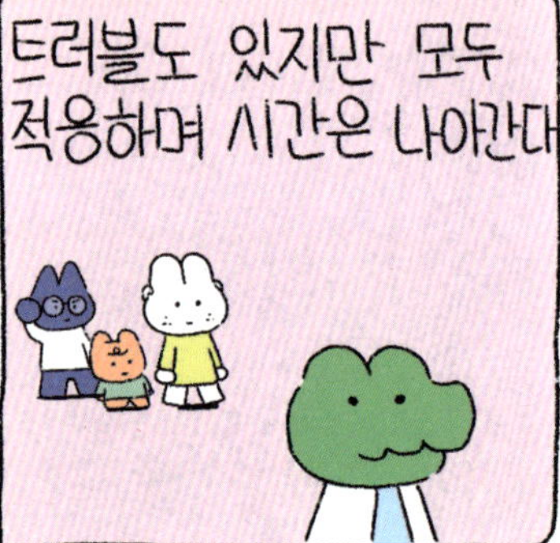

트러블도 있지만 모두
적응하며 시간은 나아간다

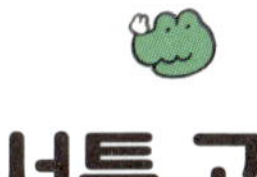

서툰 고백

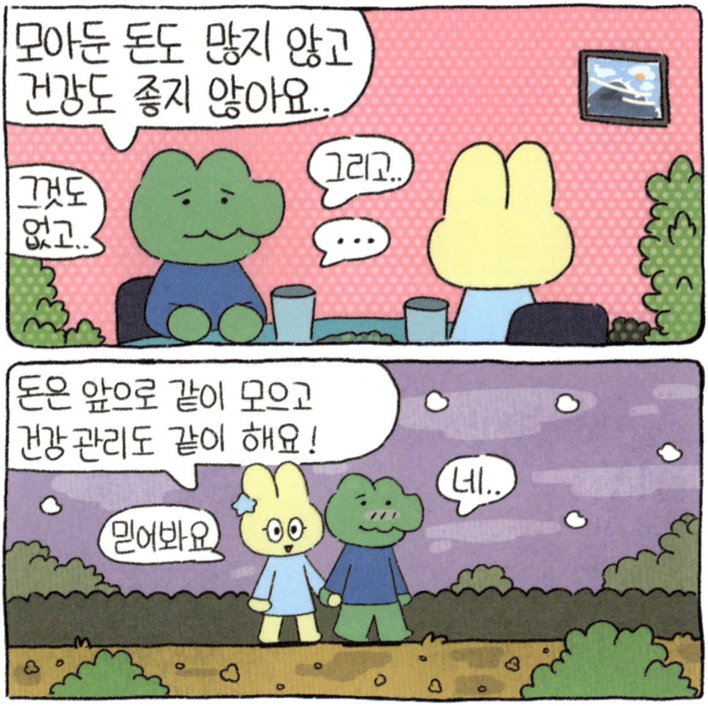

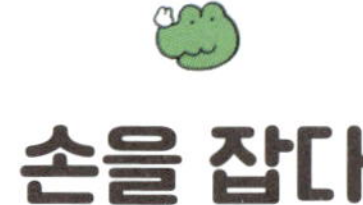

손을 잡다

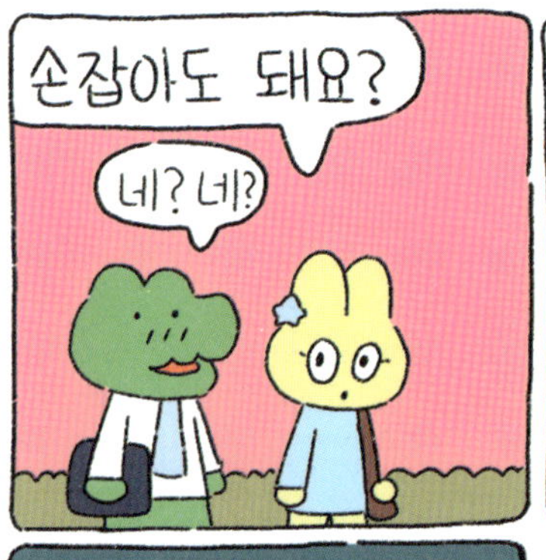

손잡아도 돼요?
네? 네?

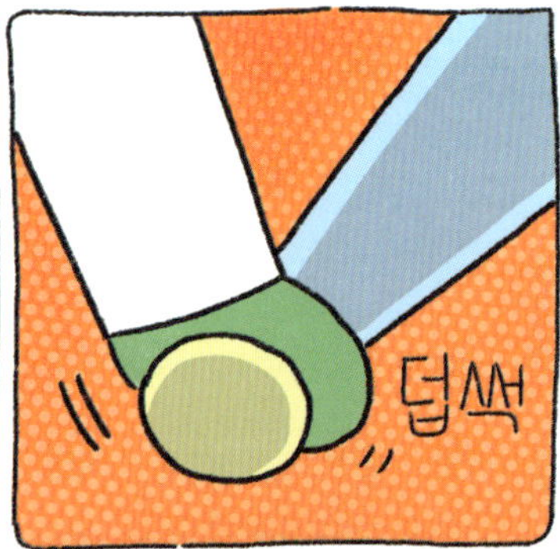

덥썩

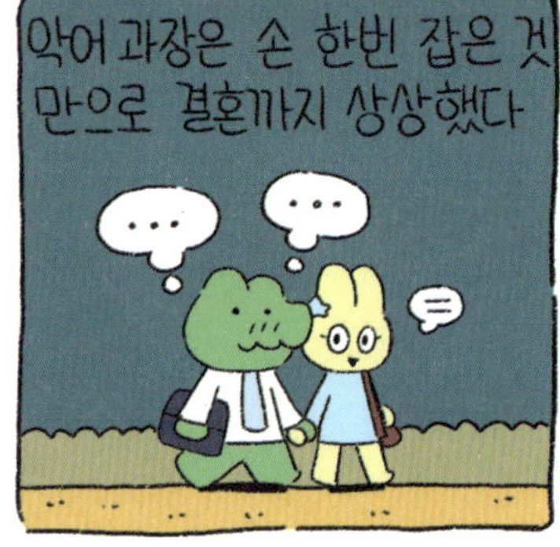

악어 과장은 손 한번 잡은 것
만으로 결혼까지 상상했다

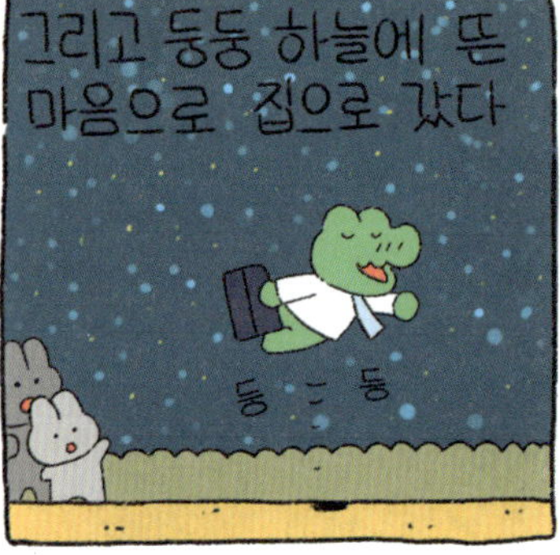

그리고 둥둥 하늘에 뜬
마음으로 집으로 갔다
둥 둥

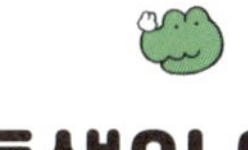

동생의 예감

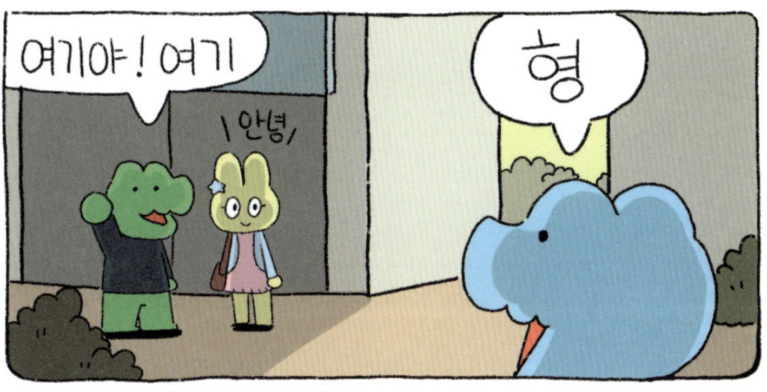

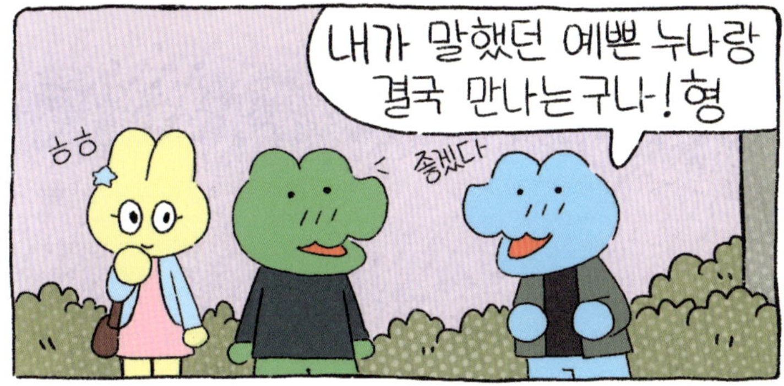

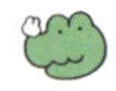

무덤까지 생각하다

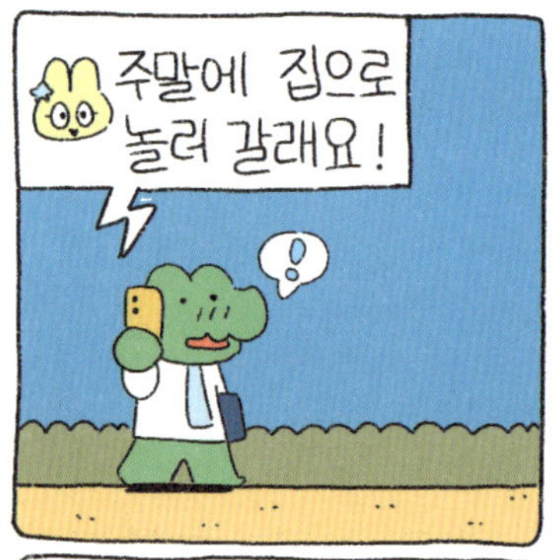

주말에 집으로 놀러 갈래요!

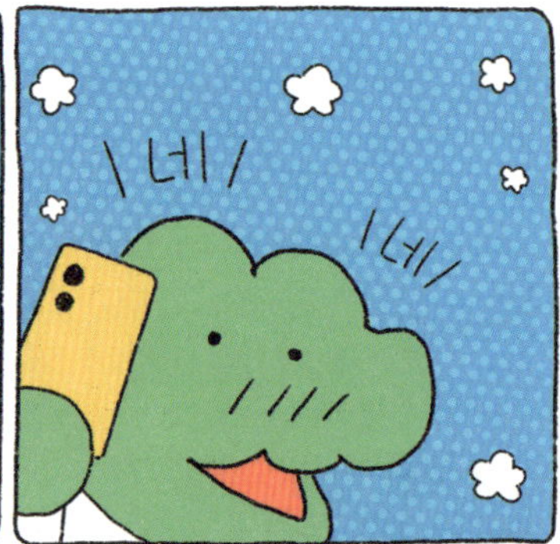

네
네

악어과장은 이미 결혼해서 아이를 낳고 대학까지 보내는 상상을 하며..
...

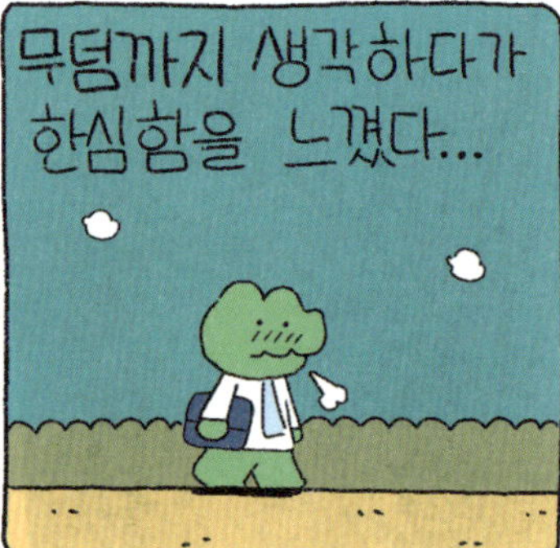

무덤까지 생각하다가 한심함을 느꼈다...

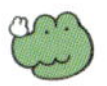

202호 앞에서

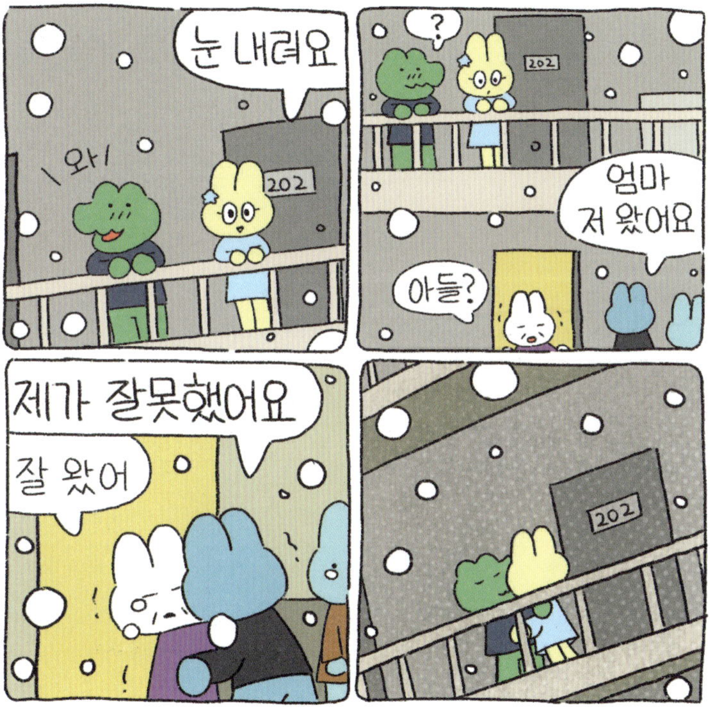

멋진 친구

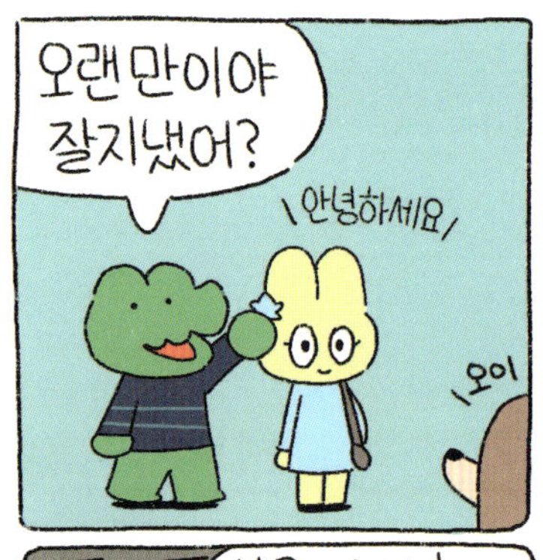

오랜만이야 잘지냈어?
안녕하세요
오이

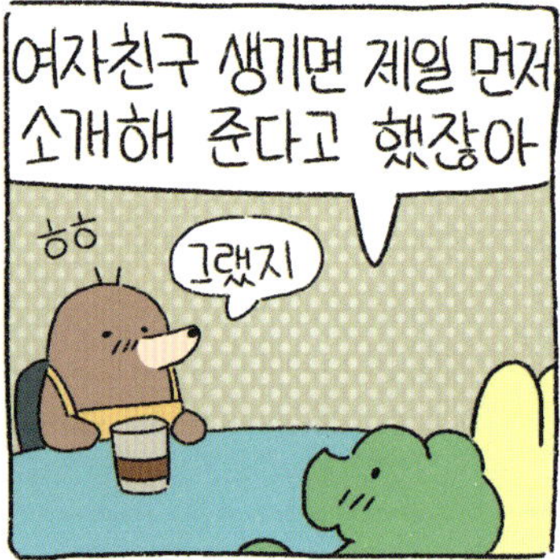

여자친구 생기면 제일 먼저 소개해 준다고 했잖아
흐흐
그랬지

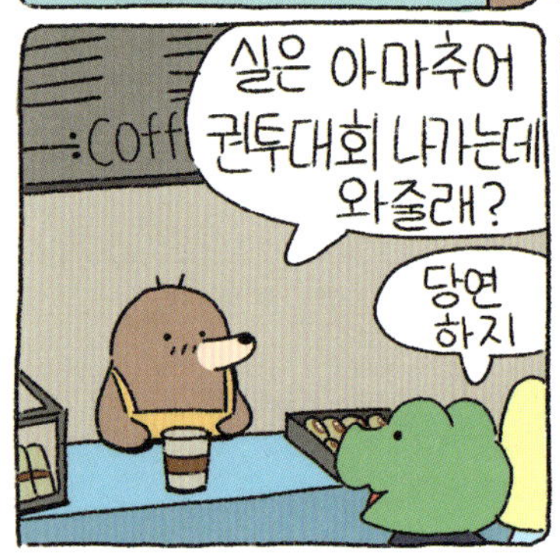

Coff
실은 아마추어 권투대회 나가는데 와줄래?
당연 하지

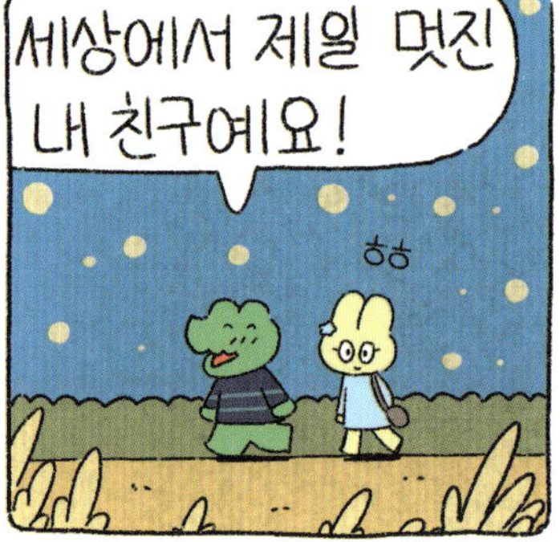

세상에서 제일 멋진 내 친구예요!
흐흐

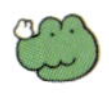

작은 빵

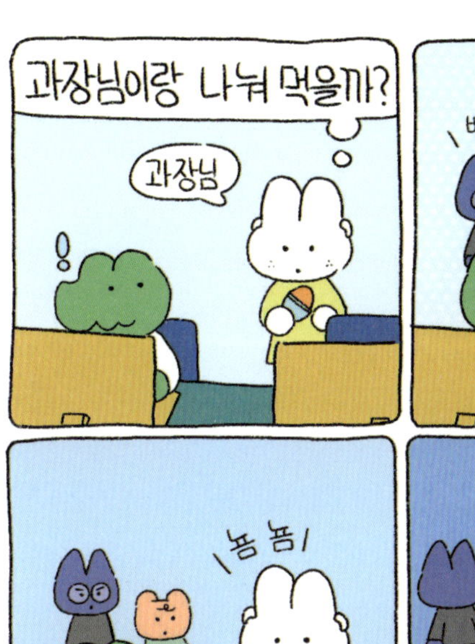

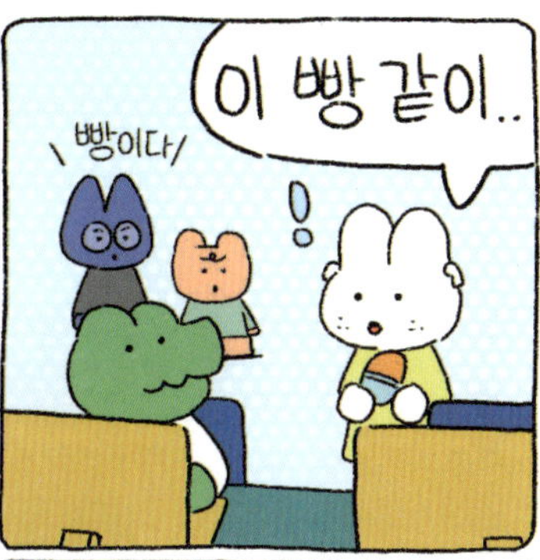

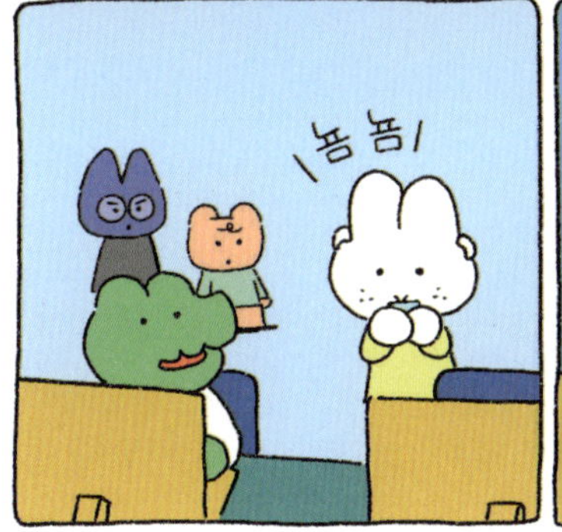

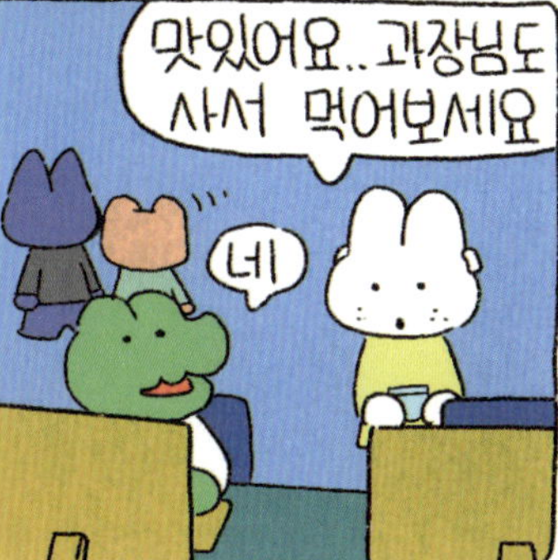

여자 친구의 고백

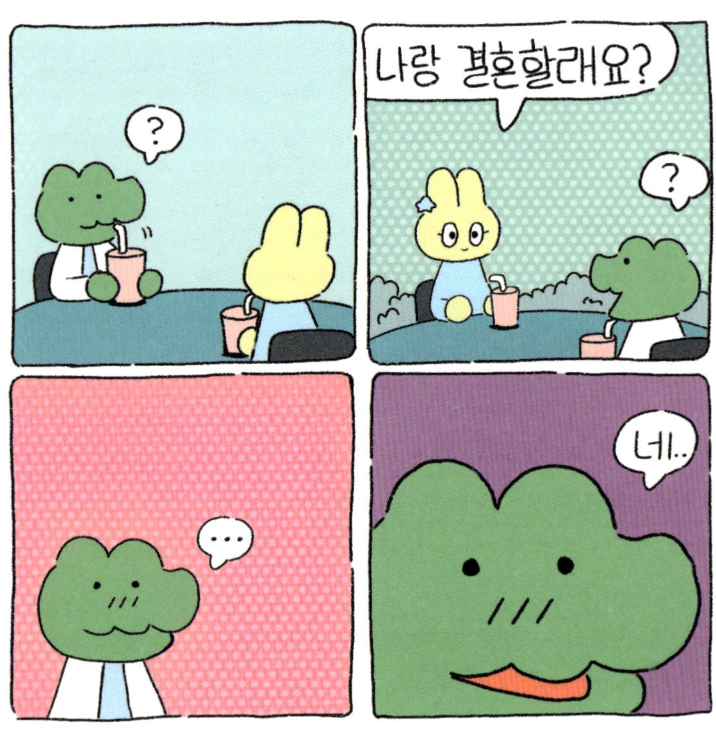

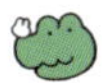

아주 오래된 옛 꿈을 꾸다

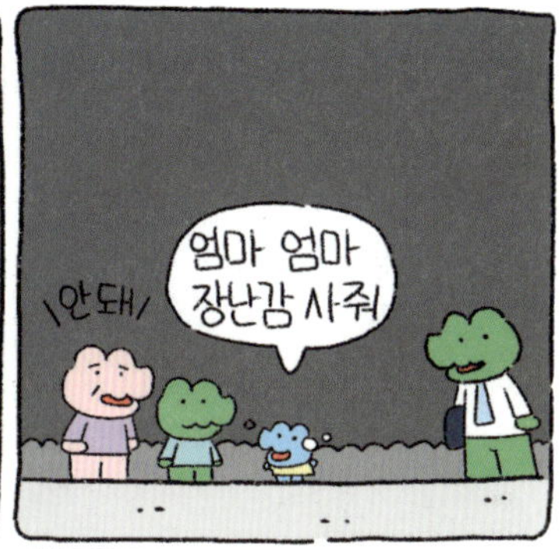

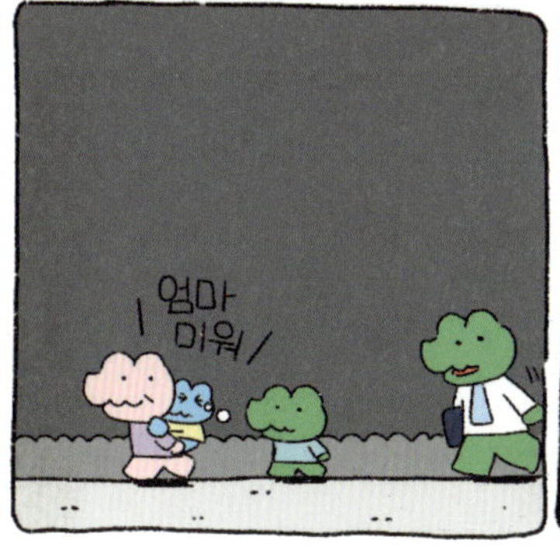

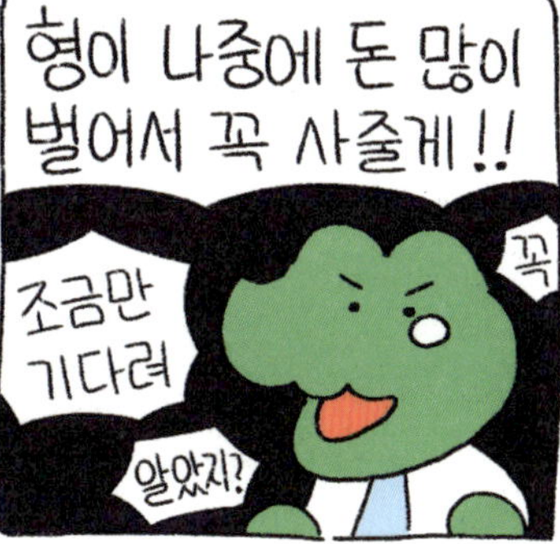

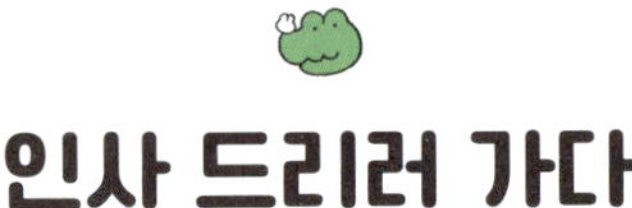

인사 드리러 가다

이번 주말에 부모님께 인사 드리러 가요!
좋아요
혹시 아빠가 화내도 너무 놀라지 말아요
농담
네??
당장 내 집에서 나가!!
죄송합니다

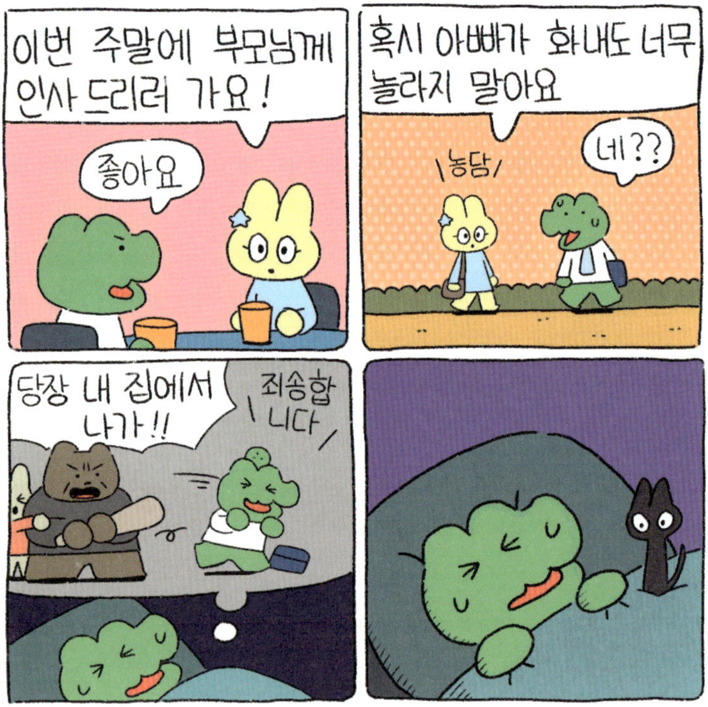

승낙 받지 못하다

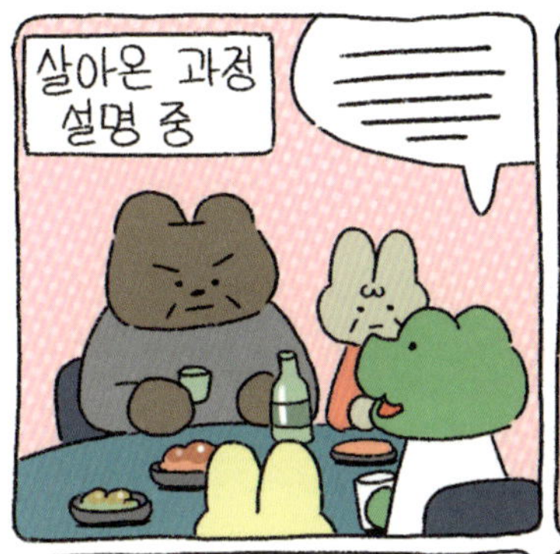

살아온 과정 설명 중

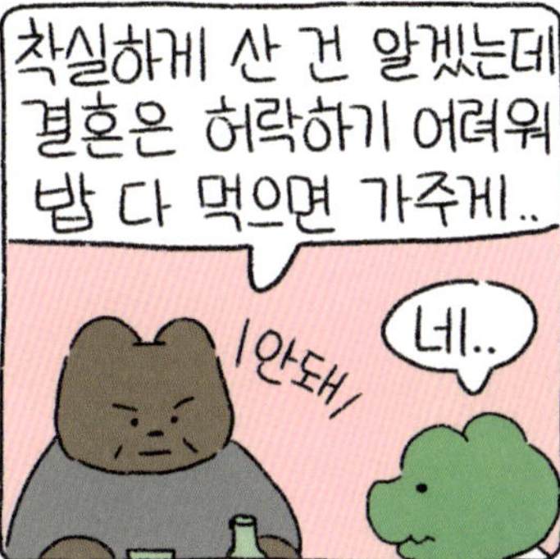

착실하게 산 건 알겠는데 결혼은 허락하기 어려워 밥 다 먹으면 가주게..
안돼
네..

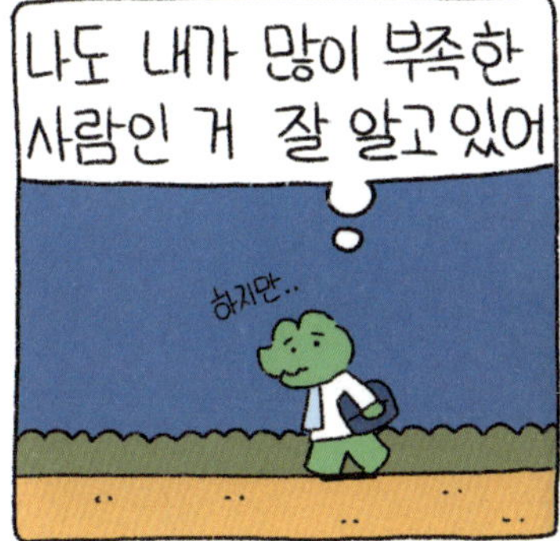

나도 내가 많이 부족한 사람인 거 잘 알고 있어
하지만..

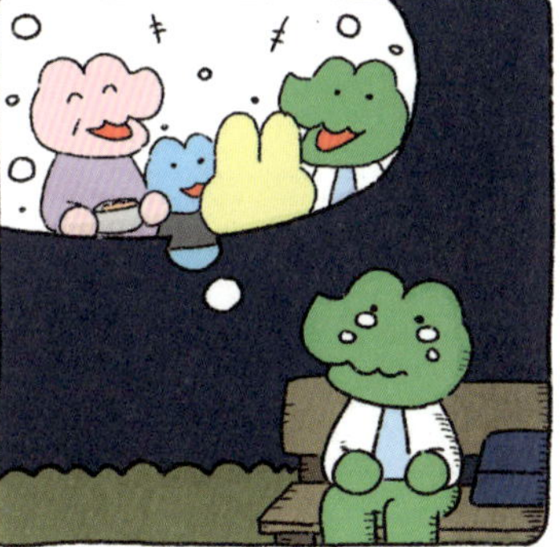

혼자가 아닌 둘이 하는 고민

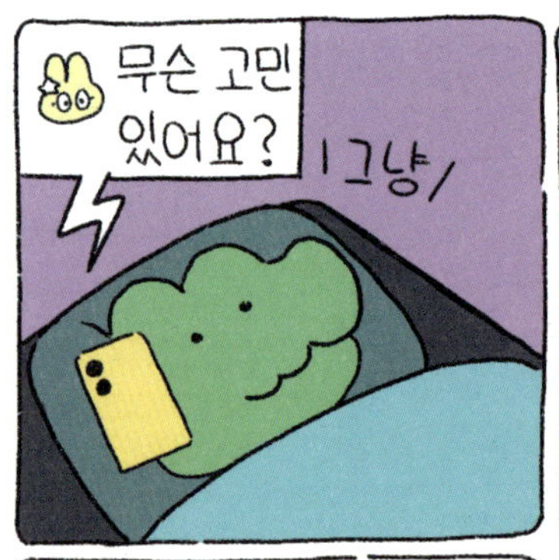

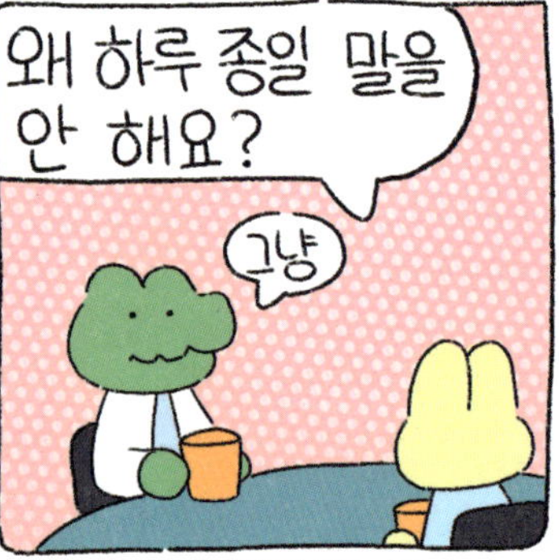

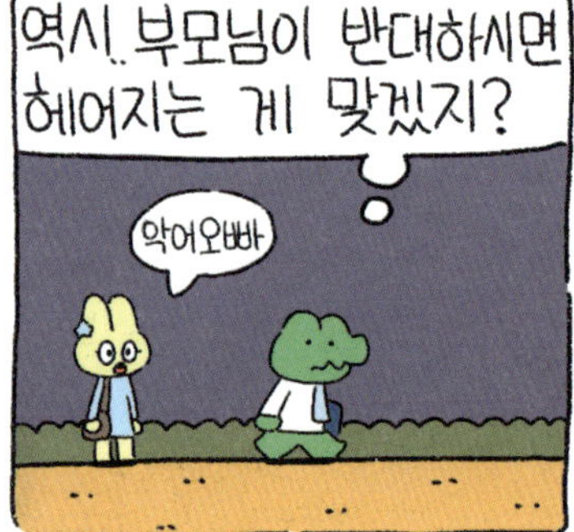

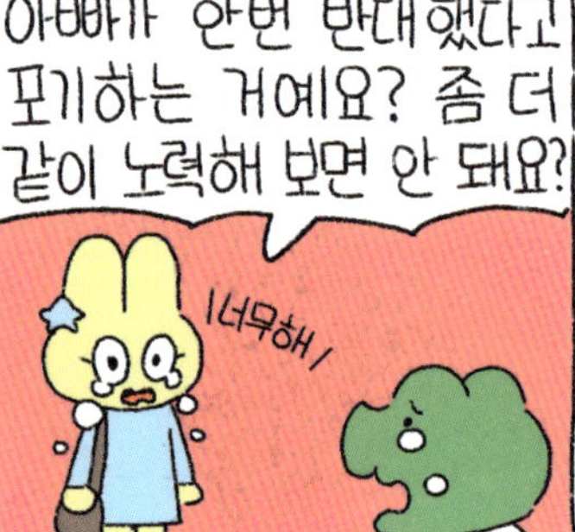

두 번째 도전

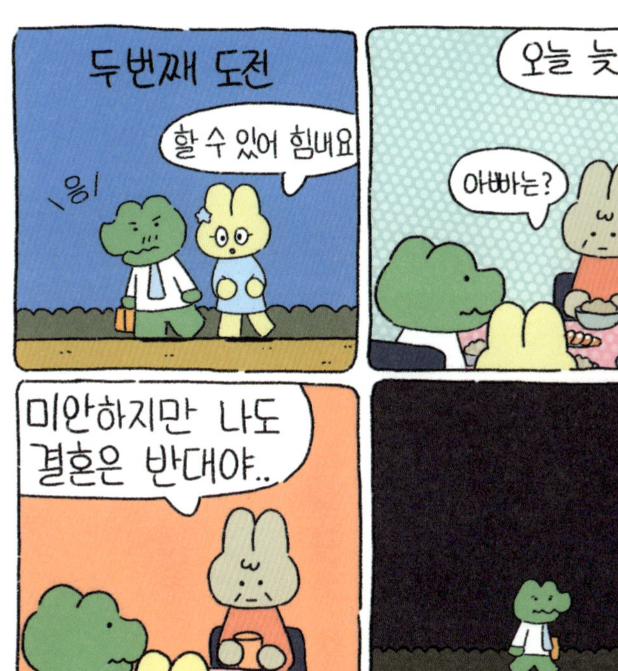

악어과장의 일상

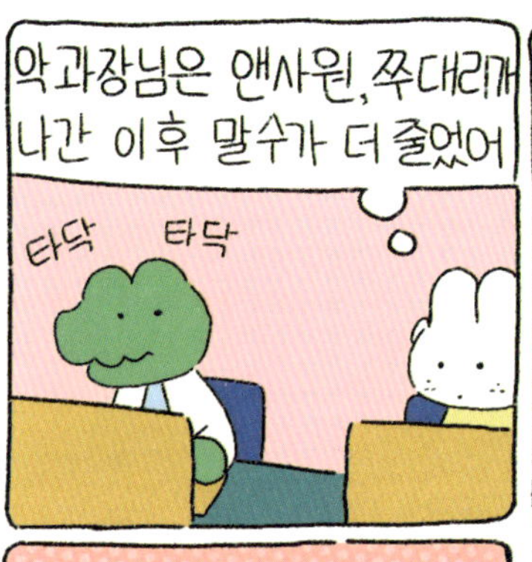

악과장님은 앤사원, 쭈대리께 나간 이후 말수가 더 줄었어
타닥   타닥

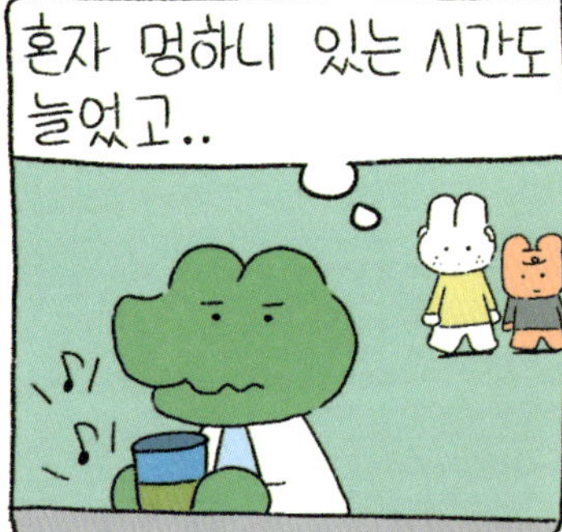

혼자 멍하니 있는 시간도 늘었고..

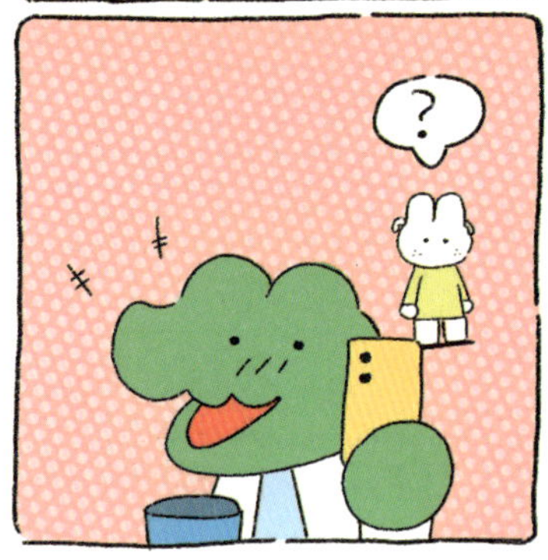

?

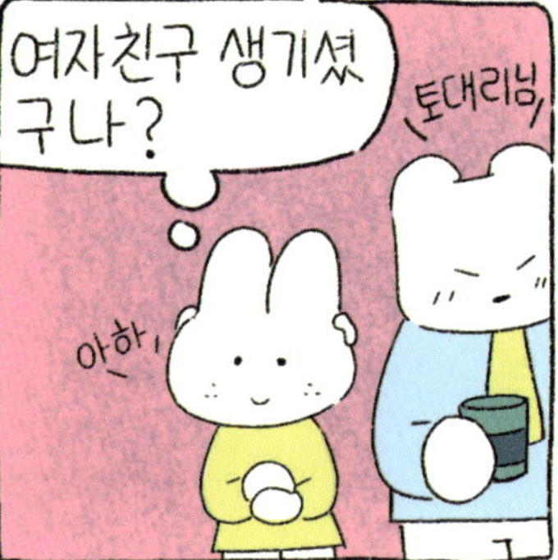

여자친구 생기셨 구나?
토대리님
아하,

무기력하다

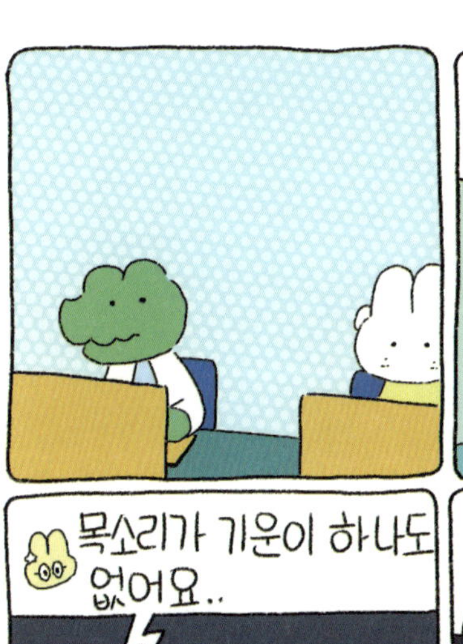

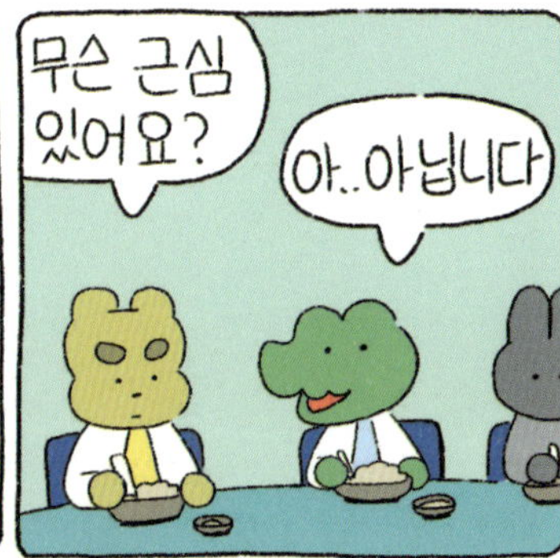

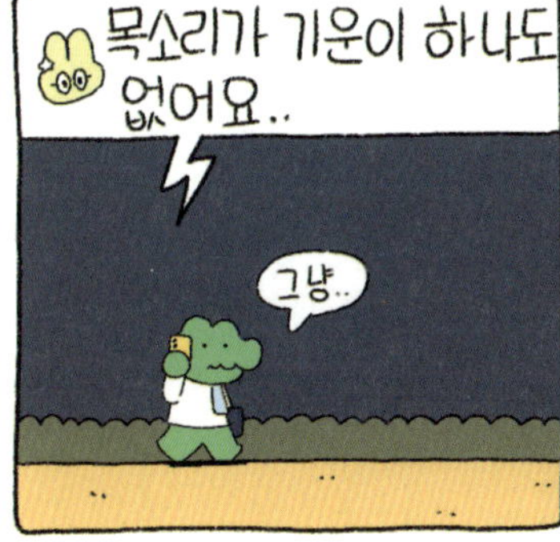

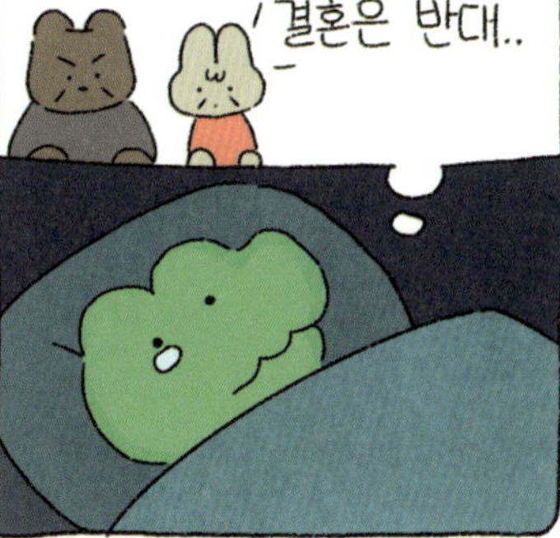

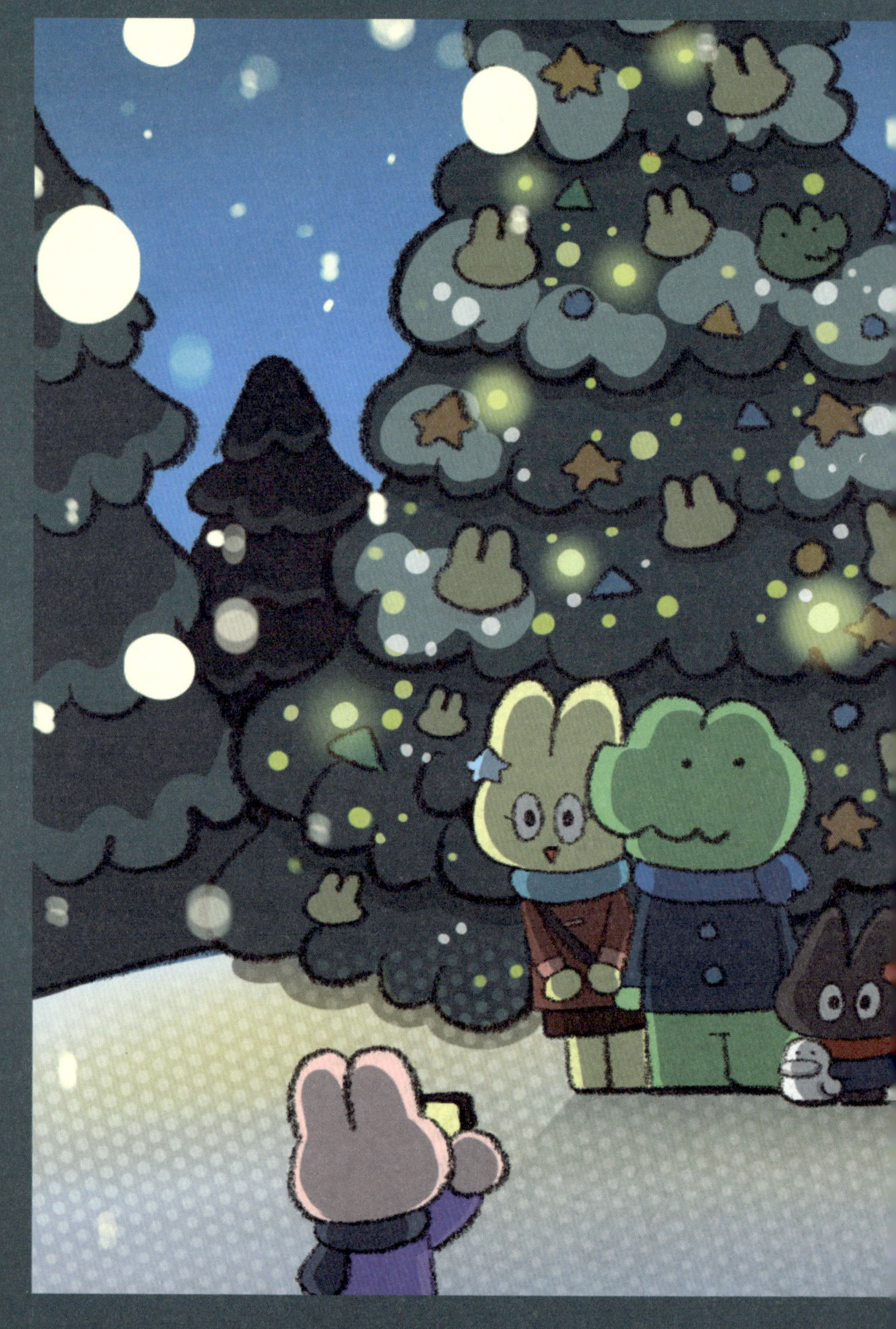

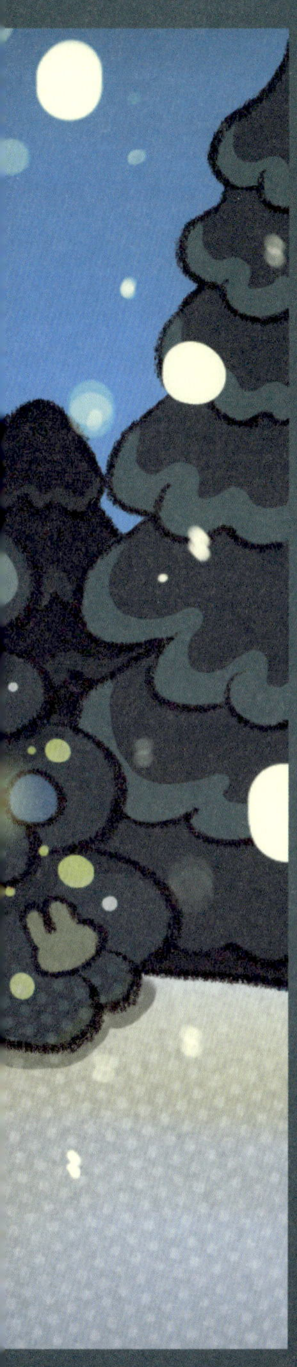

8장

끝과 시작

회사를 그만두면 낭떠러지에
떨어지는 기분일 줄 알았는데
작은 봉우리 같은 성과에서
내려가는 일이었다

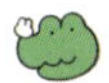

불안한 마음

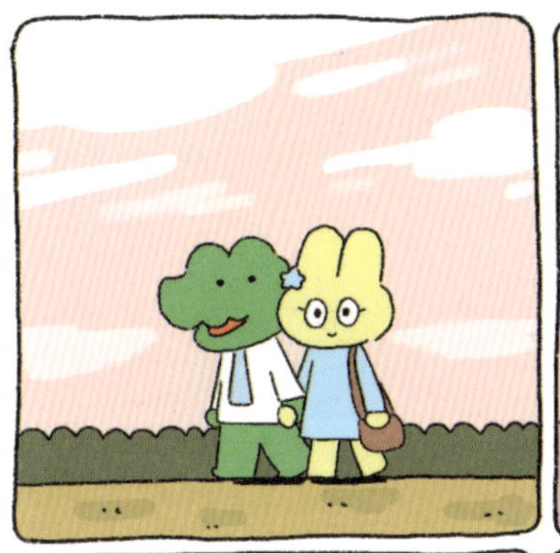

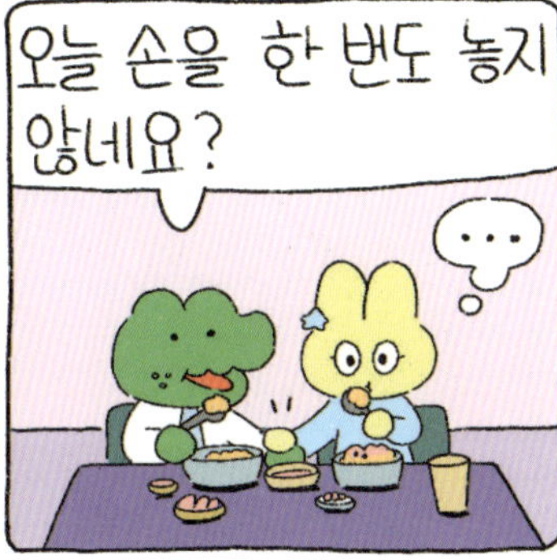

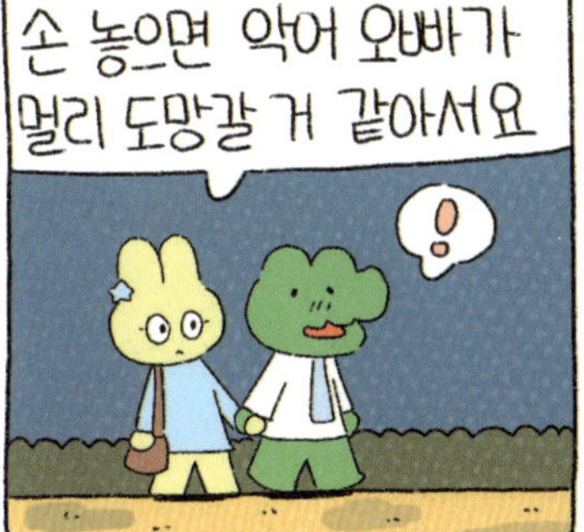

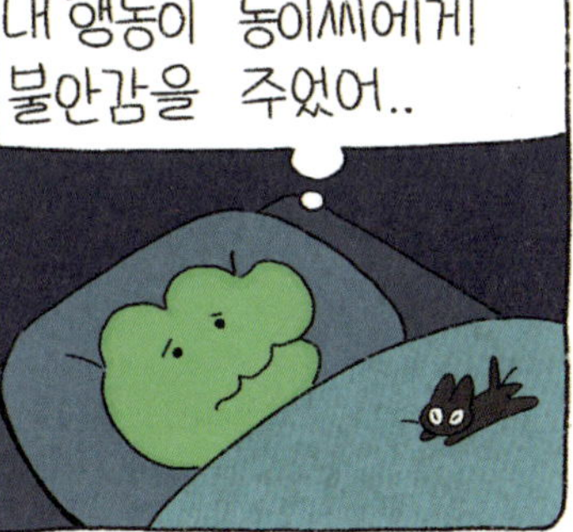

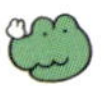

화려하지 않은 고백

오빠 나 한시간만 잘게 깨워줘요
네

Z
Z

?

길동씨
저는 많이 부족한 사람이지만
매일 행복하게 해 줄게요..
이런 나와 결혼해 줄래요?
-악어-

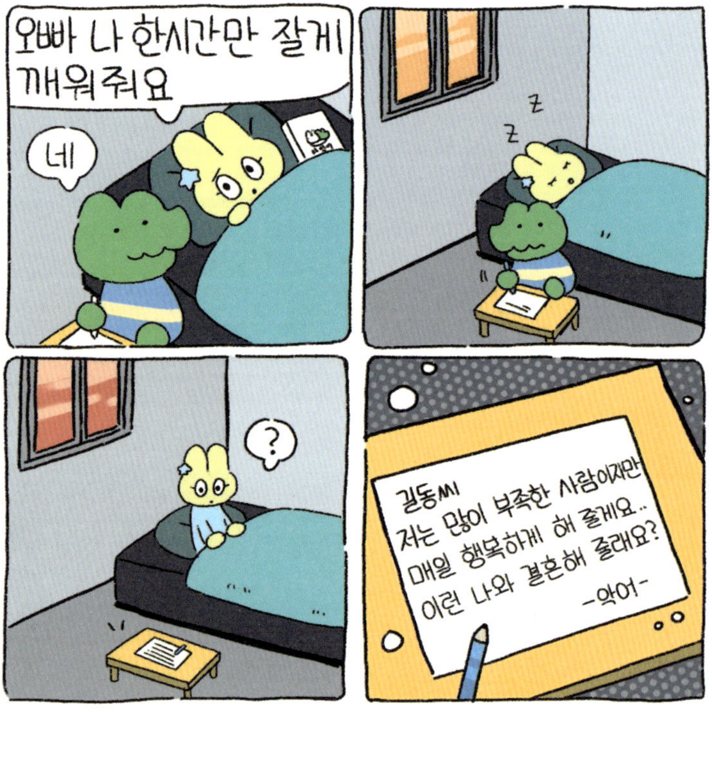

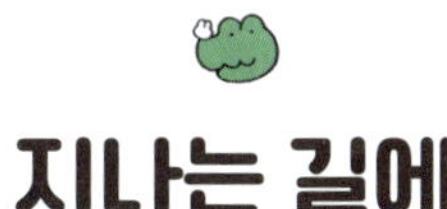

지나는 길에

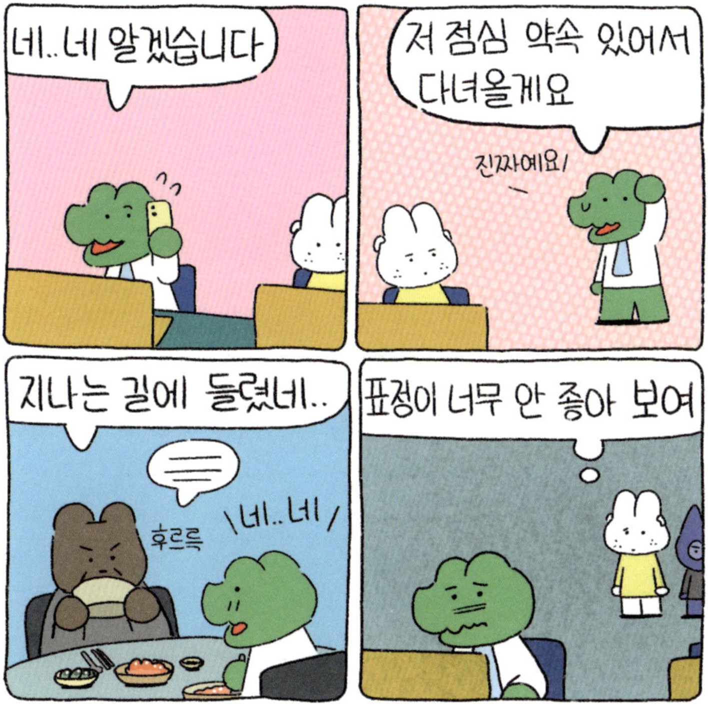

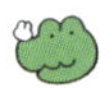

소심한 용기

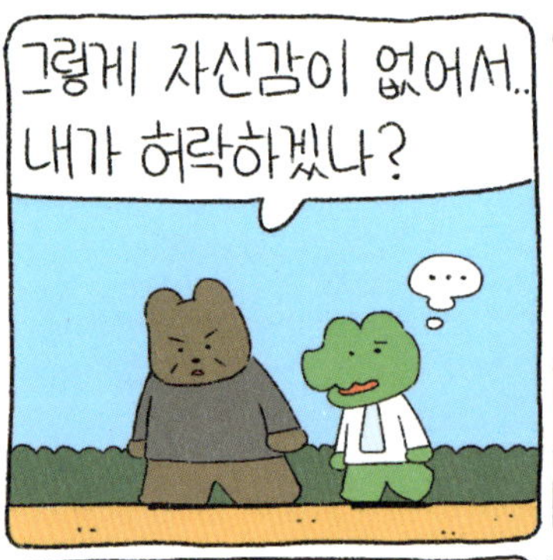

그렇게 자신감이 없어서..
내가 허락하겠나?

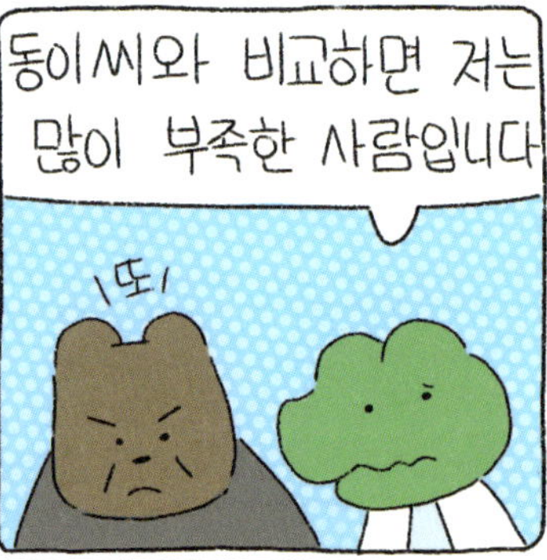

동이씨와 비교하면 저는
많이 부족한 사람입니다
또

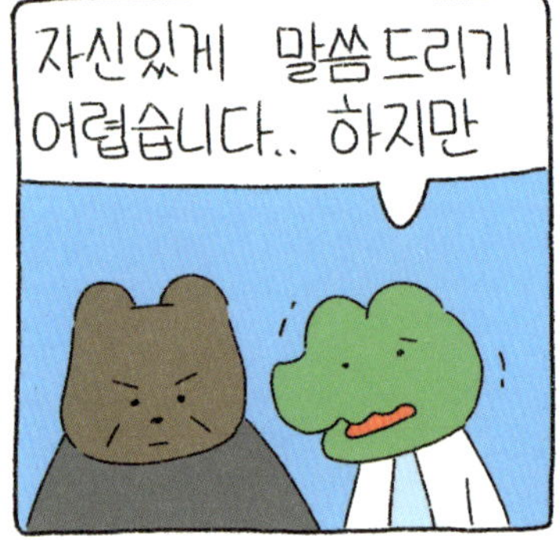

자신있게 말씀드리기
어렵습니다.. 하지만

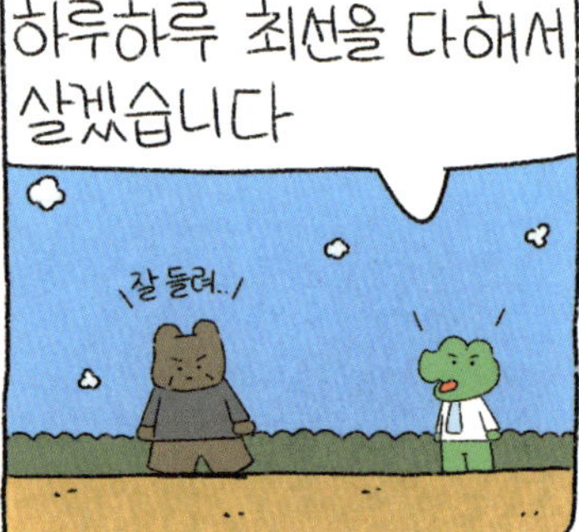

하루하루 최선을 다해서
살겠습니다
잘 들려..

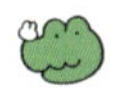

다음 주에도

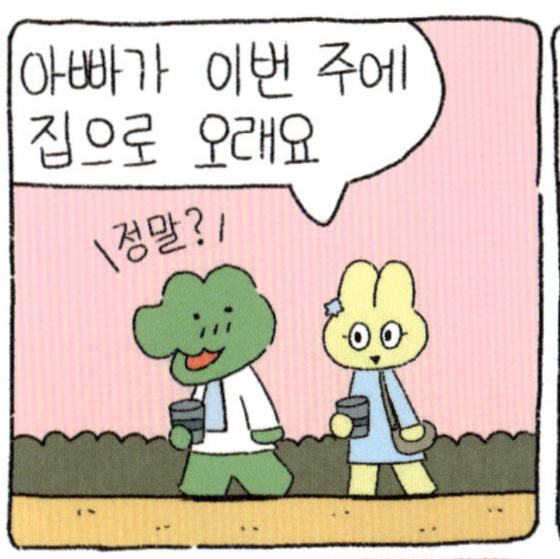

아빠가 이번 주에 집으로 오래요
정말?

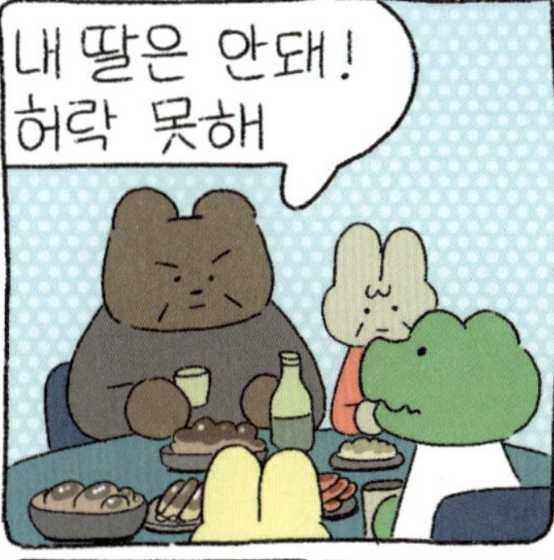

내 딸은 안돼! 허락 못해

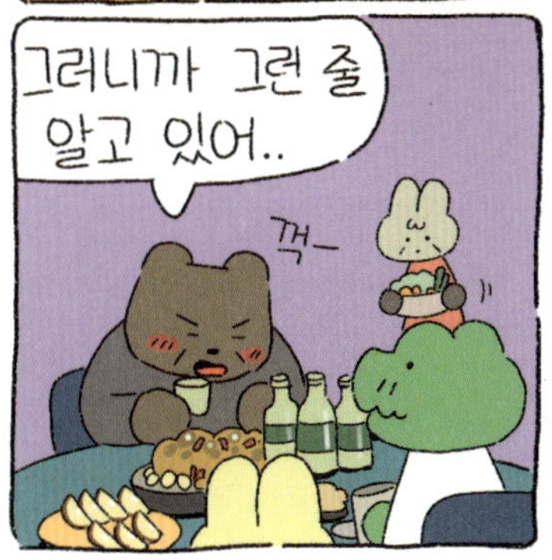

그러니까 그런 줄 알고 있어..
꺽—

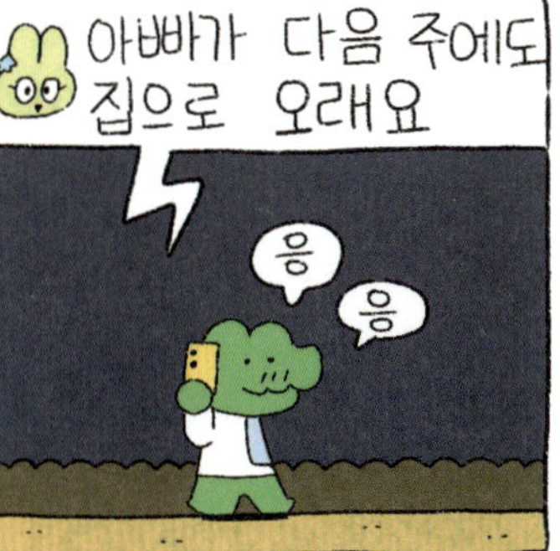

아빠가 다음 주에도 집으로 오래요
응
응

악어대리에게

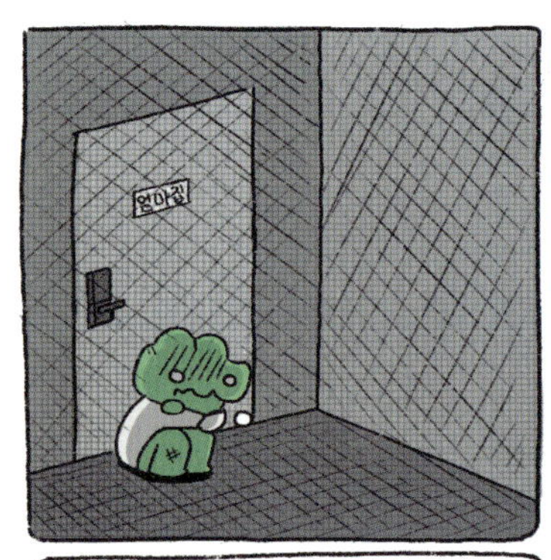

엄마집

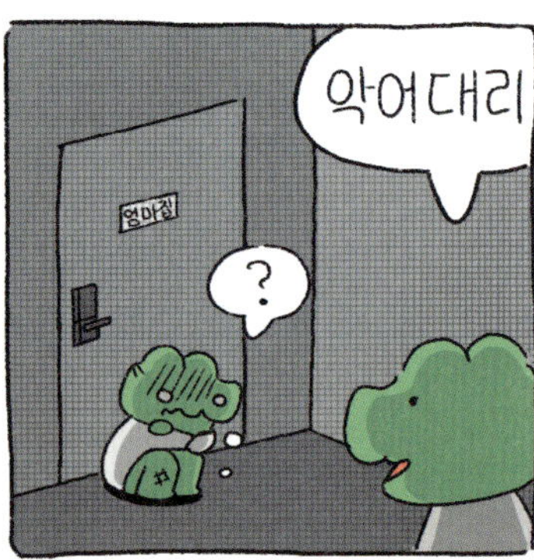

악어대리
엄마집
?

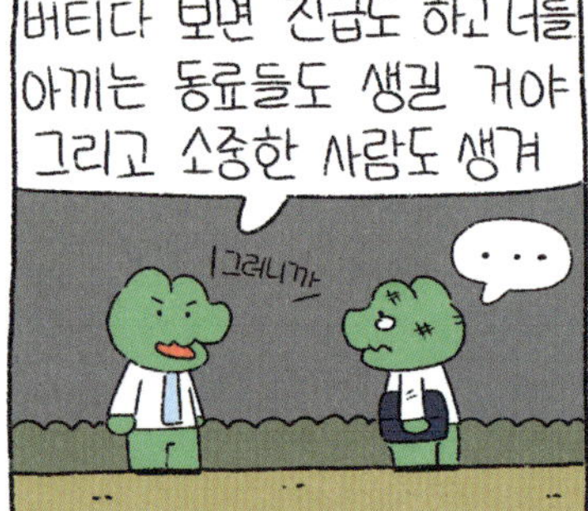

버티다 보면 진급도 하고 너를
아끼는 동료들도 생길 거야
그리고 소중한 사람도 생겨
그러니까
…

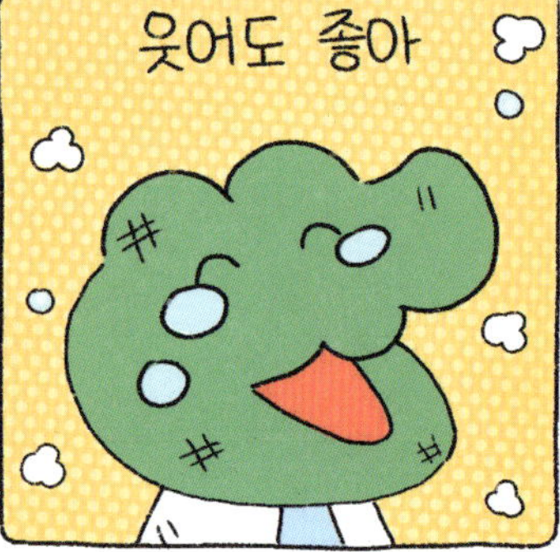

웃어도 좋아

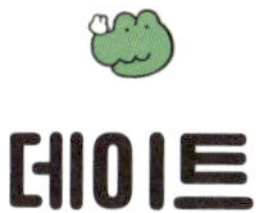

데이트

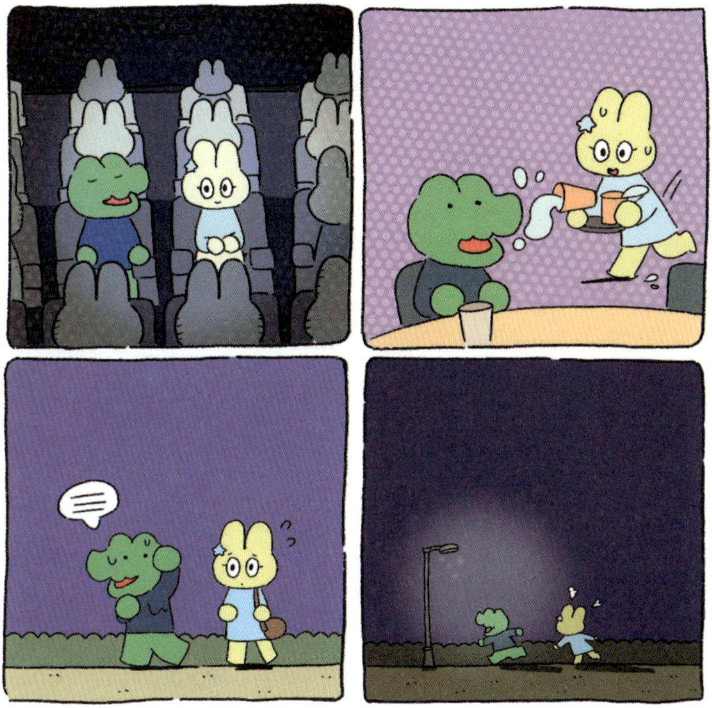

나의 어린 시절에게 소개시키다

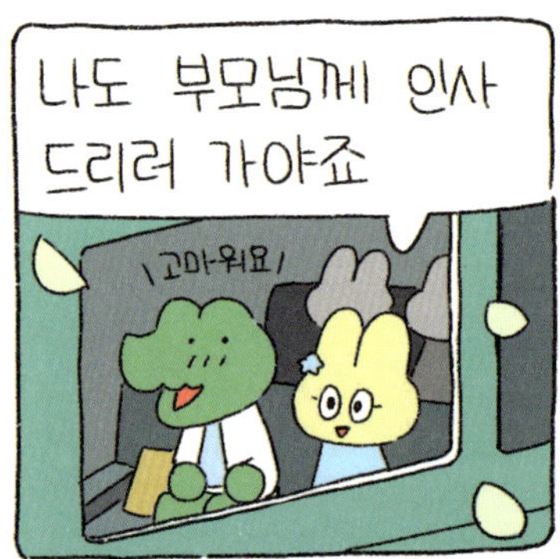

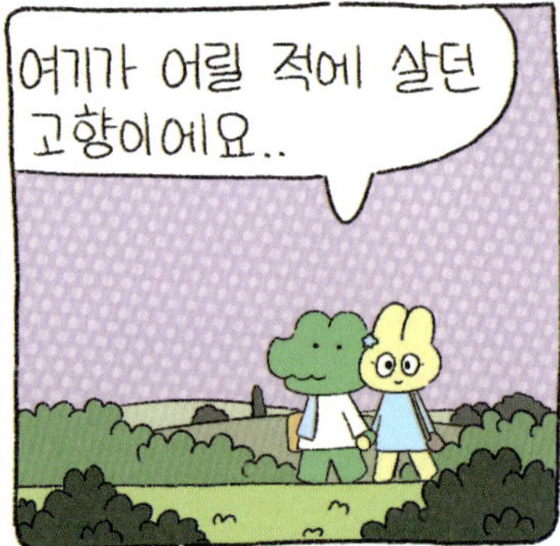

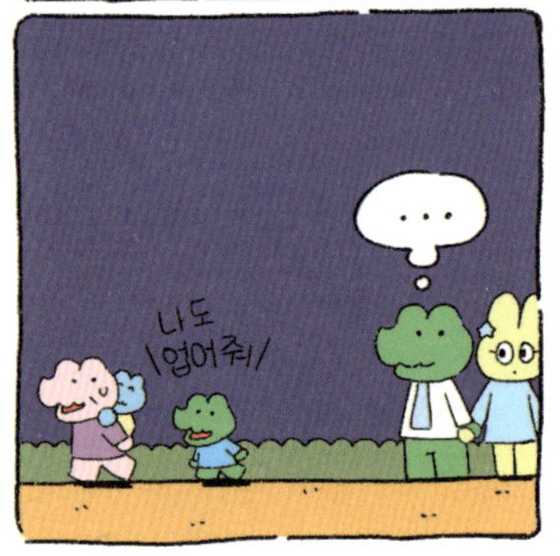

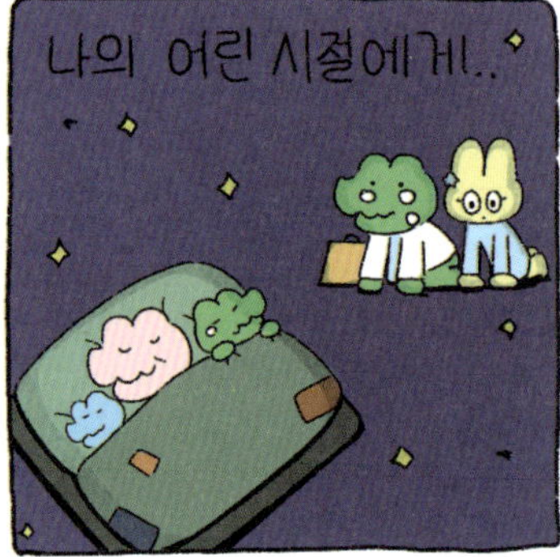

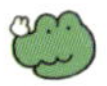

오랜 친구들

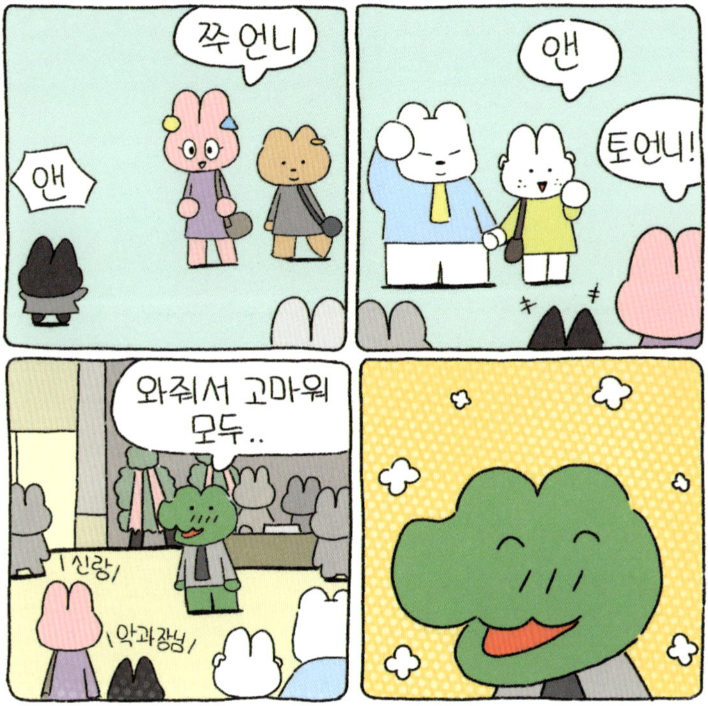

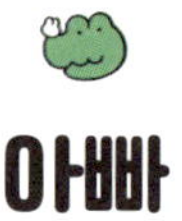

아빠

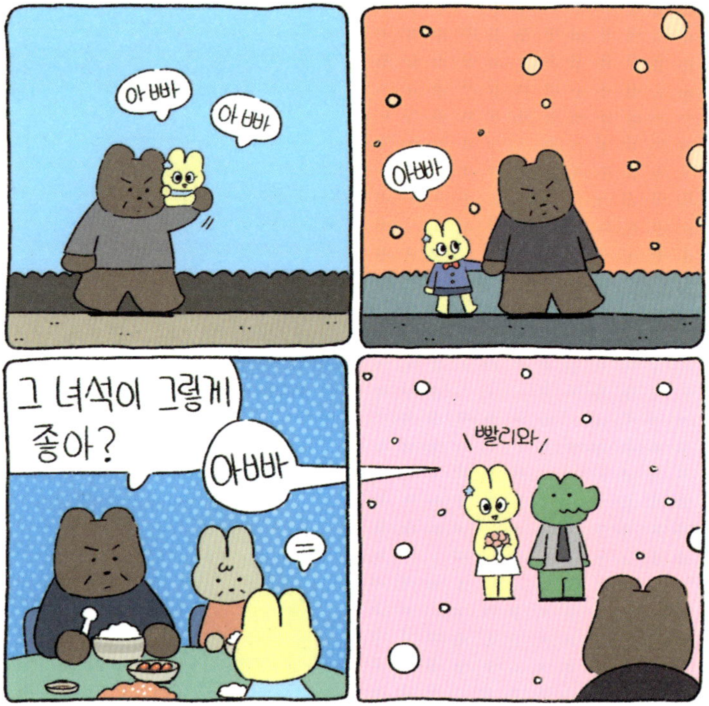

아버지의 눈물

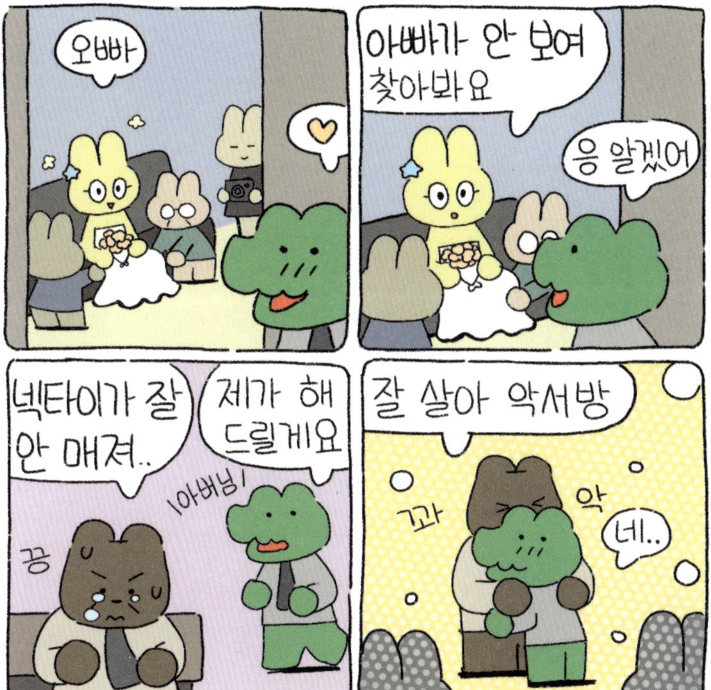

결혼식

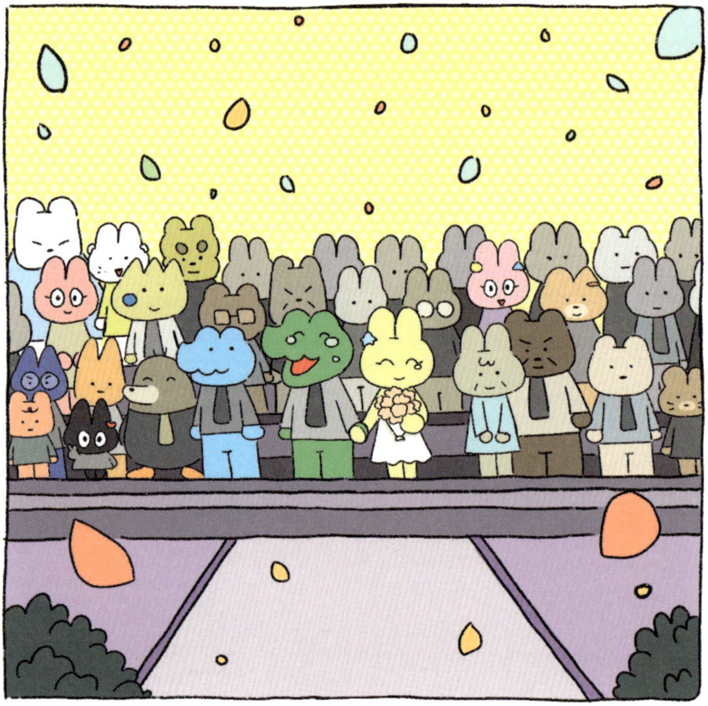

작은 성과

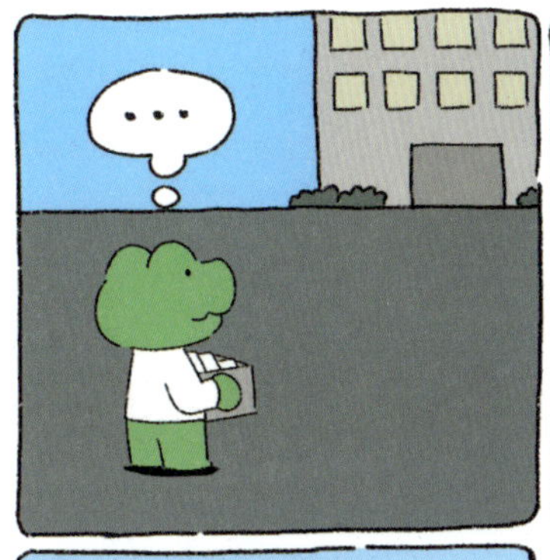
...

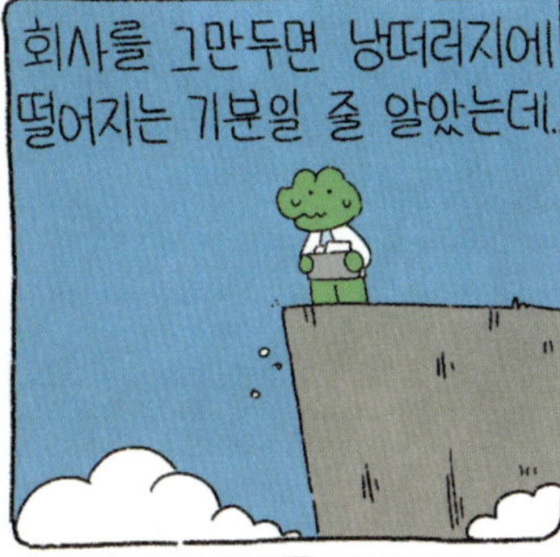
회사를 그만두면 낭떠러지에
떨어지는 기분일 줄 알았는데..

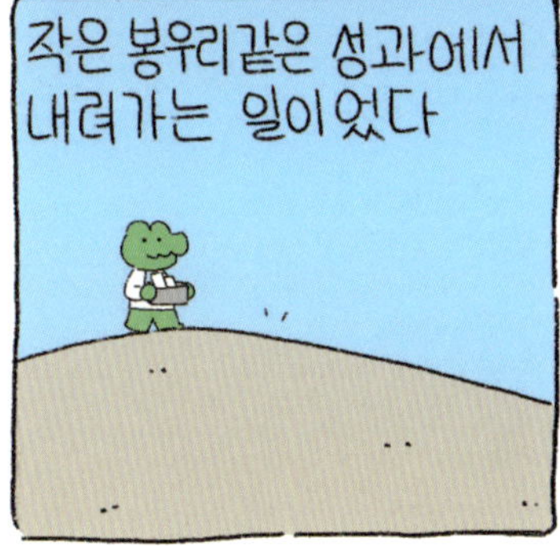
작은 봉우리같은 성과에서
내려가는 일이었다

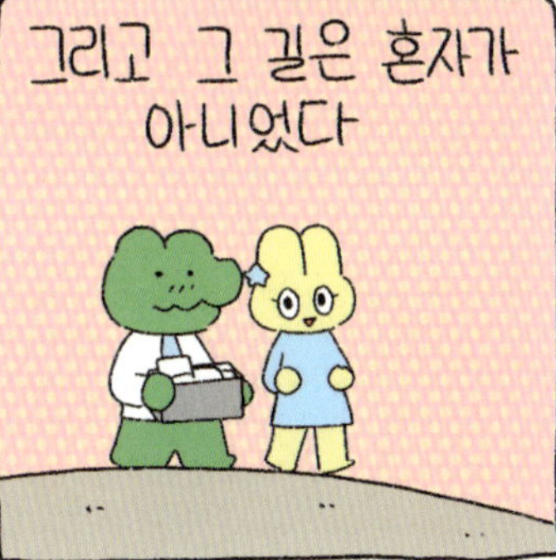
그리고 그 길은 혼자가
아니었다

각자의 자리

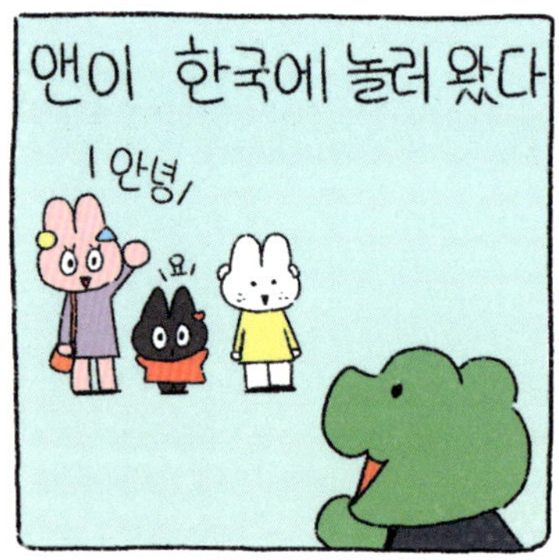

앤이 한국에 놀러 왔다
안녕
요

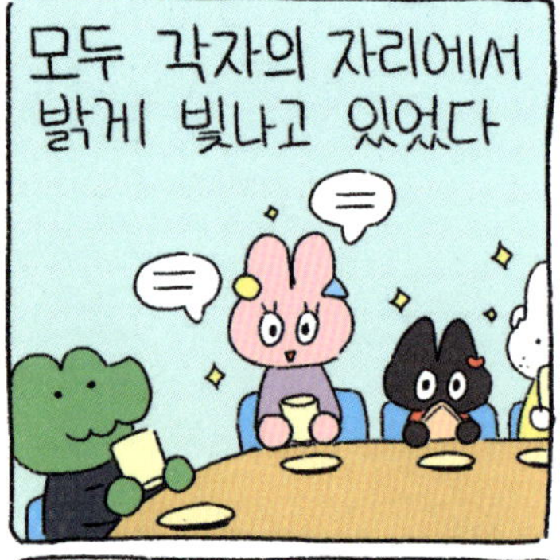

모두 각자의 자리에서 밝게 빛나고 있었다

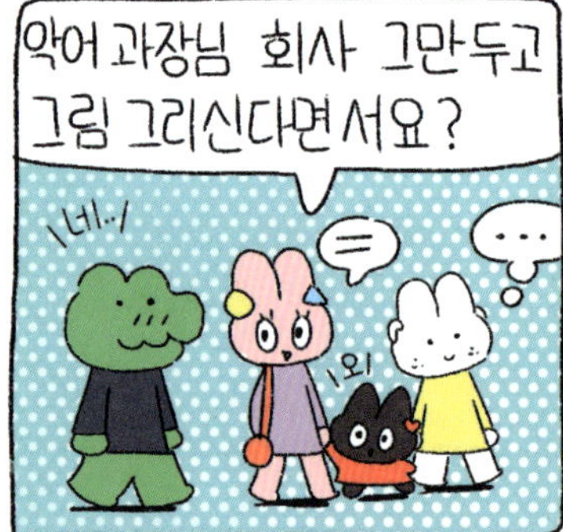

악어 과장님 회사 그만두고 그림 그리신다면서요?
네..
왜

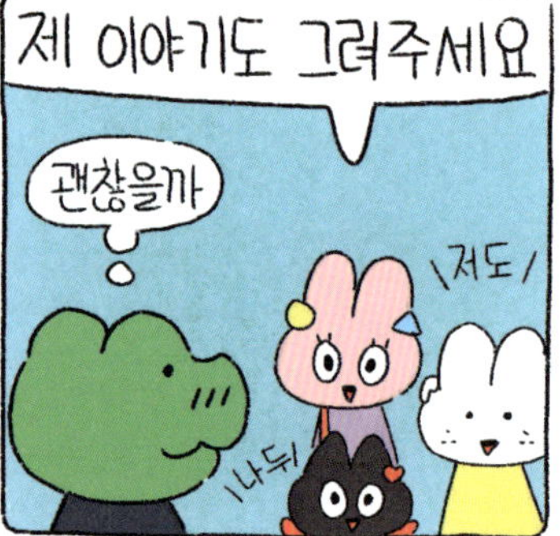

제 이야기도 그려주세요
괜찮을까
저도
나두!

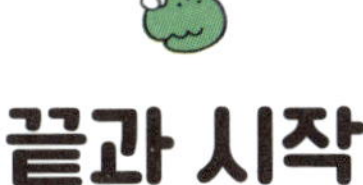

끝과 시작

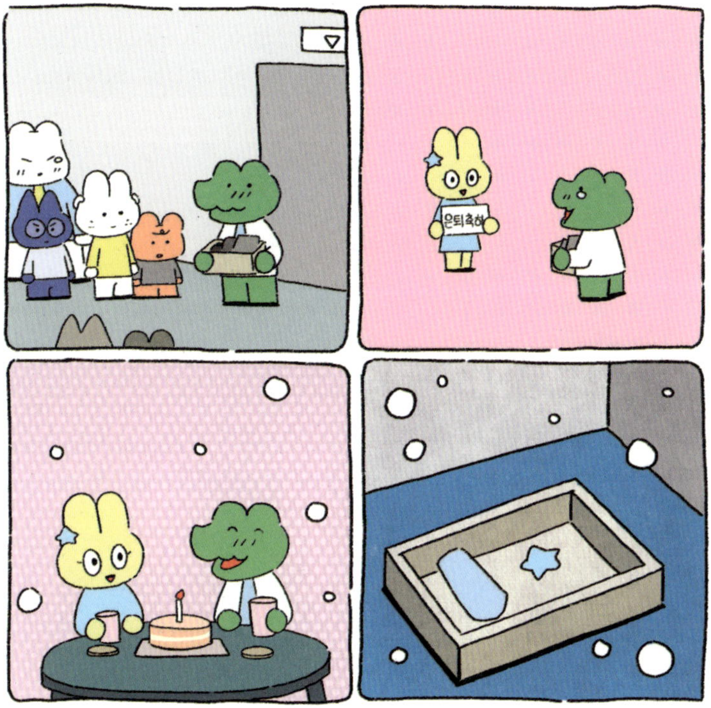

각자의 이야기

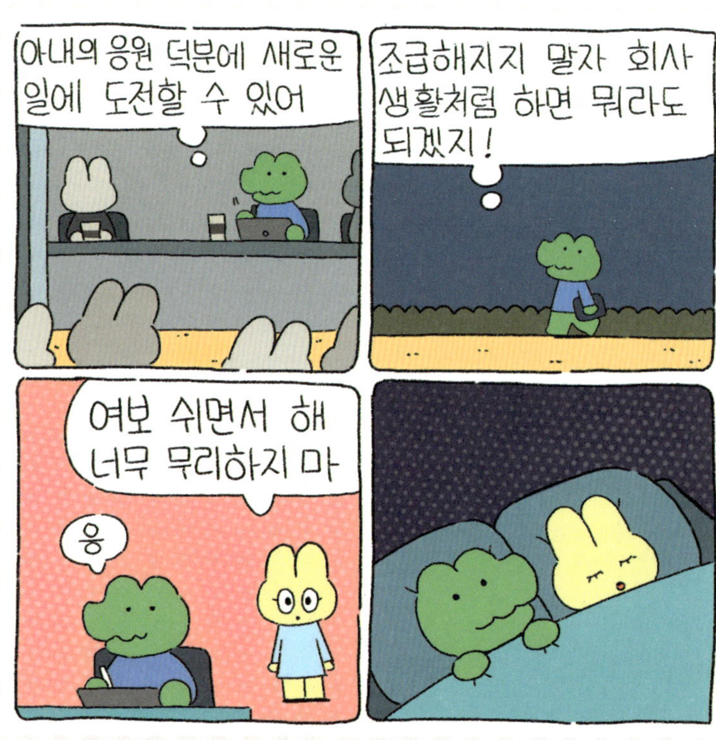
아내의 응원 덕분에 새로운 일에 도전할 수 있어
조급해지지 말자 회사 생활처럼 하면 뭐라도 되겠지!
여보 쉬면서 해 너무 무리하지 마
응

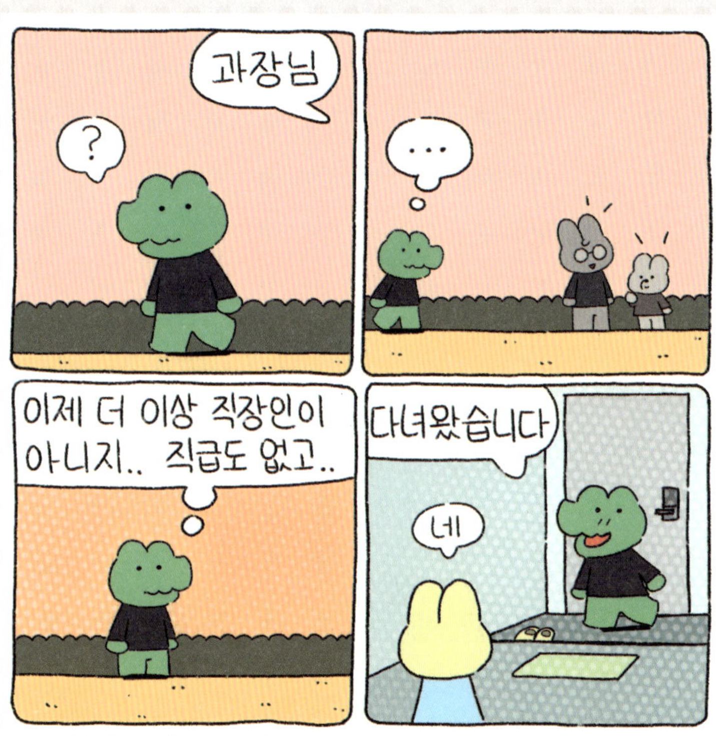

과장님
?
...
이제 더 이상 직장인이
아니지.. 직급도 없고..
다녀왔습니다
네

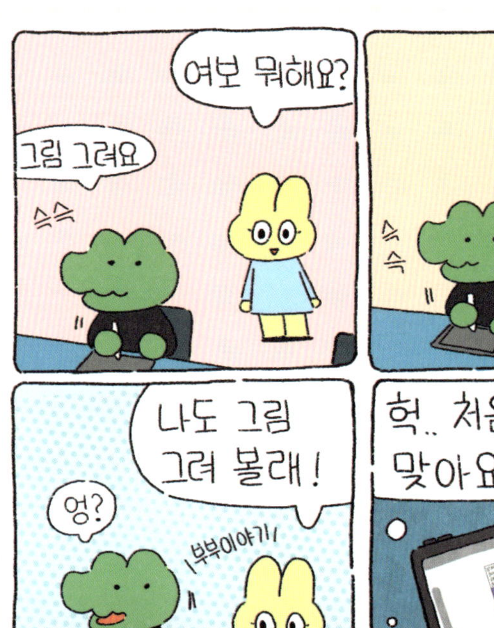
여보 뭐해요?
그림 그려요
쓱쓱
흐음
쓱 쓱
나도 그림 그려 볼래!
엉?
부부이야기
헉.. 처음 그려 본거 맞아요?
응

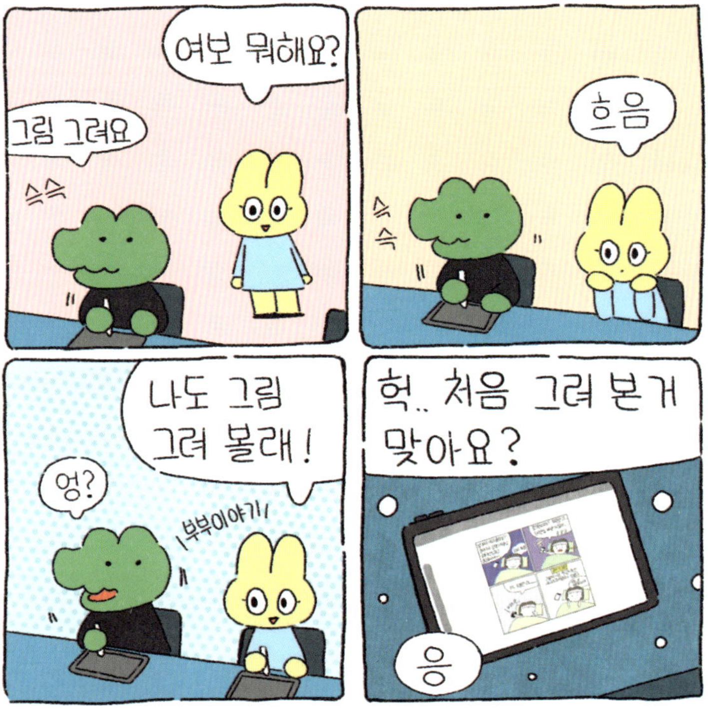

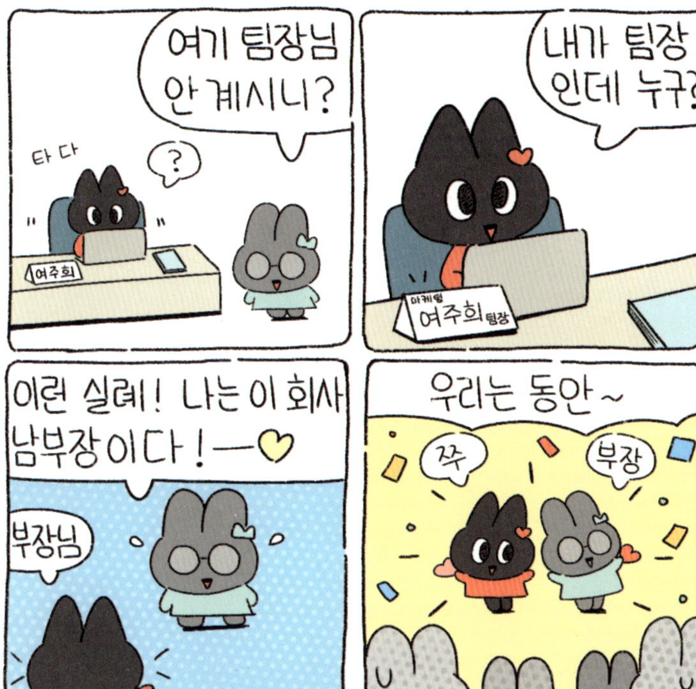
여기 팀장님 안 계시니?
타 다
?
여주희
내가 팀장 인데 누구?
마케팅 여주희 팀장
이런 실례! 나는 이 회사 남부장이다! —♡
부장님
우리는 동안~
쪽
부장

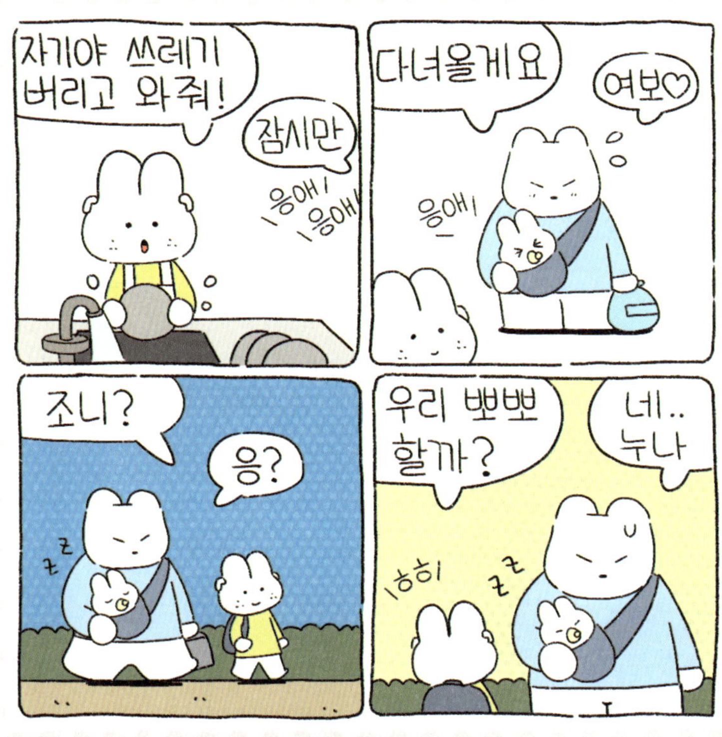
자기야 쓰레기 버리고 와 줘!
잠시만
응애! 응애!
다녀올게요
여보♡
응애!
조니?
응?
ㅋ
우리 뽀뽀 할까?
네.. 누나
ㅎ히
ㅋㅋ

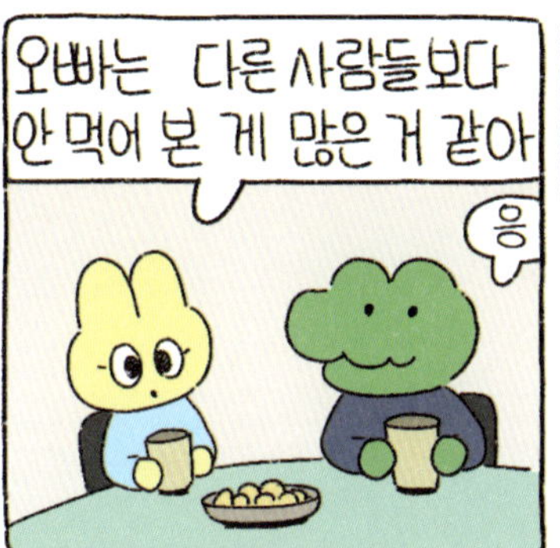

오빠는 다른 사람들보다 안 먹어 본 게 많은 거 같아
응

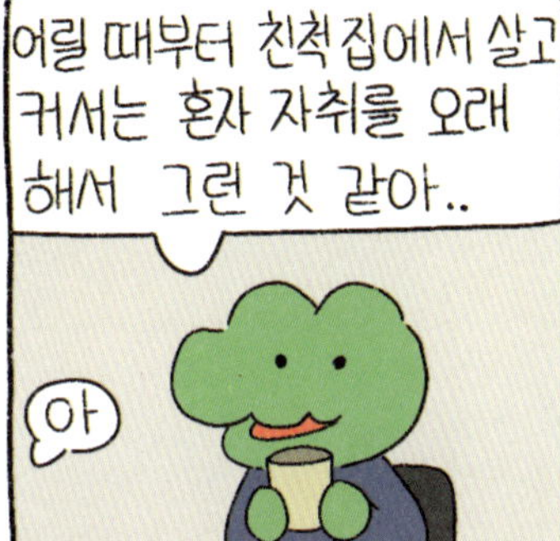

어릴 때부터 친척 집에서 살고 커서는 혼자 자취를 오래 해서 그런 것 같아..
아

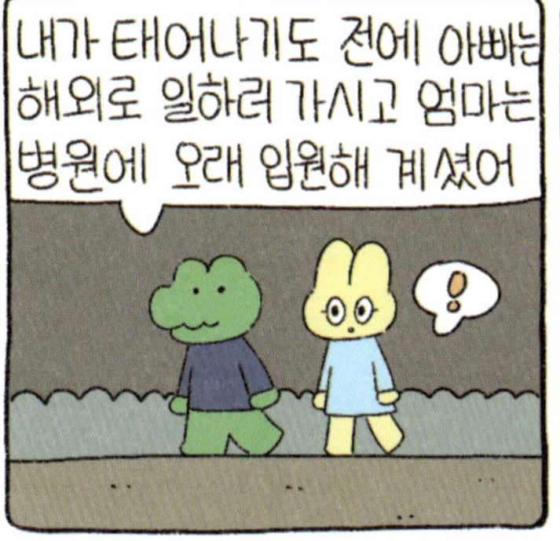

내가 태어나기도 전에 아빠는 해외로 일하러 가시고 엄마는 병원에 오래 입원해 계셨어

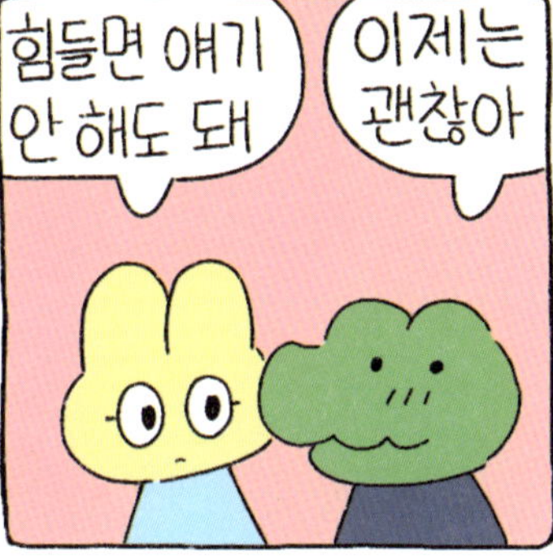

힘들면 얘기 안 해도 돼
이제는 괜찮아

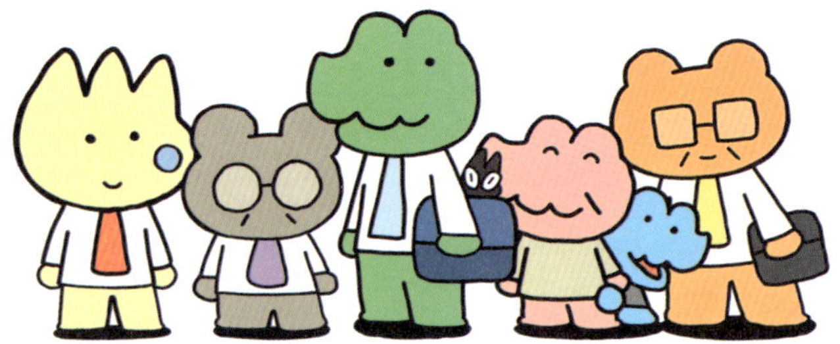

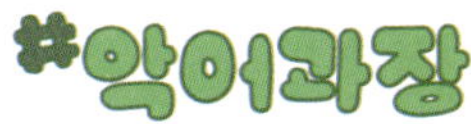

2025년 9월 8일 1판 1쇄 인쇄
2025년 9월 15일 1판 1쇄 발행

글·그림 꿀김
발행인 황민호
캐릭터비즈사업본부장 석인수
책임 편집 김현비
책임 디자인 변서희
발행처 대원씨아이㈜ www.dwci.co.kr
주소 서울특별시 용산구 한강대로 15길 9-12
전화 영업 02-2071-2066 / 편집 02-2071-2155
팩스 02-794-7771
1992년 5월 11일 등록 제3-563호

979-11-423-3192-3
©ggulgim / ©HELLOAPOLO